Ein TODsicheres Unterfangen

Roman

Désirée Braun

Désirée Braun

Ein TODsicheres Unterfangen

Für meine Mutter,
die unser Haus mit Abenteuern und Träumen gefüllt hat.

DAS ist die Sehnsucht: wohnen im Gewoge
Und keine Heimat haben in der Zeit.
Und das sind Wünsche: leise Dialoge
Täglicher Stunden mit der Ewigkeit.

Und das ist Leben. Bis aus einem Gestern
Die einsamste von allen Stunden steigt,
die, anders lächelnd als die andern Schwestern,
dem Ewigen entgegenschweigt.

Rainer Maria Rilke

Es war einmal

Es begann alles damit, dass Katja nicht von dem Zug überrollt wurde. Die Tatsache, dass der Fremde sie von den Gleisen fischte, bevor dies geschehen konnte, war, rational gesehen, nicht möglich. Und zwar, da sie a) schon zu lange gefallen war, um noch aus der Luft geangelt werden zu können und der Fremde b) nicht existieren dürfte.

Désirée Braun

Und es ging weiter

Der Bahnsteig war so gut wie leergefegt. Einer der wenigen
Vorteile eines kalten Herbstmorgens. Da waren nur die vielen
festgetretenen Kaugummis. Ein Mann, der zusammengekauert
an einem Pfeiler lehnte, einen erloschenen Joint in der Hand.
Nebel. Geister. Und dann war da die Frau, die erst nach dem
dritten Schluck Kaffee bemerkte, dass sie Salz statt Zucker in die
schwarze Brühe gekippt hatte.
Angewidert verzog sie das Gesicht, wischte sich ein paar der
wilden Locken aus der Stirn. Sie sah sich im bleichen
Novemberlicht nach einem Mülleimer um. Als sie keinen fand,
zuckte sie die Schultern und nahm einen weiteren Schluck,
schüttelte sich. Aber wer trank das Zeug schon wegen des
Geschmackes?
Abwesend versuchte sie dem Wind die roten Locken zu
entreißen, in Gedanken wieder bei dem ominösen, aber
unvollendeten Projekt, das auf ihrem Schreibtisch wartete.
„Welcher Idiot hat sich auch gedacht, dass ich für mich
verantwortlich sein kann?", murmelte sie vor sich hin. „Eine
bizarre Vorstellung."
Dieses Projekt sollte – wenn alles so lief, wie sie sich das
gedacht hatte – ihre Doktorarbeit abschließen. Und mittlerweile
hatte sie so viel Zeit in dieses Problem investiert, dass sie
wirklich einen Tobsuchtsanfall der höheren Größen bekommen
würde, sollte das aus irgendeinem Grund scheitern. Ganz gleich,
was für ein Grund das sein mochte.
Sie hatte bereits zwei Dates abgesagt (auch, wenn das unter
anderem an den Typen gelegen hatte), drei Bücher abgebrochen
(von denen eins versehentlich in der Wäsche gelandet war) und
sich in den letzten Monaten ausschließlich von Kaffee ernährt.
Das war vermutlich der Grund für ihre flattrigen Hände und ihr
akutes Aufmerksamkeitsproblem. Sie hätte ihren Kaffeekonsum
gerne verringert, aber wie jeder Student stand auch sie unter
kritisch pathologischem Zeitdruck.
Als das schrille Pfeifen den Zug ankündigte, schreckte sie aus
ihrem Tagtraum. Hastig begann sie die Fahrkarte und ihre
Kopfhörer aus der Hosentasche zu suchen, was mit einer Hand
schwieriger war als erwartet. Ein Kunstgriff, den sie eigentlich
hätte gewohnt sein müssen - aber vielleicht hatte sie an diesem
Morgen doch eine Kanne Kaffee zu viel intus.

Urplötzlich schwankte sie, es rauschte in ihren Ohren und dann verlor sie das Gleichgewicht.

Sie hätte nicht sagen können, weshalb, auch wenn ihr Gehirn in diesem kurzen Moment ein Feuerwerk an Möglichkeiten in Betracht zog und wieder verwarf. Hatte der Kiffer sie versehentlich gestoßen? War sie über ihren Schlafmangel gestolpert?

Sie wusste es nicht.

Was sie dafür umso besser wusste war, dass sie zu nah bei den Gleisen gestanden hatte. Und dass sie genau vor den einfahrenden Zug fiel. Das Quietschen der Bremsen schrie in ihren Ohren, ein entsetztes Kreischen, ihre Sicht verschwamm im Wirbel des freien Falls und sie konnte das Donnern des näherkommenden Zuges in ihrer Brust beben spüren.

Es ging zu schnell, als dass sie die Zeit gehabt hätte, um geschockt zu sein.

Und dann, in dem Moment, in dem sie bereits auf den Gleisen hätte aufschlagen müssen, schloss sich eine große, dunkle Hand um ihren Arm und zog sie mit hartem Ruck zurück auf den Steig.

Viel zu schnell kam der Atem über ihre Lippen, ihr Herz flatterte, wie ein Kolibri und aus großen Augen starrte sie den Mann an, der auf sie hinab grinste.

Das breiteste Grinsen, dem Katja jemals von Angesicht zu Angesicht gegenübergestanden hatte.

Seine Haut war schwarz wie eine Neumondnacht, umso strahlender wirkten das Grinsen und seine Augen, die wachsam auf ihr ruhten.

Es waren erstaunliche Augen. Sie waren von einem so dunklen Blau, dass es beinahe schwarz erschien, und darinnen fanden sich tausende, winzige Silbersprengkel. Wie eine Miniaturansicht der Milchstraße. Und hinter diesem Sternenhimmel lag ein Abgrund, so gewaltig und still, als gäbe es nichts mehr, was diesen Mann überraschen konnte. Als hätte er bereits die ganze Welt gesehen.

Mit diesem Gedanken lag Katja gar nicht so falsch, auch wenn der Fremde sich hauptberuflich mit dem toten Teil der Welt auskannte.

Katja starrte wie hypnotisiert in diese seltsamen Augen, fragte sich abwesend, ob der Mann wohl Kontaktlinsen trug.

Hinter ihr kam der Zug quietschend und funkensprühend zum Stillstand. Chaos brach in ihrem Rücken aus. Menschen drängten aus und in den Zug, andere riefen sich zu und Kinder weinten.

Katja starrte weiterhin den Mann an. Über der ausgefransten Jeans und dem kurzärmeligen Hemd trug er einen bunten Poncho und – trotz des Wetters – eine Sonnenbrille mit kreisrunden Gläsern, die ganz vorne auf seiner Nasenspitze thronte. Auf seinem Kopf saß eine orangefarbene Strickmütze. Eigenproduktion, den groben Maschen nach zu urteilen.
Er passte so wenig auf diesen Bahnhof, wie der Sturz in ihr Leben.
„Was, hab ich vergessen, deine Stimme mitzuretten?" Der Mann war unangebracht amüsiert. So amüsiert, dass Katja das Gefühl beschlich, dass der Fremde die Situation oder zumindest ihr Leben nicht allzu ernst nahm.
Sie räusperte sich. Der Unglaube hatte sie noch fest im Griff, der Schock aber ließ sich noch nicht blicken. „Ähm, nein... Sagen Sie mal -" Sie schluckte, biss sich unruhig auf die Unterlippe. „Sagen Sie mal -"
„Was denn?"
„Äh, wäre ich gerade fast von einem Zug überfahren worden?" Der Fremde nickte und sein Grinsen wurde noch etwas breiter. „Sieht ganz so aus."
„Oh Mann. Das ist ja -" sie gestikulierte ziellos durch die Luft, während sie nach dem richtigen Wort suchte. „Peinlich." Ein leises Schnauben entwich ihr. „Können Sie sich das vorstellen? Von einem Zug überrollt? Stellen Sie sich die Schlagzeilen in der Zeitung vor: Übermüdete Studentin fällt um und unglücklicherweise direkt vor den Zug. Bumms. Vielleicht wollte sie aus selbst zweiflerischen Gründen Selbstmord begehen, auch wenn es dann seltsam anmuten mag, dass sie einen Kaffeebecher dabeihatte – oh." Sie hielt inne. „Mein Kaffeebecher ist futsch."
Entschuldigend hob der Mann die Schultern. „Ich habe nur zwei Hände, musste mich entscheiden. Meine Wahl ist auf Sie und ihren Rucksack gefallen." Demonstrativ hielt er den Rucksack in die Höhe.
„Oh, ja. Kaffeebecher werden ja auch überbewertet. Ich meine, ganz ehrlich, wenn du zwei Jahre quasi nur von dem Zeug gelebt hast, hat es eh keine Wirkung mehr. Mir jedenfalls hilft es nicht wach zu werden... Außer man rechnet den Moment des Ekels mit ein, der erste Schluck, verstehen Sie, was ich meine?"
„Reden Sie immer so viel?" Der Mann hatte seine Hände in den Taschen vergraben und sah sie aus funkelnden Augen an, als wäre sie das Kaninchen aus dem Zylinder: Überraschend, verblüfft und etwas fett um die Hüfte.

„Ähm, ja. Ehrlich gesagt, ich fürchte schon. Ich meine ja auch nur, weil der Kaffeebecher recycelbar war... oder biologisch abbaubar? Ist das dasselbe?" Sie unterbrach sich selbst, schüttelte den Kopf und starrte ihren Rucksack an. Der Schock hatte sie noch immer nicht erreicht, stattdessen eine leichte Verwirrtheit, die sie nicht recht zuordnen konnte. „Danke", murmelte sie. „Danke für -"
Der Mann winkte ab und lachte auf. Tief und kehlig und immer noch viel zu fröhlich. „Das habe ich doch gerne gemacht. Das ein oder andere Leben retten – sehr erfrischend, wissen Sie?"
„Erfrischend?"
Er hielt ihr ihren Rucksack entgegen und sie nahm ihn an sich. Unsicher mit einem Mal.
„Äh, danke. Ich... danke, ich hab keine Ahnung, was ich sagen soll", stammelte Katja, strich sich das flammend-rote Haar aus dem Gesicht. Was sagte man auch, wenn man gerade beinahe gestorben wäre? Hurra, ich lebe? Das schien ihr etwas billig.
„Nun, dafür sagen Sie erstaunlich viel." Der Mann kicherte.
„Cooles Shirt", meinte er dann, deutete auf das Batik-T-Shirt, das sie unter dem offenen Mantel trug.
„Äh..." Der Kerl half ihr nicht wirklich, ihre Gedanken wieder zu sammeln, geschweige denn, sie zu sortieren. Und gleichzeitig fühlte sie sich erstaunlich wohl in seiner Gegenwart. Vielleicht, weil er ihr soeben das Leben gerettet hatte. Vielleicht weil er so absurd fröhlich war.
„Darf ich Sie nach dem Schreck auf einen Kaffee einladen?", fragte er, zwinkerte ihr zu.
„Äh", machte sie wieder, ihre Gedanken lagen offenbar immer noch auf Eis. Schockgefroren. Sie hoffte inständig, dass sie nicht dadelig wie Mikrowellenpizza wären, wenn sie wieder auftauten.
„Na kommen Sie schon, Katja, wird schon nicht so schlimm werden."
„Woher... woher kennen Sie meinen Namen?"
Wieder lachte der Mann, hakte sich bei ihr unter. Er roch nach Rauchfeuer, nach Abenteuer, nach klaren Sternnennächten. Und nach Geborgenheit. „Ihr Name steht Ihnen auf die Stirn geschrieben."
„Okay", meinte sie abwesend. Als sie den Blick von dem Mann wandte, bemerkte sie, dass sie das Bahnhofsgebäude bereits verlassen hatten. Sie standen auf der grauen Straße und das stetige Hupen, Bremsen und Quietschen des Verkehrs fing sich in ihrem Ohr. Wie fernes Meeresrauschen klang es, seltsam harmonisch, trotz des Chaos, aus dem es gesponnen wurde.
„Gleich um die Ecke ist ein Café."

„Tatsächlich?" Sie sah einem Auto hinterher, das am Bürgersteig entlang schrammte, als es einem Krankenwagen Platz machte. Das Blaulicht mischte sich flackernd unter den kalten Novembertag, ließ die Luft um sie her kristallisieren.

„Ganz sicher, Sie werden sehen."

„Warum habe ich das seltsame Gefühl, Sie bereits ewig zu kennen?", platze es aus ihr heraus und sie blinzelte. „Ich meine... Das klingt verrückt, aber... Kenne ich Sie?"

Der Mann erwiderte ihren Blick und jetzt war seine Stimme ernst, auch wenn das Zwinkern in seinen Augenwinkeln haften blieb.

„Oh, ihr werdet mit dem Gedanken an mich geboren. Mit der Angst vor dem Unbekannten. Die Furcht vor dem Ende."

Katja runzelte die Stirn. Langsam, aber beständig erwachte sie aus ihrer Starre. „Bitte was? Soll ich jetzt Heureka rufen?"

„Nein, das habe ich nicht erwartet", meinte der Mann, mehr zu sich selbst. „Ist sowieso ein beschissenes Wort. Der Typ hat das nur gerufen, weil er die Seife wieder gefunden hat." Er warf ihr einen Seitenblick zu, verdrehte die Augen. „Die ist ihm in die Wanne gefallen."

Zwei Polizeiwagen fuhren an ihr vorbei, mit heulenden Sirenen und blitzendem Blaulicht, dicht gefolgt von einem Notfallfahrzeug. Wieder einmal fragte sich Katja beiläufig, warum der Notfallarzt überhaupt noch rausfuhr, wenn der Krankenwagen sowieso zuerst ankam. Ein wenig zweckentfremdet.

„Jeder Weg der einen Anfang hat, hat auch ein Ende. Und wenn das Ende nur ein neuer Anfang ist", fuhr der Mann fort, folgte den Wagen mit den Augen, ohne seinen Schritt zu verlangsamen.

„Entschuldigung? Könnten Sie mir endlich sagen, wovon Sie reden? Und wer zur Hölle Sie sind?" Sie griff sich an die Stirn, die glühte, als ob sie Fieber hätte. „Ernsthaft, wer sind Sie? Ihre Antworten sind absolut gar nicht hilfreich, okay?"

Der Mann seufzte und für den Moment war sein Grinsen ein vergangener Spuk. „Warte noch einen Moment, bis du sitzt."

„Jetzt duzen wir uns?"

„Warum nicht, ich kenne dich doch."

„Ja, aber ich kenne dich nicht!"

„Soll ich wieder Sie sagen?"

„Nein! Nein, das klingt bescheuert."

Das Grinsen war zurück. „Na dann, was regst du dich so auf, kleine Frau?"

„Was ich mich aufrege? Das fragst du noch, nachdem du -"

„Wir sind da", unterbrach er sie, bevor sie loslegen konnte.

Sie standen jetzt vor einem winzigen Café. Katja hätte schwören können, dass dieses Café gestern noch nicht da gewesen war. Allerdings hätte sie auch schwören können, tot sein zu müssen. Das Café hatte keinen Namen, war zwischen zwei große Häuser gequetscht. Es gab keine Plätze zum draußen sitzen (was vielleicht an der Jahreszeit lag), dafür stand auf der Glastür in geschwungenen Lettern ein Zitat von da Vinci: *Die Zeit verweilt lange genug für denjenigen, der sie nutzen will.*
Ein großes Fenster, durch das der gesamte Raum zu sehen war. In der Mitte stand eine Teakholztheke, auf der sich - Schulter an Schulter - eine ganze Armee aus Kaffeetassen reihte. Ein paar kleine Tische und Stühle. Und dann waren da die Wände. Eigentlich sah man nicht viel von den Wänden. Sie waren mit Uhren tapeziert. Hunderte von Uhren betteten den Raum in eine Idee von Zeit und Endlichkeit. Kleine und große Uhren, solche die sich protzig von der Wand abhoben, das Ziffernblatt gehalten von Schnörkeln, die wie die Tentakel eines Kraken wirkten. Andere kaum dicker als Papier. Manche sahen aus wie aus vergangenen Jahrhunderten gestohlen, andere waren neu und glänzten noch, kein Staubkorn auf der blitzenden Oberfläche. Direkt über die Theke hatte jemand eine Sonnenuhr gemalt, die allerdings keine Uhrzeit anzeigte, da der Stab nur ein aufgemalter Punkt war.
„Na? Plötzlich interessiert an dem Kaffee?", meinte der Mann und riss Katja von dem unwirklichen Anblick los. Das Glucksen in seiner Stimme ließ leisen Ärger in ihr aufkeimen. Sicher, der Typ hatte ihr das Leben gerettet, aber was dachte er sich eigentlich mit dieser Art? Sie war kein hilfloses Baby mehr – gut, sie wäre beinahe vor den Zug gefallen, aber das konnte jedem Mal passieren.
Empört stemmte sie die Arme in die Hüften. „Zum Teufel mit dem Kaffee! Können Sie mir endlich mal sagen, wer Sie sind?"
Der Mann griff nach seiner Sonnenbrille, nahm sie ab. Er hielt sie wie das zerbrechliche Porzellangeschirr seiner Großmutter. Und er sah sie nicht an, als er sprach: „Sicher, dass du dich nicht erst setzen willst, Katja? Ich weiß nicht, ob ich dich ein zweites Mal auffangen kann."
Jeder Spott war aus seiner Stimme gewichen, schneller als Helium aus einem Luftballon. Er schien sich daran erinnert zu haben, warum er überhaupt hier war, warum er sie von den Gleisen gepflückt hatte, warum er sich die Mühe gemacht hatte, ausgerechnet sie zu retten.

Katja schnaubte, ignorierte die Gänsehaut, die sich durch ihren Nacken zog. „Ich gehöre bestimmt nicht zu den Frauen, die dauernd in Ohnmacht fallen! Was denkst du eigentlich? Wir leben doch nicht mehr im Barock! Trage ich ein Korsett? Nein! Also, raus mit der Sprache!"

„Nun gut." Der Mann hob den Kopf und ihre Blicke trafen sich. Und wieder blieb Katja der Atem weg, als sie geradewegs in die Untiefen des Universums sah.

„Man hat mir im Laufe der Jahrtausende viele Namen gegeben. Einige von ihnen kennst du sicherlich, andere wurden schon vor langer Zeit vergessen. Ausgelöscht aus dem Gedächtnis der Menschheit. Aber welchen Namen ihr mir auch gegeben habt, am Ende bin ich immer der Gleiche geblieben." Sein Blick hatte an Intensität gewonnen und ohne es zu bemerken, war Katja einen Schritt zurückgewichen. Ihre Hände klammerten sich um die Träger ihres Rucksacks.

„Ich bin der Tod", sagte der Fremde. „Ich weiß, das klingt sehr unglaubwürdig, immerhin liegt die Wahrscheinlichkeit, mich zu treffen ungefähr bei eins zu knappen acht Milliarden."

Katja lachte auf, auch wenn das Geräusch hohl und seltsam fehl am Platz schien. Sie wich einen weiteren Schritt zurück. Der Blick des Mannes ruhte noch immer auf ihr und ließ ihre Knie weich werden.

„Was soll das?" Die Worte kamen nicht so fest über ihre Lippen, wie sie gehofft hatte. Flackernd wie eine Laterne im Wind. „Was soll das, verdammt? Du spinnst doch!"

Da grinste der Mann, zeigte seine strahlend weißen Zähne. Und für einen Moment sah er hungrig aus. So hungrig; als würde er sie am liebsten mit Haut und Haar verspeisen. „Keine Angst, kleine Frau. Wenn deine Zeit gekommen wäre, dann hätte ich dich vorhin nicht aufgefangen."

Katja schüttelte langsam den Kopf, als wollte sie die Bilder eines nächtlichen Albtraums verscheuchen. „Du – du erwartest hoffentlich nicht, dass ich dir das glaube? Du bist schlimmer als die Menschen, die glauben, der Weihnachtsmann zu sein."

„Ja, aber weitaus gefährlicher. Und sympathischer, in meinen Augen." Er lachte auf. Und das Gelächter dröhnte in Katjas Kopf wieder. Er bemerkte ihre Miene, unterbrach sich.

„Zumindest erzähle ich keine Lügen." Er sagte das im Brustton der Überzeugung, den Menschen sonst nur benutzen, wenn sie sich selbst überzeugen müssen. „Auch wenn ich die armen Spinner manchmal um ihre Lügen beneide, glaub mir."

Er räusperte sich, sah abwartend auf Katja hinab. Erst jetzt bemerkte sie, wie groß der Kerl war. Er überragte sie locker um zwei Köpfe.

Sie konnte ihm nicht antworten. Sie brachte es nicht mehr fertig Worte zu formen. Die Furcht, die feucht wie eine Nacktschnecke über ihr Herz kroch, hatte nichts mit dem Gedanken zu tun, dass der Typ behauptete der Tod zu sein. Sie hatte genug verrückte Sachen in ihrem Leben gesehen, um diese Aussage zu akzeptieren. Das Problem war viel mehr, dass die Aussage wie eine Tatsache klang und diese Tatsache eigentlich keine Tatsache sein konnte. Vielleicht war ihre größte Angst doch noch wahr geworden, und sie hatte tatsächlich den Verstand verloren. Puff und weg.
So wie ihre Tante es ihr immer prophezeit hatte.
Sie griff sich an den Kopf, fuhr sich durch die Haare, als würde der ziehende Schmerz die Wirklichkeit zurückbringen. Aber die Welt wollte nicht kippen. Stattdessen runzelte der Mann, der behauptete der Tod zu sein, die Stirn.
„Kannst du jetzt doch einen Stuhl gebrauchen?" Der Spott war nicht in seine Stimme zurückgekehrt, aber ganz ernst klang er auch nicht mehr. „Oder willst du lieber deine Haare ausreißen?"
Katja nickte. Sie war erst ein einziges Mal in ihrem Leben in Ohnmacht gefallen (damals, als sie zu heiß gebadet und ihr Kreislauf vorläufig den Löffel abgegeben hatte), doch in diesem Moment konnte sie für nichts garantieren.
„Ja, ein Stuhl klingt gut."
Der Mann hielt ihr die Tür auf und lotste sie zu einem der freien Tische. Da sie die einzigen Besucher waren, war das nicht sonderlich schwer. Kaum hatten sie sich gesetzt, da tauchte wie aus dem Nichts eine Kellnerin auf. Der Kragen der weißen Bluse war gestärkt. Ihr Lächeln, blass und farblos wie der Novembermorgen, drang kaum durch Katjas wirbelnde Gedanken.
„Was kann für euch tun?"
„Wo ist Kairos?", erkundigte sich der Tod, lässig im Stuhl zurückgelehnt, einen Arm auf der Lehne. „Wieder unterwegs?"
Das Mädchen nickte. „Eine Runde laufen."
„Ach ja, immer so ruhelos. Nun denn. Katja? Was willst du trinken?"
„Einen doppelten Wodka?"
Der Tod schnalzte tadelnd mit seiner Zunge. „Du weißt genau, dass das keine gute Idee ist. Du traust deinen Sinnen schon jetzt nicht mehr."
„Bin ich verrückt geworden?", flüsterte sie. „Verdammter Mist, ich bin verrückt geworden, richtig? Stimmt doch, oder? Das kann gar nicht wirklich passieren..."

Der Mann legte eine Hand auf die ihre, tätschelte sie leicht.
„Atmen, Katja. Warum glaubst du, verrückt geworden zu sein?"
Er klang ehrlich interessiert.
„Naja, vielleicht, weil ich mich mit dem Tod unterhalte, nachdem
ich beinahe gestorben wäre?"
Der Tod nickte sein Einverständnis. „Okay, ich sehe den Punkt."
„Und?"
„Und was?"
„Bin ich jetzt verrückt?"
„Würdest du mir glauben, wenn ich sage, dass du es nicht bist?"
„Nein."
Der Tod, wenn er es denn war, seufzte. „Hab ich mir schon
gedacht. Dass so was passieren würde."
„So was passieren würde?", brauste Katja auf, ihre Hände
begannen zu zittern. „Was hast du erwartet? Kein Mensch glaubt
an einen Tod!"
„Und dass, obwohl jeder Mensch an das Sterben glaubt. Lustig,
meinst du nicht?"
Am liebsten hätte Katja ihren Mund aufgeklappt und zu schreien
begonnen. So lange schreien, bis sie aus diesem unmöglichen
Traum erwachen würde. „Ich persönlich kann nicht lachen."
„Euer Kaffee", sagte die Kellnerin, die so plötzlich wieder
aufgetaucht war, dass Katja zusammenzuckte. Sie hatte nicht
mitbekommen, dass der Tod Kaffee bestellt hatte, aber dankbar
griff sie nach der heißen Tasse.
Ihr Gegenüber nahm die Zweite und leerte sie in einem langen
Zug. Als er sie wieder absetzte und durchatmete, tanzten kleine
Dampfkringel aus seinem Mund.
„Was?", fragte er, als er Katjas Blick bemerkte.
„Du hast gerade eine Tasse Kaffee geext."
„Macht man das heute nicht so?"
Stumm schüttelte sie den Kopf.
„Oh, entschuldige. Ich habe mich schon eine Weile nicht mehr
unter nicht verstorbenen Menschen bewegt."
„Hm. Verstehe."
Der Tod schien zufrieden mit dieser Antwort, denn er nickte
lächelnd.
Katja schlang ihre Finger um das Porzellan und nahm vorsichtig
einen Schluck. Dann räusperte sie sich. „Also. Wenn ich nicht
gestorben bin... Warum bist du dann da?"

„Eine berechtigte Frage", meinte der Tod. „Warum bin ich da?"
Er schob die Sonnenbrille die Nase hinauf und seine seltsamen
Augen verschwanden hinter den runden Brillengläsern. Dann
verschränkte er die Arme vor der Brust, sah sie wieder an. „Die
ausführliche Antwort wäre, dass ich lediglich existiere, um einen
Ausgleich herzustellen, dafür zu sorgen, dass die Bevölkerung
nicht zu viel Bevölkerung wird, um das Gleichgewicht zwischen
Gut und Böse aufrecht zu erhalten – ich verkörpere dabei
meistens das Böse…" Er unterbrach sich. „Was hörst du?"
Irritiert hob Katja den Kopf, lauschte.
Stille.
Was sollte an Stille auszusetzen sein? Obwohl, wenn... Ihr Blick
schnellte zu den Uhren an den Wänden. Unerbittlich krochen die
Zeiger über die Ziffernblätter. Beständiger als Ebbe und Flut.
Aber sie tickten nicht. Sie gaben nicht das geringste Geräusch
von sich.
„Wie können...?"
„...Uhren laufen, ohne dieses kleine, lustige Ticken?" Der Tod
grinste. „Das kann ich dir auch nicht sagen, ganz ehrlich, ich
frage mich das jedes Mal, wenn ich herkomme. Zeit hat für mich
keine Bedeutung mehr und dennoch bleibt sie so ein
entscheidendes Puzzleteil."
„Was soll das jetzt heißen?"
„Das soll heißen, dass uns die Zeit davonläuft."
„Okay? Kannst du das vielleicht in einen konkreten
Zusammenhang setzen?"
„Ich wollte gerade dazu kommen." Seine Mundwinkel zuckten
und Katja war sich ziemlich sicher, dass er hinter seinen
Brillengläsern die Augen verdrehte, bevor er weitersprach: „Es
gibt eine kleine Gruppe Menschen... ein, zwei, drei..." Er zählte
sie an den Fingern ab. „Drei Stück! Drei Stück, die ich aufhalten
muss. Wenn sie ihr Ziel erreichen, sterben zu viele Menschen auf
einmal."
Katjas Brauen wanderten in die Höhe. Sie suchte nach dem
Scherz in der Miene ihres Gegenübers, doch sie fand ihn nicht.
Vielleicht war sie an diesem Tag auch einfach ausgesprochen
humorlos.
„Ausgerechnet du willst Menschen das Leben retten? Warum
denn das?"
„Autsch. Das war verletzend." Der Tod griff nach seiner
Sonnenbrille, ließ sie aber auf, seine Augen gingen hinter dem
dunklen Glas verloren. Er räusperte sich. „Wenn du es wissen
musst: Ich fühle mich weniger schuldig."
„Der Tod hat ein Gewissen?", spöttelte sie.

„Sicher. Wenn ich kein Gewissen hätte, dann wäre ich lediglich der beste Mörder aller Zeiten. Kein Titel, auf den man stolz sein könnte."
„Okay." Katja musste schlucken. „So habe ich es nicht betrachtet."
„Das ist ja auch nicht deine Aufgabe."
Mit jeder schweigenden Sekunde, die verging, wurde ihr die Situation unheimlicher. Denn mit jeder Sekunde wurde die unmögliche Aussage realer. Es gab zwar nach wie vor keinen Beweis dafür, aber... die Sachlichkeit seiner Worte verflüchtigte sich nicht, sie wachte nicht auf, so oft sie sich auch heimlich in den Arm zwickte.
Vor ihr saß der Tod. Ein Typ mit Sonnenbrille, einem nicht ganz zeitgenössischem Benimm und schlechtem Gewissen.
Sie schüttelte den Kopf. Bevor sie auf die Idee kommen konnte, den Tod zu bemitleiden, fragte sie: „Angenommen du bist tatsächlich der Tod, wozu hast du mich gerettet? Was willst du gegen diese drei Menschen tun? Was planen sie?"
„Sodom und Gomorrha", meinte der Tod, lachte. „Geduld ist wirklich keine eurer Stärken, was?"
„Es geht um meinen Tod!"
„Du meinst: Es geht um mich." Der Tod hatte tatsächlich den Nerv, mit den Augenbrauen zu wackeln. Und dummerweise, brachte sie das auch noch zum Lachen. „Idiot."
„Soll ich deine Fragen trotzdem beantworten?"
„Absolut."
„Also gut." Der Tod rieb sich die Hände. „Zu deiner ersten Frage. Ich habe dich aufgefangen, weil ich zu dem Schluss gekommen bin, dass ich dich brauche. Lebendig für den Moment. Du hast da einen brillanten Kopf auf deinen Schultern. Und dazu noch ein Händchen, wenn es um Pläne geht. Ich brauche einen Missionskoordinator, sozusagen. Der bist du."
„Bin ich das?" Katja verschränkte die Arme vor der Brust, wenngleich sie sich durch das Kompliment geschmeichelt fühlte. So etwas bekam man nicht oft zu hören. Gerade sie schien mit einen Lotuseffekt behaftet, wenn es zu Komplimenten kam. Genaugenommen hatte man ihr kein Kompliment mehr gemacht, seit sie in der Grundschule nicht über die Ränder des Mandalas gemalt hatte. Das Blut kroch ihr in die Wangen.
Der Tod nickte. „Wenn du es denn willst?"
„Was passiert, wenn ich nein sage?" Ihre Augen verengten sich zu Schlitzen. „Lässt du mich dann doch sterben?"

Er lachte nicht, er grinste nicht und sie konnte den Ausdruck in seinen Augen hinter den Gläsern nicht sehen. „Natürlich nicht, dann wäre ich doch ganz umsonst gekommen. Aber überlege es dir. Du würdest mehr Menschenleben retten, als du dir jetzt vorstellen kannst."
Sie begann mit ihren Fingern auf der Tischplatte herumzuklopfen, füllte die Stille damit aus, als wollte ihr Unterbewusstsein das fehlende Ticken der Uhren wettmachen. „Du weißt, dass ich dir das alles nicht ganz glauben kann?"
„Sicher." Der Tod nickte, klatschte in die Hände und erhob sich. „Deswegen brauchen wir jetzt unser nächstes Teammitglied."
„Du gehst noch jemandem das Leben retten?"
Ein unterdrücktes Seufzen. Dann hob er abwehrend die Hände. „Nein. Wir gehen in ein Waisenhaus."
„Wir machen was?" Katja erhob sich eilig, hastete dem Mann hinterher, der bereits der Tür zustrebte. „Du willst ein Kind hier mit reinziehen?"
Ein Nicken. „Ganz gleich, wie gut der Plan ist, es kommt immer der unerwartete Punkt, an dem Kreativität und Spontanität gefordert sind. Du weißt schon, wie in jedem billigen Actionfilm. Es macht keinen Sinn, dass die Guten immer überleben. Da ist, als würdest du Zuckerwatte mit Motoröl tränken..." Sie traten auf die Straße und wieder begegnete der Tod Katjas Blick. „Naja, was ich sagen will, diese Eigenschaften vereinigen sich nun mal in einem Kind. Kreativität und Spontanität, nicht Zuckerwatte und Motoröl..."
„Halt!" Er blieb tatsächlich stehen. „Sagst du gerade, du willst einfach mal irgendein Kind aus einem Waisenhaus entführen?!"
Sie hörte die aufziehende Hysterie in ihrer Stimme flackern wie ein ausbrechendes Buschfeuer.
Der Tod warf ihr einen abschätzigen Seitenblick zu. „Nicht irgendein Kind. Ein ganz bestimmtes Kind."
„Ach, ein ganz bestimmtes also?"
„Zufälligerweise passt sie ganz hervorragend in das Team und wird sich garantiert auch mit den weiteren Teammitgliedern verstehen."
„Weitere Mitglieder?" Der Tod war definitiv zu schnell für sie. Sie waren in die Hauptstraße abgebogen und der Tod steuerte unbeirrbar ein Taxi an, das am Bürgersteig stand und auf Menschen ohne Auto wartete. Der Taxifahrer hatte eine Zeitung auf dem Lenkrad ausgebreitet und schien bereits seit geraumer Zeit auf Kunden zu warten. Die Thermoskanne in seiner Hand ließ sie skeptisch die Stirn runzeln.
Der Tod deutete eine Verneigung an und öffnete ihr die Tür. „Madame."

„Nenn mich nicht so."
„Warum?"
„Ich bin vierundzwanzig, nicht vierundsiebzig."
Der Tod zuckte mit den Schultern, schloss die Tür hinter ihr und
stieg auf der anderen Seite ein. „Zum Waisenhaus, bitte.
Wormser Straße, 25."
Der Fahrer nickte nur, verstaute seine Zeitschrift auf dem
Beifahrersitz und schraubte seine Thermoskanne zu, warf sie auf
die Zeitschrift. Dann drehte er den Schlüssel im Zündschloss und
ratternd erwachte der Motor zum Leben. Mit unbewegter Miene
und nicht vorhandenem Schulterblick fädelte er sich in den
Verkehr ein, den Mützenschirm tief in die Stirn gezogen.
Katja beugte sich zum Tod hinüber und tippte ihn auf die
Schulter. Fragend sah er sie an.
„Gehört der zufällig zu dir?"
„Der Taxifahrer?" Der Tod lachte vergnügt. „Nein. Der Taxifahrer
ist ein gewöhnlicher Taxifahrer. Er ist sechsundfünfzig Jahre alt,
wird noch neun Jahre leben und dann an einem Herzinfarkt
sterben. Fang nicht an Gespenster zu sehen."
Sie lehnte sich zurück. „Hätte ja sein können", grummelte sie,
ärgerte sich über sich selbst. Offenbar hatte der leise
Nervenkitzel nahender Abenteuer bereits das Steuerrad
übernommen. Sie hatte noch nie ein echtes Abenteuer erlebt.
„Was ist also so besonders an diesem einen Kind?"
„Sie hat... Ach, das wirst du noch früh genug herausfinden."
„Hast du eigentlich vor mir irgendetwas zu sagen?", fuhr sie ihn
an. „Ich verstehe überhaupt gar nichts von dem, was hier
gerade passiert! Rede mit mir, verdammt."
„Sie heißt Lara. Lara Astraea", lenkte der Tod ein. „Und sie hat,
sagen wir, für unser Vorhaben die richtige Familie."
Katja gab vorerst auf und presste ihre erhitzte Wange an die
kalte Fensterscheibe. Autos reihten sich aneinander, hupten und
quietschten mit ihren Bremsen, während sie sich langsam durch
die Stadt wanden. Wie das Auge eines riesigen Zyklopen hing
das Ampellicht über ihren Köpfen.
Sie versuchte ihre Gedanken so weit zu zähmen, dass sie ihre
Fragen nach Wichtigkeit sortieren konnte. Nach einer
geschlagenen Minute holte sie tief Luft.
„Du hast gesagt, dass du ein paar Menschen davon abhalten
willst, andere umzubringen." Sie sah zu ihm hinüber und er
nickte zustimmend.
„Wenn also eine Person A beschließt, eine Person B
umzubringen, dann hast du nichts damit zu tun?"
„Nicht zwangsläufig."

Der Tod nahm die Sonnenbrille wieder ab und fuhr sich über die Augen. „Ich tue mein Bestes, um den Massenschlächtereien entgegenzuwirken."
Langsam verschwanden die Überreste des Schreckens und Katjas Gehirn begann wieder seine Funktion als denkendes Organ aufzunehmen. „Wenn du aber nicht willst, dass so viele Menschen sterben. Warum bringst du nicht die Menschen um, die einen Krieg oder so starten wollen? Dann würde der Krieg doch gar nicht erst stattfinden."
Der Tod schenkte ihr ein Lächeln, wie man es Kinder gönnte. Ein Lächeln, das sich heimlich über die Leichtgläubigkeit des Kindes lustig machte. „Glaub mir, so viele Menschen, die einen Krieg heraufbeschwören wollen, kann ich gar nicht schnell genug töten. Außerdem töte ich nicht gerne."
Das ließ Katja wieder verstummen. Etwas an diesem Tod war von Grund auf falsch. Warum sollte der Tod tausende von Toten nicht freudig willkommen heißen? Sagte man nicht, dass der Tod der einzige Gewinner eines Krieges sei?
„Was brennt dir auf der Seele?", durchbrach der Mann neben ihr ihren Gedankengang. Jetzt war sein Grinsen wieder so freundlich und süffisant wie am Anfang ihrer Begegnung. Diese Stimmungsschwankungen waren ein weiterer Punkt, den sie nicht verstand. Wie konnte der Tod, der eigentlich ein Zustand war, Stimmungsschwankungen haben?
„Spuck es aus."
„Warum kümmert es dich, was mit mir – mit uns allen passiert? Warum hilfst du uns, wenn du doch genau weißt, dass jeder Einzelne von uns sterben wird und jeder Mensch dich irgendwo tief in seinem Herzen hasst?"
Er gluckste. „Ich dachte eigentlich, du könntest mich ganz gut leiden."
Sie biss sich auf die Lippen, um das Grinsen nicht zu erwidern. „Sei nicht dumm. Du weißt, was ich meine."
„Ich sagte es bereits. Ich habe was mit dem Gleichgewicht zu tun. Schlechtes Gewissen."
Katja seufzte unzufrieden, sah wieder aus dem Fenster. Der Taxifahrer überfuhr einen Zebrastreifen. Ein junger Mann neben der Ampel zeigte ihnen den Mittelfinger.
„Ist es denn schlimm, tot zu sein? Geht es uns dann schlechter?"
Unwillkürlich musste sie an ihre Tante denken. Das wäre vermutlich ihre erste Frage gewesen, und wenn der Tod ihr antwortete, könnte sie sie weitergeben. Vielleicht könnte Mai dann öfter lächeln.

Der Tod gab ein unverständliches Geräusch von sich und in der
Reflexion in der Scheibe konnte sie sehen, dass er ebenfalls auf
die Straße hinaussah. „Ich fürchte, es ist nicht an mir, das zu
beurteilen."
„Wer dann? Wer kann diese Frage beantworten, wenn nicht mal
du weißt, wer du bist -"
„Du verstehst das nicht", unterbrach der Tod sie so grob, dass
sie verstummte. „So viele Gesichter, so viele Stimmen und
Schreie. Und all das Weinen... Wie soll ich etwas Gutes darin
finden?"
Er schob die Sonnenbrille noch etwas höher. „Sie haben mich
nur zum Gott gemacht, weil sie mich fürchten. Aber ich bin kein
Gott."
„Ach ja? Du kannst sterben lassen, wenn du willst, du kannst
leben lassen, wenn du willst..."
„Nicht jeden. Kaum mehr als eine Handvoll. Ich bin kein Gott,
das habe ich doch gerade gesagt!" Immer lauter wurde seine
Stimme und zum ersten Mal, flößte der Mann ihre Angst ein. Da
war wieder der Hunger in seinen Zügen, der Katja eine
Gänsehaut über den Nacken jagte. „Wir reden hier von Mördern.
Und gegen die komme ich nicht an. Allein habe ich keine
Chance, das widerspricht dem Gleichgewicht. Also nochmal: Kein
Gott, nur der Tod, okay?"
Katja hob die Hände. „Okay. Ist ja gut, ich hab´s verstanden."
Der Tod lachte bitter, sagte aber nichts weiter. Das grelle
Orange seiner Mütze wirkte auf einmal wie ein Warnschild. Geht
weiter, bleibt nicht stehen, sonst werdet ihr zugrunde gehen...
Der Taxifahrer warf ihnen einen flüchtigen Blick im Rückspiegel
zu. Dann drückte er das Gaspedal durch und kurz darauf hielten
sie. Katja hätte gerne gewusst, wie viel von ihrem Gespräch er
mitbekommen hatte. Stumm reichte der Tod dem Fahrer einen
20 Euroschein und stieg aus. Dieses Mal hielt er Katja nicht die
Tür auf.
Schnell lief sie um das Auto herum. „Bist du sauer?"
Er hatte die Hände in den Hosentaschen vergraben. „Nein. Das
wäre nicht gut."
„Du klingst aber sauer."
Mit langen Schritten überquerte er die Straße und sie musste
sich beeilen, zu ihm aufzuschließen. „Warte auf mich!"

Ein Kind für alle Fälle

„Das ist es." Er nickte zu einem großen, grauen Gebäude hin. In manchen der Fenster klebten bunte Papiersterne, klein und kümmerlich, machten die Trostlosigkeit, die sich im Putz gefangen hatte, nur ein wenig vollkommener.
„Das ist das Waisenhaus?"
„Ja."
„Es sieht so..."
„...hässlich aus?" Der Tod nickte. „Meine Rede."
„Willst du das Kind deswegen dabeihaben? Um es hier rauszuholen?"
„Ich bin der Tod, kein Gott, schon gar kein Held." Ohne sie anzusehen, schritt er auf die Eingangstür zu, hob die Hand und drückte den Klingelknopf.
Katja runzelte die Stirn. Hinter ihr rauschten die Autos vorbei, kalt wehte der Wind und riss an ihren Haaren. Eine vertrocknete Topfpflanze stand auf der abgeschlagenen Treppenstufe.
„Ich verstehe das nicht."
„Was?"
„Was das alles soll. Willst du mir nicht einfach deinen Plan erklären?"
„Ich habe keinen Plan." Er tippte ihr mit dem Zeigefinger auf die Schulter. „Du machst den Plan. Ich kann dir nur ein Team zusammenstellen."
„Wie soll ich einen verdammten Plan machen, wenn ich nicht mal weiß, worum es geht?"
Und wieder war da die Wut, die in ihrem Bauch herum stampfte und ihre Nasenflügel beben ließ.
„Habe noch ein wenig Geduld."
Sie wollte gerade zu einer weiteren Protestrede ansetzen, da wurde die Tür geöffnete und sie standen einer hochgewachsenen Frau gegenüber. Ein langes Kleid – der Rock fiel bis auf ihre Schuhe - die Haare wanden sich in geflochtenen Strähnen um ihren Kopf. Und wenngleich ihre Miene weich und beinahe rundlich war, ihr Blick musterte sie scharf und voller Misstrauen. Falkenaugen in einem Mädchengesicht.
„Frau Hera", grüßte der Tod.
Augenblicklich entspannte sich ihr Gesichtsausdruck, wenn auch nicht übermäßig. „Du bist es." Ihre Lippen wurden zu einem dünnen, weißen Strich.

„Immer diese Freude."
Die Frau lächelte, doch das Lächeln erreichte ihre Augen nicht.
„Was willst du hier?"
„Eines der Kinder abholen."
Hera sog scharf die Luft ein. „Ist dem so? Warum sollte ich das zulassen?"
„Langsam." Der Tod grinste einmal mehr. „Ich sage nicht, dass ihre Zeit abgelaufen ist, nicht mein Geschäft. Aber ich brauche sie. Für ein Rette-die-Welt-Projekt."
Frau Heras feine Brauen wanderten in die Höhe und ihr Blick wurde, wenn möglich, noch eine Spur abweisender.
„Oh, das Projekt hat schon einen Namen?", warf Katja – wenig hilfreich – ein.
„Sicher", nickte der Tod, bevor er sich wieder an Hera wandte.
„Es wird Zeit, dass du sie gehen lässt. Du weißt es."
Warum wusste eine Waisenhausleiterin, wer der Tod war? Sie mussten sich offensichtlich kennen – oder zumindest schon die ein oder andere Begegnung hinter sich haben. Merkwürdig. Katja hatte mehr und mehr das Gefühl, sich in einem Märchen verirrt zu haben. Es war einmal ein Mann, der war der Tod. Er zog aus, sich ein Team zu suchen, mit dem er gegen sich selbst in den Krieg ziehen könnte...
„Natürlich weiß ich es", schnappte Frau Hera zurück. „Das heißt aber nicht, dass ich es gerne tue!"
Für einen Moment glaubte Katja, die Frau würde ihnen einfach wieder die Tür vor der Nase zuknallen und vorsichtshalber auch noch einen Riegel vorschieben. Doch plötzlich seufzte sie und ihre Schultern sackten nach unten. „Ich hasse es, wenn sie aufhören Kinder zu sein. Wären sie dann wenigstens direkt erwachsen -"
Sie schüttelte den Kopf. „Nimm sie also meinetwegen mit. Aber sei gewarnt: Vor ein paar Wochen ist ihr Vater plötzlich aufgekreuzt. Ich habe ihn weggeschickt. Sie weiß nichts davon, aber es kann nichts Gutes heißen. Ich denke, irgendetwas wird passieren."
Tod nickte verstehend, nur Katja war wieder überfragt. Das schien ihr in der Gegenwart des Todes zur Gewohnheit zu werden.
„Hm, ich vermute, das weißt du bereits", fuhr Frau Hera fort.
„Ich kann mir nicht vorstellen, dass dein Auftauchen ein Zufall ist. Wartet hier. Ich rufe sie."

Damit wandte Frau Hera sich ab und verschwand wieder im Haus, ließ die Tür einen kleinen Spalt breit offenstehen. Weit genug, um nicht unhöflich zu sein, zu schmal, um als Einladung verkannt zu werden. Man konnte ein Stück des Flures erkennen, ein ausgetretener Teppichboden, ein gerahmtes Bild, abblätternder Putz an der Wand.

Katja wandte sich an den Tod an ihrer Seite.

„Was hat sie damit gemeint? Damit, dass ihr Vater hier war? Wenn er hier war, warum ist sie dann im Waisenhaus? Warum hat diese Frau ihn weggeschickt und warum, verdammt, kommst du auf die Idee, wir könnten das Kind einfach mitnehmen?! Ist das überhaupt erlaubt? Rechtlich?"

„Ach, mach dir wegen des Vaters keine Sorgen." Er zuckte die Schultern. „Der wird sie noch früh genug finden. Und was das Rechtliche betrifft; ganz ehrlich, Menschen schaffen ihre Rechte nur, um danach dreimal so viele Wege zu finden, sie zu umgehen."

„Ähm, naja, das... das beantwortet meine Frage nicht!"

Genervt stöhnte er auf und legte den Kopf in den Nacken. „Nein, natürlich ist das rechtlich nicht erlaubt. Aber ich existiere rechtlich gesehen überhaupt nicht, denke ich. Mach dir einfach keine Sorgen, okay? Wahrscheinlich ist sie bei uns sowieso besser aufgehoben."

„Besser aufgehoben als bei ihrem Vater? Was ist das denn für ein Kerl? Sollte nicht jedes Mädchen bei ihrem Vater am sichersten sein?"

Er sah sie über den Rand seiner Sonnenbrille hinweg an. Augen, soweit entfernt, wie das Universum und genauso rätselhaft. Sie war nicht sicher, ob er ihr in diesem Moment nicht am liebsten den Hals umgedreht hätte. „Ja, eigentlich sollte das so sein. Und ich bestreite auch gar nicht, dass das Kind bei ihrem Vater weniger sicher wäre, nur eben schlechter aufgehoben."

„Mann, du machst mal so gar keinen Sinn."

Der Tod zwinkerte ihr zu. „Wie könnte ich? Wenn es nach dir ginge, wäre ich ein Zustand." Er schüttelte sich.

„Das wird alles immer surrealer", murmelte Katja, presste sich die Hände geben, die erhitzen Wangen. „Ich fühle mich wie in einem dämlichen Dali Gemälde... Die Realität schmilzt einfach! Am besten höre ich einfach auf Fragen zu stellen... Keine Fragen, keine Antworten, richtig? Ich meine – solange du weißt, was du da tust. Das ist ja irgendwie Kidnapping..."

Sie verfielen in Schweigen. Nur das Rauschen des Verkehrs brandete an ihren Ohren, machte das Schweigen nervenaufreibend wie eine Achterbahnfahrt. Wenn der Tod nicht gerade sprach, war er wirklich anormal still. Nicht einmal seinen Atem konnte sie hören. Atmete er überhaupt? Wenn ja, war er so leise, dass sie ihn sich einbilden musste.

Die Tür ging wieder auf und Katja wandte sich erleichtert um. Das erste was sie sah, war das runde Kindergesicht mit den großen, neugierigen Augen. Beinahe waren die Augen etwas zu groß für das Gesicht, beinahe war der Ausdruck darin etwas zu ernst für ihr Alter. Über einem Rollkragenpullover und Jeans trug sie einen gelben Anorak. Sie sah nicht verwahrlost aus, nicht einmal vernachlässigt, aber eine Einsamkeit nistete in ihren Zügen, die nach Apfelmus und Regen roch.

Katja ging in die Hocke, lächelte das Mädchen an. „Hey. Du musst Lara sein?"

Ein zustimmendes Nicken. Die Ruhe, die sie ausstrahlte, wunderte Katja ein wenig. Sie selbst war in dem Alter so scheu gewesen, wie ein Hamster im Tageslicht.

Frau Hera legte dem Mädchen eine Hand auf die Schulter. „Willst du mit ihnen gehen? Bist du sicher?"

Lara sah zu der Heimleiterin auf. „Sie haben gesagt, das würde Leben retten."

„Ja." Plötzlich war Frau Heras Stimme rau, der Seewind an der Küste. „Aber andere Leben zu retten, birgt immer ein Eigenrisiko."

Einen Augenblick schien Lara nachzudenken. Sie kräuselte die Nase, dann nickte sie entschlossen. „Okay."

„Dann Lebewohl, Kind."

Die Frau lächelte auf Lara hinab und für einen Moment verschwand jede Strenge aus ihrem Gesicht. „Ich würde dir gerne mehr mitgeben, aber alles was ich dir geben kann, ist ein Lächeln, ein Handschütteln und ein Kuss." Sie beugte sich vor und küsste Lara sanft auf die Stirn. „Gib gut auf dich Acht."

Dann nickte sie dem Tod zu, der die Hände tief in den Taschen seiner Jeans vergraben hatte. Nirgendwo und überall zugleich schienen seine Gedanken, während er dem Abschied zusah.

Und einen Augenblick später war Frau Hera fort. Katja sah auf das Kind hinab und ihr Herzschlag beschleunigte sich. Ihr Problem hatte sich soeben um eine weitere Person erweitert. Jetzt war da nicht nur der Tod, jetzt war da auch noch ein Mädchen. Ein ganz bestimmtes Mädchen, wie der Tod behauptet hatte. Ein ganz bestimmtes Mädchen, das sie gerade ganz bestimmt entführten.

„Wir... wir können doch nicht einfach das Kind mitnehmen!",
fuhr sie den Tod an. „Hallo, Süße. Ich bin Katja, freut mich
ehrlich, dich kennenzulernen! Tod? Ehrlich jetzt? Das ist so was
von verboten!" Sie kramte in ihrer Tasche. „Kaugummi,
Kleines?"
Die Kaugummipackung war etwas zerknautscht, als sie sie aus
der Jackentasche zog, aber als sie dem Kind eines anbot,
lächelte Lara dankbar. Das Lächeln zauberte zwei kleine
Grübchen in ihre Wangen. Sie sah ein bisschen aus wie einer der
kleinen dicken Engel auf alten Gemälden.
„Wer ist er?", fragte Lara dann und zeigte auf den Tod, der
wieder sein Grinsen im Gesicht trug, wie eine Theatermaske.
„Oh, das, ähm... Also, ein... Bekannter von mir... Er..."
„Der Tod", unterbrach er ihr hilfloses Gestammel. „Ich bin der
Tod. Ich schüttle dir besser nicht die Hand."
Katja starrte ihn an.
„Okay", meinte Lara.
Und in dem Moment, in dem das Kind diese absurde und absolut
unmögliche Aussage ohne jegliche Gegenfrage akzeptierte,
brach die Wirklichkeit endgültig über Katja zusammen.
„Oh, Scheiße", fluchte sie, stand auf. Die Welt um sie her
begann sich langsam zu drehen. Bunte punkte tanzten vor ihren
Augen. Ihre Hände gruben sich einmal mehr in ihre Haare.
„Scheiße!"
Immer schneller wurde ihr Atem. Immer schneller drehte sich
die Welt.
„Hey!" Das besorgte Gesicht des Todes tauchte vor ihr auf. „Hey,
ganz ruhig, okay?"
„Ich bin beinahe gestorben!" Die Stimme gellte in ihren eigenen
Ohren. „Verdammt, ich... ich könnte jetzt tot sein!"
„Hey!" Er wedelte mit einer Hand vor ihrem Gesicht herum. „Du
hörst mich aber schon noch, oder? Klar könntest du schon tot
sein..."
„Ich rede mit dem Tod! Bin ich... bin ich etwa doch gestorben?
Oh, scheiße!" Tränen schossen ihr in die Augen, sie taumelte
einen Schritt zurück. „Scheiße... Wie soll ich das meiner Tante
erklären... ich werde meine Doktorarbeit nie fertig stellen..."
„Dein Ernst?" Verdutzt starrte der Tod sie an. „Ich erzähle dir,
dass wir Leben retten müssen, und du sorgst dich um deinen
Doktortitel?"

„Das war ein sehr zeitaufwendiges Projekt, okay?", schrie sie ihm ins Gesicht. Blut schoss ihr in die Wangen und die Wut tat so gut. Sie war viel besser als das Chaos in ihrem Kopf. „Warum hast du mich nicht einfach sterben lassen? Das hier ist total verrückt! Hörst du? Dein ganzes Gefasel von Leben-retten und... Reue und... irgendwelchen Kindern..." Sie rang die Hände. „Das ist total verrückt!"

Wie ein tollwütiges Tier lief sie die Straße auf und ab. Hin und her, warf dem Tod ab und an glühende Blicke zu, während der Puls in ihrer Kehle flatterte. „Wer soll das glauben! Verdammt, nicht mal ich glaube das, okay? Nicht mal ich! Und ja, bevor du fragst, das will was heißen! Ich bin doch verrückt geworden, du willst es mir nur nicht erzählen!"

So ging es noch eine Weile weiter, aber irgendwann ging ihr die Luft aus und erschöpft blieb sie stehen.

Einfach weiteratmen, hatte ihre Tante immer gesagt. Einfach atmen.

Ihr Atem beruhigte sich und die Welt kam wieder zur Ruhe. Wie ein Kreisel, der keinen Schwung mehr übrighatte und der Schwerkraft nachgeben musste.

„Geht´s wieder?", erkundigte sich der Tod, sein Tonfall neutral und distanziert, als hätte er nichts von ihrem Ausbruch mitbekommen. Fast schon eine dreiste Lüge.

„Weiß nicht." Sie sackte in sich zusammen, setzte sich, wo sie stand, auf den Bürgersteig und zog die Beine an. „Ich weiß im Moment nicht, was ich glauben soll. Jede Möglichkeit ist so krank wie die nächste. Also richtig krank."

„Ja, das macht das Atmen so schwer, richtig?"

Sie schnaubte, vergrub das Gesicht zwischen den Händen. „Ich will aufwachen."

„Aufwachen ist schwer, wenn man nicht schläft und nicht träumt."

„Halt doch einfach die Klappe."

Jemand zupfte sie an Ärmel, und als sie den Kopf hob, sah sie in Laras Augen. Das Mädchen hatte sich neben sie gesetzt und sah sie wachsam an.

„Tut mir leid, das Gefluche", murmelte Katja, zog die Nase hoch.

„Ist okay." Lara lächelte. „Was ist eine Doktorarbeit?"

Das brachte sie zum Lachen. Sie wischte sich ein paar Tränen aus den Augenwinkeln und rappelte sich auf. „Komm her." Sie streckte dem Mädchen eine Hand entgegen, zog sie ebenfalls auf die Füße. Der Anorak leuchtete durch den grauen Tag. „Das ist eigentlich etwas sehr Unwichtiges. Wenn deine Professoren aber denken, dass es irgendeinen Sinn darin zu finden gibt, steht plötzlich ein Doktor vor deinem Namen."

„Warum?" Das Kind runzelte die Stirn. „Was macht das Doktor?"
„Manche Leute fühlen sich dann wichtiger", warf der Tod ein.
„Los, wir müssen jetzt weiter." Ungeduldig trat er von einem Fuß
auf den anderen.
Ebenfalls genervt wandte Katja sich zu ihm um, ohne Laras Hand
loszulassen. „Was denn?"
„Wir müssen Leben retten, schon vergessen?" Seine linke Braue
wanderte provokant in die Höhe.
Seufzend ließ Katja die Schultern fallen, ließ die letzten Reste
der Wut los. Einatmen, ausatmen. So wie ihre Tante es ihr
gesagt hatte.
„Okay. Was machen wir jetzt?"
„Es fehlt noch der vierte im Bunde. Der – wird dir vermutlich
nicht so gut gefallen."
„Und warum?" Argwöhnisch verengten sich ihre Augen zu
Schlitzen.
„Weil er ein gesuchter Verbrecher ist. Verbrecher – nicht Mörder,
wohl gemerkt."
Als würde das irgendetwas besser machen.
„Wie beruhigend! Warum bei allen Göttern, willst du einen
gesuchten Verbrecher ins Team holen?", zischte sie. „Wir haben
ein Kind dabei!"
„Du wirst ihn brauchen, um deinen Plan in die Tat umzusetzen."
„Ich habe überhaupt keinen Plan!"
„Du wirst einen haben!"
„Danke, das war wirklich hilfreich. Komm, Kleines."
Sie drückte Laras Hand und atmete noch einmal tief durch. Dann
schenkte sie Lara ein entschlossenes Lächeln und lief zielstrebig
los, das Mädchen im Schlepptau. Lara folgte ihr, ohne zu zögern,
in der Hand eine kleine Tasche.
„Hey!", rief der Tod ihnen hinterher. „Hey, wo gehst du hin?"
„Was auch immer das für ein Typ ist, dein Krimineller", rief sie
zurück, ohne sich umzudrehen, „er wird noch warten müssen,
bis wir was Ordentliches gegessen haben!"
Sie sah zu dem Mädchen hinab, zwinkerte ihr zu. „Essen klingt
gut, oder?"
Lara nickte eifrig. „Was essen wir?"
„Ähm, wie wäre es mit einem belegten Brot und, hm, einer
warmen Schokolade?"
„Klingt gut."
„Ja? Gut. Ich kenne ein super Lokal, nein, eher ein Bistro? Keine
Ahnung. Ich kann echt nicht kochen, weißt du? Außer Kaffee
vielleicht, aber das trinkt man in deinem Alter noch nicht,
richtig?"

Lara kicherte vergnügt und verzog dann das Gesicht. „Schmeckt scheußlich."
„Das stimmt allerdings."
Sie liefen an einer Frau in weißem Mantel vorbei, die ihnen kurz mit den Augen folgte und ruhig in ihr Handy sprach. Katja konnte die Worte nicht verstehen, dafür stand sie zu weit weg, aber ihr fielen die mörderisch hohen Absätze auf, die unter dem Mantel hervorschauten.
Der Tod tauchte neben ihr auf, die Brauen ärgerlich zusammengekniffen. „Habe diese lästige Angelegenheit gar nicht mehr bedacht", grummelte er.
„Welche lästige Angelegenheit?"
„Na, das mit dem Essen. Dann hätte ich anders kalkuliert."
„Neu kalkulieren wirst du sowieso", erwiderte sie schnippisch.
„Während Lara und ich was essen, wirst du mir endlich diese verdammte Situation erklären, verstanden? Und zwar so lange und in so vielen Einzelheiten, bis ich zufrieden bin. Oder ich bin raus."
„Okay, okay", er hob ergeben die Hände. „Ist ja gut, ich werde es dir erklären. Ich bin sowieso noch nicht sicher, wie wir Nahual ins Boot bekommen."
„Nahual?" Lara grinste zu ihm auf.
„Ja." Irritiert sah er auf das Kind hinab. „Was ist mit dem Namen? Zu altmodisch?"
Lara nickte und lachte vergnügt in sich hinein. Ihr Lachen war ansteckend, ehrlich und unbesorgt und ein breites Grinsen stahl sich auf Katjas Gesicht. Dennoch wandte sie sich wieder dem Tod zu: „Was meinst du damit?"
„Womit?"
„Mit dem ins Boot bekommen."
Sichtlich unwohl zuckte er die Schultern. „Er kennt mich schon."
Er hatte den Blick abgewandt und spähte die Straße hinunter. Ein paar bunte, vertrocknete Blätter raschelten über den Asphalt. Hier und da war er gerissen, wie die Kruste eines Brotes, das zu lange im Ofen gestanden hatte.
„Ich liebe deine ausführlichen Antworten", seufzte Katja nach einem Moment, da der Tod keine Anstalten machte, sich zu erklären. „Schau mal, Lara, da vorne sind wir schon!" Sie deutete auf ein kleines Bistro an der Straßenecke.

(Un-)gedachte Gedanken

„Also", begann Katja mit vollem Mund und schloss genießerisch die Augen. Essen war schon immer eine ihrer Lieblingsbeschäftigungen gewesen. So viele Geschmäcker und Kombinationsmöglichkeiten. In letzter Zeit waren Kartoffelpuffer mit Nutella ihr Favorit. Aber das Sandwich war auch nicht schlecht.

„Also was?" Der Tod saß ihr gegenüber und nippte hin und wieder an seiner Cola Zero, ein Sandwich hatte er verweigert. Wahrscheinlich war er immer noch sauer wegen diesem Zwischenstopp. Vielleicht aß der Tod auch einfach nichts. Seine Nase war verächtlich gerümpft und hin und wieder sah er ihnen mit einem angewiderten Schnauben beim Kauen zu. Er hätte nicht ausdrucksvoller zum Ausdruck bringen können, was er von dieser Essenspause hielt.

„Also: Was genau ist das Problem", spezifizierte sie. „Was stellst du dir vor, das wir tun? Einen Plan hast du nicht."

Der Tod runzelte die Stirn, lehnte sich zurück und griff wieder nach seiner Cola.

Lara, die zwischen ihnen saß, schien nur mit halbem Ohr zuzuhören und stopfte bereits das zweite Sandwich in sich hinein, wie ein ausgehungerter Welpe.

Der Laden, oder wie immer man es nennen wollte, war wirklich klein und die Stühle, die vor der Tür standen, wurden durch sie vollständig belegt. Drei Stühle an einem Plastiktisch, auf dem sich Asche und Brandflecken sammelten, kreisrund und traurig. Niemand hatte sich die Mühe gemacht und einen Aschenbecher bereitgestellt.

Eine Gruppe Jugendlicher, einen Verstärker im Rucksack, lief über die Straße, ohne dem Lokal einen einzigen Blick zu gönnen. Dabei waren die Sandwichs hier wirklich vorzüglich und großzügig belegt. Für einen Moment wummerte der Bass bis zu ihnen herüber, dann verschwand die Gruppe in einer Seitenstraße.

„Das Problem ohne Plan?", hakte Katja nach. „Willst du jetzt Menschen retten oder nicht?"

Der Tod saß mit pikierter Miene auf seinem Stuhl und trank Cola. Katja unterdrückte ein Augenrollen. Anscheinend beleidigte es den Tod nach wie vor, dass Menschen aßen.

„Hey, tut mir leid, ja?" Verlegen kratzte sie sich an der Nase. „Ich bin gerade beinahe gestorben und hatte Hunger, da bin ich nicht gerade meine Vorzeigeseite, tut mir echt leid."

Der Tod schnaubte leise, nahm einen weiteren Schluck.

„Jetzt stell dich nicht an!" Sie streckte ihm über den Tisch hinweg, auf dem sich Servietten, Pappteller und Plastikbecher stapelten, die Hand entgegen. „Neuer Anfang?"

Durch zusammen gekniffene Augen musterte der Tod sie, nahm dann langsam ihre Hand in die seine und drückte sie. Seine Hand war nicht warm, nicht schwitzig wie die ihrer Tante, sondern so kühl, dass Katja ihn überrascht ansah. Herausfordernd hob er eine Braue und räusperte sich, während sie die Hand zurückzog und das Ganze zu ignorieren beschloss.

„Hey, ich bin Katja. Wenn ich morgens aufstehe, trinke ich als erstes eine Kanne Tee. Nicht eine Tasse, eine Kanne wohlgemerkt. Damit wüsstest du das wichtigste über mich."

Und der Tod grinste wieder. „Wenn das so ist: Ich schlafe nicht, wache folglich nicht auf und mag keinen Tee."

Katja kaute nachdenklich auf ihrem Brot herum und schluckte schließlich. „Weiß nicht, ob das dann was wird. Alles Banausen, diese Leute ohne Teeempfinden."

Sie grinsten sich an.

„Kann ich noch ein Brot haben?"

Lachend reichte Katja Lara ein weiteres Sandwich und die aß zufrieden weiter. Mit jedem Sandwich das Lara zu verspeisen begann, wurde sie Katja sympathischer.

„Dann sollten wir jetzt zu den Fragen kommen", meinte der Tod bedächtig, rückte seine orangene Mütze zurecht. „Wo fange ich an..."

„Vielleicht solltest du Lara erst erklären, wer du bist", schlug Katja vor.

„Das hab ich ihr doch gesagt", meinte der Tod überrascht, sah mit erhobenen Brauen zu Lara hinab, die seinen Blick kauend erwiderte. „Du weißt, dass ich der Tod bin, ja?"

Lara nickte. „Kennst du meine Mutter?"

Seine Reaktion auf diese Worte blieb hinter den dunklen Brillengläsern verborgen, aber Katja trafen die Worte mitten in die Brust, warfen sie zurück. Daran hatte sie nicht gedacht. Warum hatte sie nicht daran gedacht? Ihr blieb das Essen im Hals stecken. Kaum merklich begannen ihre Hände zu zittern, gerade so stark, dass es ihr nicht entgehen konnte.

„Sie ist gestorben", setzte Lara nach, als wäre das unklar geblieben. „Das sagte Frau Hera immer. Wir wissen nicht, wo mein Vater ist. Ich weiß nicht, wie er heißt. Ich kenne ihn nicht."

„Das weiß ich", meinte der Tod und nickte knapp.

„Kennst du ihn?" Sie legte den Kopf schief. Für den Moment war das Brot in ihren Händen vergessen. Die Frage war ihr wichtig, das stand klar und deutlich in ihren etwas zu großen Augen geschrieben. Eine leise Sehnsucht, die Katja nur zu gut nachempfinden konnte. Hastig wandte sie den Blick ab, lauschte auf das Gespräch, sah dabei aber starr auf zwei Tauben, die im aufgerissenen Asphalt nach etwas Essbarem pickten.
„Sicher. Ich kenne jeden, der einmal sterben muss."
„Warum hat er mich nie besucht?" Sie sprach so leise, dass der Wind ihre Worte beinahe ungehört mit sich gerissen hätte.
Lange schwieg der Tod. Katja hielt den Atem an. Die Frage nach dem Warum. Eine Frage, die einen eine ganze Kindheit herumtreiben konnte, einem den Schlaf rauben, bis die Tränen einen in die Arme der Erschöpfung trieben.
„Ich denke, er weiß noch nicht, dass er dich gerne hat", meinte er schließlich.
„Ich will ihn nur einmal sehen", murmelte sie. „Ich will gerne wissen, ob er aussieht wie ich."
„Du wirst ihn noch herausfinden, ich verspreche es dir."
Wieder eine Pause. Katja warf den Tauben ein paar Brotkrümel hin, sah zu, wie sie mit ihren Köpfen wippten, eifrig danach suchten.
„Und was ist mit meiner Mama? Kennst du sie?"
„Ich kenne jeden, der bereits gestorben ist. Teil des Jobs. Sie war eine wundervolle Frau, wunderschön. Und auch wenn ihr einziger Fehler sie das Leben gekostet hat, sie hat dich in den Armen gehalten und sie liebt dich."
„Werde ich sie wieder sehen?" Still klangen die Worte, stiller noch in dem kalten Novembertag.
Dieses Mal zögerte der Tod nicht. „Selbstverständlich. Nichts das lebt, kann je verloren gehen."
„Das ist gut", sagte Lara.
Der Tod brummte unbestimmt. Katja fuhr sich über die Augen, gab sich einen Ruck und wandte sich wieder dem Gespräch zu.
„Okay, genug davon. Was ist also das Problem, das wir lösen müssen?"
„Es gibt zwei Probleme", kam es augenblicklich zurück. „Aber eins nach dem anderen. Es gibt da in Berlin eine Gruppe von drei Personen, zwei Männer, eine Frau. Sie planen die Regierung zu stürzen, oder so was. Irgendetwas mit der Regierung hat es zu tun. Und so etwas endet immer in noch mehr Toten." Er zuckte die Schultern. „Habe euch Menschen noch nie so ganz verstanden, was ihr tut, warum ihr es tut... naja."
Katja war nach Lachen zu Mute. „Tatsächlich? Die Regierung stürzen? Einfach so? Zu dritt?", meinte sie amüsiert.

Der Tod sah sie böse an. „Ja, zu dritt. Sie haben diese ganzen seltsamen Technik-Sachen beschafft und..."
„Die ganzen Technik-Sachen?" Katja prustete los. „Ich beginne zu verstehen, wozu du mich brauchst."
„Wie auch immer!", schnappte der Tod. „Sie sind alle drei Kernphysiker. Du verstehst das Problem?"
„Oh."
„Ich deute das als ja."
Katja war blass geworden. „Du - du meinst, sie wollen eine Atombombe basteln?"
Der Tod zuckte die Schultern, leerte seine Cola in einem langen Schluck und stellte sie auf den Tisch. Der Wind stieß sie um und sie klapperte zu Boden. Dem Tod war das egal. „Keine Ahnung. Ich kenne mich damit nicht aus, sagte ich doch. Aber ich habe gehört, wie sie all die Menschen berechnet haben, die sterben würden. Und da die Regierungsriegen betroffen wären, würde das Politiksystem gleich mit sterben, denke ich. Politik verstehe ich auch nicht. Gut und Böse ist einfacher, du verstehst? Leben und Tod, Gleichgewicht eben. Jedenfalls würde dieser Anschlag unweigerlich noch mehr Tote mit sich bringen. Kettenreaktion, ja?"
Katja nickte geschockt. „Ach du meine Güte. Aber was bringt ihnen denn eine Atombombe? Dann sterben sie doch auch?"
„Wäre ja nicht das erste Mal, dass Menschen auf so eine Idee kommen", murmelte er dunkel, den Blick weit in die Ferne gerichtet. „Anscheinend haben zu viele überlebt, um diese Katastrophe ernst zu nehmen. Es macht euch Spaß. Das Basteln, das Drohen, die Macht."
Da konnte Katja nicht widersprechen. Grüblerisch zog sie die Brauen zusammen und begann auf ihrer Unterlippe herumzukauen. Wenn sie es tatsächlich mit einer Atombombe zu tun hätten, was sollte sie dann dagegen tun? Der Tod überschätzte ihre Fähigkeiten, ganz eindeutig.
„Hörst du mir zu?"
Sie schreckte auf. „Ja? Jetzt wieder."
Der Tod verdrehte die Augen und Lara entschlüpfte ein kleines Kichern. Missmutig sah der Tod zu ihr hinüber und Katja zwinkerte ihr zum Ausgleich zu.
„Ich bin nicht sicher, ob sie so ein Atomdings bauen wollen. Aber ich weiß, dass sie morden wollen - habe ich im Blut, denke ich. Um genauere Informationen zu bekommen, müssen wir Nahual ins Boot nehmen."
Wieder kicherte Lara.
„So alt ist der Name jetzt auch nicht", meinte der Tod genervt. „Könnt ihr mal das Problem ernst nehmen?"

„Tun mir doch!", fuhr Katja auf, ihr Herz pochte ihr jetzt schon unangenehm in der Kehle. „Aber das ist verdammt verrückt, okay? Irgendwie müssen wir damit jetzt fertig werden. Ich habe nämlich Angst vor dem Sterben!" Dann, mehr zu sich selbst, setzte sie nach: „Vielleicht sollte ich einfach Lara schnappen und verschwinden... Wäre das Vernünftigste, richtig? Wie gut stehen meine Chancen schon gegen drei Psychopathen mit einer Bombe?"

„Das Vernünftigste?" Der Tod verschluckte sich im Nachhinein an seiner Cola. „Meinst du das ernst?" Er war sichtlich geknickt, schob die Sonnenbrille hoch, räusperte sich. Dann begannen seine Finger auf den Plastiktisch zu trommeln. Vielleicht hatte er ADHS. Eine ich-muss-wieder-los-und-letzte-Worte-pflücken-Form von ADHS. „Warum hast du solche Angst vor dem Tod? Ehrlich Mal, das Leben ist so viel beängstigender – gerade, weil es so schrecklich unbeständig ist."

„Ich habe keine Angst vor dir", meinte Lara mit einem Vertrauen in der Stimme, wie es nur Kindern zur Verfügung steht.

„Oh, aber das solltest du. Du solltest mich mehr fürchten als alles, was dir am Herzen liegt, mehr als dein kleines, zerbrechliches Leben."

Über Katjas Arme kroch eine Gänsehaut. Plötzlich war da wieder der Hunger in seinen Zügen. Wie ein Vampir auf Blutentzug sah er aus, irgendwie. Sie war froh, dass er die Sonnenbrille trug. Eine expandierende Unendlichkeit aus Hunger hätte sie nicht ertragen können.

„Lass das Kind in Ruhe", sagte sie trotzdem.

„Aber warum?", überging Lara ihre Verteidigung. „Ich kenne dich doch jetzt."

„Nein." Der Tod lachte und es war das schrecklichste Lachen, das Katja jemals gehört hatte. Grobschlächtig und ohne jede Freude, scheppernde Bitterkeit. „Du kennst mich nicht, Mädchen. Und du wirst mich niemals kennenlernen. Niemand wird mich je kennenlernen. Das ist das Wissen, das ich in jedem Moment meiner Existenz mit mir trage. Niemand kennt mich. Und du kannst dir nicht vorstellen, wie einsam das macht. Einsamkeit kann grausam sein." Er nickte, als müsse er die Gewalt seiner Worte noch untermauern. „Grausamer selbst als ich und mein Königreich."

„Ich weiß", meinte Lara, ruhig wie eh und je. „Ich habe keine Eltern."

Wieder ließen ihre Worte Katja das Atmen schwer werden. Die Worte kamen Lara so einfach über die Lippen. Ehrlich und ohne Scham, obwohl das gleiche raue Sehnen in ihren Augen saß, der Katja jeden Morgen das Aufwachen schwer machte.

Ein Blitz aus gleißendem Licht, ein schlingerndes Quietschen, ein Schrei, der Phantomschmerz in ihrer Brust... An mehr erinnerte sie sich nicht mehr. Sie hätte nicht einmal sagen können, ob einer von ihnen geschrien hatte.

Blinzelnd lehnte sie sich vor, um einen Arm um Laras schmale Schultern zu schlingen. Das Mädchen sah zu ihr auf und lächelte. Dann kuschelte sie sich in die Umarmung und Katja rührte sich nicht, um dem Kind zumindest ein kleines bisschen Trost zu spenden.

„Diskutieren ist nicht oft so anstrengend wie mit euch", murmelte der Tod, da ihm scheinbar keine bessere Erwiderung einfallen wollte.

„Du hast von zwei Problemen gesprochen. Welches ist das zweite?" Katja wusste, dass sie auf andere Gedanken kommen musste. Zu nah waren sie der Vergangenheit gekommen.

„Nahual." Die Miene des Tods verdüsterte sich. „Ich hoffe, Lara kann ihn überzeugen."

„Ich?" Mit großen Augen tauchte Lara wieder aus Katjas Jacke auf und spähte zu dem Mann hinüber. Der nickte, rieb sich das Kinn.

„Ja, er hat schon immer gerne die Unschuldigen und Hilflosen verteidigt."

„Oh, und ich zähle nicht mehr zu den Unschuldigen?", erkundigte sich Katja, ein kleines bisschen beleidigt.

„Ich glaube kaum, dass du noch unschuldig bist."

Katja blinzelte überrumpelt, dann kroch eine leichte Röte in ihre Wangen und pikiert rümpfte sie die Nase. Das konnte der Tod wohl kaum auf diese Weise gemeint haben, oder? Katjas Blick fand Laras, die ehrlich irritiert schien. Katja würde ihr die Zweideutigkeit garantiert nicht unter die Nase reiben. Dem Tod musste wohl das Gleiche durch den Kopf gegangen sein, denn synchron zuckten sie die Schultern. Und Katja wurde das Fragen zu bunt. Er wollte immerhin ihre Hilfe. Nicht andersherum.

„Okay, wo ist dieser Nahual? Wir sollen doch keine Zeit verlieren."

„Das ist das nächste Problem." Trübsinnig starrte der Tod seiner Colaflasche hinterher, die über den krummen Asphalt klapperte und die Tauben aufschreckte.

„Warum jetzt schon wieder? Kann es sein, dass wir Dauerprobleme haben?"

Gekonnt ignorierte der Tod diesen Einwand. „Wir müssen zur Nordsee hoch."

„Oh, okay." Katja tippte sich nachdenklich auf die Nasenspitze. „Dieser Nahual wohnt an der Nordsee?"

Der Tod sah sie an, als hätte sie gerade etwas wirklich Dummes gesagt – was zugegebenen Maßen ziemlich zutreffend war.
„Okay, an die Nordsee." Sie räusperte sich, fischte sich ein paar rote Locken aus dem Gesicht. „Wir könnten mein Auto nehmen, aber das würde unterwegs vermutlich auseinanderfallen... Ich denke, der Zug wäre die sicherste Reisevariante."
„Der Zug? Muss das sein?" Er verzog das Gesicht. Katjas Brauen wanderten in die Höhe und mit ihnen ihre Mundwinkel.
„Fällt dir was Besseres ein?"
Er schnaubte, funkelte sie über den Rand seiner Brille hinweg an. „Ich kenne mich mit eurem Technik-Zeug nicht aus."
„Beinahe habe ich es vergessen", neckte Katja. „Aber sei ehrlich, was ist an Zügen auszusetzen?"
„Zu viele Menschen auf zu wenig Raum. In meiner Lage ist es nicht so einfach, unentdeckt zu bleiben. Der Tod ist so viel auffälliger als das Leben."
„Er ist immer so dramatisch", meinte Katja an Lara gewandt, die zustimmend nickte.
Der Tod grummelte etwas, das verdächtig nach „Weiber" klang.
„Das klingt nicht sehr nett. Bist du satt, Lara? Oder sollen wir noch ein paar Sandwichs besorgen? Noch haben sie welche, wir haben nur die eine Hälfte der Auslage gekauft." Sie grinste. „Ich hoffe jedes Mal, dass die Majo auf den Broten noch okay ist."
Kopfschüttelnd lehnte das Kind sich zurück. „Ich platze." Wie zum Beweis klopfte sie sich auf den Bauch, was dank dem Anorak wie ein Beifallklatschen klang.
„Lass das schön bleiben, ich wische dich nicht auf."
Das Mädchen kicherte und zog den Anorak fester um sich, fröstelte in der kalten Brise. Die Sonne hatte bereits ihren höchsten Stand erklommen und ließ sich zurück dem Horizont entgegenfallen. Viel Licht würde ihnen bei dieser Jahreszeit nicht mehr bleiben.
„Kommt, lasst uns bezahlen und dann zurück zum Bahnhof."
Der Tod erhob sich so schwungvoll, dass er den Tisch beinahe umgeworfen hätte. „Letztendlich ein vernünftiges Wort! Lasst uns gehen!"
„Halt!" Katja drückte ihm die Papiertüten und Servietten in die Hand. Verdutzt ließ er es geschehen. „Was soll ich damit? Das Zeug essen?"
„Was du -?" Katja seufzte. „Nein, Herr ich-bin-der-Tod. Dahinten ist ein Mülleimer. Schmeiß das Zeug weg, während ich bezahlen gehe."
„Und warum kann das nicht Lara machen?", brummte er.

„Welpenschutz." Sie zwinkerte Lara vergnügt zu, die ebenfalls von ihrem Stuhl gehüpft war und ihren Rucksack schulterte, mit gewichtiger Miene, als wäre sie eine der sieben Zwerge, bereit ins Bergwerk zu ziehen, oder aber zumindest Schneewittchen zu retten.

Keine zwanzig Minuten später standen sie wieder auf dem Gleis, auf dem der Wahnsinn seinen Anfang genommen hatte. Unruhig trat Katja von einem Fuß auf den anderen, biss sich auf die Lippe. Das Gleis lag vor ihr, als wäre nichts geschehen.
Kein Schlachtfeld aus Menschenmatsch und Eingeweiden, kein Staubregen aus konfiniertem Blut. Sie konnte also nicht gestorben sein, richtig? Dann hätte es irgendwelche sterblichen Überreste geben müssen und den ein oder anderen verschreckten Passanten.
Ein Zug fuhr ein, Bremsen quietschten. Katjas Blick wanderte durch die Menge und blieb auf einer Frau in weißem Mantel ruhen. Sie musste schon eine ganze Weile vor ihnen angekommen sein (wahrscheinlich hatte sie das Essen weggelassen), denn sie saß auf einer der Gitterbänke, die verloren neben den Gleisen standen. Die Beine übereinandergeschlagen, ihre mörderischen Absatzschuhe ragten wie Spieße in die kalte Luft. Schwarz und glatt wie Seide vielen ihre Haare über den Mantel.
Da haben wir unser Schneewittchen, schoss es Katja durch den Kopf, als die Frau sich beim Aufstehen zu ihnen umwandte.
Flüchtig begegneten sich ihre Blicke, Katja wollte lächeln, doch da weilte die Aufmerksamkeit der Frau längst anderswo. Katja hätte nicht sagen können, ob die Frau sie wiedererkannte. Sie war eine dieser Personen, in dessen Gegenwart man sich unbestreitbar hässlich fühlte und ein bisschen, als hätte man kein Zuhause. Ähnlich wie bei Schwesterchen. Vor allem wenn man zu gerne aß und ein altes Batik-T-Shirt trug, dessen Nähte bereits ausfransten.
Der Zug kam zum Stillstand, mit einem elektronischen Stöhnen öffneten sich die Türen.
„Keine Sorge, ich werde es mir nicht plötzlich anders überlegen", spöttelte der Tod in ihrem Rücken. Katja zuckte zurück und warf ihm einen raschen Blick zu. Ein Grinsen saß in seinen Mundwinkel, doch sie war nicht sicher, ob es seine Augen hinter den runden Brillengläsern erreichen konnte.
„Was anders überlegen?", fragte Lara, die Hände um die Träger ihres Rucksacks geklammert. Neugierig sah sie zwischen den beiden hin und her. Ein kleiner Fels in der brandenden Menschenmenge.

„Ach, nicht so wichtig", winkte Katja ab, hastig stolperte sie über die Worte, wandte sich ab. „Ich besorge uns Tickets."
Atmen, dachte sie. So wie Mai es dir beigebracht hat. Ein und aus...

Nachdem Katja davon gestürmt war, sah Lara zum Tod auf. „Sie wäre beinahe gestorben, oder?"
Der Tod hob die Brauen, niemand hätte sagen können, ob er überrascht war. Vermutlich nicht einmal er selbst. Manche Menschen rochen die Stille, als hätte sie die Ausdünstung einer Biotonne. „Wie kommst du darauf?"
„Sie hat Angst."
„Hm." Tod vergrub die Hände in den Jeanstaschen. „Sag ihr das nicht. Es wäre nicht gut, wenn sie es sich anders überlegen würde, ja?" Ein Windstoß fegte über das Gleis, trieb die letzten Blätter des Herbstes über den Asphalt. Lara erzitterte.
„Aber sag ihr das auch nicht", setzte der Tod hinterher.
„Was?"
Er schielte zu ihr hinunter. „Dass wir sie brauchen."
„Wir?"
Der Tod schnaubte. „Sei doch still."
Lara lächelte in sich hinein. Der Zug fuhr wieder an, wie ein Tier, das langsam aus seinem Winterschlaf erwachte. Dann verschwand er und hinterließ einen weiteren Schwall aus eisiger Luft. Fröstelnd schlang Lara die Arme um sich, als würde das den Fahrtwind abbremsen, bevor er sie erreichen konnte.
„Kalt?", erkundigte sich der Tod überflüssiger Weise.
„Ja. Ich glaube, es liegt an dir", erwiderte sie ernsthaft.
Das Geräusch, das ihm über die Lippen kam, hätte Lachen wie Grunzen sein können. „Hier." Er zog sich die Mütze vom Kopf und hielt sie dem Kind hin.
„Danke." Mit einem kleinen Lächeln zog sie sie sich über den Kopf, wirkte unter dem grellen Stoff gleich ein bisschen weniger verloren. Als würde die penetrante Farbe den viel zu ernsten Ausdruck in ihren Kinderaugen unterstreichen.
„Frierst du aber nicht?"
Der Tod schüttelte den Kopf. „Das wäre eine etwas überdrehte Ironie, meinst du nicht?" Er hob die Sonnenbrille an, um sie besser sehen zu können, als wäre er dabei etwas Sehenswertes in ihr ausfindig zu machen. Als wäre er noch nicht sicher, was für eine Person sie einmal werden würde. „Ein frierender Tod. Das wäre das Gleiche, wie eine schwitzende Sonne. Unpraktisch."

„Was ist Ironie?" Fragend hob sie das Kinn, sah dem Mann direkt in die Augen. Sie mochte diese Augen, auch wenn sie etwas gruselig waren. Es lag dieses Schweigen darin, dass sie an die Dunkelheit zwischen den Sternen erinnerte. An die Unendlichkeit des Universums.

„Ironie? Die Kunst über ernste Dinge zu scherzen, nur um sie noch ein wenig drastischer werden zu lassen und ihnen gleichzeitig den Schrecken zu nehmen."

Lara kräuselte die Nase. Viel konnte sie mit der Antwort nicht anfangen. „Wenn du nicht frierst, warum trägst du eine Mütze?", fragte sie stattdessen.

Der Tod schien verblüfft. Für einen Moment starrte er sie mit gerunzelter Stirn an, dann ließ er seine Augen wieder hinter dem dunklen Glas verschwinden.

„Hm, coole Farbe, meinst du nicht?"

Lara lachte vergnügt. Im selben Moment wurde sie wieder ernst. „Kann ich was fragen?"

Der Tod nickte.

„Frau Hera sagt, wenn wir sterben, werden wir zu Sternen. Stimmt das?"

Er fuhr sich mit der beringten Hand über die Glatze, sah zu einem der alten Kaugummiautomaten hinüber, den es eigentlich nicht mehr geben sollte. „Nein", sagte er dann. „Du wirst kein Stern. Du wirst zu einer Leiche."

„Ich bin wieder da", stellte Katja fest und wedelte mit drei Fahrkarten in der Luft herum. „Bis zum Ende des Monats müssen wir mit genau 105 Euro und 36 Cent auskommen. Mehr hat mein Konto nicht mehr zu bieten."

„Ist das schlecht?", erkundigte sich der Tod.

„Ziemlich." Frustriert blies sie sich eine Haarsträhne aus dem Gesicht, verstaute das übrige Geld in ihrer Hosentasche. „Aber ich bin Student und habe eine Doktorarbeit auf dem Schreibtisch liegen, die Geld schneller inhaliert, als ich atmen kann."

Ein Rauschen, dann die quietschenden Zugbremsen, als der noch immer viel zu schnell im Bahnhof einfuhr und im letzten Moment zum Halten kam. Menschen strömten aus den sich öffnenden Türen und verteilten sich auf dem Bahnsteig, wogten an ihnen vorbei wie Algen im Meereswasser. Genervte, gestresste, abwesende Gesichter zogen an ihnen vorbei. Eine rasche Folge rastloser Emotionen.

„Kommt", drängte der Tod. „Schnellzüge halten nie lange. Sonst wären sie nicht schnell. Richtig?" Damit packte er Lara an der Hand und drängelte sich gegen den stetigen Strom, während Katja Mühe hatte, hinterher zu kommen.

„Immer macht die Zeit Probleme", murmelte der Tod, sah
ärgerlich den Menschen entgegen, die seinem Blick automatisch
auszuweichen schienen. Fasziniert beobachtete Katja dieses
metaphysische Phänomen.
Da die meisten Reisenden an dieser Stelle ausgestiegen waren,
war es im Zug nicht allzu voll. Das Blechdach wölbte sich über
ihren Köpfen und für einen Moment fühlte Katja sich wie Jonas
im Bauch des Wales. Oder wie Pinocchio, wenn man den lieber
hatte. Schnell fanden sie eine kleine Sitzgruppe und blieben
stehen. Katja setzte sich neben Lara, der Tod ließ sich ihnen
gegenüber nieder. Unwohl sah er sich um, sein Blick wanderte
durch die verwaisten Sitzreihen.
Er war tatsächlich ziemlich auffällig – auch wenn das in Katjas
Augen eher an seiner bunten Kleidung lag, die so gar nicht in
den grau-schwarzen Trauertrend der aktuellen Zeit passte.
Lara neben ihr gähnte. Sie lehnte sich an Katjas Schulter und die
lächelte auf das Mädchen hinab.
„Du kannst ruhig schlafen", meinte der Tod. „Solange ich da bin,
um über euren Schlaf zu wachen, kann euch nichts Schlimmeres
passieren, als ein verirrter Albtraum."
„Träume können sich verirren?" Erstaunt weiteten sich Laras
Augen unter der orangenen Mütze.
„Oh, Kind!" Der Tod lachte leise. „Nichts verirrt sich schneller als
ein Traum. Das macht das Träumen so berauschend, meinst du
nicht?"
Katja runzelte die Stirn, sah dann wieder Lara an. „Du solltest
wirklich etwas schlafen. Das wird eine lange Fahrt."
„Okay", murmelte Lara, gähnte noch einmal und schloss die
Augen. Erstaunlich, wie schnell Außergewöhnliches Kinder
erschöpfte. Als müssten sie die Augen schließen, um
sicherzugehen, dass es sich tatsächlich um etwas Reales
handelte. Katja sah aus dem Fenster, als der Zug kurz darauf
anfuhr. Ein immer gleicher Zyklus.
Die gemurmelten Gespräche um sie her klangen wie fernes
Meeresrauschen, wie die gedämpfte Wucht der Brandung. Zwei
Plätze weiter saß ein junger Mann mit zerzaustem Haar und
blutunterlaufenen Augen. Er las in einem zerfledderten
Paperback, der den aufschlussreichen Titel „Die Kunst der
Unentschlossenheit" trug.
Vor dem Fenster zog die Stadt vorbei. Große Häuser, kleine
Häuser, teure Häuser und solche, in denen es sich kaum zu
leben lohnte. Ein Flickenteppich aus Gesellschaft und
mangelnder Menschlichkeit.

Katja schloss für einen Augenblick die Augen, versuchte ihre aufgescheuchten Gedanken zu beruhigen, doch die schnatterten durcheinander, wie Hennen im Hühnerstall. Seufzend legte sie den Kopf in den Nacken und zog den Mantel fester um sich. Auch wenn die Heizung die Luft im Zug ausgetrocknet hatte, ihr wollte nicht warm werden. Ein unterschwelliges Zittern hatte sich in ihrem Körper breitgemacht.
Sie fragte sich, wo dieser Zug sie wohl hinbringen würde. Warum war sie dem Tod gefolgt? Letztendlich hatte sie nichts in der Hand, das etwas gegen drei Irre ausrichten könnte. Und es konnte sich immer noch herausstellen, dass das alles bloß eine ihrer täglichen Spinnereien war. Aber es fühlte sich alles so echt an. Nicht nur der abgewetzte Stoff des Sitzes, auch das Kind an ihrer Schulter und die Stille, die um den Tod pulsierte, wie ein ausgelagerter Herzschlag. Sie spähte zu ihm hinüber. Doch der sah stumm an die Decke hinauf. Sie konnte nicht sagen, ob er die Augen geöffnet oder geschlossen hatte, und sie fragte sich unwillkürlich, was er wohl sah. Nur die staubige Decke mit dem nackten Licht – oder mehr? Er war nicht Teil dieser Welt, auch wenn er unweigerlich dazugehörte. Wer wusste schon, was diese seltsamen Augen sehen konnten. Ein Meer aus Toten und Sterbenden? Konnte er das Leben sehen, wenn alles, was mit ihm in Berührung kam, der Endlichkeit verdammt war?
So viele Fragen ohne Antwort.
Seufzend schüttelte sie den Kopf. Der Geruch von erkaltetem Kaugummi und Staub kitzelte sie in der Nase. Hoffentlich hatte ihr Vorsitzer keine Läuse gehabt.
Laras Atem wurde tief und gleichmäßig, vollkommen unbelastet von der Absurdität der Situation. Sie machte sich Sorgen um das Mädchen. Mehr vielleicht noch als um ihren Verstand.
„Wo sind wir da nur hineingeraten?", murmelte sie so leise, dass der Tod es nicht beachtete. Draußen wurde es bereits dunkel. Wie sie diese Jahreszeit hasste. Die ständige Tröpfchenbewässerung, durchweichte Schuhe, ein schadenfroher Wind und nicht mehr als eine Ahnung von Sonnenlicht. Im Fensterglas spiegelte sich Laras Profil. Jetzt, da sie schlief, wirkte sie noch viel jünger. Ein Kind eben, dem der Kopf von all den Eindrücken des Tages schwirrte wie ein Haufen Schmeißfliegen. Ihre Wangen waren leicht gerötet, eine Hand umklammerte noch immer den Träger ihres Rucksacks.
Vorsichtig, um sie nicht aufzuwecken, löste Katja den festen Griff und warf die Tasche neben den Tod auf den freien Sitz. Dann schlang sie einen Arm um das Kind und ließ ihren Kopf auf den des Kindes sinken.

Sie hatte sich immer gewünscht, einmal in ihrem Leben ein Abenteuer zu erleben. Eines, dass man nicht mehr vergisst, dass einem prickelnd wie Sekt durch die Adern fließt und zu einem Mantel aus Verwegenheit wird. Aber wenn sie von Abenteuern geträumt hatte, war nie der Tod involviert gewesen.
Vielleicht hätte sie sich das mit den Abenteuern zweimal überlegt, wenn sie von der unberechenbaren Beschaffenheit derselben gewusst hätte. Ein kleines Lächeln fing sich in ihren Mundwinkeln. Was auch immer hier vor sich ging, eines war nicht zu leugnen: Es war ein Abenteuer.
Was hatten die Doktorarbeit und die stille Wohnung dagegen zu bieten? Nichts als Stress und den Geruch von altem Kaffee.
Sicher, die Gefahr an einer Überdosis Koffein zu sterben, mochte geringer sein, als heil aus einem Pakt mit dem Tod persönlich herauszukommen, aber irgendwann würde das Ende sie so oder so einholen.
Sie musste gähnen. Nahtoderfahrungen kosteten mehr Energie, als sie sich vorgestellt hätte. Laras Kleider verströmten den trägen Geruch von Löwenzahn und Sommernächten und ließ Katja noch ein wenig schläfriger werden.
Was Frau Hera wohl für ein Waschmittel benutzte?
Ein Räuspern ließ sie Aufsehen. Der Tod hatte den Kopf zur Seite gelegt, die Arme vor der Brust verschränkt, ein schiefes Lächeln im Gesicht. „Du kannst ruhig schlafen. Wie du sagtest, es wird eine lange Fahrt. Und es werden anstrengende Tage, dafür kann ich mit 99% Wahrscheinlichkeit bürgen."
Sie lächelte matt. „Kannst du auch dafür bürgen, dass wir sicher aus diesem Schlamassel kommen?"
Der Tod verzog das Gesicht zu einer Grimasse.
Katja lachte leise. „Du weckst uns, wenn mir angekommen sind?"
„Sicher."
Selbst hier im Zug trug er seine Sonnenbrille, als wäre die Welt sonst zu hell, zu scharf umrissen. Als könnte er vom Anblick des Lebens erblinden.
Kopfschüttelnd schloss Katja die Augen. Was für ein verrückter Ort diese Welt geworden war. Wenn sie es nicht schon immer gewesen war. Ein kleiner Punkt im Universum, der vom Irrsinn bevölkert wurde.
Wenn Menschen die klügsten Lebewesen sind, ist es kein Wunder, dass die Welt einmal untergehen muss, dachte sie. Und mit diesem Gedanken sank sie in einen unruhigen Schlaf. Nur das Rattern des Zuges drang noch an ihr Bewusstsein.

Désirée Braun

Was wir heute tun

Bartholomäus Hans wusste nicht und würde nie wissen, wie seine Mutter damals auf diesen wenig vorteilhaften Namen gekommen war. Vielleicht war sie betrunken gewesen, wie meistens. Das Einzige worauf Bartholomäus sich in seiner Kindheit hatte verlassen können, war die Flasche Sherry in der Hand seiner Mutter.
Vielleicht lag es an diesem Namen, dass er es nie weiter als bis zum Klempner und nebenberuflichem Taschendieb geschafft hatte. Vielleicht lag es auch daran, dass er nach dem Hauptschulabschluss die Schule verlassen hatte, um sich selbst ein Abendessen und seiner Mutter ihren Sherry kaufen zu können.
Vorsichtig schob der Mann sich an den dämmrigen Fahrgästen vorbei. Die meisten schliefen oder dösten vor sich hin, die Ohren mit Musik gefüllt. Ein kleiner, alter Herr las in seiner Zeitung oder starrte zumindest unbewegt auf eine Bildunterschrift. Bartholomäus mochte es nicht, das Stehlen. Was er aber noch weniger mögen würde, wäre ein Weihnachtsfest ohne Geschenk für Frau und Sohn. Also verschob er das aufziehende Gewissen in die Warteschleife und konzentrierte sich auf seinen Streifzug. Neben einer rothaarigen Frau blieb er stehen. Sie hielt ein Kind im Arm und schien tief und fest zu schlafen. Blass waren ihre Züge, beinahe weißer als Marmor.
Sie wirkten so friedlich, die Frau und das Kind, dass sein Gewissen wieder fragend anklopfte. Unruhig sah er sich um, hatte das ungute Gefühl, beobachtet zu werden, konnte aber niemanden sehen. Kopfschüttelnd wischte er die schwitzigen Hände an der Jeans ab. Konzentration! Die Geldbörse ragte weit aus der Jackentasche der Frau. Ein leichtes Ziel.
Ein letzter Blick über die Schulter, sein Atem wurde flacher und der Schweiß brach ihm aus allen Poren. Wirklich eine unangenehme Nebenwirkung von Diebstählen.
Konzentration! mahnte er sich.
Zielsicher streckte er die Hand aus, beinahe berührten seine Finger schon das Leder, als ihn ein leises Räuspern zusammenfahren ließ.

Er erschrak so sehr, dass er beinahe gegen die Frau gestolpert wäre, doch er konnte sich im letzten Moment fangen. Mit zusammengekniffenen Augen wirbelte er herum. Sein Herzschlag pulsierte in seinen Ohren, laut wie das Hufgetrippel eines Pferderennens. Er mochte Pferderennen. Manchmal sah er sie im Fernsehen.

Plötzlich saß da ein Mann neben dem bunten Kinderrucksack. Vielleicht war einfach aus dem blass-blauen Kunststoffbezug des Sitzes gewachsen. Bartholomäus hätte schwören können, dass er gerade noch nicht da gewesen war, nur eine Sekunde zuvor. Er hätte beim Sherry seiner Mutter geschworen, auch wenn der Mann natürlich schon da gewesen sein musste. Seine flatternden Sinne mussten ihm die Aufmerksamkeit geraubt und sie unter stampfenden Hufen zermalmt haben.

„Das würde ich an deiner Stelle nicht tun", mahnte der Mann. Leise sprach er, um den Schlaf der rothaarigen Frau und des Kindes unbeschadet zu lassen. Seine Stimme war dunkel wie seine Haut, fein geriebener Kohlenstaub.

Bartholomäus steckte seine zitternden Hände in seine Hosentaschen und straffte die Schultern. Für eine Flucht war es vermutlich zu spät. Sein Gegenüber schien mit den Schatten regelrecht zu verschmelzen, doch nach und nach gewöhnten sich seine Augen an die schleichende Finsternis und er stutzte - trug der Kerl etwa eine Sonnenbrille? Im Spätherbst in einem Zug? Er hatte immer gedacht, seine Frau hätte einen seltsamen Kleidergeschmack.

Unruhig wippte er auf den Fersen, angespannt, bereit doch noch einen Sprint hinzulegen. Was würde sein Sohn sagen, wenn er am Abend nicht nach Hause käme?

„Was geht Sie das an, wenn ich fragen darf?", beschloss er es mit Gegenangriff zu versuchen.

Ein Zucken um seine Mundwinkel. „Nun, es trifft sich nun mal, dass ich versprochen habe, über ihren Schlaf zu wachen." Der Mann unterdrückte ein ungläubiges Lachen.

Aus irgendeinem Grund fuchste das Bartholomäus. „Wer sind Sie, dass Sie denken können, ein Recht darauf zu haben, die beiden zu bewachen? Niemand kann auf andere aufpassen." Er sollte nicht zu streiten anfangen, das wusste er. Wahrscheinlich war es das Dümmste, was er machen konnte. Er hätte doch einfach weiter huschen sollen. Wie oft hatte seine Frau ihm schon gesagt: Wenn du erwischt wirst, dann rennst du! Keine dummen Unterhaltungen! Aber darin war er nun mal verflixt gut; in dummen Unterhaltungen...

Ein dumpfes Grollen drang aus der Kehle des Mannes, animalisch
und beinahe obszön. Unwillkürlich wich Bartholomäus einen
Schritt zurück. Eine Gänsehaut zog sich über seinen Nacken.
Ließ die Härchen auf seinen Armen zu Berge stehen.
Irgendetwas war hier nicht in Ordnung. Irgendetwas lag in der
Luft. Ein dunkler Hunger, den er nicht zuordnen konnte.
„Sagen wir, ich bin niemand den du heute Abend kennenlernen
willst."
Bartholomäus musste schlucken. Mit einem Mal schien ihm das
Weihnachtsgeschenk für seinen Sohn doch etwas an
Dringlichkeit zu verlieren.
„Es hätte sich sowieso nicht gelohnt", meinte der Mann in den
Schatten und weiße Zähne grinsten zu ihm herüber, spitz wie die
eines Raubtieres. Oder bildete er sich das nur ein? „Es sind nur
105 Euro und 36 Cent drin."
Er schluckte, suchte seine Stimme: „Das ist immer noch mehr,
als ich in meiner Tasche habe, glauben Sie mir. Von dem Geld
könnte man eine ganze Woche satt werden. Zwei sogar..."
Wieder drang das verstörende Grollen an sein Ohr. „Ich kann dir
nicht helfen." Jetzt war da Ärger in der Stimme des Fremden.
„Ich kann euch nicht allen helfen. Und jetzt verschwinde!"
Und einmal befolgte er den Rat seiner Frau, wandte sich um und
floh durch die Abteile und am nächsten Halt aus dem Zug. Er
würde auf die nächste Mitfahrgelegenheit warten. Dann wäre er
immer noch zum Abendbrot zu Hause. Um neun würden sie das
Pferderennen übertragen. Nichts Großes, aber sein Sohn würde
sich bestimmt freuen. Für Weihnachten würde er sich etwas
anderes einfallen lassen müssen.
Der Tod lehnte sich zurück und rieb sich mit Daumen und
Zeigefinger die Augen unter der Brille. Manchmal konnte er die
Hilflosigkeit der Menschen nicht ertragen. Was mussten sie auch
immer so klein und erbärmlich sein. Entweder war da zu viel
stolz oder gleich gar keiner. Stolz. Er hasste das Wort. Beinahe
so sehr wie seinen Namen. Seufzend sah er zu Katja und Lara.
Die beiden schliefen unbehelligt von jedem schlechten Traum.
Am Ende bleiben sie doch für ihr ganzes Leben naive Kinder,
dachte der Tod und wusste nicht recht, was er davon halten
sollte.
Eine der roten Locken fiel Katja ins Gesicht, als der Zug über
eine Weiche ruckelte. Beinahe hätte der Tod die Hand
ausgestreckt und sie zurückgestrichen. Beinahe.

Sechsundvierzig Minuten und zwölf Sekunden später rüttelte der Tod Katja an der Schulter, bis sie verschlafen die Augen öffnete und zu ihm herüber blinzelte. „Sind wir schon da?", murmelte sie.

„Nein, aber der Schaffner kommt gleich vorbei."

Gähnend richtete Katja sich auf, ließ die Schultern kreisen, die sich nach dem schiefen Sitzen verkrampft hatten. Lara murmelte unverständliche Worte, bevor sie den Kopf an ihrer Schulter vergrub und weiterschlief.

Katja gähnte noch einmal, fuhr sich durch das etwas zerzauste Haar und griff in ihre Hosentasche, um die drei zerknitterten Fahrkarten herauszusuchen. Sie steckten neben den beiden Fünfzigern, die sie, statt sie in den Geldbeutel zu packen, in die Hosentasche gestopft hatte.

Draußen raste mittlerweile eine Schatten-getränkte Landschaft vorbei, nur noch hier und da ein Haus oder eine Brücke, die im dreckigen Licht einer Straßenlampe ihre Graffitis preisgab. Das groteske Lachen eines Clowns. Sie hatten die Stadt verlassen. Doch das Meer lag noch ein gutes Stück entfernt.

„Wie kann es am Nachmittag aussehen, als wäre es bereits Mitternacht? Ehrlich Mann", murmelte Katja und zog sanft die Mütze über Laras Ohren. „Wozu haben wir Tag und Nacht erfunden, wenn die Sonne ihre eigenen Gesetzte macht?"

„Es ist nicht die Sonne, die die Gesetzte macht."

Sie erstarrte. Die Worte trafen sie vollkommen unvorbereitet. Unvorbereiteter als selbst ihr boykottiertes Versterben.

Einen Moment lang musterte sie den Tod, als müsste es doch dieser sein, der den Verstand verloren hatte, dann lehnte sie sich vor, ergriffen von einer plötzlichen Faszination.

„Es gibt ihn also wirklich?"

„Wen?" Der Tod rückte seine Brille zurecht. „Wen soll es geben?"

„Gott!"

Der Tod schnaubte. „Woher soll ich das wissen?"

„Woher... Naja, vielleicht weil du der Tod bist?", entrüstete sie sich. „Wenn jemand weiß, ob es ihn gibt, dann bist das ja wohl du!"

„Ich fühle mich geschmeichelt, aber nein. Ich weiß nicht, ob es ihn gibt. Ich habe nie einen Gott getroffen, mit dem unergründlichen Plan habe ich nichts zu tun."

„Aber wenn du doch weißt, dass es einen Plan gibt -", setzte sie an.

„Auch das weiß ich nicht. Aber ein kleines bisschen Hoffnung kann nicht einmal dem Tod schaden."

„Wieso bringst du Leute um, wenn du nicht einmal weißt für wen?" Fassungslos hob sie die Hände.

Der Tod sah sie einmal mehr an, als würde er seine Mitgliedswahl stark anzweifeln. Katja streckte ihm die Zunge heraus, was den konsternierten Kniff um seinen Mund auch nicht lockerte.

„Ich sage immer: Ein Gott wäre die einzige Erklärung. Heißt es nicht in diesem Buch, dass Gott uns nach seinem Abbild erschaffen hat?"

„Du meinst die Bibel?"

„Genau." Der Tod nickte. „Nettes Buch. Mochte es nicht. Stell dir einen Gott vor, der so ist wie wir, nur mächtig. So viel Zerstörungskraft." Er zuckte die Schultern. „Was ich sagen will: Ich sage mir immer, dass er einen Plan haben muss."

„Aber..." Katja versuchte ihre Gedanken zu einer logischen Schlussfolgerung zu verknüpfen, mit mäßigem Erfolg. „Was, wenn es keinen Gott gibt? Dann – belügst du dich. Dann würde es keinen Grund für den Tod geben. Kein Plan, kein Ziel... Deine Existenz wäre eine einzige Selbstlüge."

Missmutig zupfte der Tod an den Fransen seines Hemdes herum. Dann reckte er mit einem Mal das Kinn vor und sah ihr trotzig in die Augen – zumindest vermutete sie das, wegen der Sonnenbrille konnte sie nicht ganz sicher sein.

„Bist du ein Lügner, wenn du nicht recht behältst?"

Darauf wollte Katja keine Antwort einfallen.

Der Tod bemerkte ihr Zögern. Er öffnete den Mund, um etwas nachzuschieben, doch er kam nicht mehr dazu. Katja war es ganz recht, irgendwie hatte sie das sichere Gefühl, dass es nichts Nettes gewesen wäre.

Und auch wenn sie nichts von seinen Wagen Auskünften hielt, er behielt recht was den Schaffner anging. Keine vierzig Sekunden später erreichte dieser ihr Abteil und hielt an ihrer Sitzgruppe. Tiefe Schatten lagen unter den geröteten Augen und die Filzweste spannte über dem einschüchternd dicken Bauch.

„Kann ich bitte Ihre Fahrkarten sehen?" Nach Zigarettenrauch klang seine Stimme, sein Blick hing irgendwo außerhalb des Fensterglases in der verzerrten Landschaft. Als hoffte er dort draußen einen Sinn zu finden, in dem Flickenteppich aus Ölklecksen und Farbtupfern.

Katja reichte ihm die Karten mit einem Lächeln und einem „Bitte."

Der Mann nickte, warf einen flüchtigen Blick darauf, stempelte sie ab und reichte sie ihr zurück. Als sein Blick auf das schlummernde Mädchen fiel, huschte ein winziges Lächeln über sein Gesicht, kaum mehr als eine wage Andeutung. Augenblicke später war er wieder im Gang verschwunden. Das Ganze hatte geschlagene neun Sekunden in Anspruch genommen. Der Zug ruckelte auf den Gleisen, als hätte er sich verschluckt und sie stopfte die Karten wieder in ihren Geldbeutel. „Ich wette, dem hätte ich auch einen Pizzeria-Flyer in die Hand drücken können."
„Er hat gestern seinen Onkel verloren", sagte der Tod.
„Du meinst er ist...?"
„Ja", fiel er ihr ruppig ins Wort.
Sie starrte ihn an. „War es... also, war es Absicht?"
Tod rümpfte die Nase. „Ich habe niemals die Absicht. Aber selbst ich bin den Gesetzen der Natur unterworfen. Oder Gott, wenn du denn an ihn glaubst. Ich bin keine Absicht, ich bin die bedauerliche Folge jedes Lebens. Und er war eben alt."
Einen Moment noch fochten sie ein stummes Blickduell aus, dann wandte Katja seufzend den Kopf, starrte auf ihr verschwommenes Spiegelbild. „Sei nicht immer so dramatisch."
„Was wäre ich ohne das Drama?"
„Weniger Tränen wert." Die Worte waren schneller über ihre Lippen gekommen, als sie denken konnte und sie wischten dem Tod das Grinsen aus dem Gesicht, schneller als man Niesen konnte.
„So habe ich das noch nicht gesehen." Der Tod nickte anerkennend, ließ die Worte an sich abperlen. Vielleicht war er solche Kommentare gewohnt. Doch Katja überrollte lawinenartig das schlechte Gewissen.
„'Tschuldigung, tut mir leid!" Sie hielt inne, wartete auf eine Reaktion, als keine kam, sprach sie weiter, überspielte den unangebrachten Moment: „Wir sollten die Zeit nutzen, in der Lara schläft. Ich wollte nicht direkt vor ihr Fragen, aber ich brauche ein wenig mehr Informationen. Ja?"
Der Tod nickte. „Frage, ich werde dir so viel erzählen, wie ich weiß."
Katja wühlte vor sich hin fluchend in den Manteltaschen herum und zog schließlich ein kleines Notizbuch und einen Kugelschreiber hervor.
„Ehrlich?", meinte der Tod.
„Hmpf." Abwesend blätterte sie zur nächsten freien Seite. „Wozu glaubst du hat mein Mantel Taschen? Frage Nummer eins." Sie sah auf und reckte neugierig das Kinn vor. „Was sollte Projekt Nummer 12 bedeuten?"

Der Tod schien auf diese Frage gewartet – oder zumindest
gehofft – zu haben. Das Blitzen seiner Augen war selbst hinter
den Brillengläsern zu erkennen, gleißend wie der Eintritt einer
Supernova und ein schelmisches Lächeln stahl, sich auf seine
Lippen. Er zwinkerte ihr zu. „Vielleicht gibt es keinen Grund.
Vielleicht findest du es heraus. Ich habe dich denken sehen."
„Du hast mich denken sehen?" Entsetzt lehnte sie sich zurück,
um etwas Platz zwischen sich und den Tod zu bringen. „Ich
meine... kannst du Gedanken lesen?" Das war eine entsetzliche
Vorstellung, fand Katja. Manche Dinge sollten nicht aus den
unbegreiflichen Windungen eines menschlichen Gehirns gezerrt
werden – und ihr Fall war da keine Ausnahme.
„Nicht doch." Beschwichtigend hob er die Hände. „Kein Gott, du
erinnerst dich?"
„Aber genauso unrealistisch."
„Ist das so? Man sollte doch meinen, dass ich eine handfeste
Persönlichkeit bin."
„Wer weiß. Vielleicht bin ich doch gestorben. Oder ich liege im
Koma und habe irgendeinen wirklich seltsamen Traum. Delirium,
nennt man das nicht so?"
Sie zog Lara ein wenig näher zu sich heran. Der gleichmäßige
Atem des Kindes beruhigte sie etwas, ließ die drohende Panik
wieder abflauen. Wenn das Kind neben ihr atmete, wie konnte
sie dann tot sein?
„Du musst dich wirklich nicht vor mir fürchten", meinte der Tod
trocken, als hätte er nur einen unverständlichen Scherz
gemacht. Einen dieser Scherze, über die niemand lacht, außer
dem ein oder anderen Betrunkenen, der sowieso schon am
Lachen ist.
„Ich dachte, es wäre dumm, wenn wir uns nicht fürchten?"
„Das war ungeschickt ausgedrückt", meinte der Tod und zuckte
die Schultern. „Lass uns sagen, ihr solltet nicht vergessen, dass
ich gefährlich sein kann. Wenn es sein muss."
„Ist das jetzt eine subtile Drohung?"
„Was? Nein." Der Tod seufzte. „Ich sehe schon, heute ist nicht
mein Tag-der-brillierenden-Sätze."
Katja lachte schnaubend auf. „Das stimmt. Okay. Wie hast du
mich dann denken gesehen?"
Irritiert runzelte er die Stirn. „Ich habe dich beobachtet."
Katja schnappte nach Luft. „Du hast was?"
Lara neben ihr zuckte leicht zusammen, ohne aufzuwachen, eine
ältere Frau warf ihr über den Rand ihres Magazins einen bösen
Blick zu, bevor sie sich wieder ihren Strickmustern zuwandte.
Schnell presste Katja sich eine Hand vor den Mund. Doch der
Schreck hatte die Wut nicht weggebrannt.

„Du hast mich beobachtet? Wie lange? Du weißt, dass Stalking
eine Straftat ist?", zischte sie die Augen zu Schlitzen verengt.
Niemand, auch nicht der Tod hatte das Recht, sie
unerlaubterweise zu beobachten. Sie war auch nur ein Mensch.
Nicht dafür gemacht 24/7 als Sitcom zu dienen. „Das ist
Verletzung meiner Privatsphäre!"
Wenn Blicke hätten töten können und der Tod sterben, wäre er
jetzt tot gewesen. Dummerweise konnten weder Blicke töten
noch der Tod sterben.
„Ich musste wissen, ob du für den Job geeignet bist", verteidigte
dieser sich. Keine Regung war seiner Miene zu entnehmen.
„Unbemerkte Beobachtung ist immer ein guter Anhaltspunkt."
Monoton, wie das Summen des Kastenfernsehen ihrer Oma.
Katjas Hände ballten sich zu Fäusten. „Mein Privatleben ist
privat!" Sie atmete schnaubend aus.
Er wandte den Blick nicht ab, was sie ihm aber nicht anrechnen
konnte, da er sich noch immer hinter der Sonnenbrille
versteckte. Diese blöde Sonnenbrille.
„Warum regst du dich so auf?" Leise Ungeduld schlich sich in
seine Stimme. „Es war außerordentlich faszinierend, dich zu
beobachten. Immerhin habe ich mich für dich entschieden."
„Wenn mich das aufheitern sollte: Tut es nicht", fauchte sie.
Nach wie vor sauer lehnte sie sich zurück, strich sich das Haar
aus dem erhitzten Gesicht. „Können wir uns auf die Mission
konzentrieren?"
„Deshalb bin ich da."
„Was weißt du über diese drei Personen? Ich will jedes Detail,
das du hast."
„Gut." Er rieb sich die Hände. „Dann lass uns anfangen."
Katja nahm ihren Kugelschreiber und schrieb ganz oben auf die
Seite: 12, Wissenswertes. Das fasste es doch zusammen. Die
Spitze des Stiftes schwebte über der wartenden Seite und sie
nickte dem Tod auffordernd zu.
„Leg los."

Der Tod strich sich über den nicht vorhandenen Bart und spitzte
die Lippen, bevor er zu sprechen begann. Mit gewichtiger Miene
und zum ersten Mal so, als würden ihm seine Worte etwas
bedeuten. „Person A, Kylie McAdams, die Frau. Sie hat dieses
Projekt, wie sie es nennt, ins Leben gerufen." Ein Grinsen für
den Wortwitz. „Sie hat die beiden Männer im Studium
kennengelernt und sie sind seit dem Freunde. Glaube ich", fügte
er nach kurzem Zögern hinzu. „Ganz habe ich das Konzept von
Freundschaft nicht verstanden. Eher Kollegen?" Er räusperte
sich. „Wie auch immer. Sie kommt aus Amerika, hat einen
Bruder, der aber an einer Überdosis Schlaftabletten gestorben ist
und unterrichtet in so einem großen Haus. Dort, wo andere
Menschen lernen?"
„Universität?"
„Genau. Person B, Hari Amsterdam, hat ein Kind, das er nicht
kennt. Ist nach der Geburt verschwunden."
Katja schnaubte erbost. „Herzloser Drecksack."
„Und ich bin dramatisch?" Spöttisch hob er die Brauen, doch sie
ignorierte ihn.
„Weiter."
„Von Person C weiß ich eigentlich nichts. Der spricht nie. Sein
Name ist Anton Kastello. Er lebt bei seiner Mutter. Sie macht ihm
jeden Morgen Butterbrote für die Mittagspause. Er isst sie allein
in seinem Vorlesungssaal, damit er sie nicht teilen muss."
Katja sah ungläubig von ihrer Mitschrift auf und taxierte ihren
Gegenüber. „Das ist alles? Mehr hast du nicht?"
„Naja, was ich vorhin gesagt -"
„Das macht es auch nicht besser."
Frustriert fuhr sie sich durch die roten Haare, seufzte ergeben.
Dann griff sie in ihre Jackentasche und zog eine Packung mit
Nüssen heraus. „Willst du welche?"
Kopfschütteln.
„Du isst nichts?" Sie steckte sich eine Handvoll in den Mund.
„Überhaupt nichts?", hakte sie kauend nach.
„Nie."
„Was?" Beinahe hätte sie sich verschluckt. „Eine Unendlichkeit
ohne Essen?"
„Ich hab keinen Hunger."
„Nie?"
„Nicht nach eurem Essen."
Eine Gänsehaut kroch Katjas Arme hinauf, schleichend wie
Giftgas. „Ich glaube, mehr will ich gar nicht wissen."
„Das glaube ich auch."

Eine Weile war es still – wenn man vom Rattern des Zuges, dem Murmeln der Passagiere und dem ruhigen Atem von Lara absah. Die Landschaft vor dem Fenster war kaum mehr eine Ahnung aus Schatten und wässrigem Grau.

„Warum das Kind?" Diese Frage brannte ihr schon die ganze Zeit auf der Zunge. „Warum ein kleines Kind?" Es hatte bestimmt bessere Auswahl gegeben, der Tod musste um die 7 Billionen Menschen kennen und ungefähr hundertmal so viele Tote.

„Ich wünschte, ich hätte eine befriedigendere Antwort als: Der Geist eines Kindes hat etwas Wundervolles. Unberührt von Vorurteilen, nicht gestutzt von der Gesellschaft, frei sich jeder unbewussten Regel zu widersetzen, ohne daran zu zerbrechen." Er nickte, um die Bedeutung dieser Worte zu unterstreichen. „Kinder sind stärker, als Erwachsene es jemals sein könnten. Aber mit der Zeit werden die Wunden zu zahlreich, zu tief. Und alles was stark und gut und rein in euch ist, bröckelt, wie alter Gips. Das ist der Grund, aus dem Kinder zu Erwachsenen werden."

So wertschätzend, wie die Worte auch gemeint sein mochten, sie gefielen Katja nicht. Eine dunkle Vorahnung blitzte zwischen den Silben. Eine nicht artikulierte Vermutung.

Sie sah auf das kleine Gesicht hinunter. Die Lippen waren leicht geöffnet und das kalte Neonlicht ließ ihre Wimpern Schatten auf die weiße Haut werfen. Kinder sollten nicht in einen Krieg geraten, ganz gleich, wie gerne sie von Abenteuern träumen mochten. Sie zwickte sich in den Nasenrücken.

„Was ist mit dem Mann? Mit Nahual? Kannst du mir etwas über ihn erzählen? Du hast gesagt, du würdest ihn kennen."

„Nein, ich sagte, er würde mich kennen", korrigierte der Tod. „Aber ich kann dir in der Tat von ihm erzählen." Sein Blick gesellte sich zu Katjas auf den hässlichen Plastiktisch. Seine Abneigung dem Mann gegenüber war greifbar. „Er ist der letzte Fährmann, den ich kenne. Er ist ein Mann, der keine Angst mehr hat und Sorge verachtet. Er lacht nicht, er weint nicht. Aber er sieht und hört alles. Zumindest kenne ich ihn so", fügte er hinzu. „Lege dich niemals mit ihm an. Selbst ich habe Respekt vor ihm."

„Klingt ja sympathisch", murmelte sie.

„Wenn man an große Sachen kommen will, muss man kleine Unannehmlichkeiten wohl akzeptieren."

„Wie lange kennt ihr euch schon?"

„Oh, eine lange Weile." Der Tod lächelte geheimnisvoll, und in seinen Augen blitzte etwas wie Vorfreude auf, als würde er es kaum erwarten können, Katja mit etwas Ungehörigem zu überraschen.

Sie sah ihn an, sah die matte Spiegelung der Beleuchtung in seinen Gläsern reflektieren. „Wer genau bist du?", brach es aus ihr heraus. „Jetzt sag nicht der Tod, das habe ich verstanden aber – warum bist du eine Person und kein Zustand. Warum gibt es dich? Und seit wann gibt es dich?"

„Mehr Fragen hast du nicht?"

„Oh, ich habe immer Fragen. Die wachsen schneller als Unkraut. Bekomme ich jetzt auch eine Antwort?"

Der Tod zuckte die Schulter. „Ich bin älter als jede einzelne eurer lächerlichen Religionen und -"

„Warum lächerlich?", fiel sie ihm ins Wort. „Die meisten Menschen auf dieser Welt halten Religion für alles andere als lächerlich."

Er lachte auf, ein tiefes, bitteres Lachen und beugte sich über den schmalen Plastiktisch zu ihr hinüber. „Weißt du, warum Religionen gegründet wurden? Am Anfang eurer Tage? Weißt du, woher sie kommen?"

Stumm schüttelte Katja den Kopf.

„Sie sind allein aus der Angst vor mir entstanden. Sie waren ein Trost, der kümmerliche Versuch einer Erklärung, die Suche nach einem Sinn hinter den Toten. Das ist schon lächerlich genug. Aber soll ich dir ein Geheimnis verraten, Katja? Ein Geheimnis, das jeder kennt und das von allen missachtet wird?"

Sie war nicht sicher, ob er mit einer Antwort rechnete, aber als sie den Mund aufmachen wollte, sprach er schon weiter:

„Religion ist mit der Hoffnung gegründet worden, Trost zu finden. Trost vor allem Unbegreiflichen. In dem Moment, in dem Religion für mehr als Trost missbraucht wird, hört sie auf eine Religion zu sein. Habsucht und Machtgier und Ruhm", er spie die Worte aus, als wären ätzende Schwefelsäure auf seiner Zunge. „Das hat nichts mit Religion zu tun. Das ist lediglich eine weitere Form der Politik, in der Massenmord und Unterdrückung unter einem Mantel aus künstlicher Unantastbarkeit erstickt werden. Religion ist ein Trost, keine Kriegserklärung."

Er lehnte sich zurück und trotz der hitzig gesprochenen Worte ging sein Atem gleichmäßig wie eh und je. Er hatte die Hände auf dem Schoß gefaltet und sah jetzt aus dem Fenster. Offenbar war dieses Gespräch vorerst beendet.

„Hm", machte sie schließlich. „Aber warum bist du jetzt eine Person?"

Er sah nicht mehr zu ihr hinüber, aber er antwortete. „Furcht macht aus den meisten Zuständen Gesichter, meinst du nicht?"

„Hm", machte sie wieder. Wie meinte er das? War das eine
Tatsache, eine Vermutung, eine Metapher? Hatte die Angst der
Menschen ihn zu einer Person gemacht? Das klang verrückt.
Oder war das eine Anspielung, die sie nicht verstand? Ein Witz,
den man erst verstehen konnte, nachdem man gestorben war,
vielleicht.
Sie hätte den Tod gerne gefragt, aber der wirkte nicht, als wäre
er in der Stimmung. um Scherze oder Nicht-Scherze zu
erläutern.
„Wie dem auch sei", sagte sie also, „wenn du sonst nichts zu den
drei Physikern sagen kannst, werde ich noch ein wenig schlafen."
„Tu das. Schlaf ein wenig. Versuche ein wenig zu schlafen."
Katja entschied, die kryptischen Andeutungen und Satzgefüge
des Todes fürs Erste zu ignorieren und schloss die Augen, die
Arme um Lara geschlungen.
Kaum war ihr Atem tiefer geworden, streckte der Tod die Hand
aus uns fischte eine einzelne Nuss aus der Tüte, die noch immer
auf dem aufgeschlagenen Notizbuch lag. Er steckte sie in den
Mund und nachdem er zweimal drauf gebissen hatte, nickte er
anerkennend. „Nicht übel."

Désirée Braun

Die Werft am Ende der Stadt

„Ich hoffe dieses Mal sind wir angekommen", murrte Katja, als
der Tod sie ein weiteres Mal - ziemlich unsanft - wachrüttelte.
„So ist es. Noch zwei Minuten. Sagt die krächzige Stimme."
Das brachte sie zum Grinsen. „Na gut." Sachte strich sie über
Laras Wange. „Hey, Süße, wir sind gleich da. Aufwachen."
Lara murmelte verschlafene Worte, bevor sie zu ihr auf blinzelte.
Und für einen Augenblick sammelte sich in ihren Augen eine
Einsamkeit, die nicht in Kinderaugen gehörte. Eigentlich. Ein
weiteres Blinzeln, und die Leere füllte sich mit Erkennen.
Das Mädchen richtete sich auf, rieb sich die Augen und gähnte
leise. „Sind wir da?" Sie wandte sich dem Fenster zu. Der Zug
begann langsam abzubremsen und sie hielt sich mit einer Hand
am Tisch fest, um nicht dagegen geworfen zu werden. Mit ihren
großen Augen sah sie in die Stadt hinaus, die bereits
aufgeflammt war, wie ein Tannenbaum mit tausend Kerzen. Die
Dunkelheit fütterte auch die kleinsten Lichter mit Macht. Allzu
groß konnte die Stadt dennoch nicht sein – kein Flutlicht, das die
Nacht zum Tag gemacht hätte.
Katja verstaute ihr Notizbuch in der Manteltasche neben dem
Geldbeutel und dem Stiftsammelsurium. „Nüsse?"
Lara schüttelte mit einem Lächeln den Kopf. „Ich habe noch
keinen Hunger."
„Wie kannst du nur", brummte Katja, „Ich habe immer Hunger."
Sie stopfte auch die Nüsse in ihre Tasche, die sich wie
gewöhnlich ausbeulte, bis die Nähte spannten. Solange sie alles
Wichtige in den Manteltaschen unterbringen konnte, würde sie
sich keine sperrige Handtasche zulegen, das hatte sie sich
einmal versprochen. Ihre Tante hielt es genauso, vielleicht hatte
sie es sich von ihr abgeschaut. Am Ende würde sie eine
Handtasche doch nur verlegen oder irgendwo liegen lassen.
Bremsen quietschten und sie wurden in die Sitze gedrückt. Aus
der Nacht schälte sich das große Bahnhofsgebäude. Wie ein
Insekt wirkte es mit all den kleinen, nervösen, blinkenden
Lichtern.
Sie fuhren auf dem Gleis ein und die Gesichter der Wartenden
zogen an ihnen vorüber, verschwommen wie ein zerlaufenes
Aquarell. Unbeständig, der Inbegriff der Vergänglichkeit.
„Wo sind wir?", murmelte Lara.
„An der Nordsee", sagte der Tod.

„Aber ich sehe gar kein Meer." Lara reckte den Hals, als könnte sie dann einen Blick darauf erhaschen.
„Ich muss dich enttäuschen, es endet nicht direkt am Bahnhof." Lara sah ruhig zu ihm auf. „Wo dann?"
„Am Rand der Stadt."
„Okay", sagte sie und gähnte wieder.
„Wie lange brauchen wir bis zu diesem Nahual?", erkundigte sich Katja. Um sie her kamen Gemurmel und Geraschel auf, als die Menschen sich aus den Sitzen quälten und nach ihren Taschen und Koffern griffen.
Der Tod zuckte die Schultern. „Vielleicht zwanzig Minuten Fußmarsch."
Auch Katja rutschte jetzt aus dem Sitz und reichte Lara eine helfende Hand. Der Tod hatte sich bereits erhoben, warf sich Laras bunten Rucksack über die Schulter.
„Und können wir bei Nahual übernachten, oder müssen wir uns da noch drum kümmern?", fragte sie weiter.
Er zuckte die Schultern. „Ich habe es zumindest so geplant."
Als Katja ein weiteres Mal seufzen musste, sah er sie entschuldigend an. „Wenn ich ehrlich bin, ich habe keine Ahnung, was ich tun soll, wenn mein Plan nicht aufgeht. Ich habe nur diesen einen Plan: Geeignete Menschen zusammensuchen, damit die einen richtigen Plan machen können."
„Sehr beruhigend", brummte sie.
Der Zug kam endgültig zum Stehen und sie strebten dem Ausgang entgegen, wurden mit den anderen Passanten auf den Steig gespült. Warm sickerte das Licht durch die Fenster, verlassene Plastikstühle, überfüllte Mülleimer und ein eisiger Wind, der in ihren Ohren summte. Aber zumindest vertrieb er die Dunstglocke aus dreißig unterschiedlichen Parfums und versagendem Deo. Lara streckte die Nase in den Wind und schnupperte, als wäre sie ein Kaninchen. Goldig, dachte Katja, verkniff sich ein Lächeln.
„Es riecht nach Salz."
„Hast du schon mal ein Meer ohne Salz gesehen?"
„Ich habe noch gar kein Meer gesehen."
„Dort geht es lang", meinte der Tod und deutete in die Dunkelheit, fort von dem verheißungsvollen Licht des Bahnhofs.
„Warum ist das Meer salzig?", fragte Lara.
Der Tod zuckte die Schultern, linste über die Brillengläser.
„Vielleicht, weil es sonst im Winter zufrieren würde und diese Erde sprengen?"
Lara nickte mit ernster Miene und vergrub die Hände in den Taschen ihres Anoraks.

„Hast du kalt?", fragte Katja.
Das Kind schüttelte den Kopf. „Es geht."
Katja zog ihr die knallige Mütze etwas tiefer über die Ohren.
Warum musste sie ausgerechnet im Winter in diese verzwickte
Situation geraten? Das nahm dem Abenteuer einen großen Teil
des Reizes. Keine milden Sommernächte am Lagerfeuer, keine
Monsterjagd in kurzen Hosen durch Brombeerhecken. Fast war
sie enttäuscht.
„Okay", sagte sie zu Lara. „Wenn es nicht mehr geht, sag
Bescheid. Dann nehmen wir das erste Café, dem wir über den
Weg laufen, einverstanden? Für eine heiße Schokolade reicht das
Geld noch."
Lara nickte und griff nach Katjas Hand. Die Nacht brachte die
Einsamkeit zurück in ihre Züge.
„Das bekommen wir hin, ganz sicher." Sie drückte Laras Hand
und lächelte aufmunternd zu ihr hinunter.
„Wir haben keine Zeit, um andauernd Essen zu gehen." Böse
funkelte der Tod sie an.
„Wenn sie kalt hat, dann gehen wir ins Warme, verstanden?",
knurrte Katja und funkelte zurück, mindestens genauso böse.
Zu ihrem Erstaunen gab er klein bei. „Ist ja gut, aber lasst uns
gehen. Wir haben in diesem Zug genug Zeit vertrödelt."
Katja schlug den Kragen ihres Mantels hoch, zog die Schultern
bis zu den Ohren herauf, während der Wind hämisch an ihren
Haaren zupfte und zwischen den Häusern jodeln übte. Der Tod
lief ihnen voraus und sie folgten dem bunten Poncho, als wäre er
ein Followme auf der Landebahn eines Flughafens.
Träge wie ein verschmutzter Fluss schlängelte der Verkehr sich
neben ihnen her und Automotoren verpesteten die Umwelt. Aber
der Bürgersteig war breit genug, um nebeneinander darauf zu
gehen, also war es Katja recht. Zu ihrer Rechten reihten sich
schwach erleuchtete Schaufenster, in denen die Auslagen vor
sich hin staubten. Eine Nähmaschine aus dem letzten
Jahrhundert. Eine einsame Uhr. Ein Strohhut, an dem
Pfauenfedern steckten.
Und Lichter blitzten ihnen von allen Seiten entgegen. Die Stadt
schien ein eigenes Nachtleben zu haben. Straßenlampen,
Scheinwerfer und die Schaufenster zeigten ihnen den Weg,
fanden sich zu einem seltsamen Lichtsumpf zusammen, durch
den sie wateten. Hier und da hingen sogar ein paar
Weihnachtsketten. Im November. Katja schnaubte. Dieses
Jahrhundert schien seinen Vorfahren nachzueifern und so viel
Sinn wie möglich zerschlagen zu wollen.

Sie schlang einen Arm um Laras Schultern und zog sie näher zu sich heran, um sie so gut es ging vor dem stetigen Wind zu schützen.

„Wenn Nahual uns rausschmeißt, dann bring ich dich um!", rief sie dem Tod zu, der nur kurz über die Schulter grinste. Er rückte seine Sonnenbrille zurecht und lief weiter. „Viel Spaß bei diesem Versuch."

„Du bist unerträglich!"

„Ich weiß."

„Eingebildeter Wichtigtuer", murmelte Katja und Lara kicherte leise.

„Ich habe das gehört!", rief der Tod und Lara lachte auf, hell und dünn in der lichtfleckigen Dunkelheit.

Die Häuser, an denen sie vorüber gingen, wurden kleiner, schäbiger. Der Salzwind fraß sich durch den Putz, nagte an den schiefen Dächern und ließ den Lack von den Türen blättern. Immer weniger Passanten begegneten ihnen.

Holzhütten und Imbissbuden mischten sich unter die Häuser, die meistens Fisch und Chips anboten und geschlossen hatten. Hier fuhren kaum noch Autos. Wild sauste der Wind durch die kleinen Gassen, jauchzte und heulte in ihren Ohren, als würde er mit jemandem Nachlauf spielen.

Die Straßenlampen wirkten alle nicht mehr vertrauenswürdig und hin und wieder flackerte das Licht, als hätte es keine Lust mehr, könne sich aber auch nicht dazu überwinden aufzugeben. Katjas Wangen schmerzten bereits von Kälte. Sie machte sich Sorgen um Lara. Das Mädchen hatte in den letzten zehn Minuten nichts mehr gesagt.

„Sind wir bald da?", rief Katja.

„Bei eurem Rollatoren Gang – ich denke noch knapp zwei Minuten."

Katja schnitt seinem Rücken eine Grimasse. „Hast du gehört, Kleines? Gleich sind wir da."

Laras Zähne begannen zu klappern.

Plötzlich hatten sie das Ende der Gasse erreicht und traten auf eine weite Strandpromenade hinaus. Keine Menschenseele hatte sich hierher verirrt. Wie ein feuchter Waschlappen klatschte der Wind ihnen ins Gesicht. Ungebremst und wütend fuhr durch die Wellen und bauschte sie auf, ein rauschender Ball aus Brokat und weißem Tüll.

Der Salzgeruch konzentrierte sich beim Anblick des Meeres um ein Dreifaches. Schwarz war die See in der Nacht, schwarz und stürmisch und zornig wie ein aufgeschreckter Hornissenschwarm. Klatschend prallten die Wellen ans Dock.

Das Salz brannte Katja in der Nase. Aber es roch gut und für einen Moment schloss sie die Augen und legte genießerisch den Kopf in den Nacken. Nach ungezähmter Freiheit roch das Meer und nach dem Shampoo ihrer Tante. Oder waren es ihre Tränen? „Wir sind gleich da", meinte der Tod, brachte sie damit zum Weitergehen. „Er hat immer heißen Tee auf dem Herd", fügte er an Lara gewandt hinzu, deren Wangen die Kälte rot gebissen hatte. Im schwachen Lichtschein wirkte das aber eher wie grau und ein bisschen so, als wäre ihr schlecht.
Das Mädchen nickte und stiefelte weiter. Der Wind riss an ihrem Anorak. Schnell überholte Katja sie, damit Lara in ihrem Windschatten laufen konnte. Nachher würde sie noch ins Meer gepustet. So klein in der dunklen Welt.
Der Tod bildete das Rücklicht.
Je weiter sie liefen, desto schmaler wurde die Strandpromenade. Älter, rissiger, hässlicher. Nur das Meer brauste mit ungeminderter Rage in ihrem Ohr; ein tiefes, kehliges Lachen rollte durch den Windgesang.
Und dann schälten sich die dunklen Umrisse eines Gebäudes vor ihnen aus der Nacht. Es war groß und unförmig wie ein Tierkadaver am Straßenrand und erst als sie näherkamen, erkannte Katja, dass es sich um eine Schiffswerft handelte. Einsam und halb ertrunken lag sie dort, gerade noch so in Sichtweite des Stadtrandes.
„Da lebt Nahual?", erkundigte sie sich überrascht.
„Nein, hier machen wir nur eine Museumstour zur Anhebung des allgemeinen Bildungsstandes."
Katja verdrehte die Augen. Die Erleichterung, das Ziel in Sichtweite zu haben, begann bereits die Kälte zu verdrängen.

Keine Minute später standen sie vor der kleinen Eingangstür, die jeden Moment aus der Angel zu brechen drohte. Der Lack war hier kaum noch zu erahnen, nur ein paar letzte Spitzer versicherten, dass er einmal da gewesen war. Gelbes Licht sickerte durch die Ritzen des Bretterbaus und mit ihm verheißungsvolle Wärme. Über ihren Köpfen ballte sich unheilvoll die Dunkelheit.
„Und du bist sicher, dass hier jemand lebt?", hakte Katja noch einmal nach, nur zur Sicherheit. Sie war keine Architektin, aber das Ding sah aus, als würde es schneller zusammenbrechen als ein Kartenhaus. Und auch der Tod musste sich ab und zu verlaufen.
„Ja, da lebt wer", knurrte eine Stimme in ihrem Rücken. „Ich leb da."

Katja und Lara fuhren synchron herum, nur der Tod schien nicht erschrocken von dem unerwarteten Auftritt. Wahrscheinlich hatte mit so etwas gerechnet und sich lediglich nicht den Schreck auf Katjas Gesicht nehmen lassen wollen, denn er grinste leicht. Katja presste sich eine Hand aufs Herz und kniff die Augen zusammen, versuchte mehr zu erkennen als nur den schemenhaften Schattenriss. Doch dieser Schattenriss legte es offenbar darauf an, Schattenriss zu bleiben.
Es war ein Mann, der vor ihnen stand. Die breite Krempe seines Hutes barg sein Gesicht, der hohe Kragen des Ölmantels tat das übrige. Knarzend war seine Stimme. Als hätte der salzige Wind jede weiche Nuance heraus gefressen.
„Sieh einer an", sprach er weiter. „Doktor T höchst persönlich."
„Ihr kennt euch also tatsächlich!", entfuhr es Katja. Bis jetzt hatte sie sich nicht vorstellen können, dass Menschen mit dem Tod bekannt waren. Ohne tot zu sein.
„Man kann als Tod einen Doktor bekommen?", kam es neugierig von Lara.
„Sicher", knurrte der Mann und der Zorn, der sich in seine Worte stahl, war rau und ungezügelt, wie das aufgepeitschte Meer.
„Der hat genug Leute umgebracht. Den praktischen Teil hat er in der Tasche. Und weil niemand mehr über das Töten weiß, kann er sich den schriftlichen Teil sparen, nicht?"
Lara fasste nach Katjas Hand, drückte sich an sie, als würde der Mann ihr mehr Angst machen als der Tod an ihrer Seite.
„Er ist nicht das Monster, das er gerne spielt, keine Sorge", meinte dieser beruhigend an das Kind gewandt. „Auch wenn er die Nacht liebt, wie es sonst nur die Diebe und Scharlatane tun."
„Hast du mal versucht, die Diebe und Scharlatane, die Monster der Nacht zu zählen, nur um zu scheitern, Kind?" Der Mann lachte auf und es klang wie das Bersten eines Landestegs. „Das liegt nicht dran, dass sie so zahlreich sind, wie Erwachsene sich das gern einreden. Liegt daran, dass es sie nicht gibt. Die echten Monster brauchen das Licht des Tages, weil die Dunkelheit ihren Namen kennt. Merk dir das."
Mit großen Augen sah Lara zu dem Mann auf. Die Temperatur um ihn herum schien um ein paar Grad Celsius zu sinken.
Resolut schob Katja das Mädchen hinter sich. „Könnt ihr beiden euch mal zusammenreißen? Ich weiß nicht, was für einen Kleinkrieg ihr hier führt, aber lasst gefälligst das Kind daraus, verstanden?"

Der Tod funkelte nur weiterhin den Fährmann. Doch das beeindruckte diesen nicht. Im Gegenteil. Er lehnte sich zurück und ein kleiner Teil der zornigen Anspannung schwand aus seiner Haltung. Eine Prügelei rückte wieder außerhalb der akuten Möglichkeiten.

„Hast recht", brummte der Mann. „Nahual." Und er streckte Katja die Hand hin, die diese verblüfft von dem plötzlichen Stimmungsumschwung ergriff.

„Ähm, Katja. Freut mich."

Nahuals Hand war rau und voller Schwielen. Schnell zog sie die ihre wieder zurück. Sie war nicht sicher, ob sie den Mann respektieren könnte oder ihn lieber in die Nordsee geschubst hätte. „Das ist Lara", meinte sie, legte dem Kind ihre Hände auf die Schultern.

Er nickte dem Kind zu. „Sagst Du. Das tut jeder."

„Wer bitte ist jeder", spöttelte der Tod. „Du redest doch mit niemandem."

„Mit niemandem den du kennst. Alle, die du kanntest, sind jetzt tot und über Bord", gab Nahual zurück, ohne sich die Mühe zu machen, ihn anzusehen.

„Ich muss dich enttäuschen. Ich kenne jeden der -"

„Ich muss dann gehen, meine Kuh wird unruhig und frisst Bäume", stöhnte Katja genervt. „Wir erfrieren hier, haben keinen Plan und noch nicht mal ein gesichertes Abendessen!", fuhr sie die beiden an. „Könnt ihr eure Fehde mal für einen Moment vergessen?"

Lara füllte die überrumpelte Stille mit einer ihrer Fragen: „Wo kommt Nahual her? Der Name? "

Der Mann räusperte sich. „Kann ich nicht sagen, Namen sind eine dumme Sache. Sie können ein völlig falsches Bild von dir schaffen, wie ein Mantel, der nicht passt, weil die Farbe nicht steht."

„Passt mein Name?"

Nahual lachte auf und dieses Mal war es ein beinahe freundliches Geräusch. Zumindest klang es nicht wie das Knurren eines Sprung-bereiten Raubtiers. „Ich weiß noch nicht, kleiner Mensch. Hab etwas Geduld."

„Gut, wenn das geklärt wäre", meinte Katja und beäugte den Mann mit stillem Misstrauen im Blick. „Können wir den Rest im Warmen besprechen?"

„Warum sollte ich euch einladen?"

Der Tod seufzte. „Eine Mission Nummer 12, deswegen."

„Und ich dachte, du willst Fische füttern." Nahual schnaubte. „Warum das Kind?"

„Die einfache Wahrheit eines Kindes ist eine Waffe, auf die man nicht verzichten sollte."
„Wahrheit?" Der Fährmann schüttelte den Kopf. „Kinder sind die besten Lügner von allen. Die Wahrheit ist wie Knete in ihren kleinen Händen."
„Ich lüge nie", sagte Lara, reckte das Kinn. Zum ersten Mal, seit Katja sie getroffen hatte, war die Ruhe aus ihrem Gesicht verschwunden und hatte einem zornigen Trotz Platz gemacht. Nahual musterte sie einen Moment. Dann zuckte er die Schultern. „Ja, kann ich mir tatsächlich nicht vorstellen, beim Klabautermann." Er seufzte ergeben. „Also dann, kommt eben rein."
Er stieß die Tür auf und schritt ihnen voran in den eigentümlichen Raum. Voller Staunen blieb Katja stehen und sah sich mit leuchtenden Augen um, während der Tod die Tür hinter ihnen schloss und die kalte Nacht aussperrte.
Katja hatte mit vielem gerechnet, aber sicher nicht hiermit.
Es war ganz eindeutig eine alte Schiffswerft, wenn auch ohne Rampe. Der Raum, wenn man ihn als solchen bezeichnen wollte, war lediglich ein U-förmiger Steg rund um ein Wasserbecken, in dem ein Kutter dümpelte. Das große Tor war geschlossen und von draußen donnerte die Brandung dagegen wie ein Fremder, der um Einlass verlangte.
Es war erstaunlich gemütlich, die Werft. Sie konnte nicht umhin zuzugeben, dass sie ihrer Studentenwohnung alle Ehre machte. Auf der breiten Seite des Us reihten sich eine kleine Küchenzeile, ein Schreibtisch und zwei Seemannskisten aneinander. Ein bunt-getupfter Wasserkessel stand auf dem Gasherd, die kleinen Feuerzungen leckten an dem Blech vorbei. Auf dem Schreibtisch standen ein Laptop und ein Computer mit altertümlichem Bildschirm. Daneben ein Sammelsurium an Kugelschreibern und Blöcken. Das machte Katja Nahual um einiges sympathischer.
Zwischen Küchenzeile und Wasserbecken war ein kleiner Sitzkreis aufgebaut, ein Ensemble aus einer verschlissenen Couch, einem Fischerstuhl und einem Ohrensessel, der mit rotem Samt überzogen war. Abgewetzt wie der Mantel, den sich Nahual gerade von den Schultern zog und an einen einfachen Haken neben der Tür hängte. Dann nahm er den Hut ab und drehte sich zu ihnen um.
Lara schnappte erschrocken nach Luft, klammerte sich an Katjas Bein und auch Katjas Augen weiteten sich erstaunt.

Nahuals rechte Gesichtshälfte war, was nach einem Jahrzehnt Ignoranz von einem Schlachtfeld übrigbleibt. Kleine, wulstige Narben zogen sich über seine Wange, ließen seinen Mundwinkel und sein rechtes Augenlid verzerrt zurück und zeichneten ein seltsames Lächeln in seine Züge. Als hätte der Künstler versehentlich über die nassen Farben gewischt, nachdem er das Kunstwerk vollendet hatte. Selbst seine Haare wichen über seinem Ohr den knotigen Linien aus.

„Ich glaube, ich komme langsam dahinter, warum du den Tod nicht leiden kannst", meinte Katja nach ein paar Minuten unangenehmen Schweigens. „Ich nehme nicht an, dass du dein Gesicht aus Versehen in einen Eimer kochenden Wassers gesteckt hast."

Der Tod, der sich mit verschränkten Armen an die Tür gelehnt hatte, quittierte das mit einem Schnauben. Wieder war da dieses Flackern in seinem Blick, das Katja einen Schauer über den Rücken jagte und sie erzittern ließ. So viel Hunger.

Nahual ignorierte den Tod weiterhin. „Säure, kein kochendes Wasser. Und keine Geschichte, die ich erzählen werde. Kommt, eine Tasse heißen Tee für alle und dann erzählt ihr, was ihr hier wollt, bevor ich euch doch noch rauswerfe."

„Das würdest du sowieso nicht tun", grummelte der Tod.

„Dich schon." Aus dem kleinen Schrank über dem Herd nahm Nahual drei Tassen, pflückte drei Teebeutel aus einer Pappschachtel und übergoss sie mit dem Wasser aus der getupften Teekanne.

„Kind?" Als Erstes drückte er Lara eine Tasse in die Hände, die dankbar zu ihm auf lächelte. „Nicht verbrennen. Willst sicher nicht aussehen wie ich." Der leise Spott in seiner Stimme richtete sich zweifellos an Katja, die ihm nur einen bösen Blick zuwarf.

Dann nahm er die beiden anderen Tassen, reichte eine an Katja weiter, ließ sich in der bunt zusammengewürfelten Sitzgruppe nieder. Ein Fischerstuhl, ein abgewetzter Ohrensessel, ein kleines Sofa. Er musste sie auf einem Trödelmarkt gefunden habe. Oder auf einer Müllhalde.

„Setzt euch", meinte er ungeduldig. „Hab nicht die ganze Nacht Zeit."

„Mitternächtliche Termine?", fragte Katja, während sie Lara neben sich auf die winzige Couch zog. Sie roch nach getrocknetem Seetang.

„Nicht den Nerv ruhig rumzusitzen." Nahual hatte den Ohrensessel beschlagnahmt, was dem Tod nur den Fischerstuhl übrigließ. Er murrte etwas Unverständliches vor sich hin, als er sich auf den wackeligen Stuhl quetschte. Wie der König eines verarmten, afrikanischen Dorfes sah er aus.
„Oh, das kenne ich." Mitleid mischte sich in Katjas Stimme. „Ich hasse es auch herumzusitzen. Man kann so schlecht denken, wenn man sitzt."
Er warf ihr einen knappen Blick über den Rand seiner Tasse zu. „Was ist das Problem, was ist der Plan?"
Lara pustete auf ihren Tee und kuschelte sich an Katja, die einen Arm um sie schlang. Lara sah müde aus, und Katja konnte nicht sagen, ob ihre rosigen Wangen noch von der Kälte herrührten, von der plötzlichen Wärme oder aber der Erschöpfung.
„Also, einen Plan haben wir noch nicht", gab Katja zu, fischte eine Haarsträhne aus ihrem Tee. „Und das Problem erklärt er am besten selbst."
Drei Augenpaare wandten sich dem Tod zu, der seufzend die Arme vor der Brust verschränkte und hinauf zu der knarzenden Decke sah. „Dann noch einmal von vorne."
Er erzählte nichts Neues, also nippte Katja für den Moment zufrieden an ihrem Tee und nahm Lara die Tasse aus der Hand, als ihr die Augen zufielen.
Zwanzig Minuten später lehnte sich Nahual mit einem leisen 'Scheiße' zurück.
Der Tod nickte zustimmend. Katja bettete Laras Kopf auf einem Sofakissen und zog ihr eine Decke über die Schultern.
Glucksend schwappte das Wasser neben ihnen am Beckenrand. Um die baufällige Werft tobte ein aufziehender Sturm.
„Also?" Katja zog Lara die Schuhe von den Füßen. „Hilfst du uns?"
Nahuals betrachtete das schlafende Kind. Eingekuschelt in die alte Decke und die mollige Wärme, die sich um sie geschlossen hatte, wie ein sicherer Kokon. Sie hatte die orangene Mütze abgenommen, ihre rechte Hand klammerte sich um den orangenen Stoff. Das helle Haar hatte sich auf dem Kissen ausgebreitet, wie ein Heiligenschein auf alten Gemälden. Und ein bisschen sah es so aus, als wenn alle Kinder heilig sein müssten.
Das Meer gurgelte und würgte.
„Hab nicht wirklich eine Wahl, denk ich", meinte Nahual. „Ich mach mich an die Arbeit. Wo man nicht segeln kann, muss man rudern."
„Was soll das heißen?"
Nahuals Stirn legte sich in Falten. „Übersetzung: Ich hab etwas zu tun."

„Okay." Katja zuckte die Schultern. „Hast du was Essbares hier?"
„Ja, zwei Eimer Zwieback unter Deck, samt Proteinen."
„Du meinst -?" Katja verzog angewidert das Gesicht.
„Ich seh´ was das du nicht siehst", erwiderte er. „Und das ist
dumm."
„Hä?"
„Da im Schrank", erwiderte Nahual mit einem Kopfschütteln und
deutete auf die kleine Küchenzeile. „Iss, was du willst."
„Oh, perfekt!" Katja grinste breit und stand auf, nicht ohne sich
noch einmal zu vergewissern, dass die Decke Lara auch wirklich
warmhalten würde. Zur Sicherheit nahm sie auch die zweite
Decke und breitete sie über der ersten aus.
„Isst du gerne gekochte Kinder?", meinte Nahual.
Katja stemmte die Hände in die Hüften, wandte sich zu ihm um.
„Ich sehe was, das du nicht siehst und das glaubt witzig zu
sein."
„Ich sehe was, dass ihr beiden nicht seht", mischte sich der Tod
ein und erhob sich aus seinem Fischerstuhl. „Und das sind einige
Menschen, die heute ihren letzten Atemzug tun werden."
Das brachte sie beide zum Verstummen. Katja starrte ihn an,
während der Tod sich aus dem klapprigen Stuhl erhob.
Er ergriff Katjas Hand und beugte sich formvollendet zu einem
Handkuss hinab, eine Geste, die noch einem vergangenen
Jahrhundert entstammte, und wandte sich dann der Tür zu.
„Sieh einer an, da geht er ein Leben zu zerstören", knurrte
Nahual, erhob sich ebenfalls, die Arme vor der Brust
verschränkt. Er sah dem Tod nicht hinterher, das blieb Katja
überlassen. Als die Tür hinter ihm ins Schloss fiel, wurde der
Raum merklich heimeliger.
Katja biss sich auf die Unterlippe. „Wird er wieder kommen?"
„Am Ende kommt er immer", meinte Nahual und ließ sich vor
seinem Schreibtisch nieder. Mit einem leisen Summen erwachte
der Laptop zum Leben.
„Du weißt, was ich meine." Ärger mischte sich in ihre Stimme.
„Natürlich weiß ich, was du meinst, aber ich weiß die Antwort
nicht, okay?" Nahual schüttelte den Kopf, dann ließ er seine
Finger über die Tasten hasten.
„Und was machen wir jetzt?" Katja schlang die Arme um sich,
machte sich auf den Weg zu dem Schrank, um ein Abendessen
zu finden. Lara sollte sie auch etwas hinstellen, nur für den Fall,
dass sie aufwachen würde. Kinder hatten ein Anrecht auf genug
Essen, richtig?

„Ich beginne einen Plan zu machen, du futterst offensichtlich mein Essen", erwiderte Nahual. Augen-rollend griff sie nach einer Tüte Toastbrot. Das Ablaufdatum versicherte ihr, dass man es noch essen konnte. Bis einschließlich nächster Woche sogar. So lange würde es nicht mehr durchhalten müssen.
„Wie sieht der Beginn deines Plans aus?"
„Ich rede mit paar Leuten."
„Okay. Ich denke, dass du mir nicht sagen wirst, was für Leute das sind?" In einer Schublade fand sie ein Messer. Sie legte es neben den Toast und öffnete den kleinen Kühlschrank.
„Du wirst sie früh genug kennenlernen."
„Wenn du meinst."
Die nächsten zwanzig Minuten verbrachte sie damit für sich und Lara – und weil sie gerade dabei war, auch für Nahual - Brote zu schmieren. Bedauerlicherweise hatte Nahual keine Marmelade. Dabei hatte sie gerade wirklich Appetit auf Marmelade.
Nahual war dazu übergegangen, ihre Anwesenheit zu ignorieren, wenn auch mit weniger unterdrückter Aggression, wie er das beim Tod getan hatte.
Das Messer landete in der Spüle und Katja biss zufrieden in eines der Brote, drapierte die restlichen auf einem angeschlagenen Porzellanteller und goss sich eine weitere Tasse Tee auf. Gähnend schielte sie zu der kleinen Uhr hinüber, die über dem Schreibtisch hing. Kurz vor Mitternacht. Sie hatten lange im Zug gesessen.
Mit einem Schulterzucken griff sie den Teller und ihren Tee. Zeit, mit dem Fragen anzufangen. Sie liebte Fragen. Sie liebte Fragen. Sie liebte es, Fragen zu stellen. Sie liebte es, Fragen zu hinterfragen. Das Fragen war ihre größte Disziplin.
„Also", sagte sie. Gemächlich schlenderte sie zu Nahual hinüber, der über seinen Laptop gebeugt am Schreibtisch saß, wie er es vor zwanzig Minuten schon getan hatte. „Du bist also ein Krimineller." Sie stellte den Teller ab, zog sich einen Stuhl heran und setzte sich rücklings darauf, schlang ihre Finger um die Tasse. Wasserdampf kringelte sich durch die Luft, als würde er ein stilles Lachen lachen.

Sie warf Nahual einen vorsichtigen Seitenblick zu, musterte ihn. Er war weder besonders groß noch besonders klein. Nicht besonders breit oder schmal. Dafür war er besonders unauffällig. Wenn sie ihm auf der Straße begegnet wäre, hätte sie ihm nicht mehr als einen flüchtigen Blick geschenkt. Den Narben zum Trotz. Er trug eine ausgeblichene Jeans, ausgeblichen wie alles rund um die See und einen grob gestrickten Wollpullover. Sie war nicht sicher, ob er ihn selbst gestrickt hatte oder auf einer Seniorenauktion ersteigert. Seine Kleidung war sauber, der Rest schien ihm relativ gleichgültig zu sein. Sie stieß ihn mit dem Ellenbogen in die Seite. „Komm schon. Ja oder nein? Das ist keine schwere Antwort."

„Es gibt keine leichten Antworten, nur leichte Fragen."

Sie nippte an dem heißen Tee, ohne Nahual aus den Augen zu lassen. Der schnaubte nach einem Augenblick, akzeptierte die Tatsache, dass er Katja nicht einfach abschütteln konnte.

„Doktor T hat das gesagt, ja?"

„In der Tat."

„Hmpf", machte Nahual. Katja glaubte nicht, dass er noch tat, was immer er gerade getan haben mochte. Er starrte auf eine zufällige Stelle auf dem Bildschirm, die Hände schwebten drei Zentimeter über der Tastatur, als hätte die Choreografie der Buchstabensuche die Notbremse gezogen. „Ist eine Sache der Interpretation, denk ich."

Katja zog die Brauen nach oben, doch ihre Mundwinkel folgten. „Wie kann das eine Interpretationssache sein? Entweder du hast ein Gesetz gebrochen oder nicht."

„Du meinst also nur wer Gesetzte bricht, ist ein Verbrecher, aber dann auf jeden Fall", fasste Nahual zusammen, sah sie noch immer nicht an.

„Hm, ja, eigentlich schon." Sie nahm einen weiteren Schluck und verbrühte sich die Lippen. „Mist", murmelte sie.

„Dann hast du dir über Kriminalität noch nie wirklich Gedanken gemacht. Zwischen Schwarz und Weiß gibt es eine riesige, beschissene Grauzone. Zwischen legal und illegal eine ganze Palette fehlender Gesetze und zwischen Recht und Unrecht anderthalb Berufsbranchen, die die Gesetzte, die es dann doch gibt, nach ihrem Willen zurecht dreht oder halt drauf herumtrampelt. Kriminalität ist auch nur eins der Schein-Phantome von Gesellschaft."

„Du sagst, dass es keine Kriminalität gibt?"

„Oh doch." Er wandte sich ihr zu und seine Augen funkelten beinahe bedrohlich. Katja hob herausfordernd das Kinn und nippte an ihrem Tee.

„Ich sag nur, dass der größte Prozentsatz an Kriminalität nicht beachtet wird oder halt dem Wachstum von falschen Institutionen dient."
„Wow, das habe ich auch noch nicht gehört."
„Hast ja auch noch nicht mit mir gesprochen."
„Hm." Sie wandte den Blick ab. Das schien Nahual zu amüsieren, denn der Ansatz eines grimmigen Lächelns erschien auf seinem Gesicht. Jetzt sah er aus wie eines von Picassos späteren Gemälden.
„Ich verstehe gar nicht, warum du dich nicht mit Doktor T verstehst, ihr seid doch beinahe seelenverwandt. Der eine so eingebildet wie der andere."
Die Wellen klatschten ihr Beifall und Katja warf einen Blick zu der Couch. Lara hatte sich auf die Seite gedreht und schlummerte friedlich. Das Licht der Deckenlampe fing sich in ihrem Haar und überzog es mit Blattgold.
„Sie ist noch zu jung für dieses – Ding", murmelte Katja mehr zu sich selbst als zu dem Seemann an ihrer Seite. „Für diese Mission – sie sollte nicht hier sein. Es kann wohl kaum etwas Gutes bedeuten, in diesem Alter den Tod zu treffen. Sie ist zu jung."
„Denke nicht, dass du jemals alt genug bist."
Das ließ Katja aufhorchen. „Hast du Angst?"
„Das hab ich nicht gesagt", ruderte er zurück.
„Komm, gib´s zu", neckte sie. „Du hast Angst."
Er warf ihr einen ärgerlichen Blick zu. „Ich hab nur Angst vor dem Klabautermann."
„Dem Klabautermann", wiederholte sie und ihre Brauen erreichten beinahe ihren Haaransatz. „Soll ich jetzt lachen?"
„Solltest nur über Witze lachen."
„Deswegen frage ich."
„Wenn deine Engstirnigkeit den Klabautermann zum Witz macht, bitte. Lache."
Sie sahen sich an, maßen sich für einen Moment im Blickduell. Schließlich sah Nahual weg. „Was willst du jetzt eigentlich wissen?"
„Warum sagt Doktor T, dass du ein Krimineller bist?", kam es wie aus der Pistole geschossen. „Und sag nicht, dass er das nur tut, weil er dich nicht leiden kann. Das glaube ich dir nicht."
„Doktor T ist also der vertrauenswürdige Drecksack von uns?"
„Ja."
Seine Miene verfinsterte sich. „Hmpf. Wenn das so ist..."
„Jetzt tu nicht beleidigt. Warum kriminell?"
„Ich hab ein Talent dazu, Leuten Angst zu machen", meinte er mit altem Ärger in der Stimme.

„Glaub ich sofort."
„Leute bezahlen mich dafür, dass ich Leuten Angst mache",
setzte er nach.
„Okay."
„Das ist illegal."
„Ich weiß."
Nahual sah sie an, wartete kurz. Als weiter nichts kam, fuhr er
fort: „Und ein Talent zum Hacken. Großartige Erfindung. Firmen
bezahlen mich dafür, dass ich andere Firmen bisschen
ausspioniere. Was und wie und wo, du verstehst. Werde dabei in
den wenigsten Fällen erwischt. Deswegen kommen sie zu mir."
Es war kein Stolz in seinen Worten, er beschrieb lediglich eine
Tatsache. „Hin und wieder kommt auch ein Politiker und braucht
einen kleinen oder größeren Hinweis."
„Stopp." Katja richtete sich auf und sah ihn ungläubig an. „Du...
was, manipulierst die Politik?"
„Auf meine eigene, perfide Weise", stimmte er zu.
„Das..." Sie fuhr sich durch die Haare, stellte den Tee ab. „Das
glaub ich nicht. Bist du nicht mehr ganz dicht? Du kannst nicht
einfach an unserem Staat herumpfutschen!"
„Jetzt überschätzt du meine Fähigkeiten aber", meinte er
trocken, verschränkte die Hände vor dem Bauch. „Ich geb nur
dem ein oder anderen einen kleinen oder größeren Schubs in die
ein oder andere Richtung. Das gesamte System ist sowieso
korrupt."
„Hey! Das klingt, als wäre unsere gesamte Politik im Eimer!",
fuhr sie auf. „Ich halte viel von unserem Politiksystem!"
„Ich auch. Wenn ich es mit anderen vergleiche. Indien zum
Beispiel. Selbst Amerika hat kein ordentliches
Gesundheitssystem. In Relation gesehen, haben wir wohl ein
vierblättriges Kleeblatt gepflückt. Heißt aber nicht, dass man es
nicht verbessern kann, was?"
Katja starrte ihn mit einer Mischung aus Skepsis und Zorn an.
Ruhig sah er zurück, wartete einmal mehr auf ihre Reaktion. Sie
grummelte in sich hinein und wandte ruckartig den Kopf ab,
angelte ihre Tasse vom Boden und nahm einen großen Schluck
Tee. Die Wärme in ihrem Magen ließ die Wut etwas abklingen.
Einatmen, ausatmen.
„Wurdest du mal erwischt?", fragte sie ruppig.
„Sicher. Jeder wird Mal erwischt. Man kann nicht gleich alles
richtig machen. Keine Fehler, kein Ziel."
„Weise Einsicht", murmelte sie. Der Mensch wurde ihr immer
suspekter. Ihre Augen wurden zu schmalen Schlitzen.
„Warst du – warst du im Gefängnis?", brach es aus ihr heraus.
„Sei ehrlich. Warst du deswegen im Gefängnis?"

Er sah sie ausdruckslos an. „Ja.“
Katja musste schlucken. „D-du meinst... So richtig im Gefängnis,
ja?“, stammelte sie. Sie konnte spüren, wie ihr Herz ein paar
extra Systolen hinlegte.
„Drei Jahre.“
Katja beugte sich über ihre Tasse und ließ den Wasserdampf mit
feuchten Händen über ihre Wangen streifen. Beruhigend. Warum
war Wärme beruhigend? Scheinheilig, nur ein Versuch, sie in
Sicherheit zu wiegen. Sie saß einem Mann gegenüber, der drei
lange Jahre im Gefängnis gesessen hatte. „Verdammt, du bist
doch verrückt. Das kannst du mir nicht einfach erzählen!“,
fauchte sie.
Atmen. Einfach weiter atmen. Das Meer schien mittlerweile die
ganze Werft verschlingen zu wollen.
Er sah sie an.
„Wie war es dort?“
„Im Gefängnis?“
„Hmpf.“
Sein Blick wanderte auf seine verschränkten Hände hinab.
„Einsam.“
„Einsamer als hier?“
„Hm.“
Sie verstummten. Es gab Dinge, zu denen man nicht mehr sagen
konnte, als es zu sagen gab. Der Raum füllte sich mit jener
schlaftrunkenen Wankelmütigkeit der Nacht, die alles
Gesprochene seltsam fern und unwirklich werden lässt. Alles
verblasste in einem grauen Nebel der Nichtigkeit.
Lara seufzte leise im Schlaf, drehte sich um, ohne aufzuwachen.
Wie eine Insel stand die Couch mitten im Raum. Katja lief auf
Socken zu ihr herüber, um sich zu vergewissern, dass die
Decken sie noch immer bis zum Hals bedeckten. Damit der
Seewind, der sich durch Ritze und Spalten in der hölzernen
Wand zwängte, nicht an sie herankäme. Nachdem sie die Decke
fest gestopft hatte, kehrte sie zu ihrem Stuhl zurück und
beobachte Nahual eine Weile, wie er die Finger über die Tasten
tanzen ließ. Was Einsamkeit wohl mit Menschen anstellen
konnte? Sie wusste es nicht, sie hatte immer jemanden gehabt,
zu dem sie gehen konnte, auch wenn sie natürlich in den Pfuhl
des Selbstmitleids gefallen war, als ihre Hormone sich als solche
erkannt hatten. Das lag aber auch schon ein paar Jahre zurück
und war nie etwas Unüberwindbares gewesen.
„Wie hast du Doktor T kennengelernt?“
In der angestauten Stille konnte sie hören, wie er scharf den
Atem einsog. „Stand eines Morgens auf meiner Türschwelle und
sagt, er braucht meine Hilfe.“

„Warum hast du ihm geholfen? Warum hast du nicht einfach
Nein gesagt?"
Er lächelte, doch das Lächeln konnte seine Augen nicht
erreichen. „Aus demselben Grund wie du, nehm ich an."
„Du hast gerade noch gesagt, dass Kriminalität nichts zu
bedeuten hat, in den meisten Fällen."
„Es gibt einen Unterschied zwischen Unrecht und politischer
Kriminalität. Ist eine scheiß Moralfrage, wenn man´s auf den
Punkt bringen will."
„Aha." Sie grinste leicht und leerte ihre Tasse. „Wenn du es so
siehst." Dann kehrte der Ernst in ihre Stimme zurück. Die
nächsten Worte waren leise, passten sich der gespenstischen
Stunde an.
„Würdest du jemanden umbringen?"
Nachdenklich wiegte Nahual den Kopf. „Kommt drauf an."
„Worauf?"
„Darauf, ob ich es moralisch verantworten kann. Da kommt´s
drauf an."
„In welcher Situation könntest du tatsächlich von einem
moralischen Mord sprechen?"
Das leise Entsetzen in ihren Augen entging ihm nicht. „Ich denk,
darüber sollten wir wann anders sprechen. Nicht mitten in der
Nacht. Ist keine Gutenachtgeschichte."
„Ich brauche keine Gutenachtgeschichte mehr."
Er rollte die Augen. „Du weißt, was ich mein."
„Okay." Leichte Panik kam in ihr auf. Vielleicht war es auch eher
ein Vorbote der Hysterie, die schon immer ein enger Freund von
ihr gewesen war. „Ich frage nicht, ob du schon mal jemanden
umgebracht hast. Und ich will auch nicht, dass du mir
antwortest, okay?"
Mit aufgerissenen Augen starrte sie ihn an, als würde ihn das
Hypnotisieren und ihn davon abhalten, Worte auszusprechen, die
sie nicht hören wollte.
„Menschen wollen nur dann keine Antwort hören, wenn sie die
schon kennen, aber nicht annehmen wollen."
„Wir beenden die Diskussion an dieser Stelle", meinte Katja und
erhob sich, lief zu der kleinen Küche hinüber, um die Tasse in die
Spüle zu stellen. Ihre Hände zitterten leicht.
„Zu empfindlich?", rief er ihr hinterher.
„Empfindlich gegenüber moralisch grauen Aussagen, ja",
antwortete sie und griff nach einer Packung Kekse. „Wir sollten
wieder zum eigentlichen Problem zurückkommen."

Nahual beugte sich wieder über seinen Laptop, während Katja sich ein paar Kekskrümel von der Jacke klopfte. Ihr Herz hämmerte gegen ihren Brustkorb, aber sie musste gähnen, hielt sich die Hand vor dem Mund, bevor sie sich an den Herd lehnte und den Kopf in den Nacken legte. Mord. Das war etwas, das in dumme Filme und ferne Länder gehörte.
Sie hatte Angst vor diesen Geschichten. Nicht nur, weil Menschen darin vorkamen, die töteten, sondern weil sie sie nicht verstehen konnte. Und sie fürchtete Dinge, die sie nicht verstand. Wie konnte man willentlich jemanden töten? Wie konnte man danach noch in den Spiegel schauen? In das Gesicht eines Mörders? Ihr schlimmstes Verbrechen bestand darin, die Mülltonne ihres Nachbarn heimlich mitzubenutzen.
„Du musst mich nicht mögen", sagte Nahual und sie sah überrascht zu ihm hinüber, ihre Blicke trafen sich.
„Was?"
„Musst mich nicht mögen", wiederholte er. „Müssen nur eine Weile zusammenarbeiten, wenn wir was erreichen wollen."
Katja legte den Kopf schief, verschränkte die Arme vor der Brust. „Ich habe nie angedeutet, dass ich dich nicht mag. Ich mag lediglich nicht, dass du Leute umgebracht hast."
Anerkennen verzog Nahual das Gesicht. „Nicht schlecht."
Sie streckte ihm die Zunge heraus. Lästige Angewohnheit. Nahual sah es nicht, da er ihr wieder den Rücken zugekehrt hatte. Also nahm sie sich ein weiteres Brot, das außerdem auch das Letzte war, und biss hinein. Essen war eine der besten Erfindungen der Natur. Jedenfalls hierzulande.
„Weißt du, was ich jetzt vertragen könnte?", meinte sie, nachdem sie geschluckt hatte. Da sie sowieso keine Antwort erwartete, sprach sie weiter: „Eine heiße Dusche."
„So eine Schande, ich hab keine Dusche."
Sie stutzte. „Wie, du hast keine Dusche?"
„Was war unklar?"
„Und wie, öhm, duschst du dann?"
„Gar nicht?"
Sie war so überrumpelt, dass sie mit Kauen aufhörte. Nahual sah vielleicht nicht aus, als wäre er regelmäßig für Lagerfell gelaufen, aber auch nicht so, als würde er nicht duschen. Gar nicht duschen.
Nahual sah auf, und als er ihren Gesichtsausdruck sah, grinste er. Es war ein spitzbübisches Grinsen, das nicht wirklich in sein verbittertes Gesicht passte und das sie ihm auch nicht zugetraut hätte. Es war ansteckend. Ihre Mundwinkel zuckten nach oben.
„Was?"

„War nur ein Scherz. Zweimal die Woche laufe ich ins Schwimmbad, um zu duschen."

„Okay", meinte Katja, nicht sicher, ob er sie einmal mehr auf den Arm nahm. Seemannsgarn, so nannte man das, wenn ein Seemann einen verarschte, oder?

„Ist ja auch egal." Sie gähnte. „Was machen wir morgen?"

„Einkäufe."

„Wirst du für sie bezahlen?"

„Ich bin kein Dieb."

„Nein, nur ein Mörder", murmelte sie. Sie wusste noch immer nicht, ob sie ihn leiden konnte. Auch wenn ihr der Griesgram - sehr zu ihrem Missfallen – immer sympathischer wurde.

„Sollten schlafen gehen. Die Nachrichten sind verschickt, morgen früh geht´s los. Heut können wir eh nichts mehr tun."

„Morgen früh wie, wie früh genau?"

Er stand auf, schob den Stuhl an den Tisch und wandte sich zu ihr um. „Früh." Dann durchquerte er mit fünf großen Schritten den Raum und sah auf Lara hinab, die noch immer schlief.

„Meinst du, du kannst heut Nacht schlafen?"

„Wenn du im Gegenteil zu einer Dusche ein Bett hast?"

„Eine Matratze."

„Geht auch", seufzte sie.

„Gut. Ich nehm das Kind, ja?"

Ohne auf eine Antwort zu warten, schob er die Arme unter Lara und hob sie hoch, wandte sich dem Schiff zu. Oder eher der schmalen Planke, die über das grollende Wasser führte. Sicheren Schrittes trug er sie aufs Deck.

„Ich schlaf im Schiffsbauch", erklärte er Katja, die ihm eilig gefolgt war, um das Kind nicht aus den Augen zu verlieren. Wie ein Akrobat ohne Gleichgewicht schwankte sie hinter ihm her, voller Angst ins kalte Wasser zu stürzen. Wenn sie schon keine heiße Dusche haben konnte, würde sie zumindest auf das kalte Bad verzichten.

„Und du bist sicher, dass der Tod rechtzeitig wieder da ist?"

„Was heißt rechtzeitig?"

„Rechtzeitig wie – wenn wir ihn brauchen."

„Ja."

Im Bauch des Bootes befand sich ein einzelner Raum mit vier runden Bullaugen, zwei auf jeder Seite. Ein Matratzenlager mit Decken und Kissen und zwei große, vernietete Truhen. Ein Sturmlicht über der Tür. In der Ecke ein Gartentisch zum Aufklappen und vier Fischerstühle. Daneben befanden sich eine kleine Kochplatte und ein noch kleineres Waschbecken.

„Such dir eine Matratze aus."

„Sollen wir Lara in die Mitte legen?"

Sie nickte und begann sich die Stiefel von den Füßen zu ziehen, friemelte die leidigen Schnürsenkel auseinander.
„Warum bist du hier?", fragte Nahual plötzlich, die Stimme gedämpft, um Laras Schlaf nicht zu stören. Er war hinter ihr stehen geblieben und sah fragend auf sie hinab. Ein Hauch von Misstrauen flackerte in seinen Augen. Und eine Vorsicht, die ihr bis zu diesem Morgen – bis zu dem Punkt, an dem sie eigentlich gestorben wäre - sehr bekannt gewesen war. Anscheinend hatte er immense Vertrauensprobleme. Vielleicht sollte sie ihm die Therapeutin ihrer Tante empfehlen. Eine wirklich nette Person.
„Warum bist du ihm gefolgt?" Er starrte sie durchdringen an, als würde das die Wahrheit über ihre Lippen zwingen.
Mit einem leisen Seufzen ließ sie sich neben dem Kind auf der Matte nieder, stützte den Kopf in die Hände. „Gute Frage. Er... hat mich vor diesem Zug gerettet und dann... irgendwie einfach mitgenommen. Und seine Absicht klang einleuchtend und ehrlich gesagt fühlt sich das Ganze wie ein verflucht guter Traum an. So was kann gar nicht wirklich passieren, weißt du, was ich meine? Vielleicht hab ich unbewusst ein paar Drogen genommen?"
„Unbewusst?" Sein Blick wurde spöttisch.
„Ja." Ärgerlich strich sie sich die roten Locken aus dem Gesicht. „Immerhin hat es an einem dämlichen Bahnhof begonnen. Du kennst doch den Film?"
„Ich schau keine Filme."
„Okay", meinte sie langsam. „Du bist echt so ein Soziopath mit Gesellschaftsproblemen."
Nahual zuckte mit den Schultern. „Ja, kannst du so sagen. Kannst aber auch sagen, dass ich das Gesellschaftsproblem bin. Oder aber die verschissene Gesellschaft hat ein Problem und ich bin deswegen der Soziopath."
Abwehrend hob Katja die Hände, schüttelte den Kopf. „Nicht mehr heute, okay? In meinen Kopf dreht sich sowieso schon das größte Karussell der Welt."
„Das größte Karussell steht in Wien."
„Ich meine ein Karussell mit Kindersitzen, Idiot. So ein kleines, niedliches, auf dem einem nach der dreißigsten Runde trotzdem langsam schlecht wird."
Wortlos ging er zu einer der Truhen, öffnete sie und verschwand für einen Moment darin. Als er wieder auftauchte, hielt er Katja ein T-Shirt und Shorts hin. „Frisch gewaschen. Ich denk nicht, dass du was zum Umziehen mitgebracht hast?"
„Oh, danke." Etwas verlegen griff sie nach den Kleidern. „Danke."
Er nickte ihr zu. „Ich geh noch nach dem Herd schauen."

Damit drehte er sich um und verschwand wieder. Seine Schritte
liefen über ihren Kopf und dann die Planke zurück in die Werft.
Schnell zog Katja ihren Mantel aus, die Weste, die Jeans und das
Batikshirt, schlüpfte in Nahuals T-Shirt. Sie zog die bunten
Strickstrümpfe hoch und die Weste wieder über. Erst als sie den
Reißverschluss hochziehen wollte, bemerkte sie, wie stark ihre
Hände zitterten.
Einfach weiter atmen, hatte Mai gesagt. Dann ergibt sich der
Rest auch. Sie schloss die Augen, rieb sich die Schläfen.
Einatmen und ausatmen. Das Schiff schaukelte und für einen
kurzen Moment stellte sie sich vor, wieder klein zu sein und von
Mai in den Armen gewiegt zu werden. Hin und her, bis der Schlaf
sie endlich holen kam und für eine Weile vergessen ließ.
„Ach, so ein verdammter Mist", murmelte sie und schüttelte die
trüben Gedanken ab. Sie warf ihre Kleider auf Laras Rucksack,
dann kroch sie neben diese ins Bett und deckte sie beide zu.
Auch diese Decken rochen nach der See. Alles hier roch nach der
See. Vielleicht brauchte ein Seemann das, um sich wohlzufühlen.
Vielleicht ging das gar nicht anders, wenn man ein Seemann
war.
Was ein verrückter Tag, dachte sie. Salz und Wind und Freiheit.
Die Müdigkeit hatte bereits auf ihren Schultern gelauert und es
dauerte nicht lange, bis sie wegdämmerte.
„Wie verrückt", murmelte sie. „Der Tod lebt."
Das Letzte, das ihr in den Sinn kam, war der innige Wunsch,
dass sich der vergangene Tag nicht nur als Traum herausstellen
würde, wenn sie wieder die Augen aufschlug. Sie wollte nicht
zurück in ihrer Studentenwohnung sein und eine geldgierige
Doktorarbeit anstarren. Undankbares Ding. Nicht mehr. Selbst
ihre Träume rochen in dieser Nacht nach Salz. Nach
Wellentänzen, zerbrochenen Muschelschalen und Sandburgen
am Strand.

Einkaufsbummel

Die Uhr über dem Schreibtisch zeigte auf sieben Uhr fünf, als
Nahual aus dem Schiff kam. Er trug noch die Kleider vom
Vortag, hatte aber einen kleinen Stapel frischer Wäsche über
dem Arm.
„Na, unterwegs zum Schwimmbad?", meinte Katja spöttisch.
„Was?"
Katja lehnte sich im Ohrensessel zurück und grinste süffisant.
Sie hatte ihre Kleider wieder angezogen und ihre Haare in ein
Handtuch gewickelt. „Wenn das der Fall sein sollte, ich habe eine
Überraschung für dich. Siehst du die kleine Tür dort?" Gestern
Abend war Katja diese gar nicht aufgefallen, erst als sie heute
Morgen Kaffee kochen wollte. „Dahinter liegt ein Bad, und zwar –
ist das nicht erstaunlich? - mit Dusche. Inklusive heißem
Wasser."
Nahual verdrehte die Augen und verschwand hinter der Tür.
Katja grinste in sich hinein und erhob sich, um einmal mehr den
Küchenschrank zu plündern. Das Mädchen brauchte ein
ordentliches Frühstück. Sie fand nur zwei kleine Teller, also
stellte sie noch eine ziemlich zerkratzte Untertasse dazu, legte
Messer bereit und alles, was sie im Kühlschrank fand. Käse,
Tomaten, Butter. Dann nahm sie die zweite Tüte Toast, die sie
gestern Abend verschont hatte und machte sich daran Rührei zu
braten. Sie mochte Gasherde. Sollte sie einmal aus ihrer kleinen
Wohnung herauskommen, würde sie sich auch einen besorgen.
Fasziniert beobachtete sie die kleinen Flämmchen, die unter der
Pfanne tanzten, bis ihr beinahe das Ei angebrannt wäre. Sie
sahen zu lebendig aus, beinahe frech, als würden sie ihr die
Zunge herausstrecken. Katja lachte vergnügt.
Gerade noch rechtzeitig kam Nahual zurück, um sie aus ihrer
Begeisterung zu reißen. Er trug eine neue Jeans und einen
neuen Wollpullover, sah alles in allem also nicht wirklich anders
aus als davor.
„Du machst Frühstück."
„Oh, ist das so offensichtlich? Ein Dankeschön hätte schon
gereicht."
„Man soll die Crew nicht vor dem Abend loben."

Sie drehte das Feuer aus und nahm die Pfanne. Einen Augenblick lang zog sie es in Betracht, Nahual das Rührei ins Gesicht zu kippen und damit auch noch seine zweite Gesichtshälfte zu ruinieren, entschied sich aber dagegen. Sie wollte das Rührei wirklich gerne essen. Dieses Opfer war ihr die kleine Rache nicht wert.

„Wir sind nicht deine Crew."

Sie stellte die Pfanne auf dem Tisch ab, zwischen Butter und Tomatenscheiben. „Hast du auch noch etwas Sinnvolles beizutragen?"

„Was willst du hören?"

„Wie wäre es mit einem Plan?"

Nahual setzte sich auf den Fischerstuhl, in dem gestern noch der Tod gesessen hatte und zog einen Flachmann aus der Hosentasche. „Ich hab ein Plan."

„Echt?" Überrascht ließ sie sich auf die Couch fallen. „Und der sieht wie aus?"

Nahual nahm einen tiefen Schluck aus seinem Flachmann und schraubte ihn in aller Ruhe wieder zu, während Katja ungeduldig auf den Tisch zu trommeln begann.

„Ist ein Behelfsplan. Keine Strategie."

„Solange dein Behelfsplan aus mehr besteht, als daraus eine Strategie zu finden? Das wäre nämlich kein Plan, das wäre eine Voraussetzung."

Sichtlich entnervt starrte er sie an. „Beim Klabautermann, sagst du auch mal Dinge, die Sinn ergeben?" Er schüttelte den Kopf und Katja verzog beleidigt das Gesicht.

„Mein Plan ist, ein paar Einkäufe zu erledigen und weiter zu sehen."

„Ja, das hast du schon gestern Abend gesagt. Was hast du da überhaupt getrunken? Beginnst du etwa schon morgens mit dem Alkohol? Gott, dein Gehirn muss aussehen wie dein Gesicht."

Nahual schüttelte mit konsternierter Miene den Kopf. „Papaya Saft", sagte er schließlich. „Weckst du Lara? Ich denke, du brauchst erst ein Frühstück. Das ist unerträglich."

„Abgemacht!" Sie sprang auf und eilte wieder zum Schiff, ließ einen etwas überforderten Nahual zurück, der wieder nach seinem Flachmann griff.

Das Wort Frühstück beflügelte ihre Sinne immer aufs Neue.

Als Katja am Morgen aufgewacht war, hatte sie erst einmal einen
Herzinfarkt erlitten. Einen Hypochondrischen zumindest. Das
Problem war nicht gewesen, dass sie sich mit dem Tod auf einer
Antimordmission befand, sondern viel mehr, dass sie die ganze
Nacht bei einem komplett fremden Menschen geschlafen hatte.
Ein Fremder, der jemanden umgebracht hatte. Wie viele
Jemande wollte sie lieber nicht wissen. Er hätte Lara und sie
auch einfach umbringen können.
Erst die Dusche hatte sie wieder beruhigt.
„Hey, Kleine." Sie rüttelte Lara an der Schulter. „Frühstück ist
fertig. Stehst du auf?" Vergnügt rieb sie sich die Hände. „Es gibt
auch Rührei!"
Lara blinzelte, murmelte etwas von einem Hecht. Müde sahen
ihre großen Augen zu Katja auf und einmal mehr rührte Katja
das Vertrauen darin. Das Kind hatte keinen Grund, ihnen zu
vertrauen, und doch war sie, ohne zu zögern mit ihnen in die
Fremde gezogen. Unter anderen Umständen hätte Katja das für
leichtsinnig und unüberlegt gehalten, da aber der Tod involviert
war, tat sie es mit einem Schulterzucken ab.
Sie streckte dem Mädchen die Hand hin und zog sie auf die
Füße, reichte ihr ihre Schuhe. Lara gähnte und sah sich
schlaftrunken in dem kleinen Schiffsbauch um. Doch Katjas
morgendliche Verwirrung schien ihr erspart zu bleiben.
Gab es eigentlich so etwas wie Nachtdemenz? So ab zwanzig?
„Hopp hopp, Hunger."
Lara beeilte sich daraufhin so sehr mit ihren Schnürsenkeln, dass
sie sie verknotete und Katja mindestens zehn Minuten brauchte,
um sie wieder auseinanderzubekommen.
„Tut mir leid, nimm mich nicht zu ernst, wenn es ums Essen
geht, okay?" Katja band die Schnürsenkel zu zwei kleinen
Schleifen und nickte.
Lara nahm Katjas Hand und ließ sie nicht mehr los, bis sie die
schwankende Planke überquert hatten. Der Geruch von warmem
Toastbrot, gebratenen Eiern und frisch aufgebrühtem Tee
empfing sie. Katjas Magen knurrte vernehmlich. So laut, dass
Nahual aufsah. Er hatte ein kleines, zerfleddertes Adressbuch in
der Hand und suchte offensichtlich nach etwas.
„Morgen, Kind", meinte er und verzog sein Gesicht zu etwas, das
ein Lächeln darstellen könnte. Beinahe sah es aus, als würde ihn
die Anstrengung, die Mundwinkel zu heben, zum Weinen
bringen.
Bevor das passieren konnte, gab er das Lächeln auf und winkte
sie näher. „Frühstück."
„Frühstück klingt super", meinte Katja, während sie ihren Teller
bereits mit Eiern und Toast füllte. „Hast du Salzbutter?"

Nahual sah sie mit gerunzelter Stirn an, griff ebenfalls nach einem Brot. „Wir sitzen neben der Nordsee. Pack die Butter aus, dann hast du in fünf Minuten deine Salzbutter."
Das brachte Lara zum Lachen. Hell und freundlich und ganz entzückend. Nahual reichte dem Mädchen eine Scheibe Toast, bevor Katja sie alle beschlagnahmen konnte.
„Ist hier an der Nordsee eines der bekanntesten Gerichte, die Salzbanane."
Fast hätte Lara sich an ihrem Saft verschluckt, als sie wieder zu kichern anfing und sich hastig eine Hand vor den Mund schlug. „Salzbanane?"
Ernsthaft nickte Nahual. „Ja. Soll ich dir sagen, warum sie erfunden wurde?"
Mit funkelnden Augen sah sie zu Nahual auf. Wenn man zu wenig Geschichten gehört hat in seinem Leben, dann sind Worte etwas, von dem man nicht genug bekommen kann.
„Es war ein Arme-Leute-Essen, wie man heut nicht mehr sagen dürfte. Mütter, die nicht das Geld hatten, ein Abendessen mit Nachspeise auf den Tisch zu bringen, drückten ihren Kindern eine geschälte Banane in die Hand und haben sie eine Runde am Strand drehen lassen. Sie mussten zehn Minuten spazieren gehen und erst wenn sie nach Hause kamen, durften sie die Banane essen. Und nach diesen zehn Minuten war die Banane so salzig, dass sie außen eher nach frischen Algen schmeckte."
Nahual hob die Hände. „Dann hatten die Kinder süß und salzig in einem."
Wieder musste Lara lachen und Katja schüttelte kauend den Kopf: „Wo nimmst du den Blödsinn denn her?", schmatzte sie.
„Ich denk, ich hab genug Zeit, um mir Blödsinn auszudenken."
„Ich mag den Blödsinn", meinte Lara.
„Wonach hast du geschaut?" Katja nickte zu dem Büchlein.
„Adressen. Die wir nachher abklappern müssen."
„Besuche?"
„Einkäufe."
„Hm, Einkäufe."
„Ja. Wirst du dann sehen."
„Kann ich mit?", fragte Lara und sah von ihrem Toast auf.
„Klar."
„Nein!", rief Katja gleichzeitig.
Aufbrausend fuhr sie zu ihm herum. „Sie ist ein Kind! Sie geht nicht mit einem Kriminellen einkaufen!"
„Kriminell?" Lara ließ ihr Toast sinken und sah sie fragend an.
„Super, willst du ihr jetzt noch erzählen, dass ich wen umgebracht hab?"

Katjas Augen verengten sich zu Schlitzen. „Du verdammter Idiot!"
Laras Blick strandete bei Nahual. „Umgebracht?"
Nahual warf ihr einen mürrischen Seitenblick zu. „Keine Kinder, also iss weiter."
Lara biss von ihrem Toast ab, ohne ihn aus den Augen zu lassen.
Katja griff wütend nach dem Käse und säbelte ein Stück davon ab. Mit ihren Blicken versuchte sie weiterhin Nahual umzubringen. Sie kaute so kräftig auf dem Käse herum, dass ihre Zähne aufeinander knirschten. Wie konnte dieser Griesgram von einem Seemann dem Kind erzählen, dass er ein Mörder war? Die Tatsache war schon schlimm genug, aber so etwas dem Gewissen eines Kindes aufzubürden – das war unerhört!
„Isst du immer so viel?", unterbrach Lara ihre Gedanken und folgte mit den Augen dem Käse auf dem Weg zu Katjas Mund. Verdutzt hielt sie inne, schielte auf den Käse.
„Klar." Sie nickte. „Was gibt es Besseres? Essen beschäftigt dich, lenkt dich ab, macht dich satt, lässt dich besser schlafen, lässt dich besser denken..."
„Okay, das waren genug Essenslektionen für heute. Müssen uns an den Einkauf machen."
„Ja?", meinte sie schnippisch. „Wirst du uns denn sagen, was genau auf der Einkaufsliste steht? Oder zumindest, wo wir einkaufen gehen?"
„Ich könnt es dir sagen. Du könntest auch einfach mitkommen." Eine wage Handbewegung. „Schauen, dass dem Kind nichts passiert."
„Du kannst das Kind doch nicht mitnehmen!", zischte sie.
„Oh doch. Wir sollten uns bald auf den Weg machen."
„Müssen wir laufen?" Lara fuhr sich über die Augen, gähnte leise. Sie hatte den Teller von sich geschoben und hielt sich an der Tischkante fest. Die Müdigkeit hing noch immer dunkel in ihren Augen.
„Ja. Das Boot passt nicht durch die Straßen."
Lara nickte, auch wenn sie nicht allzu begeistert wirkte.
„Du musst nicht gehen, wenn du nicht willst", sagte Katja und fuhr ihr durch das helle Haar. „Wenn du willst, warten wir hier, okay?"
Zu ihrem Erstaunen schüttelte das Mädchen den Kopf. „Ich will helfen."
„Gut. Sollte nicht zu lange dauern."
„Und er kann dich ja tragen", fügte Katja säuerlich hinzu.
Da Nahual nichts dagegen sagte, wandte sie sich wieder ihrem Essen zu. Oder eher den Resten, die sie bisher noch nicht vertilgt hatte.

„Ich suche meine Jacke", meinte Lara, hüpfte vom Stuhl und in Richtung Schiff davon.
Hastig würgte Katja ihren Bissen herunter. „Moment, nicht so schnell! Bevor wir tatsächlich losgehen und irgendwelche diffusen Geschäfte machen – ist es gefährlich?"
Nahual fuhr sich über das narbige Kinn. Sein Blick glitt über die Adressen in seinem Büchlein. Mit einem Seufzen erhob er sich, schob den Stuhl an den Tisch. „Kann sein. Aber Doktor T braucht uns. Der gefährliche Teil kommt noch. Ist wahrscheinlicher, dass wir überfahren werden."
„Wahrscheinlicher als was?"
„Erschossen."
„Erschossen? Wie beruhigend", murrte Katja und sah zu Lara hinüber, die kein bisschen beunruhigt schien. Der unerschütterliche Glaube daran, dass nichts passieren würde. Kinder eben.
„Wie lange werden wir weg sein?", fragte sie missmutig.
„Zwei Stunden schätze ich. Wenn wir uns beeilen."
„Stell dir Mal vor, wir könnten eine Bootsrundfahrt durch die Stadt machen." Katjas Augen blitzen auf. „Das wäre cool!"
Nahual schien ernsthaft in Betracht zu ziehen, seine hirnlose und unprofessionelle Partnerin in die See zu werfen und ein paarmal mit dem Boot über sie zu fahren, damit das sinnlose Gerede ein Ende fand.
„Wir sind nicht in Venedig. Beim Klabautermann."
„Ist ja gut." Ihr schoss das Blut in die Wangen. Offenbar hatte sie noch nicht genügen gegessen, um wirklich wach zu sein. „Ich räume dann Mal ab."
„Kannst du auch stehen lassen. Die Ratten werden sich um die Reste kümmern."
„Urgh, Seeschwein", murmelte sie. Da sie aber nicht wild darauf war, den Tisch abzuräumen, ließ sie die Teller vorerst stehen. Stattdessen zog sie die Schnürsenkel ihrer Schuhe fester und lief zu den Haken neben der Tür, schlüpfte in den Mantel.
„Wir werden doch zum Mittagessen zurück sein, oder?"
„Warum siehst du nicht aus wie ein Walross?", murmelte Nahual kopfschüttelnd.
Geschmeichelt strich sie ihren Mantel glatt und wischte sich die Butterreste von den Fingern.
„Nur wie ein Seehund", setzte Nahual nach und ihre Brauen zogen sich schneller zusammen, als an der Nordsee das Wetter umschlug.
„Dass ich eine Frau bin, bedeutet nicht, dass ich kein Anrecht auf einen Bauch habe. Auch außerhalb einer Schwangerschaft!"

Essen war nun mal etwas Fantastisches. Was ein fürchterlicher Gedanke, dass die Menschen von Luft und Licht leben könnten.
„Ich bin wieder da", rief Lara, sprang von der Planke wie ein kleines Reh, das in seinem Leben nichts anderes getan hatte.
Die orangene Mütze, die der Tod ihr am Vortag gegeben hatte, war tief über beide Ohren gezogen und versteckte ihre Haare.
Der Sturm hatte eine Pause eingelegt. Lauernd und auf feuchten Pfoten schlich er um die Werft, wartete auf den passenden Moment, um wieder zuzubeißen.
„Gut", sagte Nahual. Er hatte sich ebenfalls erhoben, griff nach seinem eigenen Mantel und steckte das kleine Notizbuch in eine der vielen Taschen. So schwer wie der Mantel ihm von den Schultern hing, musste er ein ganzes Bataillon an Krimskrams mit sich herumschleppen.
„Einen Moment noch", hielt Katja ihn zurück, als seine Hand sich um den Türgriff schloss.
„Was?"
„Ihr wird nichts passieren, oder? Lara. Du passt doch auf sie auf, ja?" Sie sprach mit gedämpfter Stimme, damit das Kind sie nicht hören konnte, griff nach seinem Arm. „Ich meine... ihr wird nichts passieren, oder?"
„Was liegt dir an dem Kind?", gab er ebenso leise zurück. „Hast sie gestern erst kennengelernt."
„Kinder kann man eben schnell kennenlernen, okay? Sie sind ehrlich genug, es ist einfach. Also sag schon", drängte sie. „Wirst du auf sie aufpassen?"
„Klar. Wie du sagst, man lernt sie schnell kennen, Kinder. Und was man kennt, achtet man, richtig?"
„Danke." Sie nickte ihm zu, atmete tief durch. Wo auch immer sie gleich hingehen würde, sie war sich ziemlich sicher, dass sie die Orte nicht mögen würde. Genauso wenig, wie sie den Seemann leiden konnte. Wortkarger Griesgram.

Die Morgenluft war klar und kalt und erstarrt im weißen Frost, der sich über die Dächer der Häuser zog, Eisblumen an die einfach verglasten Fensterscheiben zeichnete. Ihr Atem hing in kleinen Wölkchen vor ihren Nasen, lachhafte Tupfer unter dem heute leer gefegten Himmel. Keine Sterne mehr, trotz der frühen Stunde, zumindest keine, die man sehen konnte. Wozu gab es all die Sterne, wenn man sie nur nachts sehen konnte, in der Zeit, in der jeder schlief?

Möwen hüpften durch den Reif auf dem Steig, hinterließen dunkle Krallenspuren, die ein unstetes Muster um die Laternen zeichneten. Ihr Gekrächzte durchstieß immer wieder die starre Stille, ließ sie in kleine Glasscherben bersten, die klirrend zu Boden fielen. Keine Menschenseele. Nur ein Fischkutter auf dem Meer.

Es war einer jener seltenen Morgen, an denen die Zeit still zu stehen schien, als hätte jemand vergessen, das Uhrwerk des Tages aufzuziehen.

Nur die Wellen hatten sich noch immer nicht beruhigt. Sie stürzten sich übereinander, ereiferten sich im Wettlauf gegen den Damm, wo sie klatschend und gurgelnd zersprangen.

Doch das zornige Platschen ließen sie bald hinter sich, als sie sich zwischen den windschiefen Häusern verliefen. Hier, wo der Wind nicht ungebremst durch die Gassen branden konnte, trafen sie auf vereinzelte Menschen, hin und wieder eine kleine Gruppe. Katja sah ihnen zu, wie sie Arm in Arm über die Promenade schlenderten, manche lachend, manche mit Brottüten in der Hand auf dem Weg zum Frühstückstisch. Sie sah einen kleinen Jungen, der mit seinem Drachen in Richtung Strand stiefelte. Bunte Punkte im grauen Himmel.

„Wohin gehen wir?"

Nahual sah sich um, wurde etwas langsamer, als sie eine Straßengabelung erreichten. „Wir gehen Brüderchen und Schwesterchen besuchen."

„Brüderchen und Schwesterchen?" Lara klang begeistert. Sie liebte Märchen. Sie liebte das 'Es war einmal' und sie liebte die Geschichte zwischen den Zeilen. Bisher war sie davon ausgegangen, dass es sie nur zwischen Buchdeckeln auf weißem Papier gab, aber es würde sie auch nicht überraschen, wenn all die wundervollen Personen Wirklichkeit wären.

Nahual schien ihr kleines Dilemma nicht zu bemerken. „Sie heißen nicht wirklich so. Weiß nicht, wie sie heißen. Oder überhaupt Geschwister sind. Sind aber die besten.... Besorger die ich kenn."

„Vielleicht haben sie gar keine Namen", überlegte Lara.

„Besorger?", mischte sich Katja ein, warf ihm einen missmutigen Blick zu. Sie konnte sich gut vorstellen, was er unter „besorgen" verstand.

Ein schiefes Grinsen seinerseits. „Besorgen dir so ziemlich alles. Außer Lebensmittel, das haben sie aufgegeben. Hat sich nicht gelohnt. Nicht neben dem scheiß Nestle."

„Fluch gefälligst nicht, wenn das Kind dabei ist", zischte sie ihm aus dem Mundwinkel zu.

„Hast du schon mal einen Seemann getroffen, der nicht flucht?"

„Ich habe noch überhaupt gar keinen Seemann getroffen."
„Tja, ein bisschen Gefluche gehört dazu."
Katja biss die Zähne zusammen und sah auf Lara hinunter, die fasziniert einem Mann in Fischerhose zusah, der eine Kiste mit frischen Fischen vor sich herschleppte. Der penetrante Geruch schwappte bis zu ihnen hinüber. Katja verzog das Gesicht.
„Was brauchen wir also?"
Er zwinkerte ihr verschmitzt zu. Da wieder dieses schelmische Funkeln in seinem Blick, der sie zur Weißglut trieb. Ein schlechtes Gewissen schien der Mann nicht zu haben. Und das schien er auch noch zu genießen. „Wirst du sehen."
Seite an Seite liefen sie weiter. Irgendwann bogen sie von den halb toten Gassen ab und wandten sich dem schmutzigen Teil der Stadt zu. Im fahlen Morgenlicht wirkten die kleinen Buden heruntergekommen, aufgezehrt von der salzigen Luft, als würde der nächste Windstoß die ganze Stadt umpusten wie eine Reihe Dominosteine.
Ein alter Mann saß auf seiner Türschwelle und rauchte eine Pfeife, die Seemannsmütze tief in die Stirn gezogen. Anscheinend war es hier normal, sein Gesicht vor anderen zu verbergen. Als würde das Gesicht allein zu viel preisgeben, wenn es von falschen Augen gesehen wurde. Unwillkürlich zog Lara sich die orangene Mütze etwas tiefer in die Stirn.
„Warum bist du eigentlich hier?", fragte Nahual an das Kind gewandt. Er sah sie nicht an, zog sie nur in eine kleine Querstraße. Der Geruch von gammligem Fisch kroch in ihre Nase und sie verzog das Gesicht. Auch Katja sah das Mädchen neugierig an.
„Frau Hera hat gesagt, es wird Zeit für mich zu gehen", meinte Lara und sprang über eine kleine Pfütze. „Sie sagt, es wird Zeit, dass ich etwas von der Welt zu sehen bekomme."
„Und? Wie gefällt sie dir bisher? Die Welt?"
Mit leuchtenden Augen sah sie zu ihm auf. „Sie ist toll! Viel größer, als ich sie mir vorgestellt habe!"
Nahual nickte. „Nun ja, ich vermute, in deinen Augen hat sie noch keine Grenzen."
„Was machst du hier?" Sie griff nach seiner Hand, sah zu ihm auf. „Es ist schön hier, aber es sieht ein bisschen so aus wie das Ende der Welt."
„Das Ende der Welt?" Nahual schnaubte. „Du bist ein cleveres, kleines Ding, weißt du das? "
Lara lächelte zufrieden in sich hinein.
Katja stupste Nahual in die Seite. Diese Antwort würde sie sich nicht entgehen lassen. Die Antwort, die sie bekam, war ein genervter Seitenblick.

„Ich erzähl dir eine Geschichte. Du magst doch Geschichten, oder?", fragte er Lara.
Die nickte. Voller Begierde sah sie zu ihm auf, schien die Worte gar nicht abwarten zu können. Ein kleiner Vampir, der Geschichten trinkt, Worte aus schwarzer Druckertinte.
„Es war Mal ein kleiner Junge", fing Nahual an, den Blick geradeaus gerichtet. „Der wollte so gerne ein Teil von dem bunten, lustigen, geselligen Treiben um ihn her sein, dass das Leben war. Aber er konnte es nicht. Immer wenn er es beinahe erreicht hatte, die Hand schon danach ausstrecken konnte, wich es vor ihm zurück, tänzelnd, als würde es ihn auslachen. Es war ihm, als würde er durch eine Scheibe aus Panzerglas zusehen... All dem Spaß und der Freude und den wirbelnden Tänzern. Also beschloss er, dass er das Leben dort draußen beschützen würde. Beschützen vor allem, was es zu vernichten drohte, damit es zumindest ein bunter Traum voller Farben bliebe, von dem er nachts träumen könnte. Und seit dem Tag, an dem er das beschlossen hat, hat er nichts anderes mehr getan."
Lara schwieg eine Weile. Katja tat es ihr gleich. Sie war kein großer Fan und Versteher von Märchen und Gleichungen, aber dieses hier schien ziemlich eindeutig.
Und die Moral von der Geschicht', sieh zu, denn du verstehst sie nicht...
Mittlerweile waren sie in ein Gewirr aus kleinen Gassenlabyrinthen untergetaucht. Pflastersteine quetschten sich nebeneinander, brachten Lara hin und wieder zum Straucheln. Fallen war eine ihrer Spezialitäten. Zu viele Gedanken, in denen man versinken konnte.
„Das ist eine schöne Geschichte", murmelte sie schließlich. „Aber sie ist traurig."
Nahual lachte dunkel. „Jede schöne Geschichte muss ein bisschen traurig sein. Sonst ist die Schönheit darin nicht mehr wert als ein alter Wischmopp. Eine Münze hat immer zwei Seiten."
„Verstehe ich das richtig?", meinte Katja vorsichtig. „Willst du damit sagen, dass du nirgendwohin gehörst?"
„Nein, das verstehst du nicht richtig. Ich gehör auf die See."
Mit diesen Worten blieb er stehen und sah sich mit zusammengeschobenen Brauen um. „Wo wir von der See sprechen. Es ist deutlich einfacher, sich auf der zurechtzufinden, als hier."
Katja stemmte die Hände in die Hüften, die Anwandlung des Mitgefühls schlug die Tür hinter sich zu. „Soll das etwas heißen, wir haben uns verlaufen?"
„Bin kein verdammtes Navi, okay?"

„Nein, aber du bist derjenige, der mit uns einkaufen wollte, in dieser verdammten Kälte, in dieser verdammten, dreckigen Hafenstadt!", brauste sie auf.
„Ich dacht wir fluchen nicht vor dem Kind?"
„Du hast es doch auch schon wieder getan."
„Was machen wir jetzt?", erkundigte sich Lara, mäßig interessiert. Ihr eigentliches Interesse schien der streunenden Katze zu gelten, die leise miauend auf einem Dachvorsprung saß. Der Wind zerrte an ihrem verfilzten Fell, das genauso grau war wie der Stein, auf dem sie saß.
„Sekunde." Nahual griff in seine Tasche und zog eine zerknitterte Straßenkarte hervor, schlug sie auf. An einer Stelle prangte ein kleines Brandloch, ein paar Orte waren mit schwarzem Filzstift umkreist. Das Datum am oberen Rand war nicht mehr zu entziffern. Dem Aussehen nach hätte die Karte auch aus dem vorletzten Jahrhundert stammen können.
„Schön, um einen Weg auf einer Karte zu finden, sollte man wissen, wo man sich befindet."
Er deutete auf einen Fleck. „Da sind wir."
„Woher weißt du das?"
„Die Katze gehört zu der Straße hier."
„Du machst unseren Weg an einer Straßenkatze fest?"
„Sie sieht sehr klug aus."
Katja sah zu Lara hinüber, die zwei Schritte weitergelaufen war und wie gebannt zu der Katze aufsah.
„Wer, die Katze?"
Lara nickte ernsthaft. „Ja. Sie sieht aus wie der gestiefelte Kater in dem Märchenbuch von Frau Hera."
„Aha", machte Katja und vergaß ihren Ärger. „Der gestiefelte Kater, ja?"
„Okay, wir können weiter", meinte Nahual und stiefelte los. Katja und Lara mussten sich beeilen, ihm hinterherzukommen.
„Warum hast du es so eilig?"
„Weil wir es eilig haben!"
„Weil du sonst das Leben nicht beschützen kannst?", fragte Lara.
Er räusperte sich, schüttelte leicht den Kopf. „Wir sollten uns über was anderes unterhalten. Erzähl mir was von dir."
„Ich hab nichts Interessantes zu erzählen."
Nahual schielte zu ihr hinab, ließ es aber fürs Erste dabei bewenden. „Und wie sieht es mit dir aus, Fresssack? Irgendeine erwähnenswerte Geschichte?"
Katja zog die Schultern hoch. „Nein, ich fürchte nicht."
„Zweieinhalb Menschen ohne Geschichten", meinte Nahual.
„Wird ein sehr unterhaltsamer Ausflug."
„Du bist doch auch nicht gerade gesprächig", schnaubte Katja.

Nahual blieb stehen, auch wenn der Wind ihn gerne weiter getreten hätte. Die Gasse, in der sie jetzt standen, war so eng, dass man nicht einmal beide Arme zur Seite hätte ausstrecken können. Das bogenförmige Tor vor ihnen war kaum größer als eine gewöhnliche Tür; gefertigt aus hölzernen Latten, von denen die Farbe blättere. Das Salz schien wie ein ständiger Fluch durch diese Stadt zu kriechen. Kein Wunder, dass dieser Ort unter einer hauchfeinen Gazeschicht zu liegen schien. Das Meer fraß alle Farben, fraß die ganze Stadt und machte sie sich Untertan.
„Wir sind da", verkündete Nahual.
Lara sah zu ihm auf, dann wieder zu dem einfachen Tor. „Hier wohnen die Besorger?"
„Nein", er schüttelte den Kopf. „Weiß nicht, wo sie wohnen, sie sind sehr gut drin, so etwas für sich zu behalten. Das hier ist nur eine ihrer Lagerhallen."
„Haben sie nicht Angst, dass jemand einbrechen könnte?"
„Oh, Kind, diese Halle ist nicht so ungeschützt, wie sie aussieht. Hinter der Tür da ist es sicherer als in Fort Knox, möchte ich meinen. Weißt du, was Fort Knox ist?"
Sie schüttelte den Kopf.
„Hm, ist eben das sicherste Gebäude auf der Welt."
„Fort Knox ist ein Stützpunkt der U.S. Army", verbesserte Katja automatisch. „Liegt in Kentucky und lagert eine der größten Goldmengen der Welt."
„Was ich sage", knurrte Nahual.
„Aber diese Tür sieht nicht sicher aus", sagte Lara nachdenklich.
„Ist ja auch erst die erste Tür."
„Wie viele Türen haben sie?"
Nahual zuckte die Schultern. „Weiß ich nicht. Sie haben aus ihrer Lagerhalle ein einziges Labyrinth gebaut. Und sie sind die Einzigen, die den Weg kennen."
Ein weiterer Windstoß stob durch die Gasse, riss wütend an Lara, als wolle er ihr den Weg versperren. Als wäre in dem zornigen Brausen eine Warnung zu hören, hätte man sich die Zeit genommen, ihr zu lauschen."
Doch weder der Mann noch das Mädchen nahmen es wahr.
„Kennst du das Märchen von Marienkind?", murmelte Lara.
„Nein."
„Ich kenne es", sagte Katja. „Meine Tante hat es mir früher vorgelesen."

Ein kleines Lächeln zog über ihre Gesichter. Vielleicht war das der Grund, aus dem man bis heute noch Märchen las, Geschichten, die einer Zeit entstammten, in denen Werte noch geschätzt wurden. Sie verbanden, sie machten die Welt einfach und übersichtlich und erzählten von einer simplen, formvollendeten Moral.

„Ich nehme dich besser auf den Arm, wenn wir reingehen", unterbrach Nahual ihren stillen Blickaustausch. „Wenn´s dir nichts ausmacht", fügte er dann hinzu und für den Bruchteil einer Sekunde huschte etwas wie Unsicherheit über seine Züge. Lara drückte seine Hand und lächelte ihn an, mit ihrem einmaligen, viel zu ruhigen Lächeln. Das Kind war zu ernst für ihr Alter. „Ich wurde schon lange nicht mehr auf den Arm genommen."

„Hm. Was ist mit deinen Eltern?"

Ihr Blick wurde trüb, als würde der plötzliche Kummer ihn im Bernstein fangen. Nahual sah aus, als würde er die Frage bereuen. „Musst nichts davon erzählen..."

„Ich kenne sie nicht", murmelte Lara. „Ich glaube, ich habe sie nie gesehen."

„Du hast keine Familie?"

Lara wandte den Blick ab und schniefte leise. Fragend sah sich Nahual zu Katja um.

„Waisenhaus", formte sie mit den Lippen und er schien zu verstehen.

Er wurde still. Einen Moment lang fischte er in der kalten Luft nach Worten - erfolglos. Für manche Umstände gab es keinen Trost, höchstens eine Umarmung.

„Hm, kannst mir ja später davon erzählen. Haben noch auch noch Kekse."

Ein kleines Grinsen stahl sich auf Laras Gesicht, kämpfte sich durch die stumpfe Traurigkeit wie ein Sonnenstrahl durch die Regenwolken. „Dann müssen wir die aber vor Katja verstecken."

„Puh, das wird schwer."

„Hey!", beschwerte Katja sich lachend. „Ich höre euch!"

Lara kicherte und als der dritte Windstoß ihnen mit eisigen Fingern über die Wangen kratzte, nahm Nahual Lara auf die Arme und klopfte an die Tür.

„Eins noch", sagte er dann. „Keine dummen Fragen, keine dummen Sprüche. Ich übernehm das Reden, ja?"

Katja musste schlucken, verschränkte die Arme vor der Brust. „Okay." Sie nickte. „Okay. Keine dummen Fragen. Das bekomme ich hin."

Nahual verdrehte die Augen. „Du auch, ja?"

Lara sah ihn mit großen Augen an. Er hielt sich den Zeigefinger
vor die Lippen. „Pscht.“
Sie nickte, ahmte seine Geste nach wie ein verzögertes
Spiegelbild. „Pssst“, flüsterte sie.
Nahual klopfte noch einmal, drängender.
„Mast und Schotbruch“, sagte er farblos, dann öffnete sich die
Tür.

Vor ihnen stand ein junger Mann. Wie alt genau er war, war
schwer zu sagen. Seine Züge waren glatt und weiß wie
geschliffener Marmor. Keine Fältchen, kein Zucken, kein
Ausdruck. Die Reglosigkeit ließ ihn ein bisschen tot aussehen.
Ein bisschen so, als wäre er vor langer Zeit gestorben, ohne es
wirklich zu bemerken.
Selbst seine Haare waren auf das knöcherne Weiß seiner Haut
gebleicht. Im Kontrast dazu standen die dunkelblauen Augen.
Ungewöhnlich dunkel. So eine Farbe hatte Katja noch nie
gesehen und für einen Moment fragte sie sich, ob er nicht
Kontaktlinsen trug. Der schwarze Anzug unterstrich nur noch die
Blässe seiner Erscheinung. Er trug keinen Schmuck, keine Ringe,
keine Ketten, nicht einmal einen Krawattenhalter. Aber seine
schwarzen Lackschuhe waren auf Hochglanz poliert.
„Du bringst Besuch mit.“ Aalglatt und unterkühlt. Etwas wie
Missfallen huschte über seine Miene, wurde im nächsten
Augenblick wieder von der Stille getilgt.
„Brüderchen“, meinte Nahual und nickte ihm zu. Er sah ernster
aus, als Katja ihn bisher gesehen hatte. Nicht grimmig, ernst.
Beinahe schien es, als würde er sich der düsteren Stimmung, die
Brüderchen umgab, anpassen.
„Was führt dich her?“
„Nichts, das man auf einer Türschwelle bespricht.“
Brüderchen musterte die kleine Truppe noch einen Moment, sein
Blick verharrte auf Lara, die ihm unerschrocken in die Augen
sah. Dann nickte er knapp. „Folgt mir.“
Er trat zur Seite und ließ sie eintreten. Katja wäre beinahe die
Kinnlade heruntergefallen. Was von außen wie eine einfache, in
die Jahre gekommene Lagerhalle wirkte, war von innen ein
Abklatsch alter Prunkbauten. Ein ausgetretener, staubiger
Teppich unter ihren Füßen, ein Kronleuchter an der Decke,
dessen Kerzen vor langen Tagen niedergebrannt waren, eine
weinrote Couch am Rande. Die einzige Beleuchtung war ein
Bauscheinwerfer, der zu ihrer rechten aufgebaut thronte. Staub
tanzte im grellen Licht, träge, als würde er eigentlich schlafen,
als wäre der Tanz nichts weiter als ein kleiner Traum.

Und über der ganzen Halle lag ein langsames Vergessen. Das Salz war durch Risse und Fugen gekrochen, hatte den Teppich gebleicht und die Kristalle am Kronleuchter getrübt. Die Überreste von Reichtum – oder der unscheinbare Vorbote desselben.
Nahual stieß sie unauffällig mit dem Ellbogen in die Seite. Sie sah ihn an und er nickte zu Brüderchen hinüber, der mit langen Schritten den Raum durchquerte, ohne zu warten.
„Komm schon", murmelte er und folgte ihm.
Laras Blick hing wie verzaubert an dem alten Kronleuchter, wollte ihn nicht loslassen. Es waren rote Kerzen gewesen, rot wie eben geronnenes Blut. Wachstränen liefen über den Kristall, erstarrt in formvollendeten Tropfen, als wären sie für ein Kunstwerk arrangiert. Er hätte in Dornröschens Schloss hängen können, zwischen hundert Jahren Dornenhecken. Lara starrte zu ihm auf, bis sie durch die kleine Tür am Ende des Raumes traten.
Ein schmaler Korridor. Die Fußleiste war mit kleinen Leuchtdioden besetzt, die gespenstische Schatten an die blau gestrichenen Wände warfen. Blau wie die Fliesen unter ihren Füßen, heller als Brüderchens Augen. Blau wie Rauch und Schall und die Worte eines alten Philosophen. Rechts und links gingen Türen ab, dicht an dicht, reihten sich aneinander wie Zinnsoldaten auf dem Nachttisch eines kleinen Jungen.
Brüderchen lief weiter, die Hände auf dem Rücken verschränkt, ohne einen einzigen Blick zurückzuwerfen. Die Geste war unmissverständlich: Ihr braucht mich, also schaut, dass ihr mithaltet.
Katja beschloss, dass sie ihn nicht ausstehen konnte. Lara schien es genauso zu gehen. Sie verzog fast schon angewidert das Gesicht, als hätte sie in eine Zitrone gebissen. Mit einem breiten Grinsen zwinkerte Katja ihr zu.
Nahual räusperte sich und warf ihr einen mahnenden Blick zu.
„Schon gut, schon gut", murmelte sie.
Der Gang hatte mehr Ecken als eine Waldorfschule Kurven. Ein Labyrinth, wie Nahual gesagt hatte. Links, rechts. Rechts, geradeaus. Katja hatte innerhalb von Minuten die Orientierung verloren. Sie hätte auch nicht sagen können, wie lange sie durch diese immer-gleichen Gänge liefen. Eine Armbanduhr trug sie nicht und auf ihr Handy zu sehen, wagte sie nicht. Brüderchen wirkte, als habe er Augen im Rücken.

Mit jeder Ecke, um die sie bogen, wuchs die Beklemmung in Katja ein wenig weiter an. Sie würde aus diesem Gebäude nie wieder herausfinden, nicht allein. Unwillkürlich rückte sie ein Stück näher an Nahual heran, der das mit einem kurzen Seitenblick quittierte, aber nichts dazu sagte.
Blau waren die Gänge und bald hatte Katja das Gefühl, mehr zu taumeln, als zu gehen. Das Blau drehte sich in ihrem Kopf, ohne die Wände zu verlassen. Es kroch durch ihre Sinne und verklebte die Gedanken, ohne einen Finger zu rühren. So abweisend. So schadenfroh.
Ruckartig blieb Brüderchen stehen und einen Moment glaubte Katja, dass etwas Furchtbares geschehen sein musste, doch er deutete nur auf eine der Türen. „Wir sind da."
Mit einer angedeuteten Verbeugung ließ er sie zuerst eintreten. Das Zimmer, in dem sie hielten, war längst nicht so eindrucksvoll wie die Eingangshalle. Dennoch war Katja beeindruckt. Der Raum war im selben Blau gehalten wie der Flur. Sie hatte nicht gedacht, dass die Beklommenheit auf ihrer Brust noch schwerer werden könnte.
Auch hier hing ein kleiner Kronleuchter von der Decke. Statt mit Kerzen mit Glühbirnen bespickt, die den Raum in weißes Licht tauchten. Auf einem ebenso weißen Sofa saß eine junge Frau, vermutlich im gleichen Alter wie Brüderchen. Doch auch ihre Züge waren zu glatt und makellos, als dass man es mit Sicherheit hätte sagen können.
Haare in einem zarten Blau, künstlich wie alles an ihrer Erscheinung, dennoch lebendiger als Brüderchen. Blau wie das verdammte Zimmer, blau wie ihre Augen, siebenmal heller als die Wände. Die beiden waren bis ins kleinste Detail aufeinander abgestimmt. Wo Brüderchen etwas zackig war, da war Schwesterchen elegant wie eine Balletttänzerin. Brüderchen schritt zu der Frau hinüber, beugte sich vor und gab ihr einen kurzen Kuss – gerade lang genug, um Nahual davon zu überzeugen, dass die beiden keine Geschwister waren. Er war nie sicher gewesen, meistens traf er sie einzeln an.
Schwesterchen rekelte sich während der stummen Musterung auf dem Sofa und sah zu der Dreiergruppe hinüber. Hosenanzug und Jackett. Unmöglich zu sagen, was sie dachte, oder was sie von ihrem Aufzug hielt. Katja kam sich schäbig neben den beiden vor. Ein Vagabund zwischen den Zähnen zweier Haie. Ein bisschen schäbig fühlte sie sich in ihrem abgetragenen Mantel.
„Mission Nummer 12", sagte Nahual. „Wieder mal."

Schwesterchen nickte Brüderchen zu und der ging zu dem Safe hinüber, das in der Rückwand des Raumes eingelassen war.
Katja erkannte es erst, als es aufschwang. Es war blau wie der Rest der Wand. Blau wie längst erfrorene Träume.
„Das Übliche, ja?" Schwesterchens feine Brauen hoben sich fragend und Nahual nickte.
„Das Übliche."
„Tatsächlich?" Schwesterchen tat überrascht und ihr ausdrucksloser Blick glitt für einen Moment zu Katja hinüber, fällte ein stilles Urteil. „Wenn du meinst."
Sie erhob sich und kam auf sie zu geschwebt, im federnden Schritt eines fremden Tanzes. Sie wandte sich Lara zu. „Was tut ein Kind auf einer Mission?"
„Der Tod hat sie mitgebracht."
„Sie einer an", sagte Schwesterchen. „Du bist wohl etwas Besonderes."
„Sie ist ein seltsames, kleines Geschöpf", meinte Brüderchen von weiter hinten und leise Faszination haftete an seiner Stimme.
„Man nennt es ein Kind", sagte Nahual und entlockte damit Schwesterchen ein kaum hörbares Kichern.
„Ja, wirklich ein besonderes Kind, möchte ich meinen."
Die Art und Weise, auf die sie „besonderes" betonte, gefiel Katja nicht und die Härchen in ihrem Nacken stellten sich auf. Wie konnte es sein, dass die beiden ebenfalls von dem Tod wussten? Kannten sie ihn persönlich, oder nahmen sie Nahual auch ohne Existenzbeweis des Todes ernst? Machten sie am Ende Geschäfte mit ihm?
Acht Seelen gegen einen guten Preis beim Fährmann...
Mittlerweile kam sie sich beinahe ausgeschlossen vor, als würden die Leute um sie her einer ich-kenne-den-Tod-Sekte angehören und sie bildete die ich-eigentlich-nicht-Gegenpartei.
„Du hast dieses Mal einiges an Verstärkung."
Nahual nickte bloß.
„Auch wenn ich nicht weiß, wie viel dir diese bringen wird." Ihr Ton konnte sich die Abfälligkeit sparen, die Worte sprachen für sich.
Katjas Augen wurden schmal und sie ignorierte Nahuals mehr als deutlichen Blick.
„Ich denke mal, ich kann nicht allzu verkehrt sein, wenn der Tod mich dir vorzieht, Möchtegern-Püppchen."

Schneller als sie überhaupt denken konnte, war Schwesterchen herumgewirbelt, hatte sie an die Wand gepresst und das kühle Eisen eines kleinen Messers presste sich gegen ihre Kehle. Beinahe liebevoll fuhr die scharfe Klinge ihre Schlagader entlang und Katjas Herz begann zu rasen, abgehackt kam ihr der Atem über die Lippen und sie starrte die zierliche, kleine Frau mit aufgerissenen Augen an. Plötzlich hatte sie das Gefühl, dem teuflischen Barbier ausgeliefert zu sein. Nur ein Singen der Klinge davon entfernt, dass das Blau in Rot ertrank.

„Normalerweise beleidigen mich nur Selbstmörder, die den Mumm nicht aufbringen, selbst zu springen", schnurrte Schwesterchen, sah sie aus ihren blassblauen Augen durchdringend an. „Du solltest es nie wieder tun. Ich bin mit der Zeit nämlich wirklich, wirklich gut geworden."

Katja nickte hastig. Ein leiser, wimmernder Laut kam über ihre Lippen. Dieser Traum – sollte es denn einer sein – war bis in seine Grundfestung auf Sand gebaut. Und alle konstanten Logikketten versanken im Treibsand, schneller als ein Kamel darüber hinweg rennen konnte.

„Schwesterchen." Brüderchen legte ihr eine Hand auf die Schulter und sie zog das Messer zurück, wandte sich von Katja ab. Ein weggeworfener Knochen.

„Ja?"

Er drückte ihr etwas in die Hand. Es war in einem blauen (wie könnte es anders sein) Tuch eingeschlagen. Schwesterchen nickte knapp. Sie nahm das Päckchen entgegen und drückte es Nahual in die Hand, mit der er nicht Lara hielt.

„Die gleiche Zahlungsweise wie immer?"

„Wie immer."

Schwesterchen nickte zufrieden.

Katja sah sie nach wie vor vollkommen entgeistert an, eine Hand an ihrem Hals, dort wo eben noch das Messer gesessen hatte. Sie hätte nur zustechen müssen!

„Nun, dann bleibt nichts weiter, als auf Wiedersehen zu sagen", stellte Schwesterchen fest. „Komm zurück. Es wäre eine Schande, unsere geschäftlichen Beziehungen aufgrund einer unausgegorenen Entscheidung fallen lassen zu müssen."

Wieder bekam sie nur ein Nicken zur Antwort. Vielleicht konnte Nahual die beiden auch nicht leiden. Oder er hatte mehr Respekt vor ihnen, als er Katja glauben machen wollte.

„Begleitest du unsere Gäste zur Tür?" Schwesterchen legte Brüderchen eine Hand auf den Arm, nickte Nahual noch einmal zu und ließ sich dann anmutig auf das Sofa sinken, in der Hand das kleine Messer, das selbstvergessen zwischen ihren Fingern tanzte.

„Wenn ihr mir folgen würdet", sagte Brüderchen, hielt ihnen die
Tür auf. Nahual packte Katja am Arm, die noch immer in einer
Art Schockstarre verharrte und zog sie mit sich durch die Flure,
immer Brüderchen hinterher, bis sie endlich in der verwaisten
Eingangshalle herauskamen. Erleichtert atmete Katja durch.
„Auf Wiedersehen." Brüderchen verneigte sich wieder leicht, und
jetzt wirkte diese Geste in Katjas Augen mehr als spöttisch. Sie
widerstand nur mit Mühe dem Drang, dem Ochsenfrosch die
Zunge herauszustecken.
„Hmpf", machte Nahual, weniger elegant und zerrte Katja
weiter. Der Teppich schluckte ihre Schritte, Nahual stieß die Tür
auf und der salzige Geruch des späten Morgens blies ihnen
seinen feuchten Atem ins Gesicht.

Katja ließ sich an der Wand der Lagerhalle zu Boden gleiten,
ignorierte die Kälte des Asphalts. Mit großen Augen starrte sie
auf ihre zitternden Hände hinab.
„Grundgütiger", murmelte sie. „Gott, das war verrückt. Das war
so verrückt!"
Sie sah mit weit aufgerissenen Augen zu Nahual hinauf, der Lara
abgestellt hatte und sie kritisch beäugte. „Weißt du, wie lange
mein letztes Erlebnis zurückliegt, das genauso verrückt war?"
Sie bemerkte selbst, wie ihr Atem sich beschleunigte, konnte die
Hysterie wie Brausepulver unter ihrer Haut kribbeln spüren.
„Das war in der Mittelstufe. Als ich mit zwei Freundinnen
geschlafen habe, weil wir herausfinden wollten, wie es ist
lesbisch, zu sein und ob wir es vielleicht auch sind. Nein, warte."
Sie schüttelte ruckartig mit dem Kopf. „Das war nicht genauso
verrückt. Das hier war viel verrückter!"
„Und?"
„Und was?"
Nahual streckte die Hände in die Hosentasche. „Seid ihr
lesbisch?"
„Was?" Überrumpelt runzelte sie die Stirn. „Nein!" Sie strich sich
abwesend die Haare aus dem Gesicht. „Aber es war gar nicht
schlecht..."
„Ich bin nicht sicher, ob dieses Thema besser ist als fluchen",
sagte Nahual. „Für das Kind, mein ich."
„Oh, Mist." Aufstöhnend vergrub sie das Gesicht in den Händen.
„Das ist alles so verrückt. Ehrlich mal, das macht alles überhaupt
keinen Sinn!"
„Naja, wie man´s nimmt." Er zuckte die Schultern. „Wir müssen
noch wen besuchen."
„Lass mich raten", stöhnte sie. „Der heißt Froschkönig?"

„Wir sollten etwas zu Essen holen", meinte Nahual. „Du nervst wieder."

„Kling gut", nickte Katja darum bemüht, ihren Atem wieder unter Kontrolle zu bekommen. „Aber erst sagst du mir, was in dem Päckchen drin ist."

„Nichts für Kinderaugen."

„Nichts für – was bei allen Göttern ist da drin?"

„Ich zeig´s dir, wenn wir zurück in der Werft sind. Ist auch nichts, das man in der Öffentlichkeit öffentlich herumtragen sollte."

„Argh, du bist unausstehlich. Gut, wo müssen wir als Nächstes hin? Also – nach dem Essen." Sie rieb sich mit Daumen und Zeigefinger die Augen und rappelte sich dann wieder auf. „Du hast auch Hunger, oder, Lara?" Sie legte Lara eine Hand auf die Schulter und die lehnte sich gegen ihre Hüfte.

„Nein", meinte sie, gähnte. „Aber ich will da nicht mehr rein."

„Wir gehen da auch nicht mehr rein, versprochen."

Lara sah erleichtert aus, griff nach ihrer Hand. Sanft strich sie dem Kind über die erhitzte Wange. Nein, dieses Labyrinth aus militärischen Türen war wirklich nichts für das Kind gewesen. Da verging einem die Lust an Märchen. Immerhin wurden die dafür geschrieben, dass man etwas über Moral und Gut und Böse aufschnappte, ohne es erst erleben zu müssen.

„Wir gehen da nicht mehr rein", murmelte sie noch einmal. Dann richtete sie sich wieder auf und sah Nahual entschlossen an. „Wir gehen da nicht wieder rein."

„Nein, der Froschkönig wohnt wo anders. Aber ganz in der Nähe."

„Halt, du meinst er heißt wirklich Froschkönig?"

„Nein, natürlich nicht!" Kopfschüttelnd zog er seinen Flachmann aus der Hosentasche, schraubte ihn auf. „Außerdem ist es eine sie", fügte er hinzu. Dann nahm er einen tiefen Schluck von seinem Papaya Saft und verstaute den Flachmann wieder. „Erst essen?"

Katja seufzte, schlug den Kragen ihres Mantels hoch. „Nein, wenn ich die Einzige bin, die Hunger hat... Ich denke, ich kann noch ein bisschen warten." Ihr Magen vergalt das mit einem leisen Grollen, das sie geflissentlich ignorierte. Alles zu seiner Zeit. Erst kam der weibliche Froschkönig an die Reihe. Sie drückte Laras Hand. „Bereit für einen weiteren Ausflug?"

„Ja", sagte Lara. „Kann ich deine Hand halten?"

Katja wurde warm ums Herz, als sie in Laras große Augen sah. Etwas Bittendes lag darin, als bräuchte sie etwas zum Festhalten inmitten des Chaos.

„Solange du willst, Kleines."

Lara lächelte und das Lächeln zeichnete zwei kleine Grübchen in ihre runden Wangen.

„Wir können gehen", sagte sie zu Nahual, der daraufhin nickte und sich in Bewegung setzte. Dieses Mal verlor er nicht den Weg, allerdings liefen sie auch nur zwei Querstraßen weiter. Es wäre ein Kunstwerk gewesen, falsch abzubiegen.

„Glaubt die Frau auch an den Tod? Also kennt sie ihn, meine ich."

„Nein. Sie glaubt, dass ich zu viel trinke."

„Ich denke, da könnte was dran sein."

Nahual knurrte nur irgendetwas Unverständliches.

„Okay, kannst du uns dann sagen, was wir bei Frau Froschkönig machen? Oder ist das auch nicht kinderfreundlich?"

„Kinderfreundlicher als das Päckchen. Aber du siehst es ja gleich. Ach, und außerdem", er warf ihr einen Blick über die Schulter zu. „Du solltest sie nicht Frau Froschkönig nennen. Könnte ähnlich enden wie mit Schwesterchen."

Katja erschauderte. „Psychopathen."

„Was hast du erwartet?"

„Jemand Nettes", antwortete Lara für Katja. „Im Märchen sind Schwesterchen und Brüderchen nett."

„Ja, im Märchen müssen sie nett sein, weil sie die Hauptfiguren sind und über das Böse siegen. Hier sind sie zwei in eins. Sie helfen gegen das Böse zu kämpfen – in den meisten Fällen – aber dafür können sie nicht die Guten sein. Das Gute kämpft nicht. Verstehst du?" Er sah das Mädchen durchdringend an. „Sobald das Gute anfängt, gegen das Böse zu kämpfen, ist es nicht mehr nur gut."

„Ja, okay, können wir die Psychologiestudenten auf später verschieben?", unterbrach Katja. „Und kann ich dich etwas fragen?"

„Bringt´s was, wenn ich Nein sag?"

„Nein."

„Nein." Er nickte. „Dann frag."

„Glaubst du, dass wir sterben?"

„Klar", antwortete er.

Sie schnaubte genervt. „Das ist nicht, was ich meine. Jetzt. Hier, auf dieser Mission. Denkst du, dass wir sterben?"

Nahual schwieg einen Moment. Sie kamen an einem alten Pärchen vorbei, das mit ihrem Hund spazieren ging. Das mussten sie zumindest getan haben, bis der Bernhardiner beschlossen hatte, eine Pause zu machen. Jetzt standen sie neben dem schlafenden Ungetüm und warteten darauf, dass er wieder aufwachte und weiter ginge.

„Glaubst du an Gott?", fragte Nahual schließlich.

„Der Tod glaubt nicht an einen Gott."
„Das hat er nicht gesagt. Und ich hab dich gefragt."
„An Gott.... Meinst du die Bibel und all das Zeug? Himmel und
Hölle und Fegefeuer... Das ewige Leben..."
Nahual schüttelte den Kopf. „Die Bibel ist auch nur ein Buch."
„Damit wären viele nicht einverstanden."
„Wer hat das Buch denn geschrieben? Gott persönlich? Nein. Das
Buch redet davon, wie du mit deinen Mitmenschen umgehen
solltest. Also noch mal. Glaubst du an Gott?"
Katja zog die Schultern hoch, vergrub die Nase in ihrem
Mantelkragen. „Ich weiß es nicht. Ich glaube, ich bin noch
unentschieden."
Er nickte. „Du glaubst also nicht an all das Zeug? Himmel und
Hölle und Fegefeuer..."
„Nein... Nein, ich denke nicht." Sie strich sich die wirren Locken
aus dem Gesicht. „Ich will nicht an ein Fegefeuer glauben
müssen. Und ich kann nicht an einen Himmel glauben, in dem es
bis in alle Ewigkeit voller Frieden ist. Zuckerwattengefasel! Das
hat nichts mehr mit Menschlichkeit zu tun."
„Dann glaubst du nicht an Gott."
„Ich weiß nicht. Ich meine, muss man an all das Drumherum
glauben, um an einen Gott glauben zu können?"
„Vielleicht ist Gott nur das Drumherum."
„Dann wäre er doch kein Gott!" Ihre Brauen zogen sich
zusammen. „Dann hätten wir ihn uns bloß ausgedacht."
Er zuckte die Schultern. „Wer weiß."
„Ich glaube an Gott", meldete sich Lara zu Wort. Katja hatte sie
schon beinahe vergessen, obwohl sie noch immer die Hand des
Kindes hielt.
„Ja?"
Lara nickte. „Ich habe mit ihm gesprochen", sagte sie im
Brustton der Überzeugung.
Nahual schielte unter der Krempe seines Hutes hervor. „Und hat
er geantwortet?"
Katja wollte ihn schon böse anblitzen, da hatte Lara schon
genickt, so ernsthaft, als hätte Nahual eine berechtigte Frage
gestellt. „Ich habe euch getroffen."
„Und den Tod", knurrte Nahual.
Ein kleines Lächeln stahl sich auf Laras Gesicht und zauberte
Grübchen in ihre Wangen. „Ja, und den Tod."

Frau Froschkönig war, wie sich herausstellte, eine Frau, die genauso gut 101 wie 20 gewesen sein könnte. Katja hatte zwar nicht die leiseste Ahnung, wie die Frau das bewerkstelligte, aber sie wusste nicht, wie sie das seltsam pudrige Gesicht sonst beschreiben sollte. Ihre Haare sahen aus, als hätten sie schon seit Längerem keine Dusche mehr gesehen, waren in einem einfachen Pferdeschwanz zusammengefasst. Fettige Strähnen in undefinierbarem Farbton.

Sie begrüßte die Eindringlinge in ihrer Garage damit, dass sie Katja eine Pistole unters Kinn presste und diese entsicherte.

Katja erstarrte einmal mehr zur Salzsäule und verfing sich in den blass-blauen Augen der Frau.

„Was wollt ihr hier?", krächzte sie, ohne den Blick von Katja zu nehmen. „Fährmann, was willst du dieses Mal? Warum bringst du Besuch mit?"

„Ich brauche eine IP und ein Netzwerk."

„So so", meinte die Frau und lachte auf, rau wie Schmirgelpapierfetzen. „Na dann."

Sie ließ von Katja ab, die sich schwer atmend an den Hals griff. Vielleicht sollte sie sich so eine Halskrause zulegen, um ihren Hals vor weiteren möglichen Übergriffen zu verstecken. Ein Schädel-Hirn-Trauma hatte sie nach all dem Unerhörten der letzten 24 Stunden sicherlich. Zumindest ein Hirntrauma.

„Komm", forderte die Frau mit ihrer Krähen-gleichen Stimme und winkte Nahual zu sich herüber. Katja blieb mit Lara am Garagentor zurück. Das Mädchen hatte sich fest an ihre Seite gepresst und spähte an ihrem Ärmel vorbei zu Frau Froschkönig, die nicht Frau Froschkönig hieß, und zu Nahual, während die sich über die drei Rechner beugten, die in der Mitte des Raumes aufgebaut waren. Sie murmelten sich irgendetwas zu und Katja glaubte die Namen der Wissenschaftler herauszuhören.

Plötzlich pfiff die Frau durch die Zähne. „Räudiges Rattenpack!"

Katja rümpfte die Nase.

Doch anscheinend hatte die Frau Sensoren für Fluchgegner, denn sie warf Katja einen giftigen Blick zu. „Stell dich nicht so an", zischte sie. „Du bist keine scheiß Nonne. Ein bisschen Gefluche wird dich nicht in der Hölle gammeln lassen!"

Katjas Augen wurden schmal wie Streichhölzer und entflammten mit der gleichen Geschwindigkeit, doch sie wagte nicht etwas zu erwidern – die Pistole lag entsichert auf einem der Rechner. Und irgendetwas sagte ihr, dass die Frau treffen würde – was immer sie treffen wollte. Die Waffe schien so sehr zu ihr zu gehören wie die Goldkugel in das dämliche Märchen.

Die ist aber definitiv kein weiblicher Froschkönig, dachte sie.

Wenn schon eine alte, warzige Kröte.

Zwei Minuten später waren sie wieder aus der Garage. Es dauerte anscheinend nicht lange IP-Adressen und Netzwerkschlüssel zu kaufen, wenn man wusste, wo. Katja versuchte ihren entgleisten Atem wieder unter Kontrolle zu bekommen, sah auf ihre zitternden Finger hinab. Lara griff nach ihrer Hand, drückte sie ganz fest und barg das Gesicht an ihrem Mantel. „Ich mag sie auch nicht."

„Einkaufen. Dahinten ist ein Tante-Emma-Laden."
Katja hob die Hände und schüttelte vehement den Kopf. „Ich gehe jetzt nicht einkaufen."
Lara zupfte an ihrem Ärmel darum bemüht, Falten in ihre Stirn zu zeichnen. „Auch nicht Kekse?"
„Auch. Nicht. Kekse." Katja sah sich um. „Da ist eine Bank." Sie unterstrich das Offensichtliche, in dem sie darauf zeigte. Die Bank stand nur zwei Meter von dem Laden entfernt. Eine junge Frau saß auf der einen Seite und las äußerst konzentriert in einer Zeitung – ein seltener Anblick, der Katja in diesem Moment allerdings nicht beeindrucken konnte.
„Geht schon. Ich sitze da."
Ohne sich noch einmal zu den beiden umzudrehen, lief sie über die schmale Straße und ließ sich mit einem undamenhaften Plumpsen neben der Frau nieder, die jedoch nicht aufsah, sondern konzentriert die Augen zusammenkniff. Tatsächlich las die junge Frau, deren Name Wilhelmina war und die sich aus diesem Grund nur mit Nachnamen vorstellte, einen Artikel über gestohlene Kokosnüsse. Sie hatte noch nie über gestohlene Kokosnüsse gelesen. Abgesehen von dem Aufsatz über die Logbücher der Bounty, in denen hatte auch so etwas gestanden. Sie mochte Kokosnüsse nicht leiden, da verschaffte es ihr eine gewisse Genugtuung, wenn solche gestohlen wurden.
Katja legte stöhnend den Kopf in den Nacken und starrte zu dem eisgrauen Himmel hinauf. Es sah weder nach Schnee noch nach Regen aus und dennoch wirkte der Himmel an diesem Nachmittag ausgesprochen unfreundlich.

„Nie wieder", murmelte Katja und ohne es zu bemerken, fasste sie sich an die Kehle, an der innerhalb von vierzig Minuten ein versilbertes Messer und eine Pistole aus dem amerikanischen Sezessionskrieg gelegen hatte. „Wie kann ich nicht tot sein? Erst rettet mich ein Mann, der behauptet der Tod zu sein vor einem Zug und davor als Matschepampe zu enden. Dann fahre ich mit diesem Mann – und einem Kind, das wir aus einem Waisenhaus gekidnappt haben! – einen ganzen Tag durch halb Deutschland, nur um einen kriminellen Seemann zu treffen, der die Politik zu manipulieren versucht. Das ist verrückt! Aber nein, das war noch nicht genug! Dieser verdammte Seemann schaut dich an, als wolle er sagen Hey-dumme-Kuh-ich-bin-witziger-und-cleverer-und-überhaupt-viel-besser-als-du! Argh! Und dann werde ich beinahe abgestochen! Von einer Frau mit scheiß blauen Haaren!"
Katja holte tief Luft, versuchte ihren Staccato tanzenden Herzschlag unter Kontrolle zu bekommen. Der kalte Tag kühlte ihre erhitzten Wangen wie eine besorgte Mutter das Fieber ihres Kindes. Sie sah zu dem Mann, der rauchend an der Hauswand gegenüber lehnte und sich mit einer alten Frau unterhielt, die ihren Kopf aus dem Fenster gesteckt hatte. Normalität.
„Und – als wäre das alles nicht genug – eine verdammte Kröte. Die es natürlich auch auf mich abgesehen hat und meint, ich wäre verklemmt, wie eine Nonne, nur weil ich Flüche nicht leiden kann!"
Katjas Blick wanderte zur Seite und direkt in die geweiteten Augen der jungen Frau, die sie anstarrte, als hätte sie zu viel Halluzinogene genommen.
„Oh mein Gott!" Sie schlug sich eine Hand vor den Mund. „Das tut mir so leid! Hab ich das gerade laut gesagt?"
Ohne eine Antwort hob die junge Frau ihre Zeitung wieder und verschwand dahinter.
„Scheiße", murmelte Katja.
Sie war froh, als Nahual und Lara wenig später aus dem kleinen Laden traten, in jeder Hand eine große Papiertüte. Schnell erhob sie sich und eilte von der jungen Frau fort, die ihr über den Rand ihrer Zeitung hinterher spähte.
„Und, was habt ihr gekauft?" Sie versteckte ihre zitternden Hände in den Jackentaschen zwischen Stiften und vereinzelten Nüssen.
„Essen. Du siehst echt aus, als bräuchtest du das."
„Gut erkannt."
Lara strahlte zu ihr auf und die beiden Grübchen erschienen in ihren Wangen. „Wir haben eine ganze Tüte Kekse!"
„Kekse? Oh, das klingt gut."

Sie steckte dem Mädchen fahrig eine Haarsträhne unter die
Mütze, versuchte sich an einem Lächeln.
Nahual sah sie misstrauisch an. „Wollte dich noch wer
umbringen? Du bist unruhiger als ein elektrisiertes Meer. Flattrig
halt."
„Flattrig? Ja, sicher, ich flattre gleich davon. Wie ein Flatterling."
Die beiden starrten sie an.
„Meinst du Schmetterling?", fragte Lara.
„Komm, Kind", grummelte Nahual. „Die braucht Essen."
Und in diesem Moment hätte Katja dem Seemann am liebsten
die Augen ausgekratzt, wie eine besonders psychopathische,
spontan-aggressive Katze. Essen! Als ob das tatsächlich ihr
größtes Problem wäre!

Sie brauchten längst nicht so lange zurück zur Werft wie für den
Hinweg. Vielleicht kam das Katja aber auch nur so vor, weil ihre
Gedanken weit, weit fort waren. Nicht in den engen Gassen und
nicht auf der Promenade und nicht zwei Meter entfernt von der
brausenden Nordsee. Abwesend war streng genommen das
falsche Wort, es war eher so, als hätte jemand für den Moment
den Stecker gezogen und ihr Verstand lief jetzt auf Notstrom.
Sie stand wieder auf dem Bahnsteig, der einfahrende Zug lachte
ratternd und dröhnend in ihrem Kopf, Bremsen quietschten,
Funken stoben. Menschen schrien, doch eine Hand fing sie auf,
bevor sie fallen konnte.
„Atme", raunte Mai ihr ins Ohr. „Ein und aus..."
Eine kleine Hand schob sich in die ihre und Katja sah zu Lara
hinunter. Lara biss sich auf die Lippe, unruhig tigerte ihr Blick
über die halb verrotteten Häuser. Katja kniff die Augen
zusammen und versuchte sich wieder auf das Hier und Jetzt zu
konzentrieren.
„Alles in Ordnung?"
Lara schüttelte stumm den Kopf. „Hörst du das Meer?", wisperte
sie.
„Ja, klar. Es ist nicht leicht, es zu überhören." Das Lachen blieb
ihr im Hals stecken, als Laras Griff fester wurde und sie ein
wenig näher zu Katja rückte, bis sie halb hinter ihr verborgen
war.
„Was ist los?", erkundigte sie sich so leise, dass Nahual nicht
mithören konnte.
„Ich mag das Meer nicht", flüsterte Lara zurück. „Es klingt so
wütend."
„Wütend?"
Lara nickte. „Warum ist es so wütend?"

Sie traten auf die Promenade hinaus. Der Himmel war nicht mehr kalt und leer. Plötzlich war er voller Wolkenungetüme, die sich übereinander wälzten und das Licht verdrängten. Mit ungebremster Wucht zertrümmerten die Wellen am Damm. Das drohende Unwetter sabberte bereits in Erwartung des nahenden Unheils.

„Ich weiß es nicht." Katja runzelte die Stirn. „Vielleicht hat es vergessen, wie man schläft?"

„Oh." Lara nickte, sah nachdenklich in die schäumende Brandung hinunter. „Da wäre ich auch wütend."

„Hm", machte Katja und drückte Laras Hand. „Komm, wir sind gleich da."

Sie stellten die Tüten auf dem Tisch ab, neben dem benutzten Geschirr vom Morgen. Der Wind pfiff durch die Ritzen zwischen den Holzlatten, rüttelten an der alten Werft. Das Schiff tanzte auf den Wellen. Doch die beiden Heizpilze spendeten genügend Wärme für den Raum. Dennoch. Sie behielten ihre Jacken an.

„Also, was gibt es zu essen?" Katja klatschte in die Hände, versuchte die trübe Stimmung zu vertreiben.

„Wir haben frisches Brot. Und Käse."

„Also ein zweites Frühstück", meinte Katja etwas enttäuscht.

„Aber mit Keksen!", korrigierte Lara und zog in einer triumphierenden Geste eine Packung aus einer Tüte. Katja musste lachen.

„Okay, dann geht das in Ordnung."

„Iss genug, um die nächsten Stunden über einigermaßen umgänglich zu sein, ja?", murrte Nahual. Er hatte den Hut auf das Sofa geworden und die Narben zerrten das gruselige Lächeln auf sein Gesicht. Dunkel blitzten die Augen unter den buschigen Brauen hervor, schienen jeden ihrer Gedanken aufzufangen.

Katja wandte sich von ihm ab. „Du bist so ein Idiot."

„Haben trotzdem viel zu tun."

„Machst du die Kekse auf, Liebes? Ich hole uns einen Saft."

„Ich schau dann nach dem Wichtigen", meinte Nahual und gab ein Grunzlaut von sich. Vielleicht hatte er gerade einen besonders derben Fluch verschluckt.

„Dem Wichtigen?" Katjas Brauen wanderten in die Höhe. „Was bitte ist das Wichtige?" Sie lehnte sich vor, suchte im Kühlschrank nach dem Saft.

Nahual warf seinen Mantel neben den Hut über das kleine Sofa, zog den Fischerstuhl zurück und setzte sich vor den Schreibtisch.

„Willst du wissen, warum Doktor T mich tatsächlich ausgewählt hat?"

Mit einem Augenrollen stellte sie den Saft ab, nahm zwei Gläser aus dem Schrank. „Sicher. Erzähl uns, warum du so wichtig bist, dass selbst der Tod dich um Hilfe bittet."
„Er bittet nie um Hilfe", knurrte Nahual zurück. „Er stellt dich vor vollendete Tatsachen."
Sie grinste verächtlich, goss Lara und sich von dem Saft ein. „Du meinst wohl eher: Er stellt dich vor die Wahl für oder gegen dein Gewissen anzutreten."
„Wo ist der Unterschied", murmelte Nahual.
„Es steht dir frei zu Entscheiden. Das ist der Unterschied. Lara? Saft?"
Sie hielt dem Kind das Glas hin und sie bedankte sich mit einem kleinen Lächeln. „Kekse?", fragte sie dann im Gegenzug und reichte Katja die aufgerissene Packung.
„Immer." Sie zwinkerte Lara zu, bevor sie ihr eigenes Glas nahm und zu Nahual hinüber ging. „Man könnte meinen, er hätte seine Tastatur geheiratet, richtig?"
Nahual hatte seinen Blick auf die Tasten fixiert.
„Jetzt sei nicht eingeschnappt." Sie lehnte sich neben ihn an den Schreibtisch. „Willst du uns nicht erzählen, was dich so wichtigmacht?"
Seine Hände ballten sich zu Fäusten. Sie wollte schon zurückrudern, aber Lara war schneller: „Warum nennst du ihn immer Doktor T?"
Einen Augenblick herrschte Stille.
Und dann brach Katja in schallendes Gelächter aus. Überdreht, hysterisch klang sie dabei, doch es sprudelte aus ihr heraus, wie Lava aus einem ausbrechenden Vulkan. Ihre ganze Welt schien in einem Morast aus Märchen und Halbwahrheiten zu versinken und dann stand in der Mitte dieses kleine Mädchen, unbekümmert, als würde alles um sie her zum ersten Mal Sinn ergeben.
Sie musste sich den Bauch halten, so laut lachte sie und es klang ein bisschen so, als würde sie eigentlich schreien.
Dann wurde ihr der Irrsinn ihres Gelächters bewusst und so plötzlich, wie es begonnen hatte erstarb es wieder, hinterließ nur eine zapplige Anspannung in der Luft, eine Warnung, trunken wie die Glocken von Rungholt.
In Nahuals grimmige Miene hatte sich ein kleines Grinsen geschlichen und Lara legte verwirrt den Kopf schief. „Tja, Kleines. Warum nenn ich ihn Doktor T? Als ich ihn das erste Mal getroffen hab, dachte ich, er wäre ein Doktor, da hat er wen gerettet."

Katja konnte das auch-wenn-das-nur-Eigeninteresse-war förmlich in seinen Augen lodern sehen, aber er sagte es nicht, nicht vor dem Kind. Also sagte auch sie nichts dazu. An manchen Abgründen sollte man nicht rühren, zu groß war die Gefahr zu stürzen.

„Okay", Katja beugte sich neben Nahual über die kleinen Befehlsfelder und Zahlen, die Lara weniger als nichts sagten, anscheinend aber leichter zu lesen waren als ein Bilderbuch. Nicht, dass Lara Bilderbücher gemocht hätte. Bilder sagten zu wenig aus, wenn man noch nicht lesen konnte.

„Was machen wir jetzt?"

„Unsere Zielpersonen finden."

„Geht das auch ein weniger genauer? Ich meine – all diese Details, da kann man ja ganz die Übersicht verlieren", seufzte Katja, zog sich einen weiteren Stuhl heran, um sich zu setzen, ohne den Blick von dem Bildschirm zu nehmen. „Jetzt fang schon an zu reden!"

„Ich rede die ganze Zeit!"

„Du redest nicht, du lässt hin und wieder einzelne Wörter fallen, die zufälligerweise dann und wann die kürzesten Sätze der Welt bilden!"

„Warum regst du dich auf?"

Katja rang die Hände und gab ein genervtes Stöhnen von sich. „Ich sitze hier vor etwas, das ich noch nie gesehen habe! Und ich will es verstehen! Wenn ich es nicht verstehe, werde ich einfach durchdrehen!"

„Du meinst noch mehr als gerade?"

„Ja, das meine ich."

„Lara?"

Das Kind stand noch dort, wo Katja sie hatte stehen lassen, das Saftglas in der Hand. „Während ich der verrückten Tante hier versuche zu erklären was, das ist, mach´s dir doch bisschen gemütlich und nimm die restlichen Kekse. In der Kiste dahinten liegen Bücher, falls du liest. Liest du?"

Sie nickte.

„Okay."

Lara stellte das Glas auf den niedrigen Tisch, neben die unausgepackten Einkaufstaschen und das ungespülte Geschirr. Sie konnte sich gut selbst beschäftigen. Wenn es etwas gab, woran sie wirklich gut war, dann war das still in einer Ecke sitzen und lesen, niemandem auf die Nerven gehen und trotzdem zufrieden zu sein. Beinahe.

Die meisten Kinder, die sie kannte (und sie kannte viele Kinder), konnten das nicht.

Während die Erwachsenen in ihrem Rücken aufgeregt (Katja)
und etwas genervt (Nahual) miteinander zu diskutieren
begannen, öffnete sie die Seemannskiste, auf die Nahual
gedeutet hatte. Voller Ehrfurcht weiteten sich ihre Augen, als sie
all die Bücher sah, die dort sorgfältig übereinandergestapelt
waren. Hardcovers und Paperbacks und Kurzgeschichten, die
überhaupt gar nicht gebunden waren. Ein Prisma aus
Einbandfarben. Ganz obenauf lag ein alterslfeckiges Büchlein,
dessen Bindung beinahe auseinanderfiel. Das Leinen war
abgewetzt, an manchen Stellen, als wäre es schon tausendmal
durchgeblättert worden.
Sie nahm es vorsichtig in die Hände und trug es zu der kleinen
Couch hinüber. Als sie die erste Geschichte aufschlug, die
schwarzen Worte auf dem gelblichen Papier sah, hatte sie das
Gespräch der Erwachsenen bereits vergessen.
Es war einmal, so fing es an, so wie jede gute Geschichte
anfangen sollte. Es war einmal... geheimnisvoll wie eh und je
klangen die Worte, obgleich sie die folgende Geschichte bereits
kannte, Wort für Wort, Satz für Satz bis zum Ende.
„Es war einmal" hatte etwas Magisches an sich. Man konnte nie
ganz sicher sein, dass die Geschichte sich beim Lesen nicht doch
verschieben würde.

Märcheneinmaleins

„Was machen wir jetzt?“
„Wir orten.“
„Wir orten was?“
„Die IP-Adresse.“
„Die von Frau Froschkönig?“
„Welche sonst?“
„Woher hat sie die überhaupt.“
Nahual zuckte gleichgültig die Schultern. „Sie ist eine Art –
Sammlerin.“
„Hmpf“, machte Katja, verschränkte die Arme vor der Brust.
„Nur dass sie statt Briefmarken IP-Adressen sammelt.“
„Genau. Ist ihr Hauptgeschäftszweig.“
„Woher -“ Katja fuhr sich durch die Haare, sah ihn verständnislos
an. „Woher hat sie aber die Adressen? Die wachsen nicht wie
Äpfel an den Bäumen!“
„Das willst du nicht wissen.“ Seine Mundwinkel zuckten kaum
merklich und Katja nickte bestätigend.
„Nein, nein das will ich wirklich nicht wissen. Zu viele
Informationen.“
„Sie hat mir auch den Netzwerkschlüssel gegeben.“
„Bitte?“
„Den Netzwerkschlüssel.“
„Ja, das weiß ich!“ Sie schnaubte erbost. „Woher hat sie den
schon wieder?“
„Willst du das wissen?“
„Nein! Nein, verdammt. Schon gut.“ Sie atmete tief durch.
„Okay. Okay, was machen wir jetzt?“
„Wir versuchen es via SQL-Injection. Das ist mein
Lieblingsverfahren.“
„Sqlin – was?“ Sie runzelte die Stirn. „Gehört das nicht – gehört
das nicht zum Hacken? Ich glaube ich habe mal darüber
gelesen... Das gehört zum Hacken, das sind irgendwelche...
Fehler in... Ist das nicht hacken?“
„Natürlich ist es hacken.“
„Oh scheiße, du willst sie hacken?“
Er warf ihr einen entgeisterten Blick zu. „Was hast du erwartet?
Ein Echolot?“

„Wow." Katja vergrub ihre Hände in den Haaren. Ihr Blick glitt zu Lara hinüber, aber die schien viel zu sehr in das Märchenbuch vertieft, als dass sie etwas von ihrer Diskussion mitbekommen hätte. Dennoch senkte sie die Stimme: „Mache ich mich strafbar, wenn ich dir beim Hacken zusehe?"

„Weißt du, dass ein großer Bereich des Hackens gar nicht illegal ist?"

Sie runzelte die Stirn und verschränkte die Arme vor den Armen. „Nicht illegal? Wie kann Hacken nicht illegal sein?"

„Firmen lassen ihre Systeme hacken, um zu sehen, ob sie funktionieren. Bekommst sogar Geld dafür."

„Ja gut... aber in dem Fall erlauben dir das die Firmen..."

„Seiten wie Google erlauben dir das auch – solange du nichts essenzielles veränderst."

Katja hob die Hände, schüttelte ruckartig den Kopf. „Halt! Hör auf mich zu verwirren!" Sie sah ihn aus zusammen gekniffenen Augen an. „Mag sein, dass sie das tun, aber das, was du vorhast, ist garantiert nicht legal!"

Nahual zuckte einlenkend die Schultern. „Mag sein. Aber weißt du, dass selbst die Regierung, unsere Regierung, Exploits kauft, um sich Vorsprung und Vorteile zu verschaffen?"

„Ex – was?"

Nahual unterdrückte ein Seufzen. „Exploits. Nicht gemeldete Systemfehler, grob gesagt."

„Und die kann man kaufen?" Erstaunt sah sie ihn an.

Nahual lachte auf und es klang ein wenig wie das Grollen der Nordsee in ihrem Rücken. Dann nickte er, sah sie beinahe schadenfroh an, als hätte er gerade ihre Weltanschauung widerlegt, wie Galileo das vor ein paar hundert Jahren mit der Kirche getan hatte. „Natürlich. Nicht bei Ebay, aber ja."

„Wo denn?"

„Was glaubst du wohl."

„Warte... dieser Schwarzmarkt im Internet?"

„Hm", machte Nahual, wandte sich kopfschüttelnd ab. „Dieser Schwarzmarkt im Internet, Genau."

„Wieso kauft die Regierung Expl-Dinger? Das kann doch nicht erlaubt sein."

„Francis Drake, Pirat im Auftrag seiner Majestät", knurrte er und kurz fürchtete sie, er hätte vielleicht einen Schlaganfall. „So war´s schon immer. Wenn es den Großen geholfen hat, ist aus dem Verbrecher ein Held geworden." Er zuckte die Schultern. „Tja, es dient angeblich der Sicherheit des Landes. Verdammte, schmierige Lackaffen."

„Heißt das, dass Regierungen Hacken dürfen, die kleine Frau aber nicht?"

Wieder nickte Nahual. „Trifft es ganz gut. Hast du von Stucks gehört?"
„Nein?"
Nahual grummelte entnervt. „Hätt´ ich mir denken sollen."
Für eine Weile blieb es still. Nur das Klacken der Tastatur war zu hören. Katja gähnte. Ihre Gedanken waren verstrahlt, von all den neuen Informationen. Und auch wenn sie sich gerne neben Lara auf die kleine Couch gekuschelt hätte, starrte sie wie gebannt auf den Bildschirm und die tanzenden Befehle, die sie sowieso nicht verstand.
„Was genau ist dein Ziel?"
Er rollte die Augen und sie fragte sich, ob sie ihn nicht mundtot machen könnte, wie es die Kirche mit Galileo getan hatte. Dann fiel ihr ein, dass Galileo im Endeffekt doch gewonnen hatte. Verärgert runzelte sie die Stirn.
„Nur um das klarzustellen – du weißt, was das Ziel vom Hacken ist, oder?"
„Sicher weiß ich das!", fauchte sie. „Vielleicht könntest du mal mit etwas mehr Details rausrücken!"
Er musterte sie einen Moment, dann wandte er sich von seiner Tastatur ab und sie war seinen mürrischen Augen ausgesetzt.
„Gut. Behalt im Hinterkopf, dass du das alles wissen wolltest. Macht Lügen im Ernstfall komplizierter."
„Im Ernstfall?"
Er lehnte sich vor. „Wenn wir erwischt werden."
„Ah." Katja nickte. „Ich will es trotzdem wissen."
Stillschweigend akzeptierte Nahual diese Aussage, fuhr sich über die narbige Wange. „Gut", sagte er noch einmal. „Der Plan ist der: Ich verschaff mir Zugang in ihr Netzwerk, ich verschaff mir Zugang auf ihren PC, ich schau mich unauffällig um und wenn mir was auffällt, dass uns irgendwas über ihren Plan verrät, verschaffe ich uns diese Dateien, als Kopie. Irgendetwas unklar?"
Katja lehnte sich zurück, die Brauen zusammengezogen. Nahual hingegen zog seinen Flachmann aus der Hosentasche, schraubte ihn auf. „Könnte dir das Ganze auch im Detail erklären, aber ich glaub kaum, dass du das auf Anhieb verstehen willst." Er nahm einen Schluck von seinem Papaya Saft und verstaute den Flachmann wieder in der Tasche. „Außerdem glaub ich nicht, dass du ein verfluchter Hacker werden willst. Denk nur an all das kriminelle Potenzial."
Sie streckte ihm die Zunge heraus. Anstatt zu antworten, wandte er sich wieder ab und seinem Laptop zu.

Einen Moment sah sie ihm dabei zu. Dann kam ihr ein weiterer Gedanke. „Warum hast du dich bei dieser Froschkönigin nicht reingehackt? Um an die IP-Adresse zu kommen? Warum hast du sie gekauft? Hast du sie gekauft? Du hast ihr kein Geld gegeben."

„Frage Nummer eins: Die Frau hat täglich mit Hackern zu tun, in ihr System kommst du nicht rein, ist komplett abgeschottet. Zweite Frage: Sie nimmt kein Geld. Sie nimmt Kleinigkeiten."

„Was für Kleinigkeiten?"

Missmutig spähte er zu ihr hinüber. Das ergrauende Haar fiel ihm ins Gesicht. „Deine Neugierde ist angriffslustiger als die Nordsee. Heilige Hafenhure."

Einmal mehr verengten sich ihre Augen und ihre Wangen wurden fast so rot wie ihre Haare. „Ich hoffe für dich, dass das nicht auf mich bezogen war."

„Bist du denn eine Hure?"

„Nein!"

„Dann fühl' dich nicht bei jedem Fluch angesprochen."

Sie räusperte sich, presste die Lippen aufeinander. Der Mann trieb sie an den Rand ihrer Selbstbeherrschung. Da kam sie noch besser mit dem Tod zurecht. Der schien wenigstens ein Ziel zu haben. Sterben lassen, oder eben erst mal nicht. Das war einfach, das hatte System, das konnte Katja verstehen. Was Nahual hingegen wollte, war ihr ein fünfspuriges Rätsel. Vielleicht wollte er tatsächlich helfen. Vielleicht wollte er auch lieber Amok laufen und die Nordsee ertränken. Das war schwer zu sagen.

„Du wolltest noch was fragen", unterbrach Nahual ihre Gedanken.

Katja presste die kalten Hände gegen ihre glühenden Wangen und räusperte sich. „Ja... Hast du keine Heizung?"

Nahual runzelte die Stirn. „Das war deine Frage?"

„Nein, aber es war eine Frage."

„Nun, wie du bestimmt gesehen hast, stehen hier zwei Heizkörper. Wenn dir immer noch kalt ist, geh aufs Schiff und hol dir was zum Überziehen. Ist nicht leicht zu heizen, wenn man mit der Nordsee unter einem Dach wohnt."

Seufzend rappelte sie sich auf und mit einem Kopfschütteln wandte sie sich dem Schiff zu. Ihr war kalt, wenn sie nur herumsaß. Lara saß eingemummelt in eine Decke auf der Couch und las wie gebannt in ihrem Märchenbuch. Ihre Augen funkelten im schwachen Lampenlicht. Sie sah nicht auf, als Katja an ihr vorbeilief. Lächelnd balancierte Katja über die Planke und suchte im Halbdunkel des Schiffsbauches, nach etwas zum Überziehen, wie Nahual es ihr geraten hatte. Bei dieser Suche stieß sie auf ein dickes, abgeschlagenes Buch, dass zwischen den Pullovern in einer der Seemannstruhen lag. Es war genauso abgestoßen und abgewetzt wie das Märchenbuch auf Laras Schoß, wirkte aber nicht ganz so alt. Neugierig nahm sie es in die Hand und kniff die Augen zusammen, um den Titel zu entziffern. Er war mit einem Kugelschreiber auf den leinernen Umschlag gekritzelt.
„Logbuch", las sie. „Logbuch?" Sie lachte leise. Wer führte ein Logbuch über ein Schiff, das in einer Werft vertäut lag? Einen Augenblick zögerte sie, doch dann schlug sie den Deckel auf und überflog den ersten Eintrag. Er war auf einen Novembertag vor fünfzehn Jahren datiert. Viel schrieb Nahual offenbar nicht in das Buch. Nach wie vor grinsend begann sie zu lesen.

Habe ein Schiff gekauft und es auf den Namen Jorinde getauft. Nach der Märchenfigur. Weiß nicht warum. Steche Morgen das erste Mal mit Jorinde in See. Hoffe, dass die Nordsee uns wieder ausspuckt. Mast und Schotbruch an mich selbst.

Kopfschüttelnd schlug Katja das Buch wieder zu und legte es zurück. Plötzlich hatte sie das Gefühl, in etwas Privates eingedrungen zu sein. Als wäre dieses Logbuch mehr als ein... Logbuch. Der Eintrag klang eher nach einem Tagebuch. Einsam, irgendwie.
„Hm", machte sie. Schnell schnappte sie sich einen der dicken Fließwesten in der Truhe und zog sie über den Filzmantel. Der karierte Stoff roch zwar wie alles andere hier nach verstorbenem Fisch, sondierte dafür aber beinahe selbstständig Wärme ab. Die Wärme diffundierte in die Kälte und augenblicklich ging es ihr besser. Mit einem zufriedenen Lächeln verließ sie das Schiff wieder und kehrte zu ihrem Platz neben Nahual zurück, die Arme wärmend um sich selbst geschlungen. Lara war nach wie vor in ihrer Märchenwelt gefangen.
„Also", meinte sie. „Meine Frage."
„Hm-hm?"
„Was für Kleinigkeiten?"
Nahual unterbrach sich ein weiteres Mal. „Ehrlich?"

„Ehrlich."
„Dachte, du willst nicht zu viel wissen?"
„Das hier schon, okay?", zischte sie, nicht zu laut, um das Kind nicht beim Lesen zu stören. „Ich muss immerhin mit dir zusammenarbeiten. Und... mit dir an einem Tisch sitzen..."
„Du bist kein sehr netter Gast", knurrte Nahual.
„Und du bist ein miserabler Gastgeber", schoss sie zurück.
Sichtlich genervt wandte Nahual sich von seinem Laptop ab. „Ich beseitige Leute, die der Frau in die Quere kommen. Zufrieden?"
Katja stockte der Atem. „Du..." Kaum merklich begannen ihre Hände zu zittern und schnell verschränkte sie ihre Finger. „Du... bringt Menschen um?"
„Für die richtigen Informationen, ja."
„Du bringt Menschen um? Für Informationen?", fuhr sie ihn entgeistert an.
Ruhig erwiderte er ihren unbeherrschten Blick. „Ja."
„Oh mein Gott", flüsterte Katja. Abscheu kroch durch ihre Kehle, bitter wie Galle. „Oh mein Gott – ich dachte... ich dachte, du hättest wenigstens so was wie... eine Moral... Eine verquere Moral, aber immerhin..." Sie schüttelte den Kopf. „Ich verstehe nicht, warum der Tod dir nicht schon längst den Hals umgedreht hat. Er kann Mörder nicht leiden."
Sie erhob sich und kehrte ihm den Rücken zu, ertrug es nicht, ihm noch länger in das ausdruckslose Gesicht zu sehen.
Beinahe hatte dieser Mörder ihr leidgetan. Schnaubend ging sie zu Lara hinüber. Was sie jetzt brauchte, war die unschuldige Gesellschaft des Kindes, um zu verdrängen, in wessen Gegenwart sie sich aufhielten. Ein wenig länger würde sie noch durchhalten müssen. Es standen Menschenleben auf dem Spiel. Da konnte sie sich nicht einfach abwenden, so sehr der Mann am Schreibtisch sie auch anwiderte.
Nahual sah ihr ausdruckslos nach, bevor sich ein winziges, trauriges Lächeln in seine Miene stahl.

...fragt der Laufer, wie er fischen könnte, es wäre ja kein Wasser da... Lara war bereits durch das halbe Buch und las die Geschichte vom König Drosselbart, die eigentlich von der Königstochter erzählte, als Katja sie sanft auf die Schulter tippte. Lara sah zu ihr auf, musste ein paar Mal blinzeln, bis sie die Hütte des Bettlers hinter sich gelassen hatte, der für ein einziges Lied mit der Hand der Königstochter entlohnt worden war.
Katja hatte sich in eine viel zu große Fließweste gehüllt. Blasse Schatten lagen unter ihren Augen, aber sie lächelte. „Hey, kannst du auch ein Abendessen vertragen?"

Lara legte eine Hand auf ihren Bauch, horchte einen Moment und
nickte dann. Katjas Lächeln vertiefte sich, bevor sie sich müde
ein paar der schweren Locken aus der Stirn fischte.
„Gut, dann koche ich ein paar Nudeln. Ich kann nicht viel
Kochen. Aber Nudeln funktionieren mittlerweile. Und Tee."
Lara lächelte. „Nudeln sind toll."
„Nonsens, das sagst du nur, damit ich mich nicht so schlecht
fühle." Jetzt grinste Katja. Sie wandte sich dem Herd zu,
murmelte selbstvergessen vor sich hin. Eigentlich hatte sie
keinen Hunger. Nicht dieses Mal. Aber das Zittern in ihren
Händen wurde immer stärker und sie musste sich ablenken.
Etwas Besseres, als in einem Topf zu rühren, fiel ihr nicht ein.
Lara legte vorsichtig das Märchenbuch zur Seite. Als sie sich
versichert hatte, dass die Seiten nicht knickten, nahm sie die
Decke, wickelte sich darin ein, rutschte von der Couch und
tapste zu Nahual hinüber, der noch immer vor dem Computer
saß und seine Finger über die Tasten tanzen ließ.
„Was machst du da?"
„Bin gleich drin", murmelte Nahual abwesend, ohne sein
Tastenspiel zu unterbrechen.
„Wo drin?"
„Oh, er hackt sich gerade in den PC unseres bösen Wolfes", rief
Katja über die Schulter, während sie einen Topf mit Wasser
füllte. „Er sucht nach Daten, die uns sagen was die drei
eigentlich vorhaben", fuhr sie fort, bevor ihr klappern und
scheppernd ein Schöpflöffel aus den Händen glitt.
„Du kannst den PC von ihnen sehen?"
Nahual nickte, den Blick noch immer konzentriert auf die
flimmernden Zahlenfolgen gerichtet. „Ja, kann ich. Nicht direkt
den PC, eigentlich, aber ich kann sehen, was sie damit gemacht
haben. Ist vielleicht eine aussichtslose Suche, aber", er nickte
sich selbst zu, „es ist gerade unsere beste Idee." Ein Schatten
geisterte über seine Miene, unterstrichen vom schwankenden
Summen des Meeres.
„Warum aussichtslos?"
Nahual schnaubte, schien die Frage aber nicht wirklich gehört zu
haben. Der Tanz seiner Finger schwoll an, wurde zu einem
zornigen Gehacke. „Doktor T ist natürlich verschwunden, ohne
uns überhaupt zu sagen, wo sich die Unruhestifter mit ihrer
Bombe verstecken. Wahrscheinlich weiß er es gar nicht. Hört
zwar, wenn jemand vom Sterben spricht, wenn jemand nur dran
denkt. Er kann´s nur nicht wirklich orten. Hat Vermutungen.
Mistkerl." Er unterbrach seine kleine Schimpftirade und seine
Hände ballten sich für einen Augenblick zu Fäusten. „Naja.
Dieses Problem müssen wir als Erstes lösen."

„Aber du sagtest doch, er würde zur rechten Zeit wieder
auftauchen?", mischte sich Katja wieder ein, die näher getreten
war. „Doktor T?"
Ein knappes Nicken. „Ja, hoffe ich. Der glaubt nur manchmal,
alles was er tun müsste, wäre ein Team zusammensuchen.
Vielleicht sehen wir ihn überhaupt gar nicht mehr. Ist auch
schon vorgekommen."
„Aber er sagte, uns würde die Zeit davonlaufen!", meinte Katja
vehement.
„Hoffnung fällt bekanntlich zuletzt", murmelte Nahual und Katja
konnte nicht sagen, ob er genervt von ihrem ständigen
Geplapper war, oder eher von Doktor Ts glänzender
Abwesenheit.
„Was ist Hacken?"
Nahuals Mundwinkel hoben sich. „Oh, Kind. Grob gesagt ein
digitaler Einbruch."
„Komm, Kleines", rief Katja dazwischen, dir Stimme etwas zu
schneidend, um unauffällig zu sein. „Wenn wir die Nudeln vor
Nahual fertig haben wollen, brauche ich deine Hilfe."
„Was soll ich machen?"
„Traust du dir zu dem Teller zum Tisch zu bringen? Und
Besteck?"
Lara verdrehte die Augen. „Klar."
„Super." Katja reichte ihr mit einem breiten Grinsen die Teller
und legte das Besteck oben auf. „Zu schwer?"
Sie schüttelte den Kopf und schlängelte sich durch die
zusammengewürfelten Sitzmöglichkeiten zu dem Tisch hindurch.
„Ich hab´s!", rief Nahual plötzlich und vor Schreck hätte Lara
beinahe den Salzstreuer fallen lassen.
„Du hast was?" Mit einem Schlag schien Katja der Atem
auszugehen. Ihr Herz holperte viel zu schnell, in dem
verzweifelten Versuch, an genügend Sauerstoff zu kommen.
„Den Ort! Die sind in Wilhelmshaven. Ist eine der größeren
Städte an der Nordsee. Liegt in der Jadebucht, um genau zu
sein."
„Was? Echt? Jetzt schon? Du weißt, wo sie sind?" Katja ließ die
Nudeln Nudeln sein und eilte wieder zu Nahual hinüber. „Du
weißt wirklich, wo sie sind?"
Nahual kratzte sich am Kinn, begutachtete sie wie ein
wiedererwecktes Fossil der Kreidezeit und zuckte schließlich mit
den Schultern. „Hab ich doch gerade gesagt. Jetzt kommt der
spannende Teil."
„Super, dann mach schon!"

Katjas Begeisterung war förmlich mit Händen zu greifen. Ihr Gesicht strahlte wie das eines Kindes an Weihnachten. Oder als hätten die Flammen der Weihnachtsbaumkerzen auf ihr Haar übergegriffen.

„Wie funktioniert das jetzt?"

„Zu kompliziert für ein paar Minuten. Ich muss mich konzentrieren. Wenn Doktor T sagt, dass die Zeit knapp ist, dann meint er damit einen Zeitraum von 24 bis 48 Stunden. Langfristiges Planen liegt ihm nicht, dazu hat er zu viel Zeit."

„Was denkst du, wo sie sind? Ich meine – was für ein Gebäude? Lagerhallen wäre sehr prototypisch, nicht?", meinte Katja kritisch. „Aber nach wie vor ein praktisches Versteck..."

„Ich muss mich konzentrieren, ja? Da können wir später drüber sprechen. Erst muss ich ihren PC durchsuchen, also pssst, okay?

Katja nickte aufgeregt. „Okay", flüsterte sie. „Ich bin schon still. So was von still. Sie ließ sich auf den Stuhl fallen und sah mit angehaltenem Atem Nahual zu, vergaß für den Moment, dass sie ihn nicht ausstehen konnte.

Das Nudelwasser kochte über und da keiner der Erwachsenen das zu bemerken schien, eilte Lara zum Herd, stellte die Gasflamme aus. Das Wasser hörte beinahe augenblicklich auf zu brodeln. Sie sah zu den beiden Erwachsenen, aber die ignorierten noch immer alles, außer den leuchtenden Zahlen, oder was immer es war. Mit einem stummen Seufzen griff sie sich einen Keks und knabberte daran. Als sie fertig war und die anderen noch immer keine Anstalten machten sich von dem Bildschirm zu lösen, griff sie nach ihrem Anorak und der orangen Mütze, die der Tod ihr überlassen hatte. Sie hielt warm. Vorsichtig räusperte sie sich. „Kann ich eine Runde laufen gehen?", erkundigte sich Lara.

„Ja, sicher", murmelte Katja, ohne aufzusehen, als hätte der Bildschirm sie hypnotisiert.

„Bleib in der Nähe", fügte Nahual genauso abwesend hinzu.

„Was machen wir, sobald wir wissen auf dem PC liegt?"

„Hängt ganz davon ab, was wir finden. Vielleicht ist es doch keine Atombombe."

„Hoffentlich."

„Hoffentlich... ja..."

„Sag mal, du weißt aber, dass das alles absolut nicht legal ist?"

„Aber eine Bombe zu bauen, das ist legal?"

„Das sage ich ja gar nicht, aber wir könnten das auch einfach den zuständigen Autoritäten übergeben."

Nahual lachte böse auf. „Die zuständigen Autoritäten mögen zwar zuständig sein und sich autoritär fühlen, aber in den meisten Fällen sind sie nicht gerade nützlich. Bis die die Bürokratie durchhaben, um das ganze überhaupt in Betracht zu ziehen, sind die Menschen tot."
Darauf schien Katja keine passende Antwort einzufallen.
Lara wandte sich ab. Sie verstand nichts von dem, was die beiden Erwachsenen da redeten. Und sie fühlte sich ein klein wenig wie ein Schirmständer für vergessene Schirme. Sie blinzelte, zog sich die Mütze über die Ohren und verließ dann die Werft, still und heimlich wie Peter Pans entlaufener Schatten.

Rote Wellen

Man sah nicht viel davon, aber die Sonne neigte sich bereits dem
Horizont entgegen, als könnte sie sich nicht schnell genug in
dessen Arme werfen. Die Wolkenberge wälzten sich wie junge
Hunde. Kalt fegte der Wind über die Promenade und wirbelte die
Möwen und ihre gellenden Rufe durch die Luft, bis alles, um sie
her sich zu drehen schien. Runde um Runde, immer schneller.
Fast fühlte es sich an, als wäre sie in einem der Gemälde dieses
verrückten Malers gefangen, der Traum und Wirklichkeit nicht
mehr hatte trennen können und sich in Unmöglichkeiten
verrannt hatte.
Ohne ihr Zutun trugen ihre Füße sie die Strandpromenade
entlang. Einen Schritt nach dem anderen. Immer weiter. Ein
Weg ohne Ziel, getragen vom Wüten der Wellenwucht. Der
scharfe, salzige Wind hatte jegliches Lebenszeichen vom Steig
radiert. Er riss an ihrer Jacke, kratzte über ihre Wangen und
ruckelte an der Haarsträhne, die unter der Mütze hervorlugten.
Als wolle er sie zu einer Runde Nachlauf auffordern, oder
zumindest zu einem kurzen Tanz. Ein kleines Grinsen stahl sich
auf Laras Züge, wischte die Stille in ihrem Herzen beiseite, als
sich eine glucksende Freude in ihr ausbreitete. Sie sog den
wilden Duft in sich auf, sprang über ein paar Pfützen und stellte
sich vor wie es wäre, ein Drache zu sein. Beinahe konnte sie den
Wind an sich rütteln und reißen spüren, spürte das Peitschen des
bunten Drachenschwanzes, den gewaltigen Zug an der dünnen
Drachenleine. Das musste ein gefährlicher Tanz sein, hoch oben
in der Luft, gehalten nur von zwei kleinen Kinderhänden,
getragen von einer wankelmütigen, unbeherrschten Macht.
Das Grinsen vertiefte sich. Sie breitete sie die Arme aus und
begann sich im Kreis zu drehen. Schneller und immer schneller.
Unbeschwert. Und für den Moment vergaß sie Schwesterchen
und Brüderchen, vergaß Frau Froschkönig und die Erwachsenen
in der Werft. Ihre Füße berührten kaum mehr den schlüpfrigen
Boden. Ein jauchzender Freudenschrei entkam ihren Lippen, der
gespenstisch über die Promenade hallte und vom Wind davon
gerissen wurde. Es war mehr als ein Freudentaumel, es war der
unbändige Wunsch einmal zu leben, nur für einen kleinen,
unersetzbaren Augenblick, wie er Menschen manchmal
überkommt.

Sie fühlte sich wie Aschenputtel, die auf dem Ball mit dem
Prinzen tanzte. Der Prinz wusste nicht, wer die Tänzerin war und
dennoch tanzte er mit ihr, Runde um Runde, unermüdlich und
voll fiebrigem Eifer und das Stunde um Stunde.
Und sie war die Tänzerin und der Prinz war der Wind zwischen
ihren Fingern und auf ihrem Gesicht.
Schwindel breitete sich in Laras Kopf aus, füllte ihn mit Watte,
verdrängte alles, bis auf das helle Jubilieren, das der wirbelnde
Tanz in ihre Ohren jauchzte. Sie hatte die Augen geschlossen,
den Kopf in den Nacken gelegt und die Arme ausgebreitet, als
würde sie jeden Moment abheben müssen. Aufgesogen von dem
Wirbelsturm aus Schatten und salzigen Wellen.
Süßes Gift jagte die Sehnsucht durch ihr Herz - da stolperte sie
plötzlich über eine kleine Unebenheit im Bordstein, riss
erschrocken die Augen auf. Unter ihr brauste gierig das grau-
braune Wasser, schlug schadenfroh gegen die Promenade,
streckte schaumige Finger nach ihr aus. Und es schien zu lachen,
ein altes, erwartungsvolles Lachen. Eine Seele mehr für das
nasse Grab der Jahrhunderte.
Noch während sie fiel, sah sie das Boot kommen, hörte das
Heulen und Schaufeln der Schiffsschraube -
Ihr Mund öffnete sich zu einem stummen Schrei, als der Fall
ruckartig endete. Eine Hand hatte sie am Kragen ihres Anoraks
gepackt und zurück auf den Steig gezogen. Es ging zu schnell,
als dass Lara verstanden hätte, was eigentlich vor sich ging.
Bevor sie begreifen konnte, erklang ein weiterer Schrei, gellend
dieses Mal, ein schattenhafter Umriss fiel neben ihr von der
ungesicherten Promenade, verschwand im schäumenden
Wasser, tauchte japsen wieder auf und ein letztes, gurgelndes
Flehen schrillte in ihren Ohren, bevor er unter die
Schiffsschraube geriet. Lara konnte kein Gesicht erkennen,
wusste nicht, ob es eine sie oder ein er war, jung oder alt, nur
der Ruf echote wie das schrille Kreischen einer Sirene in ihren
Ohren, brachte sie zum Klingeln, erstickte auf einen Schlag jedes
Glücksgefühl. Wie ein Kerzenlöscher die Flamme.
Erstarrt saß sie da, eingefroren in ihrem Entsetzen, die Augen
weit aufgerissen, die Glieder wie mit Gips gefüllt. Die Wellen
unter ihr färbten sich schlürfend in einem schmutzigen Rot.
Sie verstand nicht was vor sich ging, sie verstand nicht was
geschehen war, konnte nicht fassen, was sie sah. Die Gedanken
drehten sich wie Kreisel um die eigene Achse, schneller und
schneller, stießen zusammen, fielen um. Das Schrillen in ihren
Ohren wurde immer lauter, immer unerträglicher. Es dauerte viel
zu lange, bis das Szenario sich zusammenfügte und sie begriff,
dass sie gerade jemanden hatte sterben sehen.

Jemand war gestorben.
Sie hatte zugesehen.
Rote Wellen tanzte das Wasser.
Ihre Sicht verschwamm, ließ das Meer zu einem einzigen
hechelnden Monster werden. Die Tränen, die auf ihren Lippen
brannten, waren salziger als jede Gischt.
„Zum Glück hattest du die Mütze auf", meinte eine tiefe Stimme
über Laras Kopf. „Sonst hätte ich dich vielleicht zu spät
gesehen."
Ihr entgeisterter Blick kletterte hinauf in das unergründlichen
Züge des Todes, der mit verschränkten Armen vor ihr stand, die
Augen hinter der Sonnenbrille verborgen.
„Du..." Ihre Stimme war nicht mehr als ein heiseres Schluchzen.
„Du... h-hast ihn... sterbenlassen!" Sie hickste, als sich unter
das Weinen ein Schluckauf mischte. „Er ist t-tot."
„Ja."
„W-Warum?" Lara fuhr sich über die Augen, aber immer mehr
Tränen kamen nach, mehr und mehr, als wollten sie das Meer
beeindrucken. Höhnisch gluckste dieses in ihren Ohren.
„Warum?"
„Ich brauche dich noch", sagte der Tod. „Ich brauche
niemanden, der unvorsichtig genug ist unter eine
Schiffsschraube zu fallen."
Der Vorwurf traf Lara wie ein Schlag ins Gesicht. Wieder musste
sie hicksen, ihre Nase begann zu laufen. „Ich... ich wollte nicht...
d-dass er stirbt..."
„Natürlich wolltest du das nicht", meinte der Tod und nickte.
„Das wird dir kaum jemand vorwerfen."
„Du hast ihn umgebracht!", schrie sie und der Zorn verbrannte
für einen Augenblick den Schmerz, der ihr die Luft zum Atmen
nahm. „Mörder!"
Stoisch sah der Tod über ihren Kopf hinweg, hinab in die roten
Schaumkronen der Nordsee. „Manchmal muss man Prioritäten
setzen."
„Du hast ihn sterben lassen!", brüllte sie.
Ungerührt streckte der Tod ihr die Hand entgegen. „Du solltest
nicht da sitzen bleiben. Am Ende bekommst du eine Verkältung.
So heißt das doch, oder? Wenn ihr rote Nasen und verquollene
Augen bekommt?"
„Fass mich nicht an!" Sie rappelte sich auf, schwankte noch
immer leicht, auch wenn das dieses Mal nichts mit ihren
Gedanken zu tun hatte, die nach wie vor Karussell fuhren.

Viel zu schnell raste ihr Herz, wie ein Hamster im nicht enden wollenden Sprint durch das Hamsterrad. Sie riss sich die Mütze vom Kopf, der Wind fegte durch ihre Haare, warf sie dem Tod vor die Füße. „Du hast ihn sterben lassen! Du hast ihn umgebracht!"
Dann wandte sie sich ab und begann zu rennen. So schnell wie sie konnte. Immer weiter rannte sie, ihre Füße trommelten auf den Boden, sie lief schneller als ihr Herzschlag, als könnte sie so den grausigen Bildern davonlaufen, die wie Schatten gleiche Geister durch ihren Hinterkopf spukten. Sie wollte nie wieder aufhören zu rennen, nur immer weiter und weiter und fort von dem hämischen Wellentanz. Und sie schrie ihren Schmerz hinaus in die Dämmerung, bis ihr die Ohren schmerzten und nichts mehr, als das heisere Krächzen einer Krähe aus ihrer Kehle kam. Nicht einmal der Tod höchstpersönlich hatte sie darauf vorbereiten können, was Sterben wirklich bedeutete. Es stirbt nicht nur der Sterbende, es stirbt jeder der dem Sterbenden dabei zu sieht, ein bisschen mit. Ein Teil der Hoffnung, ein Teil des Glaubens an das Gute geht an den Tod verloren, sobald man einem letzten Atemzug lauscht.

Der Tod bückte sich nach der Mütze, richtete sich wieder auf und klopfte ein wenig Dreck von dem leuchtenden Stoff. Dann verschwand er mit einem Kopfschütteln in der Nacht.

„Und, bist du wirklich drinnen?"
„Wie oft willst du noch fragen? Ich sag dir Bescheid."
„Woher weißt du, dass es auch wirklich der richtige PC ist?"
„Bist du zwischendurch auch still?"
„Negativ. Also?"
Nahual schüttelte den Kopf. „Ich hab´s dir schon gesagt", meinte er nebenbei, ohne das Display aus den Augen zu lassen. „Ich hab die IP-Adresse. Wäre schön blöd, damit den falschen PC zu hacken." Er strich sich das zerzauste Haar aus dem Gesicht. „Wusstest du, dass es den Begriff schon seit den 70ern gibt? Hacken, mein ich. War damals nicht mal schlecht gemeint, das Wort. Nicht unbedingt. Kam erst später, nach realen Angriffen und den ganzen fiktionale Geschichten."
„Das ist nicht wirklich, was ich wissen wollte. Aber danke für die Geschichtseinlage."
Nahual warf ihr einen mürrischen Seitenblick zu. „Du bist echt unausstehlich."

„Hey", beschwerte sie sich, stopfte sich einen Keks in den Mund.
„Ich hatte das tatsächlich ernst gemeint. Außerdem bist du hier
der Mörder. Wenn also jemand unausstehlich ist, dann bist das
du."
Darauf sagte Nahual nichts, nahm einen Schluck Tee und stellte
die Tasse wieder ab. Katja war überrascht, dass er ihr den Tee
nicht ins Gesicht gekippt hatte, sie hätte es vermutlich getan.
Sie legte den Kopf schief, zog die Fließjacke fester um sich,
wappnete sich vor den Worten, die ihr auf der Zunge brannten.
„Wenn du... Warum bringst du..." Sie biss sich auf die Lippen,
suchte nach den richtigen Worten. Wenn Nahual ihr Gestotter
störte, ließ er es sich nicht anmerken. „Warum versuchst du
Menschen zu retten, wenn du andere umbringst?", fragte sie
leise.
„Wenn der Tod persönlich auftaucht, um eine Auswahl an
Menschen zu retten, dann müssen die es wert sein. Gerettet zu
werden. Meinst du nicht?"
„Keine Ahnung. Wann bist du es denn wert, gerettet zu
werden?"
„Das musst du den Tod fragen. Das ist die Frage, die sich jeder
Seemann stellt, sobald er auf die See fährt..."
„Der Tod hat gesagt, du wärst ein Fährmann", meinte sie
gedankenversunken.
„Doktor T hat gesagt, ich wär ein Fährmann?"
„Der letzte Fährmann...", korrigierte sie.
Nahual schnaubte. „Sieht ihm ähnlich. Wenn ich der letzte
Fährmann bin, dann hat er mich dazu gemacht. Immerhin fahr
ich ihm immer wieder Menschen in die Arme. Ist also was dran.
So beschissen es auch ist."
„Der letzte Fährmann, das klingt wie eine Figur aus einer alten
Sage", murmelte Katja.
„Doktor T ist – was ist das Wort? - nostalgisch."
„Nostalgisch? Wie meinst du – Oh, scheiße! Wir haben was!
Schau her, wir sind drin! Wir sind auf ihrem PC! Sind wir auf
ihrem PC? Ja, oder?"
„Ja."
Eine Mischung aus Zufriedenheit und Erleichterung breitete sich
in seinem Magen aus und ein grimmiges Lächeln fing sich auf
seinem Gesicht. Er würde nicht sagen, dass es Stolz war – er
hatte sich von diesem Gefühl vor vielen Jahren verabschiedet.
Wozu sollte man stolz sein, wenn keiner dankbar war?
Katja war von ihrem Stuhl gesprungen und hatte sich über seine
Schulter gebeugt, das rote Haar fiel ihr über die Schulter.

„Schnell, den Stick. Müssen schauen, welche Daten wir speichern. Weiß nicht, was das für drei Köpfe sind, am Ende bemerken die was."
„Welcher Stick?", rief Katja aufgeregt, sah sich um, so hektisch, dass die Kekse zu Boden fielen.
„Na, der Einzige der da liegt!"
„Ah, ich hab ihn!"
„Dann gib endlich her!"
Er nahm ihn ihr aus der Hand und steckte ihn ein, machte sich ans Werk.
„Sind die nicht schreibgeschützt?"
„Was?", fragte er entgeistert.
„Haben die Daten keinen Schreibschutz?"
„Kannst du mir mal verraten, warum Doktor T dich ausgesucht hat?"
„Kannst du mal aufhören mich dauernd zu beleidigen?"
Eingeschnappt verschränkte sie die Arme vor der Brust und reckte das Kinn.
„Sobald du aufhörst mir Grund dafür zu geben. Rutsch mal zur Seite, wir müssen schauen, welche Daten interessant sind."
„Welche sind denn interessant?"
„Schau einfach zu und iss Kekse!"
Nahuals Finger flogen über die Tasten, so schnell, dass Katja vom Zusehen schlecht wurde. Also befolgte sie seinen Ratschlag, bückte sich nach den Keksen und nahm das Essen wieder auf.
„Ich bekomm bald Ausschlag, wenn ich Kaugeräusche höre", knurrte Nahual unwirsch.
„Ich fürchte, dann werden die nächsten 24 bis 48 Stunden sehr unangenehm für dich."
„Was du nicht sagst." Nahual schlug sich eine Hand vor die Stirn.
„Okay, ich mach das."
Katja schluckte ihren Bissen hinunter. „Was ist eigentlich mit Lara? Weißt du wie lange sie schon fort ist? Ich habe gar nicht auf die Uhr gesehen..."
„Argh, jetzt sei Mal fünf Minuten still, ich bin am Suchen!"
Katja hob die Hände. „Ist ja gut, ist ja gut. Ich meine ja nur. Es wird bald dunkel, oder?"
„Möglich", stöhnte Nahual. Seine Brauen zogen sich zusammen. „Hab was. Hm, Moment..."
„Schau nach Karten! Lageplänen, Bestellungen..."
„Halt endlich die Klappe! Hol mich doch der Riesenkraken..."
Nahual pfiff durch die Zähne – und dann brach er plötzlich in Gefluche aus. Die unterschwellige Anspannung wurde von purer Hast verdrängt.

„Was?" Ein zweites Mal rumste die Kekspackung zu Boden und eine kleine Stimme in Katjas Hinterkopf bedauerte das Krümelchaos, das dieser zweite Sturz unweigerlich mit sich führen würde. „Was ist passiert?"
„Sie haben es bemerkt... Scheiße, wie haben sie das bemerkt?"
„Sie haben das bemerkt?" Flattrige Panik breitete sich in ihr aus, die Kekse waren vergessen, eine Monsterwelle, die ein Schiff begrub. „Was heißt das? Was machen wir jetzt?"
„Das heißt, dass sie uns zurück tracken werden – sind schon dabei. Die wissen gleich, wo wir sind. Verdammt..."
„Dann verschwinde! Hack dich wieder aus!"
„Hack dich wieder aus?"
„Ja los, hau ab!"
„Was glaubst du eigentlich, was ich versuche? Aber die Daten sind noch nicht alle gespeichert. Wenn ich uns jetzt aus dem System schmeiße, könnten uns Informationen fehlen! Die haben eine riesige Bestellliste und..."
„Scheiß auf die Infos, die bekommen wir auch woanders her! Hau ab jetzt!"
„Nein, wir haben´s doch gleich -"
„Warum ist es schwer zu akzeptieren, dass man manchmal abhauen sollte?!"
„Warum ist es so schwer, zu verstehen, dass man manchmal den Mund halten sollte?", schrie Nahual zornig zurück, starte fiebrig aus den Kopierstatus. „Verdammtverdammtverdammt..."
„Brich den Scheiß endlich ab!"
Katjas Nerven lagen blank und bevor Nahual sie daran hindern konnte, hatte die den Stick aus dem Rechner gezogen und war ein paar Schritte zurückgewichen.
„Scheiße! Was soll der Mist?", fluchte Nahual, während seine Finger wieder ein stummes Lied auf den Tasten spielten.
„Was das soll? Ich versuche dir deinen verdammten, griesgrämigen, arroganten Seemannsarsch zu retten!"
Nahual ließ sich nicht zu einer Antwort herab und schließlich verschwanden all die Fenster von vom Bildschirm, ließen nur das Startbild zurück, das umgängliche und nichtssagende Logo des Systems.
Stille kroch durch die Werft und selbst das Meer hielt den Atem an. Katjas Hände zitterten. Sie starrte den Stick in ihrer Hand an. Die Stille spannte sich immer weiter an, bis sie in Katjas Ohren knisterte.
„Und?", fragte sie atemlos. „Was ist jetzt?"
Nahual fuhr sich durch die Haare und sah Katja unruhig an. „Ich weiß es nicht. Wir sollten von hier verschwinden. Jetzt."
Panik erstickte die Stille. „Lara ist noch unterwegs!"

Nahual donnerte die Faust auf den Tisch, der Tee schwappte aus seiner Tasse. „Wir hätten sie nicht gehen lassen dürfen." Er stieß die angehaltene Luft aus und raufte sich die Haare. „Wir packen das Wichtigste auf das Boot, wenn sie bis dann nicht da ist, suchen wir sie!"
„Weißt du wie lange das dauern kann? Du kannst Lara nicht einfach hacken wie einen blöden PC!"
„Vielleicht kommt sie gleich zurück", knurrte Nahual. „Wenn die wissen, wo wir sind, wird schon jemand auf halbem Weg hierher sein. Glaub mir, mit solchen Leuten kenne ich mich aus."
Ein harter Ausdruck hatte sich in seiner Miene verfestigt und für den Moment zog Katja es vor zu schweigen und sich schleunigst daran zu machen, alles was sie erreichen konnte in die Tasche zu stopfen, die Nahual ihr zuwarf.
„Nur das Nötigste!"
„Schon klar", fauchte Katja zurück. „Kümmer´ dich einfach um deine eigene Tasche!"
„Zählst du unter 'das Nötigste' wirklich Kekse?"
„Ja, stell dir vor, das tue ich!"

Lara hatte sich auf einer schiefen Türschwelle niedergelassen, irgendwo in einer kleinen Seitengasse und den Kopf in den Händen vergraben. Sie zitterte in dem beständigen Wind und den Nachwirkungen des Schreckens. Entzugserscheinungen für die kleinen Anfänger...
Rote Gischt und ein gellender Schrei. Das Knattern der Motorschraube. Sie hatte nicht einmal ein Gesicht gesehen...
Und der Tod hatte ihn einfach sterben lassen...
Vielleicht hatte er ihn sterben lassen, um sie retten zu können?
Ein Leben für ein Leben – wie das in den Büchern der Fall war. In den Geschichten, die sie so gerne gelesen hatte. Still und unablässig rannen ihr die Tränen über die Wangen. Salz auf ihren Lippen. Rote Wellen...
Irgendwann hatten ihre Beine sie einfach nicht mehr weitertragen wollen, ihre Brust hatte gebrannt und ihre Knie waren weich geworden wie aufgewärmte Götterspeise.
Außerdem war sie sicher, dass sie den Weg zurück nicht mehr finden würde. Diese Erkenntnis war ihr zu viel gewesen.
Jetzt saß sie also hier, in der aufziehenden Nacht und weinte leise vor sich hin. Ein heimliches Weinen, das nicht nach Aufmerksamkeit verlangte, lediglich ein wenig von dem Druck ausgleichen wollte, der einem das Herz zerquetschte.
Wenn sie doch nie die Werft verlassen hätte. Sie könnte sich an Katja kuscheln und sich in Märchen betten, wie in frisch aufgeschlagenen Kissen.

Eine vergangene Möglichkeit.
Sie hätte nicht sagen können, wie lange sie auf der Türschwelle gesessen hatte, als eine leichte Hand sie sanft an der Schulter berührte. Erschrocken sah sie auf, ihr Schluckauf verabschiedete sich mit einem letzten Hicksen.
Vor ihr stand eine kleine Frau mit feinen, asiatischen Zügen. Sie war in einen eleganten beigefarbenen Mantel gehüllt, hatte die Haare aufgesteckt und lächelte besorgt zu ihr hinunter. Und Lara schien sie geradewegs dem Märchenbuch entstiegen, das sie eben noch gelesen hatte. Sie passte nicht in diese enge, schmutzige Gasse. Aber da stand sie und hielt Lara auffordernd ihre schmale, weiße Hand entgegen. „Komm, Kleines. Es ist nicht gut, bei diesem Wetter auf Treppenstufen herumzusitzen."
Schniefend fuhr Lara sich über das Gesicht. Ihre Augen waren vom Weinen geschwollen und ihr Hals schmerzte. „Wer bist du?"
Das Lächeln der Frau wurde noch eine Spur wärmer und rührte an die Eisschicht, die der Schrei des Mannes um ihr Herz gezogen hatte wie Karamellsirup um einen Liebesapfel.
„Du kannst Yui zu mir sagen. Und wie heißt du?"
„Lara", meinte sie leise, wischte sich die Tränen von den Wangen, doch der Juckreiz blieb. Tränen ließen sich nicht so schnell abschütteln, wie ein einfaches Lachen.
„Hallo, Lara."
Lara griff nach der Hand, die die Frau ihr nach wie vor entgegenhielt und diese zog sie auf die Füße.
„Also, Lara. Wo wohnst du? Ich denke, ich sollte dich nach Hause bringen. Sonst macht man sich Sorgen um dich. Dieses Wetter malt Wölfe in die Dunkelheit."
Lara zuckte die Schultern. Sie war da nicht so sicher. Nahual würde sie bestimmt nicht vermissen. Der Tod höchstens, weil er ein neues Kind finden müsste und Katja... Doch, Katja würde sich wahrscheinlich Sorgen machen. Das wollte sie nicht. Katja war so nett zu ihr gewesen. Sie hatte sich sicher in ihrer Gegenwart gefühlt. Beinahe sicherer als bei Frau Hera. Katja wollte sie keine Sorgen machen.
„Okay", meinte sie. Mit einem Mal war sie so furchtbar müde. Es war zu viel passiert, für diesen Tag. Zu viel das sie nicht begreifen konnte. So viele Bilder. Sie schluckte die aufsteigenden Tränen tapfer hinunter und sah zu Yui hinauf, die fragend den Kopf schief legte. „Wohin soll es gehen?"
„Kannst du mich zurück zur Promenade bringen? Ich glaube -", verlegen sah sie auf ihre Füße hinab. „Ich glaube ich habe mich verlaufen."
Yui drückte sanft ihre Hand. „Das ist okay. Jeder verläuft sich. Wichtig ist doch nur, dass man wieder zurückfindet, richtig?"

Dankbar erwiderte sie Yuis filigranes Lächeln.
„Na dann, lass uns gehen, bevor die Nacht die letzten
Sonnenreste frisst."
Lara nickte und langsam machten sie sich auf den Rückweg.
Müde blinzelnd trottete sie neben Yui her, die sicher
voranschritt, elegant und leichtfüßig, als wäre das holprige
Kopfsteinpflaster ein Laufsteg mit rotem Teppich.
„Gleich hast du es geschafft."
„Ehrlich?" Milde überrascht hob Lara den Kopf und tatsächlich,
glaubte sie bereits das schwarze Ungetüm von Meer hinter den
Häusern erkennen zu können. Sie musste ganz schön im
Zickzack gelaufen sein. Durch all die kleinen, verwinkelten
Hexengassen.
Plötzlich wollte sie nicht lieber tun, als sich in Katjas Arme zu
werfen, einen heißen Tee mit ihr trinken und dann schlafen, bis
sie die roten Wellen vergessen hätte.
„Schau mal, da sind wir schon."
Yui war stehen geblieben und sie standen wieder auf der langen
Strandpromenade, im gebrochenen Licht der Straßenlampe.
Trotz der schwachen Beleuchtung war keine Menschenseele zu
sehen. Wer wollte auch durch den wütenden Wind taumeln,
wenn man im Warmen sitzen konnte, eine letzte Tasse Kaffee in
den Händen?
„Sicher, dass ich dich hier allein lassen soll?", erkundigte sich
Yui.
Lara nickte. „Ich muss nur in das Haus dahinten." Sie deutete in
die Richtung, in der die Werft lag. Man konnte nur die Umrisse
erkennen, im stillen Licht der Sterne, die es durch die
Wolkendecke schafften. Ein weiterer Tag, der vergangen war.
Eine weitere Runde, die die Welt vollendet hatte.
„Das ist ein Haus?", murmelte Yui zweifelnd. Dann seufzte sie
leise. „In Ordnung. Dann wünsche ich dir eine gute Nacht, kleine
Lara. Morgen sieht die Welt schon wieder viel ordentlicher aus."
Lara umarmte Yui auf Bauchhöhe. „Danke. Danke, dass du mich
zurückgebracht hast."
Yui fuhr ihr durch die Haare. „Aber das war doch
selbstverständlich. Und jetzt lauf schnell die letzten Schritte. Es
ist dunkel, deine Lieben werden bereits auf dich warten."
„Aber wer wird dich nach Hause bringen?"

Yui lachte leise und bezaubernd wie ein Sternschnuppenfall. „Meine Füße." Sie zwinkerte ihr zu, hob noch einmal die Hand und wandte sich ab. So elegant, dass sie beinahe über den Asphalt zu schweben schien. Eine Balletttänzerin, die nach und nach mit dem Dunkeln der Nacht verschmolz. Als wäre auch sie nicht mehr als ein kleiner Traum für den Nachhauseweg gewesen. Ein kleiner Trost, der ihr Herz ein wenig leichter werden ließ.

Lara schlang die Arme um sich und lief dann so schnell sie es ihren müden Beinen zutraute der Werft entgegen, in der Katja sicher schon auf sie wartete. Zu dem Meer sah sie nicht hinunter. Es reichte, dass es grollenden in ihren Ohren brandete. Als wolle es sie zwingen, an den Schrei zurückzudenken. Als brauche es die Erinnerung an all die Schreie, die es verursacht hatte. Vielleicht hatte es nicht vergessen, wie man schlief. Vielleicht peitschten nur all die gefangenen Schreie die Wellen auf.

Désirée Braun

Ein runder Kreis

„Schnell, wir müssen alles aufs Boot schaffen! Beim
Klabautermann!"
Katja spähte an dem Kartonstapel auf ihren Armen vorbei, um
dem Boot einen kritischen Blick zuzuwerfen. „Und du bist sicher,
dass das funktionstüchtig ist?"
„Ist es!", fauchte Nahual. „Und jetzt beeil dich! Wir müssen noch
das Kind auffischen!"
„Meinst du, ihr ist was passiert?", fragte sie, mit einem Mal
wieder besorgt, während sie ihre Fracht über den schmalen Steg
balancierte.
„Kann es. Aber warum sollte es."
Doch ihr blieb die Anspannung in seiner Stimme nicht verborgen.
Das konnte sie nicht gerade beruhigen. Sie klammerte sich an
dem Karton fest und sah auf Toastbrot- und
Kaffeepulverpäckchen hinab. Ja, sie machte sich Vorwürfe. Sie
hätte das Kind nicht gehen lassen dürfen. Das Verbotene hatte
sie zu sehr in seinen Bann geschlagen, war größer geworden als
die Sorge um das Mädchen. Die Faszination des Unvorstellbaren
in ihrem kleinen, regelgeleiteten Kopf.
Dumm. So dumm!
Katja musste schlucken. „Und du bist sicher, dass sie jemanden
herschicken würden?"
„Wer?"
„Na, die physikalischen Psychopathen." Ihre Stimme bebte.
„Ja, das denke ich." Er stellte eine Kiste auf dem Deck ab, in der
Laptop und Teepäckchen verstaut waren. „Jetzt fehlt nur noch
das Kind."
„Und eine Fluchtroute."
„Nein. Ne Fluchtroute hab ich immer da."
„Was denkst du, was die Leute, die sie schicken könnten, mit
uns anstellen würden?"
Nahual warf ihr einen Schulterblick zu, der zu besagen schien,
dass sie wirklich die letzte Witzfigur auf diesem Planeten sein
musste.
„Sag schon", drängte sie, stellte ihren Kartonstapel neben
Nahuals. „Das nicht nur eine blöde, rhetorische Frage, um Zeit
zu überbrücken, oder so ein Scheiß."

„Würden uns zum Schweigen bringen." Ein unwirsches Kopfschütteln. „Ich hoffe, diesen Begriff muss ich dir nicht auch noch erklären."
Katja schlang die Arme um sich und kaute unruhig auf ihrer Lippe herum. Der dicke Fließstoff roch nach Salz und irgendeinem billigen Feinwaschmittel. Alles hier roch nach Salz. Schmeckte nach Salz. Brannte auf ihren Lippen. Langsam ätzte sich der Geruch durch ihre Schleimhäute und früher oder später würde er ihr den Verstand rauben. Zumindest, wenn Lara nicht bald käme. Lara. Wo war das Mädchen hingegangen? Selbst das hatte sie zu fragen versäumt. Wie konnte sie nur so verantwortungslos gewesen sein!
Am liebsten wäre sie losgezogen, um sie zu suche. Jetzt auf der Stelle. Es war dunkel draußen. Dem Kind konnte weiß Gott was passiert sein.
Das Einzige, was sie zurückhielt, war Nahuals mahnender Blick. Sie schloss die Augen, atmete tief durch.
Konzerntrier dich auf das Atmen, hätte ihre Tante gesagt. Ein und aus...
Wenn sie jetzt loslief, dann würden sie sich nur noch weiter verzetteln. Unruhig lief sie wieder zu der kleinen Küche, verfolgt von einem ganzen Schwarm an Horrorszenarien. Wie lange war Lara jetzt schon weg? Verdammt, sie hätte doch wenigstens auf die Uhr sehen können!
Sie vergewisserte sich noch einmal davon, dass sie den kleinen Wasserkocher nicht vergessen hatte. Ein schwacher Ablenkungsversuch. Ihre Hände flatterten schneller als ein Kammerflimmern. Sie ließ sich auf der Couch nieder, setzte sich auf ihre Hände. Der leer geräumte Raum wirkte so abweisend, mit einem Mal. So – bedrohlich. Als könnte er es gar nicht erwarten, über ihr zusammenzustürzen. Aber das war vermutlich dem nagenden Gefühl in ihrer Magengrube geschuldet.
Und es beschlich sie das Gefühl, dass etwas nicht in Ordnung war. Dass da draußen irgendetwas herumschnüffelte und auf sie lauerte. Wie schnell aus einem Zuhause eine alte Schiffswerft werden konnte.
Seltsam, wie schnell man sich, um ein Kind zu sorgen begann.

Lara hatte den Eingang zur Werft beinahe erreicht. Schon konnte sie das einladende Licht durch die Ritze im Holz kriechen sehen. Erleichtert atmete sie auf, froh dem aufbrausenden Wind entkommen zu können. Sie wollte gerade die letzten Schritte überwinden, als sich plötzlich eine Hand auf ihren Mund presste und eine zweite ihren Hals umfasste.

„Nicht singen, kleiner Vogel, oder ich muss deinen Nacken
brechen", flüsterte eine Stimme in ihr Ohr. Lara hatte zum
zweiten Mal an diesem Tag das Gefühl, dass ihr jemand den
Boden unter den Füßen weggezogen hatte, und sie fand sich
einmal mehr im freien Fall. Unerwartet wie Ikarus, als hätte ihr
jemand die Flügel gestutzt. Plötzlich wusste sie nicht mehr, wie
sie ihre Lunge mit Luft füllen sollte.
Angst war ein mörderisches Gefühl.
„Ich meine es ernst, sei bitte still", warnte der Mann ein weiteres
Mal, so leise, dass Lara nicht wusste, ob seine Bitte eine Bitte,
oder eine Drohung war. Er schob sie die letzten Meter zu der
kleinen Tür.
Furcht ließ Laras Hände zittern. Sie konnte die anderen nicht
warnen. Sie konnte Katja nicht warnen. Was sollte sie tun, wenn
der Mann Katja etwas tun wollte?
In einer fließenden Bewegung trat der Mann in ihrem Rücken die
Tür auf, ließ ihren Hals los und drückte ihr den Bruchteil einer
Sekunde später die scharfe Klinge eines Küchenmessers an den
Hals. Es war ein rotes Küchenmesser, gerade erst aus der Hülle
genommen und maß 22,5 Zentimeter. Eine behelfsmäßige
Waffe, aber eine Waffe nichtsdestotrotz.
Laras Augen wurden riesengroß. Der Moment war seltsam
unwirklich, beinahe glaubte sie sich in einem der Filme
gefangen, die die anderen Kinder so gerne gesehen hatten.
Voller Blut und voll von Toten und verstörender Grausamkeit.
Das war nichts für sie. Das war zu viel Begeisterung für zu viel
Gewalt. Und das war der Grund, aus dem sie Märchen las. Ein
gutes Ende für jeden der es sich verdiente. Die Angst ließ ihr
Herz stolpern und sie war nicht sicher, ob sie noch atmete. Sie
wollte nicht sterben, bevor sie sich ein gutes Ende verdient
hätte.
Eigentlich wollte sie gar nicht sterben, ob mit oder ohne gutem
Ende.
Sie sah, wie Nahual und Katja aus ihrer Diskussion und zu ihr
herumfuhren, Entsetzen in den Gesichtern. Ja, auch dem
griesgrämigen Seebären sah man den Schrecken an.
„Hände hoch, oder ich werde ihr die Kehle durchschneiden!", rief
der Mann in Laras Rücken und ihre Knie begannen wurden
augenblicklich zu Götterspeise.
Ohne zu zögern, streckte Katja die Hände in die Luft und Nahual
folgte ihrem Beispiel, wenn auch mit grimmiger Miene. Das helle
Licht malte die gleiche Angst in Katjas Augen, die durch Laras
Adern tobte.
„Das kannst du nicht tun!", rief sie mit viel zu schriller Stimme,
die Panik unverhohlen und flehend. „Sie ist nur ein kleines Kind!"

Einen Moment herrschte Stille, das Meer lachte brüllend, Beifall klatschend, dann rüttelte der Mann Lara unsanft. „Hey, wie alt bist du?"
„F-fast neun", flüsterte sie.
„Fast neun? Tatsächlich schon so alt? Verdammt", fluchte der Mann und Lara schrumpfte unter seinem Unmut zusammen. Doch der Mann, wer auch immer er war, schien sich schnell wieder unter Kontrolle zu haben.
„Das geht tatsächlich nicht", stellte er trocken fest und sein Griff lockerte sich, sodass Lara wagte ihre Lungen wieder mit der salzigen Luft zu füllen.
„Und jetzt?", knurrte Nahual, die Anspannung ließ seine Worte beben.
„Jetzt muss ich mich wohl ergeben."
„Einfach so?", fragte Katja verdutzt.
„Wie denn sonst?" Das Augenrollen war dem Mann förmlich anzuhören.
Und bevor Lara wusste, wie ihr geschah, hatte der Mann sie an der Taille gepackt und kurzerhand in das Wasserbecken geworfen. Schmerzhaft brach sie durch die Wasseroberfläche und die Kälte stach mit tausend kleinen Nadeln auf sie ein. Salzwasser brannte in ihren Augen und für einen Moment, der sich in eine Ewigkeit erstreckte, war sie sicher zu ertrinken. Das Wasser schloss sich über ihrem Kopf, zerrte an ihren Kleidern, wollte sie nicht ein zweites Mal entkommen lassen. Trudelnde Dunkelheit vor ihren weit aufgerissenen Augen, Luftbläschen, die gegeneinander wirbelten, als wollten sie sich zum Tanz auffordern. So musste es sich anfühlen, in einem Grab zu liegen. Kalt und dunkel, ein Netz aus Einsamkeit. Da war nichts, als ein dumpfes Rauschen und das heimtückische, allumfassende Gefühl der Einsamkeit.
Lara fürchtete die Einsamkeit. Mehr als alles andere. Mehr noch als das Meer, mehr als die roten Wellen, mehr als das Ertrinken. Sie wollte nicht allein sein. Adrenalin schoss durch ihr Herz und sie strampelte sich wieder an die Oberfläche zurück, durchbrach die Oberfläche und japste nach Luft, bevor eine weitere Welle sie untertauchte.
Erst beim dritten Anlauf fanden ihre Hände an der schmalen Holzplanke Halt. Sie spukte Salzwasser und wurde von einem Hustenkrampf gerüttelt, der in ihrem Hals kratzte und beinahe hätte sie wieder den Halt verloren. Tränen schossen ihr in die Augen. Keuchend sah sie sich um, suchte nach Katja und Nahual, zu erschöpft, um sich aus dem Wasser zu ziehen.

Nahual und der fremde Mann waren mitten in einer Prügelei gelandet. Lara hätte nicht sagen können, wer die Oberhand hatte, so verknoten wälzten sie sich über den Boden, schlugen aufeinander ein, als wären sie von Sinnen, während Katja über ihnen stand und ununterbrochen auf sie ein-schrie: „Ihr seid total verrückt! Ihr seid beide so verrückt! Hört ihr mich? Alle beide! Total verrückt! Hört auf! Hört auf verdammt! Ihr könnt euch nicht einfach prügeln! Wir müssen weg! Und du! Du hast Lara angegriffen! Ihr verdammten Idioten!"
Viel zu schrill und viel zu schnell peitschte ihre Stimme durch die leere Werft, schürte den erbitterten Kampf.
Der Mann schlug Nahual mit der Faust ins Gesicht und Blut spritzte auf. Lara wurde schlecht. Das gleiche Rot, das die Schaumkronen gefärbt hatte. Und wieder begann sie zu weinen. Dieser Tag schien aus Tränen gemacht. Salzige Perlen, die sich aneinanderreihten. Ein einziger Albtraum. Sie konnte nicht mehr an sich halten, ein stummes Schluchzen ließ ihren ganzen Körper beben und wieder drohte sie abzurutschen. Mit klammen Fingern krallte sie sich in der Holzplanke fest.
Es gibt Momente, in denen man sich wie Atlas fühlt. Das Gewicht eines ganzen Universums scheint einem auf den Schultern zu lasten, und mit jedem Augenblick ein wenig gewaltiger zu werden. Grau sind diese Tage. Sie schmecken nach nichts, sie riechen nach nichts, sie füllen die Ohren mit Stille und die Glieder mit Taubheit, bis man sich nicht einmal mehr sicher ist, ob man wacht, träumt, oder längst gestorben ist. Keine Farben, kein Licht, dass die Wolkendecke aufreißt und eine Endlichkeit zwischen die Sterne malt.
Doch Katja musste Laras Weinen gehört haben. Ihre Blicke fanden sich für einen Augenblick. Und Lara konnte das Entsetzten und die Wut und die Hilflosigkeit in Katjas aufgerissenen Augen durcheinander wirbeln sehen.
Lara hätte ihr gerne geholfen, aber sie war zu sehr damit beschäftigt, nicht endgültig unterzugehen. Und vielleicht war es auch nicht nötig, denn mit einem Mal ging ein Ruck durch Katja und eine kalte Entschlossenheit straffte ihre Züge.
„Halt durch, Kleines!", rief sie über den Lärm der Schlägerei. Damit wandte sie sich ab und – rannte zu der kleinen Küche. Bevor Lara sich einen Reim darauf machen konnte, oder befürchten, dass Katja jetzt einen kleinen Snack brauchte, war die schon wieder zurück. In den Händen hielt sie eine Bratpfanne.

Vielleicht entsprang das ihrer Einbildung, aber kurz glaubte Lara ein gemeines Grinsen über Katjas Lippen ziehen zu sehen. Sie hob die Pfanne – es war ein altes Modell aus Gusseisen. Schwer und unbeschichtet.
Der Fremde hatte Nahual gerade einen ausgereiften Kinnhaken verpasst, als Katja ihm die Pfanne voller Zorn auf den Hinterkopf donnerte.
Augenblicklich brach der Fremde in sich zusammen, landete mit einem dumpfen Wumpf auf Nahual. Der wälzte sich schnaufend unter ihm hervor, rappelte sich auf und warf Katja einen mehr als überraschten Blick zu.
„Das war – primitiv." Er sah auf den Mann hinab, der sich nicht regte. „Aber wirkungsvoll", brummte er dann. Grummelnd wischte er sich das Blut von der Nase, spukte neben dem Fremden aus.
Doch Katja hatte kein Wort für ihn übrig. Die beiden waren für sie gerade so interessant, wie verschrumpelte Erbsen. Sie drückte Nahual die Bratpfanne in die Hand und stürzte zu Lara hinüber. Ihre Hände schlossen sich um deren Handgelenke und angestrengt keuchend hievte sie Lara aus dem Wasserbecken.
Das fachte die Kälte in Laras Gliedern an, wie ein Blasebalg das Feuer. Sie fing an zu zittern, würgte an dem Meerwasser, das sie geschluckt hatte.
Nach wie vor weinend blieb Lara liegen. Die Kleider klebten auf ihrer Haut. Katja drehte sie auf den Rücken, beuget sich über sie, ihre Augen sahen voller Angst zu ihr hinab.
„Hey, hey, alles okay? Bist du verletzt? Hat er dir was getan? Ist was passiert?"
Lara schüttelte den Kopf und Katja stieß erleichtert die Luft aus. Dann packte sie Lara und zog sie – triefend und patschnass, wie sie war – fest an ihre Brust. Lara schlang die Arme um ihren Hals und schluchzte in die roten Haare, die nach Minzshampoo rochen und ein bisschen nach Seewind. Am liebsten hätte sie Katja nie wieder losgelassen. Die Umarmung hielt sie zusammen, hielt die davon ab, wie eine Welle am Strand zu zerschellen.
„Schhh", murmelte Lara. „Schhh, Kleines. Alles okay. Alles okay, hörst du? Ich hab dich."
Lara nickte, drückte sich noch ein wenig fester an sie.

„Wir müssen", knurrte Nahual über ihren Köpfen. „Das war nicht
der Einzige, den sie geschickt haben, glaub mir. Wer eine Bombe
bastelt, hat nicht nur nen Schwächling wie den da bereitstehen."
Er trat dem Mann in die Seite. Der regte sich noch immer nicht.
Lara blinzelte zwischen den roten Haarsträhnen hindurch und zu
Nahual auf. Blut tropfte ihm noch immer aus der Nase und lief
über sein narbiges Kinn.
„Du blutest."
„Ja."
„Okay." Katja löste sich vorsichtig von Lara. „Komm, wir müssen
aufs Boot, ja? Dann schauen wir, dass wir dich wieder warm und
trocken bekommen, einverstanden?"
Lara nickte, zog die Nase hoch. Tränen, Salzwasser und
Müdigkeit ließen ihre Augen brennen.
„Komm." Katja griff nach ihrer Hand und führte sie sicher über
den Steg aufs Deck des Bootes. Nahual währenddessen bückte
sich zu dem Mann hinab und durchsuchte die Taschen seiner
Jeans. Er fand keine Waffen. Lediglich ein Handy und einen
angeschmolzenen Schokoriegel. Er nahm beides, bückte sich
noch einmal nach dem Messer und beförderte alle drei
Gegenstände ins Meer, das sie verschluckte, als hätte es nie
gegeben. Wie es das schon seit Jahrtausenden tat. Die größte
Fundgrube der Welt, gesichert von schäumenden Wellenbergen.
Dann packte er den Mann am Kragen und schleifte ihn achtlos
hinter sich her. Für einen Moment fürchtete Lara, er wollte ihn
ebenfalls dem Meer überantworten, aber zu ihrer Überraschung
verfrachtete er ihn ebenfalls aufs Deck.
„Hier", er drückte Katja eine Packung Kabelbinder in die Hand.
„Mach ihn irgendwo fest. Aber ordentlich."
„Warum nehmen wir ihn mit?", fragte sie und warf dem reglosen
Mann einen bitterbösen Blick zu. Auch wenn der – dank der
Bratpfanne – nichts davon mitbekam. Er war noch jung.
Vielleicht Anfang dreißig. Das helle Haar krauste sich in seiner
Stirn. Auf dem abgetragenen Pullover stand HAVARD. Nicht zum
ersten Mal fragte sich Katja, warum manche Menschen Logos
von Orten trugen, an die sie nie einen Fuß gesetzt hatten.
„Der hat garantiert ein paar nützliche Informationen", meinte
Nahual und eilte wieder von Bord, machte sich daran die Taue zu
lösen, mit denen das Boot vertäut war. „Wird ja wohl wissen, für
wen er arbeitet, was?", rief er zu ihnen hinauf.
Katja nickte, atmete tief durch. „Nicht über die Reling fallen, in
Ordnung?"
„In Ordnung." Selbst ihre Stimme zitterte.

Lara sah zu, wie Katja dem Fremden ächzend zu einem der Eisenringe zerrte, in denen normalerweise die Taue hingen. Sie hob seine Arme und fädelte ein paar der Kabelbinder durch den Ring, bevor sie sie um seine Handgelenke schlang und festzurrte.

„Komm Mal her", rief sie zu Lara hinüber. „Hilfst du mir? Wir binden noch seine Beine zusammen. So machen die das doch immer in Filmen, richtig? Sicher ist sicher."

Lara wankte zu ihr hinüber und ihre steifen Finger fischten die Kabelbinder aus der Tüte, reichte sie an Katja weiter, die sie um die Fußgelenke des Mannes wickelte. Dabei zeigte sich überdeutlich, dass sie noch immer wütend auf den Mann war. Der konnte von Glück sprechen, wenn ihm nicht die Füße abfaulen würden.

Knirschend und ächzend öffnete sich das große Tor und ein gewaltiger Schub nächtlicher Seeluft stob zu ihnen herein, riss Chimären aus Schatten und Dunkelheit mit sich und ließ Lara erschaudern.

Schwarz war die Nacht, schwarz wie Pest und Pech und das Meer klang noch viel gefährlicher als am Nachmittag. Rastlos, ruhelos, mörderisch. Eine Kakophonie ertrunkener Schreie.

Wellen peitschten herein und überschwemmten den vorderen Teil des Raumes, drängten das kleine Sofa mit Salzwasser. Kein Wunder, dass dieses nach toten Fischen roch.

Unwohl sah Katja in den schmorenden Sturm hinaus, schlang die Arme um Lara.

„Bist du sicher, dass wir bei diesem Wetter da rausfahren sollen?"

„Was willst du sonst machen?", rief Nahual zurück und seine Stimme klang noch eine Spur zorniger als das Meer. „Das ist der Fluchtplan. Ich hab nur den einen auf Lager! Wenn der nicht passt, landen wir so oder so am Meeresboden."

„Aber es stürmt da draußen!"

„Sturm ist erst, wenn die Schafe keine Locken mehr haben!"

„Was ist das für ein Unsinn?!" Katja zog Lara dicht zu sich heran, hielt sich an der Reling fest. Das Schiff schaukelte aufmüpfig auf den brechenden Wellen. Der Mann neben ihnen stöhnte, seine Lider flatterten, aber er kam noch nicht wieder zu sich.

„Den hab ich erwischt", meinte Katja mit einem grimmigen Anflug von Stolz.

Laras Zähne klapperten mittlerweile aufeinander und sie schlotterte in ihren nassen Kleidern. Starr sah sie zu dem jungen Mann hinab, der ihr vor einer Handvoll Minuten ein Messer an den Hals gepresst hatte, etwas das sie bisher für die überhitzte Fantasie des ein oder anderen Drehbuchautoren gehalten hatte.
„Was ist eigentlich mit Frauen an Bord?", schrie Katja zu Nahual hinunter, während der die letzten Taue löste und dann über die Planke eilte. „Bringen die nicht Unglück oder so?"
Nahual sprang an Bord und stieß die Planke von der Reling. „Du bist ein einziges Weltuntergangsszenario, was macht da das bisschen Unglück noch?"
Katja klappte der Mund auf. Sie suchte nach einer Antwort, nicht sicher, ob es ausreichen würde, beleidigt zu sein, oder ob sie ihn über Bord schubsen müsste. Der Wind riss an ihrem Haar.
Nahual war bereits zu der kleinen Tür gestiefelt, die unter Deck führte. Er öffnete sie und sah sich dann noch einmal zu ihnen um. Er musste seinen Hut festhalten, sonst hätte der Wind ihn fortgerissen, voller Neid.
„Was ist? Lasst uns verschwinden!", rief er gegen das anschwellende Donnern an. Der Wind wand sich in der kleinen Halle klagend durch die Risse und hatte es sich offenbar zum Ziel gesetzt, die alte Werft in ihre Bestandteile zu zerlegen. Katja fragte sich, ob Nahual seinen Unterschlupf vermissen würde. Was brauchten vier Wände, um ein Zuhause zu werden?
Katja packte Lara am Kragen ihrer triefenden Jacke, sie schwankten, als das Boot unter ihnen einen Hüpfer machte, folgten Nahual in die staubige Wärme. Die Treppenstufen knarzten leise, unter ihren Füßen; es roch nach altem Lack und ebenso altem Schmutz.
„Segeln wir etwa, bei diesem Wetter? Geht das überhaupt?", meinte Katja skeptisch und zog mit einem Ruck die Tür hinter ihnen zu, schloss die feuchte Nachtluft aus.
„Wir haben keinen Mast."
„Das heißt?"
„Wir segeln nicht."
„Was tun wir dann?"
Vielsagend hob Nahual einen Schlüsselbund in die Höhe, wartete bis bei Katja der Groschen gefallen war.
„So was nennt sich dann Seemann", murmelte sie.
Während Nahual den Motor startete und sich hinter das Steuerrad setzte, zog Katja Lara mit sich hinunter in den Bauchraum des Schiffes.

„Jetzt schauen wir doch mal, dass wir dich warm bekommen.
Raus aus diesen kalten Sachen da." Sie deutete auf die
durchweichten Kleider. „Nicht, dass du am Ende noch krank
wirst. Das kann keiner von uns gebrauchen."
Sie kniete sich vor Lara auf den Boden und half ihr sich aus den
klebenden Kleidern zu schälen, die sich nur widerwillig und
schmatzend von ihr lösen ließen.
„Hier." Sie reichte ihr ein Handtuch, in das sie sich dankbar
wickelte, während Katja ihr mit einem zweiten die Haare trocken
rubbelte.
„So, als Nächstes mache ich dir einen warmen Tee und dann
kuschelst du dich warm ein, ja? Nicht, dass du uns am Ende
noch krank wirst."
Lara nickte nur. Sie schaffte es kaum noch, die Augen
offenzuhalten.
„Komm her", meinte Katja und zog sie in eine feste Umarmung.
„Das war etwas viel für einen Tag, was?", murmelte sie. Lara
schniefte.
„Ist schon okay. Das wird wieder, ja? Wenn du geschlafen hast,
sieht alles wieder ganz anders aus."
Eine Lüge die Kinder viel zu häufig erzählt bekamen, als würde
die Wahrheit und nicht erst die Lüge das Vertrauen zerfressen.
Lara nickte, fuhr sich über die Wangen.
„Komm, ich suche dir was Warmes zum Anziehen. Hast du noch
eine Hose in deinem Rucksack?"
„Ich glaube schon", schniefte sie.
Wenig später trug sie eine Leggins, ein T-Shirt, Kuschelsocken
von Katja und einen dicken, viel zu großen Fließpulli von Nahual.
Katja band ihre feuchten Haare zu einem Dutt zusammen und
zog ihr zusätzlich noch eine Decke um die Schultern. „So, und
jetzt rührst du dich nicht vom Fleck, bis ich dir deinen Tee
gebracht habe, verstanden?"
Lara nickte. Als Katja den Raum verließ, legte sie sich auf das
Matratzenlager auf der rechten Seite des Raumes und rollte sich
zu einem kleinen Ball zusammen. Kaum hatte ihr Kopf das
Kissen berührt, waren ihr die Augen auch schon zugefallen. Zu
viele Bilder und zu viel Furcht. Zu viel von allem, für einen Tag.

Lara konnte nicht sagen, wie lange sie geschlafen hatte. Als sie sich müde die Augen rieb und vorsichtig aufrichtete, fiel ihr die Decke von den Schultern. Ein kleines Licht brannte über der Tür und tauchte den Raum in schummriges Licht. Auf und ab hüpfte es, im Gleichklang mit dem Wellengang, füllte den Raum mit bizarren Schatten und unbeständigen Fratzen. Unwillkürlich krallten sich ihre Hände in die Decke. Es war kein angenehmes Gefühl aufzuwachen, wenn die Träume in der Wirklichkeit haften blieben.

Weder Katja noch Nahual waren zu sehen, aber neben ihr lagen eine große, zerbeulte Thermoskanne und ein Teller mit Apfelschnitten.

Mit dem Anflug eines Lächelns griff sie sich eine und biss hinein. Es musste noch immer Nacht sein, denn vor den runden Bullaugen sah man nichts als Finsternis. Kein Mond und keine Sterne, nur die Wellen, die zornig gegen das Boot donnerten, in dem unnachgiebigen Versuch gefangen, es auf den Grund zu ziehen und es neben tausend seiner Artgenossen zu begraben. Ihre Gedanken wanderten hinauf zu dem Fremden, der sicher noch immer allein auf dem Deck lag und fror. Bei so einem Sintflut Wetter konnte man sicher nicht schlafen.

Frau Hera hatte ihr einmal gesagt, dass ihr gutes Herz sie einmal in Schwierigkeiten bringen würde. Aber sie hatte den Tod getroffen – was konnte ihr da noch passieren?

Umständlich rappelte sie sich auf. Sie wickelte sich in die Decke, griff dann nach der Thermoskanne, nach einer weiteren Decke, bevor sie leise die schmale Treppe hinaufschlich. In der kleinen Steuerkabine saßen Nahual und Katja über den Laptop gebeugt und unterhielten sich mit gedämpften Stimmen.

„Wenn wir all diese Dateien durchsuchen, dann werden wir bis Morgen aber nichts gefunden haben", murmelte Katja.

„Wenn wir keine durchsuchen, auch nicht", murrte Nahual.

„Meinst du nicht, es würde Zeit, dass der Tod wieder vorbeischaut?"

„Kann ihn nicht herzaubern."

Auch Katja hatte eine Thermoskanne in der Hand und schenkte ihnen beiden gerade nach. Sie füllte die Tassen nur zur Hälfte, der Wellengang hätte jedes andere Vorgehen vergebens gemacht.

„Hier."

Nickend nahm Nahual die Tasse entgegen.

Sie bemerkten Lara nicht und so schlich sie an ihnen vorbei und hinauf auf das Deck, hoffte, dass der kalte Windstoß Katja und Nahual nicht aus ihrer ständigen Diskussion schrecken würde.
Eine Sturmlaterne hüpfte über der Tür. Der schwache Schein kämpfte sich angestrengt durch die Dunkelheit. Das Boot schien wie ein Korken auf den Wellen zu tänzeln, das Wasser brach sich am Bug und schwappte ab und an über das Deck.
Lara streckte die Hand aus und klammerte sich an der Reling fest. Als das Schiff gegen einen weiteren Wellenberg preschte, rutschte ihr die Thermoskanne aus der Hand und schlitterte über das Deck. Lara sah ihr nach. Dann verstärkte sie ihren Griff um die Reling und tapste auf die schwach umrissene Gestalt am anderen Ende des Bugs zu.
Sie wusste nicht, warum sie es tat. Vielleicht, weil er ein wirklich trauriges und einsames Häufchen Elend darstellte, durchnässt von der salzigen Gischt und halb verschlungen von der Dunkelheit. Vielleicht, weil sie der Einsamkeit ihre Beute nicht gönnte.
Und vielleicht auch, weil sie, wider jede Vernunft, Mitleid hatte.
Der Fremde war mittlerweile zu sich gekommen. Die eisige Gischt hatte die Benommenheit längst fort gewaschen. Er hatte sich so gut wie das ging aufgerichtet, lehnte verrenkt an der Reling. Seine Augen waren zu misstrauischen Schlitzen zusammengekniffen, als Lara einen guten Meter vor ihm innehielt und sich still auf den Planken niederließ.
„Hallo", meinte sie, gerade laut genug, um das wütende Ungetüm von Meer zu übertönen.
Der Mann runzelte die Stirn. Er war nicht so alt wie Nahual, aber älter als Katja. Das lockige Haar klebte ihm jetzt nass an die Stirn und wenn Laras Augen sie nicht trogen, zitterte er bereits am ganzen Körper.
„Na, bist du gekommen, um mich ins Meer zu schmeißen?" Er zog die Brauen in die Höhe. „Ich könnte es dir nicht Mal verdenken, ehrlich gesagt."
Er bemühte sich, das Klappern seiner Zähne hinter den Worten zu verstecken. „Es wäre nur gerecht."
Er grinste schief, wofür ihn Lara ein kleines bisschen bewunderte. Wenn sie die halbe Nacht hier gelegen hätte, würde sie kein Lächeln mehr zustande bringen, da war sie sich sicher.
Schnell schüttelte sie den Kopf. „Dann würdest du ertrinken."
Der Mann legte den Kopf schief, verzog zustimmend den Mund.
„Das wäre jetzt aber auch keine Katastrophe, oder?"
Laras Augen weiteten sich erschrocken.

Zur Antwort grinste der Mann ein weiteres Mal. „Keine Sorge, Kleines. Ich wollte nur sagen, dass ich es wirklich verstehen könnte. Es war nicht nett von mir, dich ins Wasser zu werfen. Und es tut mir leid."
Lara zog sich die Decke fester um die Schultern und begann nervös auf ihrer Lippe herumzukauen, unsicher, ob sie ihm glauben konnte. „Wie heißt du?"
Ihr Gegenüber deutete eine verkrümmte Verbeugung an. „Milon. Milon Winter. Und du, kleine Person?"
„Lara."
Milon nickte. „Freut mich deine Bekanntschaft zu machen. Auch, wenn sie etwas unglücklich begonnen hat."
„Du wolltest mich umbringen", erwiderte sie vorwurfsvoll.
„Ach Nonsens." Milon wandte den Kopf ab. „Ich wollte nur an die beiden anderen kommen. Und ohne dich hätte ich keinen Vorteil gehabt."
„Vorteil?"
Das Boot machte einen Hüpfer und Lara, darauf nicht vorbereitet, purzelte vornüber.
„Hey! Alles okay?", rief Milon.
Lara fasste sich an den Kopf. Dort wo sie mit der Stirn aufgeschlagen war, blieb warmes Blut an ihren Fingern kleben. Es war nicht viel und in der Dunkelheit konnte sie es kaum erkennen, aber es war genug, um sie an die rote Gischt zu erinnern. Tränen schossen ihr in die Augen, ihre Unterlippe begann zu beben.
„Lara?" Milon klang besorgt. „Lara, hast du dir wehgetan?"
Sie wimmerte leise. Mit großen Augen starrte sie auf das Blut an ihren Fingern. Der Tod hatte einfach danebengestanden und zugesehen, als wäre das Leben nicht mehr wert als Fallobst.
„Er ist einfach gestorben", kam es wimmernd über ihre Lippen. „Er war einfach tot..."
„Lara? Lara, hörst du mich?"
Sie schluchzte auf, schlug sich die Hände vor das Gesicht. „Ich hab ihn schreien ge-gehört... und.... und dann..." Ihre Stimme brach und sie kauerte sich weinend zusammen, schlang die Arme um die Beine. „Er... er w-war einfach... tot..."
„Lara?" Furchtgekämmt bahnte sich Milons Stimme durch den heulenden Wind.
Sie sah zu ihm herüber, ohne ihn zu sehen, die wippende Laterne schälte trunkene Geister aus der Nacht. Sie hatte das Gefühl, dass ihr jemand die Hand in die Brust gesteckt hatte und jetzt ihr Herz zerquetschte. Sie wusste nicht mehr, wie sie die salzige Luft atmen sollte. Plötzlich schmeckte sie nach Rost und Blut und einem panischen Schrei.

„Lara! Ich kenne ein Lied!", rief Milon, gerade laut genug, um gegen den Sturm und das Brummen des Motors anzukommen. Krampfhaft darum bemüht, die aufkommende Panik nicht zu dem Kind schwappen zu lassen. „Ich kenne ein altes Lied. Willst du es hören?"

Es dauerte, bis die Worte bei Lara ankamen, aber Milon wiederholte sie, bis Lara sie schließlich verstehen konnte. Mit Tränen überströmten Wangen nickte sie. Milon musste es gesehen, oder zumindest gefühlt haben.

Er konnte nicht besonders gut singen, aber er tat es für Lara und die Worte waren Balsam für ihr Herz. Katja hatte nicht Recht behalten. Der Schlaf hatte gar nichts besser gemacht. Es war noch genauso furchtbar, wie davor. Der Tote im Meer war kein Albtraum, der in Vergessenheit geriet. Schon gar nicht in einer Nacht wie dieser.

„Wir lieben die Stürme, die brausenden Wogen, der eiskalten Winde raues Gesicht. Wir sind schon der Meere so viele gezogen und dennoch sank unsre Fahne nicht."

Eine alte Seemannsweise. Lara sog den Text in sich auf, als könnte er sie vorm Ertrinken retten. Sie lauschte dem Lied, bis Milon zum Ende kam.

Schniefend rieb sie sich die Tränen von den Wangen. Das Lied schien für den Sturm um sie hergeschrieben. Plötzlich hatte das Unheil einen Namen und Lara nicht mehr das Gefühl, heillos darin verloren zu sein.

„Besser?", erkundigte sich Milon.

„Hm", machte sie, nicht sicher, was die ehrliche Antwort wäre. Seufzend legte Milon den Kopf zurück. Eine Welle klatschte ihm mitten ins Gesicht und er schüttelte sich prustend. Wie durch ein Wunder blieb Lara verschont.

„Warum bist du hier, Lara?"

Noch einmal rieb sie sich die Augen, blinzelte die letzten Tränen fort. Zögernd hob sie die mitgebrachte Decke.

Und er verstand. Seine Augen weiteten sich erstaunt, dann lachte er leise. „Was soll das denn werden?"

„Wenn..." Sie biss sich unsicher auf die Lippe. „Wenn ich dich zudecke – tust du mir dann was?"

Einen langen Moment sahen sie sich schweigen an. Betroffenheit kroch über seine blassen Züge, dann schüttelte er langsam den Kopf, ohne den Blickkontakt zu brechen.

Lara holte einmal tief Luft, überwand den letzten Meter zwischen ihnen und breitete die Decke über Milon aus, so gut das ging.

Als sie sich hastig wieder zurücklehnte, lächelte Milon müde. „Danke."

Sie nickte nur. Es sah nicht so aus, als würde ihm die Decke viel
bringen, aber vielleicht wärmte ihn zumindest die freundliche
Geste.
Ein weiteres Mal durchpflügte das Schiff einen Wellenkamm und
wieder stürzte Lara, doch dieses Mal konnte sie sich mit den
Händen abfangen.
„Alles okay?"
„Ich mag das Meer nicht."
„Warum das?"
„Es ist so wütend", murmelte sie. So wie sie es schon Katja
erklärt hatte.
„Es ist nicht immer wütend", erwiderte Milon sanft. „Aber jeder
verliert hin und wieder die Beherrschung, nicht wahr?"
Nachdenklich runzelte sie die Stirn. „Aber warum ist es wütend?"
„Vielleicht, weil niemand es versteht?", schlug er vor.
Sie wiegte den Kopf, lauschte auf das unbeherrschte Brausen.
War das Zorn? War es nicht viel mehr das flehende Brüllen eines
Verzweifelnden?
„Glaubst du, das Meer kann verrückt werden? Wenn es immer
wieder so wütend ist – meinst du nicht, einmal wird es
verrückt?"
„Das würde zumindest erklären, warum es wahllos Seeleute
ertränkt."
Der Gedanke an ein Meer, das den Verstand verloren hatte, ließ
Lara erschaudern und schnell verdrängte sie diese Idee. Da
sollte es lieber zornig sein und toben.
„Warum hast du uns angegriffen?"
Unergründlich waren seine Augen. „Ich hatte nicht wirklich eine
Wahl."
„Ehrlich?"
Milon zuckte die Schultern. „Sagen wir, das ist die einfachste
Erklärung."
Lara legte den Kopf in den Nacken und sah hinauf in den
schattenfetzigen Himmel. Kein Stern war zu sehen, nicht einmal
riss die Wolkendecke.
„Warum leuchten Sterne?", fragte sie. Sie vermisste den stillen
Anblick. Und sie wollte nicht über ein wahnsinniges Meer oder
ihren Beinahe-Mörder nachdenken. „Ist es nicht anstrengend,
immer gegen die Dunkelheit zu kämpfen?"
Wenn Milon über den urplötzlichen Themenwechsel überrascht
war, zeigte er es nicht. „Glaubst du wirklich, dass sie kämpfen
müssen, um zu leuchten? Ich denke, sie brauchen es nur ein
einziges Mal zu wagen. Wenn das Licht erst einmal da ist, kann
es nicht mehr so einfach verschwinden. Vielleicht ist die
Dunkelheit nur ein Warten auf das Licht."

„Ein Warten auf Licht?"
„Ja, vielleicht warten sie ja auf das Licht. Vielleicht freut sie sich genauso daran wie wir."
Laras feine Brauen zogen sich angestrengt zusammen. „Das klingt, als ob die Dunkelheit sterben will."
Milon zuckte umständlich mit den Schultern. „Wer weiß? Möglich ist es. Vielleicht fürchtet sich die Dunkelheit vor sich selbst."
„Hmm." Sie nickte nachdenklich ihr Einverständnis. „Aber warum leuchten die Sterne nur in der Nacht, wo jeder schläft?"
„Sie wissen bestimmt, dass sie am schönsten leuchten, wenn sie allein leuchten."
Ein wenig ängstlich sah sie zu Milon hinüber, der ihren Blick unbewegt erwiderte. „Du wolltest uns umbringen, oder?"
Nichts regte sich in seinem Gesicht. „Dich nicht, wie du vielleicht mitbekommen hast."
Lara rückte ein Stück von ihm ab, kuschelte sich noch ein wenig tiefer in die Decke, auch wenn der nasse Wind sich längst durch den Stoff gefressen hatte. Das leise Entsetzen in ihrem Gesicht konnte Milon nicht entgangen sein. Er wandte den Kopf ab.
„Tu nicht so überrascht, Prinzessin. Was dachtest du denn?"
„Du wolltest Katja umbringen?" Ihre Stimme zitterte leicht.
„Wenn die Frau so heißt, ja."
„Warum bist du so böse?", flüsterte sie.
„Was willst du jetzt hören?"
Lara starrte ihn an.
„Hör zu, ich würde nichts lieber tun, als auf meiner Couch zu liegen und eine Zigarette rauchen, okay?"
„Rauchen ist ungesund."
Milon lachte ungläubig auf. „Ja, ja das ist es."
Er zitterte. Wenn Lara nicht alles täuschte, waren seine Lippen bereits blau angelaufen.
„Wirst du sterben?", fragte sie etwas atemlos. Sie hatte genug von Toten. Sie wollte nicht noch jemanden sterben sehen. Nie wieder wollte sie jemanden sterben sehen. Nie wieder.
Rote Wellen und ein gleißender Schrei.
Sie schluckte die aufsteigenden Tränen hinunter.
„Nein, da mach dir mal keine Sorgen. Solange deine Katja mich nicht über Bord schmeißt – so schnell stirbt man nicht."
Rote Wellen.
Ein gurgelnder Schrei.
Die Planken unter ihr schwankten.
„Doch", murmelte sie. „So schnell stirbt man."
Argwöhnisch sah Milon zu ihr hinüber. Seine Augen glänzten fiebrig im hüpfenden Licht der Laterne.

Stille. Das Meer nutzte die Atempause, um ein weiteres Donnern zu entfesseln. Das Boot ächzte. Eisig sickerte die Gischt durch ihre Decke.
Milon räusperte sich, zögerte. „Unkraut vergeht nicht", murmelte er, nicht sicher, wie er Laras Worte deuten sollte.
„Würdest du uns immer noch umbringen?"
Milon runzelte die Stirn. „Ich werde wohl kaum eine zweite Gelegenheit dazu bekommen."
„Aber wenn du es könntest, würdest du es tun?"
Langsam schüttelte er den Kopf. „Zumindest nicht dich, Kleines."
„Versprochen?"
Milon schien sich innerlich einen Ruck zu geben und nickte.
„Versprochen. Du brauchst keine Angst vor mir zu haben. Und es tut mir echt leid, dass ich dich vorhin ins Wasser geschubst habe. War der sicherste Platz, der mir auf die Schnelle eingefallen ist."
„Ich hätte ertrinken können!"
Milon legte den Kopf schief, blinzelte sich das Salzwasser aus den Augen. „Bist du aber nicht, oder?"
Darauf wusste Lara nichts zu erwidern. Das Boot fiel in ein Wellental und erschrocken kippte Lara zur Seite. Wieder schlug sie hart auf dem Deck auf. Das Meer unter ihr lachte ätzend und ließ das Boot knirschen.
„Hey, alles okay?", rief Milon zu ihr hinüber, zum dritten Mal.
Einen Augenblick zögerte Lara noch, doch dann hörte sie auf ihr rasendes Herz und krabbelte über die Planken zu Milon hinüber, duckte sich neben ihn.
„Ich habe Angst vor dem Meer", sagte sie, gerade laut genug, um es an Milons Ohr dringen zu lassen.
Der verrenkte sich, um ihr einen Blick über die Schulter zuzuwerfen. „Halt dich lieber irgendwo fest, Prinzessin. Das Wetter könnte ungemütlich werden und du willst sicher nicht von Bord gespült werden."
Hastig griffen ihre Hände nach seinem klatschnassen Pullover, krallten sich darin fest. Milon zuckte überrascht zurück, entspannte sich dann aber wieder.
„Bist du sicher, dass du nicht lieber wieder unter Deck gehst? Da ist es wärmer als hier. Garantiert."
Lara schüttelte den Kopf und zog die Beine an, kuschelte sich in Milons Windschatten. „Findest du nicht auch, dass die Nacht gruselig ist?"
„Die Nacht? Wieso?"

„Weil ich nachtsüber schreckliche Dinge nachdenken muss.
Solche die eigentlich nicht passieren dürfen. Und Frau Hera
sagte immer, wer über schlimme Dinge nachdenkt, der ist schon
ein Monster."
„Du hast Angst davor ein Monster zu sein?"
Lara nickte scheu, barg das Gesicht in seinem Pullover. Sein
Pullover roch nach dem tosenden Meer. Alles roch nach dem
Meer. Als würde die Welt hier draußen auf diesen penetranten
Salzgeruch komprimiert.
„Ich glaube nicht, dass Frau Heras Theorie richtig ist", meinte
Milon nachdenklich.
„Ehrlich?" Hoffnungsvoll sah sie zu ihm hoch.
„Ehrlich. Ich denke, dass jeder halbwegs intelligente Mensch
über Schreckliches nachdenkt. Über die Möglichkeit des
Schreckens. Ob man wegen dieses Gedankens zum Monster
wird, liegt ganz daran was man aus diesen Gedanken macht.
Wenn du über schreckliche Dinge nachdenkst, kannst du sie
zwar verursachen, aber du kannst sie auch aufhalten. Es liegt
ganz bei dir."
Nachdenklich sah Lara hinauf zu dem schweigenden Himmel. Er
wirkte so unberührt von all den Jahrtausenden. Von all den
Jahrmillionen Jahren. Als ginge das Leben da unten ihn nichts
an.
Eigentlich klangen Milons Worte vernünftig. Es war bestimmt
schwer schreckliche Ereignisse aufzuhalten, wenn man sie nicht
verstehen konnte.
„Nicht jeder gedachte Gedanke ist böse", murmelte Milon. „Aber
jeder gedachte Gedanke kann für das Böse genutzt werden,
wenn er erst gedacht wurde."
„Darf ich noch ein bisschen hierbleiben?", fragte Lara vorsichtig.
Milon spähte auf sie hinunter. „Sicher. Wenn du damit leben
kannst, dass ich sehr wohl ein Monster bin?"
„Ich glaube nicht, dass du ein Monster bist."
„Vorsicht, Prinzessin", meinte Milon leise, so leise, als spräche er
zu sich selbst. „Verzeihe niemals einem Fremden, weil er lächeln
kann."
„Kannst du mir einen Witz erzählen?"
„Einen Witz?" Milons Mundwinkel zuckten. „Irgendeinen?"
Lara nickte.
„Hm, okay." Er schüttelte den Kopf, durchforstete sein
angefrorenes Hirn, nach einem Witz. „Was ist klein und wird am
Strand angespült?"
Fragend sah sie zu ihm auf. „Ich weiß nicht?"
„Eine Mikrowelle."

Es dauerte einen kleinen Moment, bis bei Lara der Groschen fiel,
dann kicherte sie leise. „Das ist ja dumm."
„Nun ja, es ist ein Wortspiel, im Endeffekt."
Lara gähnte.
„Kannst du das Lied noch einmal singen?"
„Aber ich dachte, du magst das Meer nicht? Das Lied ist randvoll
mit Meer."
„Wenn du darüber singst, ist es nicht so gruselig."
„Okay", meinte Milon mit einem kleinen Lächeln im Gesicht.
„Dann singen wir es noch einmal."
Lara schloss die Augen.
„Ja, wir sind Piraten und fahren zu Meeren und fürchten nicht
Tod und Teufel dazu! Wir lachen der Feinde und aller Gefahren,
im Grunde des Meeres erst finden wir Ruh..."

Wie in alter Zeit

Lara musste eingeschlafen sein. Trotz des schaukelnden
Schiffes. Trotz der Wellen, die hin und wieder über ihnen
zusammenbrachen.
Ein spitzer Aufschrei riss sie zurück in die nasskalte Wirklichkeit.
Bevor sie wusste, was geschah, tauchte ein roter Haarschopf in
ihrem Gesichtsfeld auf und noch im selben Augenblick wurde sie
von Milon fortgerissen. Katja drückte sie besitzergreifend an ihre
Brust.
„Das kannst du doch nicht tun, Lara!", rief sie ihr etwas zu laut
ins Ohr. „Ich habe mir Sorgen gemacht! Du warst nicht da -"
„Ich hab auf sie aufgepasst. Hätte sie schon nicht ins Meer fallen
lassen", meldete sich Milon in ihrem Rücken. Katja wirbelte
herum, holte aus und verpasste Milon eine schallende Ohrfeige.
Sein Kopf flog zur Seite und gegen die Reling und als er wieder
aufsah, konnte Lara sehen, dass seine Lippe aufgeplatzt war.
Erschrocken schlug sie die Hände vor das Gesicht.
Rot wie die Wellen...
„Du hältst lieber deinen Mund, verstanden?", schrie Katja gegen
das tosende Meer an. „Du wolltest sie umbringen! Halt den
Mund, oder ich suche mir eine Bratpfanne!"
„Ist ja gut, bin schon still", meinte Milon mit einem Augenrollen.
„Nein, das wirst du jetzt besser nicht sein", meinte Nahual, der
hinter Katja aufgetaucht war. Er hatte sich den Hut tief in die
Stirn gezogen und die Krempe verdeckte seine verzerrten Züge.
„Wir haben unschöne Sachen gefunden. Du wirst mir Rede und
Antwort stehen."
Milon hob spöttisch die Brauen. „Ich fürchte, ich bin gerade nicht
in der Lage zu stehen. Die Kabelbinder, Sie verstehen?"
Nahual lächelte grimmig. Dann nickte er Katja zu. „Bringst du
Lara runter?"
Katja wirkte plötzlich etwas blass um die Nase, doch sie nickte.
„In Ordnung. Komm, Lara, wir machen was zu Essen."
„Mitten in der Nacht?"
„Allerdings."
Ängstlich sah Lara zu Milon hinüber, der ihren Blick erschöpft
erwiderte. Doch als er den Ausdruck auf ihrem Gesicht sah,
zwinkerte er ihr aufmunternd zu. „Alles halb so wild."

„Du blutest ja!", rief Katja gleichzeitig. „Lara, du blutest! Hat er dir etwa was getan?" Sie nahm ihr Gesicht zwischen die Hände, beugte sich zu ihr hinunter.
Hastig schüttelte Lara den Kopf. „Ich bin gefallen. Als es so geschaukelt hat."
„Hm, tut es weh?" Sanft strich Katja ihr die Haare aus dem Gesicht, um die kleine Platzwunde begutachten zu können, was ihr im schwachen Lampenschein wahrscheinlich nicht wirklich gelang.
„Tut nicht weh", sagte Lara, versuchte sich den Schlaf aus den Augen zu reiben und das Salz, das unter ihren Lidern brannte.
„Bring sie runter", grollte Nahual. „Ich will endlich weiterkommen. Das ist ja zum über die Planke gehen!"
„Komm", meinte Katja, schlang Lara einen Arm um die Schultern. „Wir schauen uns die Wunde an. Und suchen dir nochmal einen trockenen Pullover."
Doch Lara griff nach Nahuals Hand, sah bittend zu ihm auf. „Du bringst ihn doch nicht um, oder?"
Flüchtig schüttelte er den Kopf. „Wir brauchen den noch. Und Doktor T wär nicht begeistert."
Diese Worte waren nicht gerade beruhigend, aber sie wollte nicht glauben, dass Nahual Milon tatsächlich umbringen würde.
In diesem Moment geriet das Schiff für einen Moment ins Schlingern, krachte gegen eine besonders hohe Welle, die über Katja und Lara zusammenbrach und sie beinahe von Bord gespült hätte. Das Schiff knarzte.
„Nahual!", schrie Katja, immer noch strauchelnd. Mit zwei Schritten war der Seemann bei ihnen, packte sie beide am Kragen. Er stand auf dem Deck, als wäre dieses das Auge des Sturms.
„Nahual!", schrie Katja wieder, klammerte sich an seinen Mantel. „Was machen wir, wenn das Boot zerbricht?"
Nahual schüttelte den Kopf, drängte sie in Richtung der Steuerkabine. „Das Schiff zerbricht nicht!"
„Und wenn doch?"
„Dann schwimmst du!"
„Ich habe kein Seepferdchen gemacht!"
„Du kannst ja wohl mit den Armen paddeln!"
Er öffnete ihnen die Tür.
„Ich kann schwimmen!", empörte sich Katja.
Entgeistert sah Nahual sie an, bevor er sich kopfschüttelnd abwandte.
Noch einmal sah Lara zu Milon, der ihr mit einem schiefen Lächeln zunickte. Sie winkte kurz.

Dann folgte sie Katja, als die nach ihrer Hand griff und sie unter Deck ins Warme zog.

„Du magst ihn?", fragte Katja, als sie den schmalen Abstieg sicher überstanden hatten. Sie stützte sich mit der einen Hand an der Wand ab, in der anderen hielt sie noch immer Laras. Unsicher zuckte Lara mit den Schultern. Sie hatte das Gefühl, dass Katja die Antwort nicht gefallen würde. „Was macht Nahual mit ihm?"

„Nur sicherstellen, was er weiß und inwieweit er – vertrauenswürdig ist. Wir werden unseren Plan erklären, sobald er fertig ist, einverstanden?"

„Ist es sehr schlimm, was sie vorhaben?"

Katja atmete tief durch, doch die Sorgenfältchen, die sich in ihre Züge gestohlen hatten, konnten auch nicht von dem Lächeln getilgt werden. „Sagen wir so: Wir sollten wirklich alles daransetzen, diese Verrückten aufzuhalten."

Laras feine Brauen zogen sich zusammen und sie nickte, fest entschlossen ihr Möglichstes beizusteuern. Sie wollte auch gegen die Monster kämpfen. Milon hatte gesagt, dass das der Weg war, um selbst keines zu werden. Sie wollte kein Monster sein. Sie wollte nicht Angst vor sich selbst haben müssen. Sie wollte nicht daran denken, dass die roten Wellen ihre Schuld sein könnten. Da hatte sie lieber vor ein paar Verrückten Angst.

„Gut, wie wäre es mit Nudelauflauf? So als spätes Abendessen?"

„Es ist mitten in der Nacht", wiederholte sie.

Katja lachte. „Stimmt. Also, ein nächtliches Mahl?"

„Nudelauflauf klingt gut."

Auf dem Deck wurde es immer ungemütlicher. Das Boot schwankte, wie die Arche Noah es einst getan haben mochte. Nahual kümmerte das nicht. Er kannte die Nordsee, so gut wie man die Nordsee eben kennen konnte. Das hier war gar nichts. Nur eine kleine Magenverstimmung zwischen Ebbe und Flut. Sie würden unbeschadet in Wilhelmshaven ankommen, vermutlich schon am Morgen.

Mit sicheren Schritten kam Nahual über das schwankende Deck auf Milon zu. Beinahe schien das Meer sich seinen Schritten anzupassen, sodass er nicht ein einziges Mal ins Wanken kam, als wäre er Poseidon persönlich.

Milon biss die Zähne aufeinander. Er war sich ziemlich sicher zu wissen, was jetzt kommen würde. Warum hatte er auch wieder zur falschen Zeit am falschen Ort sein müssen? Was das anging, war er wirklich ein Pechvogel. Immer wenn er gerade etwas Richtiges machen wollte, kam irgendein blöder Auftrag dazwischen. Er hatte nur die verdammten Bilder abgeben wollen. Wenn er gewusst hätte, dass das hier passieren würde, er hätte den Verkauf auf den nächsten Tag, oder vorsichtshalber auf die nächste Woche verschoben.
Warum war dieses komische Trio schon fluchtbereit gewesen? Ein bisschen mehr Überraschungseffekt hätte ihm bestimmt nicht geschadet.
Auch, wenn er eigentlich ganz froh war.
Der Mann, den sie Nahual nannten, stellte einen Eimer Wasser vor ihm ab. Milon seufzte stumm. Doch zunächst geschah nicht, womit er gerechnet hatte.
„Sag mir", knurrte Nahual, die Lefzen hochgezogen wie ein Raubtier auf Beutezug. „Ist dir bewusst was deine Leute vorhaben?"
Milon machte eine vage Geste. „Nicht wirklich. Ich bin kein Physiker. Und es sind nicht meine Leute", setzte er nach. Mit diesen Leuten wollte er nichts zu tun haben.
Nahual schnaubte. „Deshalb mordest du für sie, was?"
„So ungefähr."
„Du mordest also für Leute, die du nicht kennst?"
Milon legte den Kopf schief, musterte den Mann vor sich. „Ehrlich gesagt, Sie sehen mir auch nicht aus, als könnten Sie sich mit einer weißen Weste brüsten."
„Ich kenne den Tod persönlich, wie könnte ich da unschuldig sein?"
Dazu fiel Milon nichts Passendes ein. In erster Linie, weil er nicht mit Sicherheit sagen konnte, dass der Mann scherzte. Er hoffte sehr, dass der Mann scherzte. Aber vielleicht war er auch schizophren und glaubte an Außerirdische, die sein Gehirn beeinflussten und ihn umbringen wollten. Der Tod war ja irgendwie auch was Außerirdisches.
Nahual zog eine kleine Kneifzange aus der Tasche und knipste die Kabelbinder auseinander, die ihn an den Eisenring banden, dann bückte er sich und durchtrennte auch die an seinen Fußgelenken.
„Wollen Sie mich jetzt über Bord gehen lassen?"
„Wollen? Klar, will ich das. Du hast das Kind angegriffen."
„Glauben Sie mir, das hätten Sie in meiner Situation auch getan."

Nahual schlug ihm mitten ins Gesicht und der rostige Geschmack von frischem Blut breitete sich in seinem Mund aus. Er spuckte aus.
„Ich würde niemals ein Kind abmurksen."
„Ich auch nicht."
„Ich würde mit dummen Kommentaren jetzt etwas vorsichtig machen", warnte Nahual und packte ihn im Nacken, wie einen ungezogenen Straßenköter. „Also, kennst du ihren Plan?"
„Nein."
Ohne Vorwarnung tauchte Nahual Milons Gesicht in den Wassereimer. Es war Salzwasser und das Salz brannte in seinen Augen, in seiner aufgeschlagenen Lippe. Nahual Griff war unerbittlich und es dauerte nicht lange, da verlangten Milons Lungen wieder nach Luft. Er wand sich, kämpfte den aussichtslosen Kampf gegen Nahuals unnachgiebigen Griff. Schwarze Punkte begannen vor seinen Augen zu tanzen. Panik keimte in ihm auf. Alles schmeckte nach Salz und ungeweinten Tränen, nach dem nassen Tod, den jeder Matrose fürchtete. Wie schnell einem die Luft wegblieb, wenn man nicht sterben wollte. Was wenn Nahual ihn tatsächlich ertränken würde? Ein räudiger Hund den keiner haben wollte.
Wenigstens hatte er die Bilder verkauft, dachte er. Wenigstens war das Geld bereits auf ihrem Konto.
Nahual riss ihn an den Haaren nach hinten auf die Knie und Milon japste, sog die kalte Luft ein. Patschnass klebten die Haare in seiner Stirn.
„Noch mal", grollte Nahuals Stimme dicht an seinem Ohr.
„Kennst du ihren Plan."
Viel zu schnell schlug sein Herz, sein Atem tat es ihm gleich, auch wenn er versuchte die Angst aus seinen Zügen zu verbannen. Aber das war leichter gesagt als getan. Er wollte nicht sterben. Nicht hier, nicht jetzt, nicht so. Ein Karussell, von dem man nicht abspringen konnte, das mit jeder Runde noch schneller wurde.
„Nein, ich -"
Nahuals Griff verstärkte sich wieder und er hob hastig die Hände. Keuchend stolperten ihm die Worte über die Lippen.
„Ehrlich! Ehrlich! Ich erzähle was ich weiß, aber ich weiß nicht, was sie geplant haben! Herrgott, ich weiß nicht mal wer sie sind!"
„Weißt du wo?"
Zittrig atmete er durch. „Ich-" Er zögerte. Sie hatten etwas fallen lassen, so beiläufig, dass es garantiert, nicht für seine Ohren bestimmt gewesen war.

Nahual verpasste ihm eine schallende Ohrfeige, die ihn zu Boden gehen ließ. Sein Stiefel stellte sich auf Milons Kehle. „Wo?" Seine Stimme war eisiger als das Salzwasser, das sich durch seine Kleider fraß und er erschauderte.

„Letzte Warnung", Nahual begann Druck auf den Stiefel auszuüben und schnürte ihm langsam die Luft ab. Milon versuchte den Stiefel wegzuschieben, aber er kam gegen Nahual nicht an.

„Wo?"

„Irgendwo in Wilhelmshaven!", würgte er hervor.

Der Druck wurde immer größer und keuchend rang Milon um Atem. „Bitte", presste er heiser hervor.

„Das ist nichts Neues", fuhr Nahual ungerührt fort.

„Ich – ich weiß sonst nichts!", rief er und die brüchige Verzweiflung der Ehrlichkeit mischte sich in seine Stimme. Er konnte sie nicht länger in Schach halten. Er hatte so was nicht gelernt, er war darauf nicht vorbereitet. Er hatte das Angebot damals nur angenommen, um ihr Konto wieder zu füllen.

Der Druck auf Milons Kehle verstärkte sich und er keuchte, seine Hände fuhren zu seinem Hals.

„Woher kommst du?"

Milon schluckte schwer. „Ich..." Er schloss für einen Moment die Augen. Es hatte keinen Zweck. Sie würde schon nicht in dieses Schlamassel hereingezogen werden. „Von dort."

„Wilhelmshaven?"

„Ja."

„Du kennst dich dort aus?"

„Ja, ja, sicher."

Der Stiefel verschwand von seiner Kehle und trat ihm stattdessen hart zwischen die Rippen. Aufstöhnend rollte er sich auf die Seite, das Gesicht schmerzverzerrt. Nahual packte ihn vorne am Kragen. Ihre Gesichter waren nur noch Zentimeter voneinander entfernt. Milon konnte die Narben sehen, die Nahuals Gesicht zeichneten. Waren das einmal Brandblasen gewesen? Es sah aus, als hätte jemand dem Mann einen Wasserkocher ins Gesicht geschmissen.

„Stehst du noch mit ihnen in Kontakt?"

Milon beeilte sich den Kopf zu schütteln. „Nein. Nein, ehrlich nicht!"

„Hör auf mir zu erzählen, du wärst ehrlich! Ein ehrlicher Mann bedroht keine Kinder", schnaubte Nahual und die Worte trafen Milon tiefer, als er gedacht hätte.

„Ich musste –"

Nahuals Faust krachte auf seinen Wangenknochen und er spürte wie seine Haut riss. Schwer atmend kauerte er vor Nahual, der anscheinend noch immer nicht fertig war.
„Warum? Warum hast du es getan?"
„Das geht dich nichts an", presste er zwischen zusammen gebissenen Zähnen hervor. „Das ist privat."
Dieses Mal landete die Faust in seiner Seite, genau dort, wo vorher der Tritt auf seine Rippe getroffen war. Er stieß einen unterdrückten Schrei aus.
„Warum?"
„Ich - ich muss mich um jemanden kümmern, okay?" Er kniff die Augen zusammen, versuchte sich auf das Atmen zu konzentrieren. „Ich bin es jemandem schuldig."
„Und da ist dir nichts Besseres eingefallen?", meinte Nahual hämisch. „Da ist dir nichts Besseres eingefallen, als kleine Kinder zu bedrohen?"
„Nein!", fauchte Milon zurück. „Mir ist nichts Besseres eingefallen!"
Einen Moment sagte Nahual gar nichts und die Wellen brandeten in Milons Kopf, als wollten sie ihn in ihre nassen Arme schließen. Er hasste Boote. Er hatte sie schon immer gehasst.
Seit er damals als kleines Kind eine Bootstour unternommen hatte, zusammen mit Laura. Der Wellengang war immer bedrohlicher geworden, die Wellen immer höher gestiegen und irgendwann war Milon fest davon überzeugt gewesen, den Tag, die Bootstour, nicht zu überleben.
„Wer hat dich geschickt?"
Er schloss die Augen. „Ich weiß nicht, wer er ist... Nennt sich Brüderchen..."
„Am liebsten würde ich dich über Bord werfen", sagte Nahual düster. Milon konnte nicht zu ihm aufsehen, wartete angespannt auf Nahuals Urteil. Er wollte nicht sterben. Aber er würde auch nicht um sein Leben betteln, das war es nicht wert. Außerdem würde das den Mann wohl kaum besänftigen.
„Wenn du dich dort auskennst", setzte Nahual wieder an, „könntest du wahrscheinlich noch nützlich sein."
Nahual beugte sich zu ihm herunter, wie Elmsfeuer flammten seine Augen jetzt. „Zeit, dass du erfährst, wem du da geholfen hast."
Milon atmete erleichtert aus.
„Sei gewarnt, die kleinste Dummheit - ich werde dich eigenhändig erwürgen, beim Klabautermann. Ohne zu zögern."
Kurz presste Milon die Lippen aufeinander, dann nickte er kurz. Im Endeffekt klang das nach einem fairen Deal. „Verstanden."

„Eine letzte Frage für jetzt." Nahual sah ihn so durchdringend an, als wolle er die Wahrheit aus ihm herausquetschen, wie aus einem schmoddrigen, versifften Tafelschwamm. Milon kam zu dem Schluss, dass seine Nerven diese Achterbahnfahrt nicht mehr lange mitmachen würden.

„Was?"

„Warum hast du das Kind nicht umgebracht?"

Die Antwort kam ihm über die Lippen, bevor er sie hatte überdenken können: „Ich hätte mich selbst umgebracht."

„Sag bloß, du hast nen Charakter?"

„Wozu sollte man sonst leben wollen?"

„Für das Geld, das man für einen Mord bekommt?"

Einen Augenblick sahen sie sich an, fochten einen stummen Kampf. Um ein Minimum an Vertrauen. Das Meer brauste dafür umso lauter, als wolle es die klaffende Lücke der plötzlich weggebrochenen Worte schließen.

„Dass du keine Kinder umbringst, ändert nichts daran, dass du ein verfluchter Mörder bist", meinte Nahual schließlich.

„Ich habe niemanden umgebracht."

Der Seemann grummelte etwas Unverständliches, dann packte er Milon am Kragen, der hielt erschrocken die Luft an, und zog ihn auf die Füße.

„Ich traue dir nicht, nur dass das klar ist. Und halt dich von dem Kind fern."

Milon war sicher, dass es klüger war für den Moment nicht zu widersprechen.

„Sieh einer an, da ist er ja!"

Wie choreografiert, fuhren Nahual und Milon herum. Vor ihnen stand, die Hände in den Taschen seiner Jeans vergraben, ein Mann mit orangener Strickmütze. Seine Haut war so dunkel, dass sie mit dem Himmel über seinem Kopf zu verschmelzen schien. Als hätten sich ein paar Schatten manifestiert und in ein bunt gemustertes Hemd gekleidet. Der Mann trat näher und erst da konnte Milon das breite Grinsen sehen - und die Sonnenbrille, die die Augen des Mannes hinter kreisrunden Gläsern verbarg.

„Doktor T", grüßte Nahual, klang alles andere als erfreut. „Hast du auch noch hergefunden."

Der Mann breitete die Arme aus. „Was soll ich machen – ich bin eine viel gefragte Persönlichkeit."

„Wir hätten dich brauchen können."

„Ich wollte das Greenhorn hier vor deinem Zorn bewahren." Der Tod nickte und zupfte selbstzufrieden an seinem Hemd herum. „Es hat funktioniert."

„Tu nicht so, als hättest du Einfluss auf unsere Entscheidungen."

„Oh, aber ich bin der Schatten aller Entscheidungen."

Nahuals Miene wurde finsterer als die Nacht selbst. „Komm mit runter. Wir bringen dich und den hier auf den neusten Stand. Auch, wenn wir dem hier wohl erst einmal erklären müssen, wer du bist."
„Das wird witzig", meinte der Tod und sein Grinsen wurde noch eine Spur breiter.
„Ich mag Witze", murmelte Milon erschöpft. Seine Lunge fühlte sich noch immer an wie halb geröstet und alles, was er sich in diesem Moment wünschte, war eine gemütliche Jogginghose, eine heiße Dusche und ein Glas des billigen Brandys aus dem Supermarkt. Er hatte ihn vor Laura im Kleiderschrank versteckt. Schal und geschmacklos war er, wie auch der Rest seines Lebens. Aber wenigstens ließ er ihn schlafen und für ein paar Stunden vergessen.
„Glaub mir", meinte der Mann, rückte seine Brille zurecht. „Meine Witze magst du nicht."
„Ja", murrte Nahual, „weil sie nicht witzig sind."
„Sagen wir, nicht im herkömmlichen Sinne."
Milon hatte keine Ahnung, wovon die beiden Sprachen, oder woher der Mann plötzlich kam. Vermutlich war er die ganze Zeit unter Deck des Schiffes gewesen. Wo auch sonst.
Fast war er erleichtert, als sie die schmale Treppe hinunter krabbelten und die warme Luft über seine Wangen leckte, als wolle sie ihn trösten. Das Schlimmste schien überstanden.
Und da sich das Schlimmste für jeden ein klein wenig anders definiert, hätte er damit sogar recht behalten. Wenn da nicht die Sache mit dem Tod gewesen wäre.

Désirée Braun

Traum und Wirklichkeit

„Nein." Milon schüttelte wild entschlossen den Kopf. „Nein,
niemals!"
Er trug mittlerweile ein besonders hässliches Exemplar von
Nahuals Strickpullis und auch wenn seine Hände frisch verkabelt
waren, hatte er eine Tasse heißen Tees bekommen. So wie der
Rest der Runde - abgesehen vom Tod, der sich eine Cola light
mitgebracht hatte.
Der Tod saß auf einem der Klappstühle am Rand der Gruppe, die
sich über den Klapptisch gebeugt hatte, auf dem der Laptop und
eine Stadtkarte von Wilhelmshaven lagen. Katja hielt einen Block
und einen Stift bereit und mampfte ein paar Nüssen, die sie aus
ihren Jackentaschen pickte. Kauend beobachtete sie Milons
Ausbruch.
„Es kann – es kann dich nicht geben... Nicht als Person, das –
macht doch gar keinen Sinn!" Milon sah sie der Reihe nach mit
hervorquellenden Augen an. Er sah ein bisschen aus wie eine
betrunkene Kuh und wartete ganz offensichtlich darauf, dass
einer von ihnen aufsprang und etwas wie „April-April" rief. Auch,
wenn es November war. „Es kann ihn nicht geben – das ist
unmöglich!"
„Das wollen die meisten glauben", meinte der Tod missmutig
und hauchte auf die Gläser seiner Sonnenbrille, um sie
anschließend mit einem Hemdzipfel wieder sauber zu wischen.
„Und es tut mir wirklich leid, dich enttäuschen zu müssen. Aber
Unglaube war noch nie ein Kriterium, um mit der Existenz
aufzuhören."
Milon sah sich gehetzt im Raum um, als müsse es eine
Fluchtmöglichkeit aus diesem Albtraum geben. Seine Hände
bebten und der heiße Tee schwappte immer wieder über,
verbrühte seine Finger, doch das bemerkte er nicht.
„Glaub mir einfach", meinte der Tod grummelig und setzte seine
Brille wieder auf. „Das Theater bringt nichts und frisst meine
Nerven. Und unsere Zeit, um genau zu sein."
Langsam wandte Milon sich dem Tod zu. „Wartet. Wartet. Das
kann nicht sein, richtig?" Das hüpfende Licht ließ seinen Blick
flackern, wie den eines Verrückten. „Du. Du kannst diesen
Wahnsinn nicht einfach zu einer Tatsache erklären! Ich – das bin
nicht ich... Ich kann das nicht glauben!"

„Lüge dich nicht an!", höhnte der Tod und seine Augen verdunkelten sich unheilvoll. „Du weißt nicht, wer du bist – du hast es nie gewusst!" Sein Blick schien das Universum selbst zu Entfesseln und für ein paar Sekunden ruhte es auf Milons Schultern. „Ihr kennt euch nicht. Nicht so wie ich euch kenne. Euer Dasein ist sinnloser als das eines Misthaufens! Nichts bekommt ihr hin! Nur Unheil und noch mehr Tote! Die produziert ihr wie am Laufband! Und zwischen den Explosionen lacht ihr euch ins Fäustchen, als wäre das Leid eurer Mitmenschen eine Realityshow mit besonders guten Szenenbildern! Erzähl du mir nichts von Wahnsinn! Nicht du! Du lächerlicher Läufer!"
Hungrig. Hungrig sah er aus, der Tod. „Sag mir, vor wem läufst du davon?"
Milon schwankte, wie Atlas es einst unter dem Himmelsgewölbe getan haben musste und es vielleicht noch immer tat.
Lara rutschte von Katjas Stuhl und lief um den Tisch, bis sie vor Milon stand. Fassungslos sah er auf sie hinab. „Das kann nicht sein", flüsterte er. „Das kann nicht sein... Der Typ da hat mich vorhin doch ertränkt -"
Nahual schnaubte beleidigt.
Milons Hände zitterten immer stärker und kurz entschlossen nahm Lara ihm die Tasse aus den Händen und stellte sie auf den Tisch.
„Du tust dir weh."
„Ich bin verrückt."
„Nein, du bist nicht verrückt. Dann wären wir alle verrückt."
„Vielleicht bilde ich mir euch ja nur ein..."
„Nichts da." Katja lehnte sich zurück und verschränkte die Arme. „Das Copyright für meine Person gibt es nur einmal. Und es gehört mir. Keine Chance, dass ich deiner Fantasie entspringe."
Lara griff nach Milons Hand. „Doktor T sagt die Wahrheit. Und wir müssen ihm helfen."
„Warum sollte er Menschenleben retten wollen? Sollte er sich nicht eigentlich freuen, wenn jemand stirbt?"
„Vorsicht", meinte der Tod seidig. „Ganz so wichtig bist du in meinem Plan nicht. Läufer lassen sich ersetzen."
„Pläne", brummte Nahual, ohne von seinem Bildschirm aufzusehen. „Du und Pläne..."
„Er ist etwas empfindlich, was seinen Job angeht", klärte Katja Milon auf, der mit jedem Wort, das gesprochen wurde, ein wenig Gesichtsfarbe verlor. Langsam erreichte es ein kritisches Level.

Kurz überlegte Katja, ob Milon vielleicht doch verrückt geworden war. Vielleicht hatte sein Hirn bei diesen kuriosen Informationen einen Kurzschluss erlitten. Ausschließen würde sie es nicht. „Er meinte, es stört das natürliche Gleichgewicht von Leben und Tod. Fressen und gefressen werden, du weißt schon."
Das Meer klatschte gegen den Schiffsbug, als verlange es nach Einlass.
Lara drückte Milons Hand, sah vertrauensvoll zu ihm auf. „Wir glauben alle ein bisschen, dass wir verrückt sind."
Milon scheuchte ein schiefes Lächeln auf seine Lippen. „Na, dann kann ich ja beruhigt sein."
„Können wir endlich zum eigentlichen Problem kommen?"
Milon starrte Nahual an, als wäre seine Logik Dimension-versetzt.
„Die drei Massenmörder? Ihr erinnert euch noch?"
Milon wandte sich wieder von Nahual ab und sah dem Tod fest entgegen. Doch Lara sah das nervöse Zucken unter seinen Augen. „Wie funktioniert das? Wenn du eine Person bist und nicht ein Zustand – wo ist man dann, wenn man tot ist? Was muss man tun, um in den Himmel zu kommen?"
„Bestimmt nicht das was du tust", warf Katja spitz ein.
„Es gibt keinen Himmel", meinte der Tod trocken. „Nicht in der Form, wie er in euren konservativ behaftete, engstirnigen Gedanken festsitzt."
„Was gibt es denn? Helheim und Walhalla?"
„Und als Nächstes fragst du nach der Götterdämmerung?"
„Die Orte gibt es also nicht?", mischte sich Katja wieder ein, sah neugierig zu dem Tod hin. Der schnaubte nur und nahm einen weiteren Schluck seiner Cola.
„Jetzt sei nicht so wortkarg!", drängte Katja.
„Schwer zu sagen." Sichtlich schlecht gelaunt runzelte er die Stirn. „An wem ist es schon zu bestimmen, was Traum und was Wirklichkeit ist? Es ist nicht meine Aufgabe, so viel steht fest. Ich habe auch so schon genug zu tun."
„Ich dachte, uns läuft die Zeit davon", knurrte Nahual.
„Ja, schlauer Wicht, das tut sie. Sie wird auch nicht langsamer werden, wenn du sie mit sinnlosen Ermahnungen füllst!"
„Was bist du denn so schlecht gelaunt?", wollte Katja wissen.
„Das ist ja kaum auszuhalten."
„Ich bin, was jeder Mensch fürchtet. Meinst du nicht auch, dass es da verständlich ist, wenn mich hin und wieder das Selbstmitleid überrennt?"

„Es mag verständlich sein, aber du könntest dir wirklich einen besseren Zeitpunkt für dein Mitleid aussuchen. Immerhin hast du uns auf diese Mission angesetzt. Wir sind hier, um dir zu helfen, okay? Du bist nicht allein, nicht jetzt. Und jeder hier versteht was Einsamkeit bedeutet."
„Nichts kann so einsam sein, wie das Ende aller Dinge."
„Jetzt reicht es aber! Reiß dich mal zusammen!"
„Sonst gehen wir nämlich einen Kopfsprung machen", meinte Nahual. „Du kannst uns nicht alle auf einmal retten."
Milon fuhr sich über das Gesicht, seine Wangen waren mittlerweile gerötet und seine Augen glänzten überdreht. „Und warum ausgerechnet ich? Hm? Ich habe nicht danach gefragt!"
„Weil die unwichtigsten Figuren oft am schwierigsten zu ersetzen sind", meinte der Tod mürrisch und leerte seine Cola in einem langen Zug. „Aber bitte", er deutete mit der leeren Dose zu der Treppe hinüber. „Wenn du nichts Gutes darin finden kannst Leben zu retten – du kannst ja Nahual mitnehmen und den Kopfsprung machen."
„Jetzt reicht es aber echt", meinte Katja wütend und knallte ihren Block auf den Plastiktisch. „Wenn ihr euch nicht sofort zusammenreißt, dann gehen Lara und ich ins Bett und ihr könnt euren famosen Plan allein austüfteln!"
Das ließ fürs erste Stille einkehren. Langsam beruhigten sich die Atemzüge und die Wut wurde von der aufdrängenden Müdigkeit besänftigt.
Gähnend lehnte Lara sich an Katja, die sie daraufhin auf ihren Schoß zog und ihr sanft durch die Haare strich. „Wenn du willst, kannst du dich auch gerne hinlegen, das weißt du?"
Lara schüttelte den Kopf und vergrub das Gesicht an ihrer Schulter. „Ich will mithören."
„Okay."
Lächelnd schlang Katja die Arme um sie und sah dann zu den drei Männern auf, die sie still beobachtet hatten. „Seid ihr dann so weit?"
Ihnen entging der Frost auf ihren Worten nicht. Der Tod nickte, rappelte sich seufzend auf und kam zum Tisch hinüber. „Dann erzählt mal, was ihr habt."
Nahual räusperte sich. „Die drei Physiker sind: Erstens, Anton Kastello. Unbedeutender Physikwissenschaftler. War lange in der Forschung tätig", begann Nahual. „Ist heute fünfundvierzig, lebt bei seiner Mutter, keine Familie, nimmt Eliquis."
„Woher weißt du das?", kam es überrascht von Milon.
„Hat es mal an der Uni verschrieben bekommen, an der er gearbeitet hat."
„Was ist Eliquis?", mischte sich Katja ein.

„Blutverdünner."
Erstaunt sahen Sie zu Milon hinüber, der angestrengt auf seine gefesselten Hände sah.
„Woher weißt du das?"
Milon zuckte die Schultern. „Hatte mal Medizin studiert."
„Tatsächlich?" Nahual runzelte argwöhnisch die Stirn.
„Was heißt das für uns?", fuhr Katja unbeirrt fort.
„Er verblutet schneller", murmelte Milon.
„Hilfreich", schnaubte Nahual. „Zweite Person, Kylie McAdams, ist als fünfjährige mit ihren Eltern nach Deutschland ausgewandert, spricht vier Sprachen, nicht verheiratet, hat einen Bruder, ist Professorin an der Universität. Hat einen Doktor in Physik, in Chemie und Kernphysik."
„Was? Die hat drei Doktortitel?", rief Katja aus.
Nahual warf ihr einen raschen Seitenblick zu. „Sieht so aus."
Katja konnte nicht abstreiten, dass sie davon durchaus beeindruckt war, auch wenn die Eifersucht eindeutig überwog. Sie war schon mit einem Doktor überfordert und diese Frau, die vorhatte eine halbe Stadt auszulöschen, kam gleich mit drei? Katja rümpfte die Nase und schnaubte leise. Was eine Angeberei. Kein Mensch brauchte drei Doktortitel.
Als ihr Blick zufällig über Milon glitt, konnte sie das schiefe Grinsen in seinem Gesicht sehen. Ertappt senkte sie den Kopf und begann Kreise auf ihren Block zu malen, die eher wie Kartoffeln aussahen.
Vorsichtig, um Lara nicht aufzuwecken, verlagerte sie das Gewicht und konzentrierte sich auf Nahuals Ausführung, verdrängte Miss ich-brauche-aber-drei vorerst aus ihren Gedanken.
„Der dritte im Boot ist ein gewisser Harry Amsterdam. Über ihn konnte ich absolut nichts finden. Keine Ahnung wer dieser Typ ist, er ist absolut unsichtbar. Das Einzige, was wir über den Wissen ist, dass er dieses Kind hat. Aber das ist auch nichts Neues."
„Okay, und was spielen die drei für ein Spiel?"
Katjas Miene wurde augenblicklich ernster. Diesen Teil kannte sie schon.
„Jetzt wird's ernst. Es hat nichts mit ner Atombombe zu tun – das scheint den drei zu – altmodisch."
Katja sah ihn ungläubig an. „Sagtest du gerade, Atombomben waren ein leichter Trend des letzten Jahrhunderts?"
„Ich sagte, es ist keine Atombombe", erwiderte Nahual und er sah aus, als würde er statt Milon wahlweise auch Katja erwürgen. „Aber sie haben sich trotzdem etwas Originelles ausgedacht."

„Ist aber doch genauso gefährlich."
„Bestreitet ja auch niemand!" Nahual fuhr sich entnervt über das Gesicht. Dann wandte er sich direkt an den Tod. „Schon Mal von elektromagnetischen Bomben gehört?"
Der Tod hob die Hände. „Ich bitte um Übersetzung."
„Nun, grob gesagt erzeugt eine E-Bombe ein sehr starkes Magnetfeld, in dessen Rahmen jegliche Geräte, die mit Elektrizität arbeiten versagen. Liegt an den Gammastrahlen, die man auch am Beginn von der Detonation von ner Atombombe findet und die -"
„Stopp!", unterbrach der Tod, schüttelte den Kopf, „schon wieder zu viel Information. Der Strom geht aus, ja?"
Nahual nickte nur.
„Und warum wollen sie das tun? Das... schadet den Menschen ja nicht mal... jedenfalls nicht körperlich und -"
Milon lachte ungläubig auf. „Ehrlich? So was würde die Menschheit auf Dauer um Jahrhunderte zurückwerfen und -"
„Warum wolltest du ihnen dann helfen?", fragte Katja kalt und sah ihm direkt in die Augen. Milon hielt nicht länger als den Bruchteil einer Sekunde stand, wandte den Kopf ab. Er sah müde aus, aber im Moment hatte Katja kein Mitleid mit ihm. Er hatte immerhin Lara bedroht. Er hatte ein Kind bedroht.
„Es geht im Moment außerdem nur um eine eingeschränkte Zeitspanne."
„Und warum wollen sie es jetzt tun?", mischte sich der Tod ungeduldig ein.
„Tja, gibt ihnen freie Hand, was ihren weiteren Plan angeht. Keiner wird sie schnell genug aufspüren. Oder aufhalten können. Sie sind clever. Weiß zwar nicht, ob das Stromausschalten wirklich nötig ist, aber sind halt Physiker. Was weiß ich."
„Das ist also nicht ihr eigentlicher Plan, verstehe ich das richtig?"
Der Tod fuhr sich nachdenklich über das Kinn. „Das Stromausschalten? Wenn sie schon so viel Aufhebens um das Vorspiel machen, was ist dann die eigentliche Show?"
„Woher wisst ihr das überhaupt alles?", warf Milon ein. Er hatte seinen Tee wieder in der Hand und nippte daran.
„Ist doch egal. Wir haben Baupläne, Einkaufslisten und außerdem den Verdacht, dass sie ebenfalls Geschäfte mit Schwesterchen und Brüderchen gemacht haben." Er warf Katja einen angespannten Blick zu, die unruhig auf ihrer Unterlippe herumkaute. Milon starrte in die Dampfkringel, die aus der angeschlagenen Tasse krochen.

„Kommt jetzt meine Frage an die Reihe?", meinte der Tod
unwillig und zog eine weitere Dose Cola aus der Hosentasche.
„Ich habe noch anderes zu tun. In genau fünfzehn Minuten und
dreiundvierzig Sekunden stirbt eine wichtige Person, bei deren
Ableben ich persönlich anwesend sein muss."
Katja sah ihn mit gerunzelter Stirn an. „Du holst nicht alle
persönlich ab?"
Ein Grinsen. „Wie stellst du dir das vor? An so vielen Orten kann
ich unmöglich gleichzeitig sein. Nein", er schüttelte den Kopf,
„die meisten müssen schon allein sterben. Nur die besonderen
Menschen hole ich persönlich."
„Hmhm", machte Katja, nicht sicher, was sie davon halten sollte.
„Keine Sorge, wer auch immer der Glückliche ist, er wird
garantiert nichts gegen eine kleine Verspätung haben."
Der Tod nahm einen Schluck Cola und ignorierte ihren Einwand.
Augen-verdrehend sah sie wieder zu Nahual hin, legte ihren Kopf
auf Laras ab. Das Kind war längst eingeschlafen.
Nahuals Miene wurde, wenn möglich noch finsterer, als er wieder
zu sprechen begann. „Es gibt eine relativ neu entdeckte Droge.
Carfentanyl. Ist nen Betäubungsmittel für Elefanten, eigentlich.
Irgendein Heini kam drauf, das zu konsumieren. Widerliches
Zeug. Kommt schon über die Atmung, oder die Haut in den
Körper. Anscheinend unter dem Namen Elephant kick gehandelt.
Der Scheiß ist gefährlicher als Heroin. Bei ner winzigen
Überdosis kommt es zu ner Atemdepression – weiß nicht, was
das ist..."
„Der Brustkorb ist so entspannt, dass er nicht mehr die Kraft
zum Atmen hat", warf Milon leise ein.
„Was auch immer", knurrte Nahual. „Bei etwas mehr, ist sie
innerhalb von Sekunden tödlich."
Unwillkürlich drückte Katja Lara ein wenig fester an sich.
„Das schlimme ist, dass man das Zeug hinterhergeschmissen
bekommt. Gefundenes Fressen für Massenvernichtungen."

Der Tod schien seine Cola vergessen zu haben. Er sprang auf, lief mit langen Schritten durch den kleinen Raum. Ihn störte das Schwanken des Schiffes so wenig wie Nahual. Das Licht ließ seinen Schatten gefräßig über die Wände streifen, über den halb vertilgten Nudelauflauf neben der Spüle, über den festgeschraubten Plattenspielern, die Spidermancomics, die abgegriffene Ausgabe von Käpt´n Blaubär, die Gruppe am Tisch. Erbittert breitete er die Arme aus und seinem Schatten wuchsen Flügel. „Ist das euer Ernst? Habt ihr schon wieder was gefunden, mit dem ihr euch umbringen könnt? Ja? Warum seid ihr erbärmlichen Menschen eigentlich so darauf ausgerichtet euch gegenseitig zu vernichten, hm? Jedes Schwein ist intelligenter als ihr Zweibeiner! Was erwartet ihr eigentlich von mir? Ich kann euch nicht vor eurer eigenen Dummheit retten!"
Schwer atmend blieb er stehen, brach seine wilde Gestikulation ab. „Warum seid ihr so allergisch gegen Friedlichkeit, hm?"
„Könntest du bitte aufhören uns alle in einen Hut zu stecken?", zischte Katja.
„Warum sollte ich? Hast du über deine Doktorarbeit nachgedacht, bevor du sie begonnen hast? Glaubst du wirklich, das könnte man nicht in ein Mordinstrument umfunktionieren?"
„Ich... ich -" Es verschlug ihr die Sprache. Etwas das ihr noch nie passiert war. Nicht so kompromisslos. Mit weit aufgerissenen Augen sah sie zum Tod auf, der nur verächtlich schnaubte. Sie dachte an die Doktorarbeit, die unschuldig und nicht beendet auf ihrem Tisch lag. Sie hatte diese Möglichkeit nie in Erwägung gezogen, aber wenn sie jetzt darüber nachdachte – konnte sie die Möglichkeit mit Sicherheit ausschließen? Die Trinität gedachter Gedanken. Die richtigen, oder die falschen Hände. Oder aber eine teilnahmslose Firma in der Schweiz.
Sie schluckte schwer.
„Ich sollte mich einfach nicht mehr darum kümmern. Am Ende sterbt ihr doch, so oder so. Warum dann nicht, weil ihr euch gegenseitig so gerne umbringt? Wenn es euch Spaß macht!"
Tränen schossen Katja in die Augen. Wie frische Zitronensäure brannten seine Worte in ihrer Brust.
„Lass Katja daraus", grollte Nahual. „Du machst nichts besser! Sie tut das sicher nicht unterstützen!"
„Und was ist mit ihm hier?" Mit bebenden Nasenflügeln wandte der Tod sich an Milon, der leichenblass geworden war. Er zog den Kopf zwischen die Schultern, als der Tod mit zwei Schritten zu ihm eilte und ihn am Kragen packte. „Was ist mit dem hier?" Er rüttelte Milon, der starr vor Furcht zu ihm aufsah.

Und da war wieder der Hunger in den Zügen des Todes. Ein unbefriedigter, brodelnder Hunger, der nach Rache verlangte und vielleicht der ein oder anderen Seele.
„Sag schon", fuhr er Milon an, der zusammenzuckte. „Warum hilfst du ihnen? Warum unterstützt du dieses verdammte Projekt? Fühlst du dich gut, wenn du sie sterben siehst? Wenn du all die Leichen siehst? All die Toten? Den Schmerz der Hinterbliebenen! Fühlst du dich dann mächtig?"
Hastig schüttelte Milon den Kopf, brachte kein Wort heraus. Mit einem Mal wirkte er nicht älter als Lara.
„So ein Feigling", knurrte der Tod, sein Griff wurde immer fester, schnürte Milon langsam, aber sicher die Luft ab. „So ein Feigling! Nicht mal ein Rückgrat hast du, was?"
„Wir brauchen ihn noch", warf Nahual trocken ein.
„Und wir sollten Lara nicht wecken." Katjas Stimme klang ungewohnt heiser. Sie fuhr dem Kind sachte über den Rücken, als es sich regte.
Einen Moment vibrierte die Spannung im Raum förmlich in ihren Nerven, dann ließ der Tod Milon los, der keuchend in sich zusammensackte.
Schwer atmend und mit geballten Fäusten stand der Tod da. Katja war dankbar, dass er die Sonnenbrille trug. In manche Abgründe wollte man nicht sehen. Langsam glätten sich die dunklen Gesichtszüge wieder und Katja atmete auf.
Einfach weiter atmen. Ein und aus.
„Also gut", meinte der Tod. „Was werden sie mit dieser genialen Errungenschaft, alias diesem Drogendings, anstellen?" Er ließ sich wieder auf seinem Stuhl nieder, griff nach seiner Coladose und nahm einen tiefen Schluck. „Wen wollen sie überhaupt umbringen?"
Nahual zuckte die Schultern. „Wenn unser Herr Auftragskiller das nicht weiß, werden wir es so schnell nicht rausfinden. Aber ich denk, das ist auch erst mal nebensächlich. Wir müssen diesen Anschlag aufhalten. Es werden Menschen sterben, ganz gleich welche, ganz gleich wie viele."
Als der Blick des Todes Milon schweifte, schreckte dieser erneut zusammen und schüttelte einmal mehr den Kopf. Seine krausen Haare fielen ihm in die Augen, konnten den tiefen Schrecken darin aber nicht verbergen. „Ich..." Er räusperte sich. „Ich weiß nichts, ehrlich, ich -"
Katja winkte ab. „Ist ja gut."
Sichtlich erleichtert sank Milon auf seinem Stuhl zurück. Er sah aus, als wolle er sich am liebsten unsichtbar machen. Sie konnte es ihm nicht verdenken. Abwesend drückte sie Lara einen Kuss auf den Scheitel. Ein Wunder, dass sie nicht aufgewacht war.

„Und wie funktioniert das?", hakte der Tod nach. „Das Drogendings. Wie funktioniert das?"
Nahual gab ein vages Brummen von sich. „Kann ich nicht genau sagen. Aber bei der Menge, die sie von dem Scheiß bestellt haben – könnte mir vorstellen, dass sie es durch ein Belüftungssystem pusten. Schwupps und das ganze Haus ist tot."
Der Tod beugte sich vor und die Hand, die nicht die Coladose hielt, ballte sich zur Faust, so fest, dass die Fingerknöchel weiß hervortraten. Verblichenes Gebein. „Wisst ihr was? Vielleicht bin ich euer Feind. Wie ihr es so gerne in Zeitungen und Bücher schreibt." Seine Nasenflügel bebten. „Wir werden sie aufhalten. Verstanden?"
„In Wilhelmshaven müssen wir erst mal ein Internetcafé finden." Überrascht sah Katja ihn an. „Du hast kein Internet auf dem Schiff hier?"
Er warf ihr einen Blick zu, der mehr als deutlich sagte, dass sie vielleicht nicht die dümmste, dafür aber die nervtötendste Person war, die er je getroffen hatte. Zu seinem Pech konnte Katja sehr gut damit leben.
„Wir wissen nicht, wo sie angreifen."
„Alles, was uns fehlt, ist also der Standort, ja?", hakte sie nach.
Nahual gab einen alles andere als appetitlichen Grunzlaut von sich, der eventuell ein Lachen darstellen sollte. Eines das alle Umstehenden zum Würgen bringt. „Das und ein Plan."
„Oh, kein Problem!" Der Tod klatschte in die Hände. „Dafür habe ich ja Katja!"
„Ernsthaft?" Ungläubig und leicht angewidert sah Nahual zum Tod auf, der mittlerweile neben der Spüle lehnte. „Hast du niemand besseren gefunden?"
„Wie?" Der Tod legte die Stirn in Falten. „Wieso? Hat sie keinen Plan?"
„Nein. Keinen den sie geteilt hätte."
„Sie hat keinen Plan?"
„Was hast du erwartet!"
„Ey!", warf Katja empört ein, doch die beiden Männer ignorierten sie. Und Milon starrte abwesend in seinen erkalteten Tee.
„Ich hatte gedacht, sie hätte bis jetzt einen Plan gemacht..."
„Hat sie nicht. Und jetzt? Alternativen gibt's wahrscheinlich nicht?"
„Nein, nein. Keine über die ich nachgedacht hätte... Es wäre wirklich furchtbar, jetzt noch Ersatz auftreiben zu müssen..."
„Hallo? Mich hat überhaupt keiner nach einem Plan gefragt!"

„Also kein Ersatz?", fuhr Nahual ungerührt fort, während Katjas
Wangen heiß wurden. Der unverblümte Zorn als Austauschbar
abgestempelt zu werden pulsierte in ihren Adern, rastlos wie das
Donnern des Meeres.
„Kein Ersatz... Nicht auf die Schnelle", murmelte der Tod
grüblerisch.
„Dann kriegen wir also keinen Plan?"
„Ich habe einen Plan!", rief Katja hellauf empört. Die Männer
hatten weder das Recht, noch sollten sie einen Grund haben, sie
anzugreifen. Schon gar nicht der Tod! Es war immerhin seine
Schuld, dass sie hier saß. „Ich habe einen Plan, okay?"
Sie starrten sie mit einer Mischung aus Verblüffung und
Erwartung an. Selbst Milon hatte den Kopf gehoben. Nur Lara
gab ein niedlicher Schnarcher von sich, um ihre Abwesenheit zu
unterstreichen.
„Was ist der Plan?", drängte Nahual, leiser Spott in der Stimme.
„Mein Plan.... Mein Plan ist..." Fieberhaft suchte sie nach etwas
das sie sagen könnte, das nicht allzu einfältig klingen würde.
„Mein Plan..."
„Ja?"
„Mein Plan ist, dass wir keinen Plan machen! Einen Plan zu
machen, hat keinen Punkt!" Sie räusperte sich gewichtig. „Wir
wissen zu wenig, um zu planen. Wie halten die Bösen auf, das
wird aufwendig genug, vermute ich."
Stille. Abwartend sah sie von Nahual zum Tod und wieder
zurück. Nahual sah aus, als ob er noch überlegen musste, ob er
lachen, weinen, oder endgültig über Bord gehen sollte.
Der Tod aber breitete mit einem zufriedenen Lächeln die Arme
aus. „Ein Plan! Sehr schön! Dann hätten wir ein Problem
weniger! Huh", er rückte erleichtert seine Mütze zurecht.
„Manche Probleme lösen sich eben von allein, richtig?"
„Sieht so aus", knurrte Nahual. Kopfschüttelnd zog er die
Stadtkarte zu sich heran.
Katja konnte sich ein triumphierendes Lächeln nicht verkneifen.
„Der Standort also", meinte Nahual giftig, dem das nicht
entgangen war.
„Standort." Der Tod nickte. „Klingt interessant."
„Ja. Du!" Nahual wandte sich an Milon. „Sicher, dass du nichts
weißt?"
Stumm schüttelte Milon den Kopf.
„Okay. Was machen wir, wenn wir den Standort kennen?", fragte
Katja.

Nahual wiegte langsam den Kopf und für einen Moment war der grollige Unterton zwischen ihnen vergessen. „Wir packen alles, was wichtig sein könnte, gehen dorthin und tun alles, um sie aufzuhalten. Die Bösen."
Katja atmete tief durch. Das war also der Plan. Kein Plan. Die Monster aufhalten. In Büchern klang das immer so einfach.
Nahual zog seinen Flachmann aus der Hosentasche, schraubte ihn auf und nahm ein paar Züge.
Der Tod runzelte die Stirn. „Ist das förderlich?"
„Ist nur Papaya Saft", knurrte Nahual, steckte den Flachmann zurück.
Milon runzelte die Stirn, griff dann aber nach seinem Tee, ohne etwas dazu zu sagen. Mit einem leisen Schlürfen trank er den kalten Tee aus. Vielleicht hatte er zu viel salzige Gischt geschluckt.
„Einverstanden", meinte Katja. „Aber was machen wir mit Lara?"
„Die kommt mit", sagte der Tod bestimmt. „Wir werden sie brauchen."
„Aber – das ist verdammt gefährlich!", wollte sie aufbegehren, da hatte der Tod schon die Hand gehoben und sah sie grimmig an.
„Dieser Punkt des Plans ist nichts Neues. Ohne das Kind werden wir sie nicht aufhalten können."
„Warum?", fragte Katja, kämpfte gegen die aufsteigenden Tränen an. „Warum ist so wichtig für dich? Warum bist du so fest davon überzeugt?"
„Das wirst du noch früh genug feststellen, ich verspreche es."
Katja wusste nicht, wie sie mit dem Tod über ein Leben diskutieren sollte, also ließ sie es bleiben, strich Lara liebevoll über das helle Haar. Und sie versprach sich, alles in ihrer Macht Stehende zu tun, um das Kind sicher hier rauszubekommen. Alles.
Und vielleicht hatte Nahual ihre Gedanken erraten, denn er streckte seine Hand aus und drückte ihr kurz die Schulter, als würde er ihr stumm seine Unterstützung zusichern. Aus dem Typen wurde Katja nicht schlau. Er schien wie der verlorene Bruder des Todes. Aber ihr sollte es recht sein. Lange würde der Wahnsinn hoffentlich nicht mehr andauern.
Mit den Worten „Ich steure jetzt Wilhelmshaven an" brach Nahual die Versammlung ab und klappte den Laptop zu. „Im Moment können wir nichts Besseres machen. Du solltest schlafen gehen", fügte er an Katja gewandt hinzu. „Die nächsten Stunden werden anstrengend."
Der Tod nickte zustimmend. „Wie wahr. Ich muss mich dann auch auf den Weg machen. Mein Termin ruft."

„Und hast du vor wieder aufzutauchen?", erkundigte sich Nahual.
Ein Schulterzucken. Der Tod stellte seine leere Coladose neben
die ersten auf den Tisch. „Ich kann nichts versprechen, aber wie
du vielleicht bemerkt hast, liegt mir etwas an dem Erfolg dieser
Mission. Sonst hätte ich mir nicht die Mühe gemacht, euch alle
auf einen Fleck zu schaffen." Er grinste breit. „Und das Ende
verpasse ich nie. Das Ende ist der beste Part!"
„Das Ende?" Der Zweifel stand Katja auf die Stirn geschrieben.
„Oh ja, das Ende." Er rieb sich die Hände. „Das Ende ist das
schönste aller Dinge. Die Art auf die Menschen sterben. Sie sagt
so viel über euch aus. Über eure Arroganz, eure kleinen,
nichtigen Träume, eure Menschlichkeit. Es ist faszinierend."
Damit erhob er sich und ohne ein weiteres Wort verließ er den
Raum. Der Zipfel seines bunten Hemdes verschwand um die
Ecke, Schritte auf der Treppe. Kaum war der Tod fort, ließ die
unterschwellige Anspannung in Katja nach, die dagesessen
hatte, wie das beständige Unwohlsein einer Migräne im
Anmarsch.
Tief durchatmen.
„Brauchst du Hilfe mit irgendwas?", erkundigte sie sich bei
Nahual, gähnte.
Der schüttelte den Kopf. Die Beine des Klappstuhls kratzten über
den Boden, als er sich erhob und den Laptop unter den Arm
klemmte. „Geh schlafen."
Und das klang nach einem wirklich guten Vorschlag.
„Ich werde am Steuer sein, falls etwas ist", setzte Nahual nach.
Dann deutete er auf Milon. „Du." Milon schrak auf. „Setzt dich
dahinten hin." Er deutete auf den Rand des Matratzenlagers.
Milon seufzte lautlos, doch er erhob sich ohne Widerspruch und
setzte sich auf den Mattenrand.
„Und jetzt?" Er sah müde aus. Müder noch, als Katja sich fühlte.
Tiefe Schatten lagen unter seinen Augen.
„Sollte dich festbinden", meinte Nahual mit einem
angriffslustigen Unterton.
„Meinst du wirklich, dass das nötig ist?", murmelte Katja.
„Was denkst du?", murrte Nahual und richtete sich wieder auf.
„Sollen wir ihn neben dem Kind schlafen lassen?"
Milon wandte beschämt den Kopf ab, unter seinem Auge zuckte
es.
„Aje", seufzte Katja. „Ich weiß nicht. Aber er sieht nicht aus, als
würde er ihr etwas tun."
„Was ist mit dir?"
Sie schüttelte den Kopf. „Ich fühle mich gerade ein bisschen
unsterblich."
„Unsterblich?" Nahuahls Miene verdüsterte sich.

„Sollte ein Scherz sein!", beeilte sie sich zu sagen. Wenn das auch nicht ganz wahr war. Sie hatte mit dem Tod gesprochen. Das setzte den Rest ihrer Welt in Relation. „Lass ihn einfach." Nahual warf Milon einen letzten, strafenden Blick zu.
„Nimmst du mir die Kleine ab?", bat Katja. „Ich glaube, ich würde umfallen." Wie zur Bestätigung machte das Schiff einen Hüpfer, der das Geschirr in der Spüle klirren ließ.
Nahual sagte nichts, pflückte aber vorsichtig das schlafende Kind aus Katjas Armen, legte sie sanft auf einer der Matten ab und zog ihr die Decke über die Schultern. Gerührt sah Katja ihm dabei zu. Wieder musste sie gähnen. Sie streifte sich die Schuhe von den Füßen und krabbelte dann neben Lara unter die Decke.
„Nacht", meinte Nahual, schon im Gehen.
Sie wollte ihm antworten, da war er schon verschwunden. Also bettete sie ihren Kopf neben Laras und ließ sich vom gierigen Wiegenlied der Wellen in den Schlaf schaukeln, indem sie Milon und die wartenden Bösewichte ignorierte.

Sie tanzte durch die Dunkelheit. Nur die Sterne am Himmel spendeten ihr Licht, genug, um den grauen Asphalt der Promenade in einen Ballsaal zu verwandeln. Mehr als ein paar Sterne brauchte es nicht, um Kinder träumen zu lassen. Und sie wirbelte um die eigene Achse, um die Achse der Welt und um den Laternenpfahl einer erloschenen Straßenlampe. Sie tanzte zu dem wilden Takt des Meeres, das donnernd gegen den Felsen krachte und ihren Tanz zu einem fieberhaften Glühen anwachsen ließ, das sie ganz verschlang und mit sich riss. Die Brandung brach sich in ihrem Kopf, füllte sie aus mit einer Freiheit ohne Grenzen, ohne Gesetzte, wild und gefährlich und wundervoll. Immer schneller und schneller drehte sie sich, drehte sich, bis alles um sie her das ebenfalls tat, bis alles ein Einziges auf und ab und hin und her und Runde um Runde war und sie selbst das Auge des Sturms. Sie hatte die Arme ausgebreitet, als hätte sie Flügel und sie schloss die Augen, um zu fliegen.
Und dann stürzte sie und mit ihr der Traum und die Hoffnung und das Gefühl frei zu sein. Sie riss die Augen aus, ihr Mund öffnete sich zu einem stummen Schrei und dieses Mal war da keine Hand, die sie auffing. Mit einem Ruck, der auch den letzten Rest des Tanzes zerschmetterte, schlug sie auf dem Wasser auf. Eiskalt und voller Schadenfreude bohrte sich das Wasser durch ihr Herz, fraß sich durch ihre Adern und tränkte die Furcht, als die Wellen sie mit sich in die Tiefe rissen, bis sich die Wasseroberfläche über ihr schloss. Ihre Lunge stand in Flammen, schrien schrill nach Luft und Licht. Sie konnte nichts sehen, das aufgewirbelte Wasser hatte die Sterne verschluckt.

Und dann, gerade als sie glaubte ertrinken zu müssen, packte sie jemand am Kragen und zog sie aus dem Wasser, zurück auf die Promenade. Voller Angst sah sie zu ihrem Gegenüber. Es war nicht irgendjemand, es war nicht der Tod. Es war sie selbst. Tränen schossen ihr in die Augen, als sie ihr Spiegelbild anstarrte. Das grinste leicht.

„W-wer bist du?"

„Rate."

„Ich... ich weiß nicht."

„Denk nach, wer sieht wohl aus wie du und fischt dich aus dem Wasser?"

„Keine Ahnung."

Das Grinsen ihres Gegenübers wurde breiter. „Dein Gewissen, Lara."

„Mein Gewissen?"

„Ja, du weißt schon, diese nervige kleine Stimme im Hinterkopf, die dich daran erinnert, dass du jemandem beim Sterben zugesehen hast, obwohl du hättest sterben sollen. Weil du dachtest, das Meer würde mittanzen."

Die Tränen in Laras Augen liefen über. „Ich wollte nicht, dass er stirbt."

„Er ist aber gestorben. Das Meer tanzt mit niemandem. Es tanzt für sich allein."

Lara schluchzte auf, sah wieder auf das Meer hinunter und das Meer war rot, wie frisch vergossenes Blut. Rote Schaumkronen auf roten Wellen und ein Lachen, das nach einem letzten Gurgeln klang.

Lara schrie, schlug sich die Hände vor den Mund und jetzt waren es ihre Tränen, die die Sterne ertrinken ließen.

„Warum bin ich nicht tot?", schrie sie ihr Gewissen an, doch das grinste nur.

„Glaub mir, du bist gestorben. Aber ertrinken braucht seine Zeit."

Schweißgebadet fuhr Lara auf, ihr Blick irrte durch die Dunkelheit. Keine Sterne, nur eine schwankende Laterne. Der Boden unter ihr schien zu atmen. Auf und ab. Die Decke glitt ihr von den Schultern, sie schmeckte Salz auf ihren Lippen. Neben ihr lag Katja, das Gesicht im Schatten verborgen und schlief, friedlich und ohne Tote in ihren Träumen.

„Lara?"

Lara fuhr herum. Milon sah zu ihr hinüber. Seine Augen glommen stumpf im schwachen Licht.

„Schlecht geträumt?" Gerade so übertönte seine Stimme das Tosen um sie her. Ein leises Wispern, aber Lara hatte das Gefühl, dass er mehr verstand, als diese Frage wissen wollte.

Sie nickte.

„Kein Wunder", murmelte Milon. „Kein Wunder, wir haben mit dem Tod an einem Tisch gesessen. Wenn die Grenzen zwischen Traum und Wirklichkeit verschwimmen, ist es schwer schlafen zu gehen. Vielleicht träumen wir gerade und haben vergessen, wie wir wieder aufwachen."

Lara öffnete den Mund, wollte ihm sagen, dass es viel schlimmer gekommen war, wollte ihm von einem Meer aus roten Wellen erzählen, doch kein Wort kam über ihre Lippen. Stattdessen flossen stille Tränen über ihre Wangen.

„Kannst du singen?", flüsterte sie. „Kannst du das Lied noch einmal singen?"

„Dann leg dich hin und schließ die Augen." Er lächelte. Ein ehrliches Lächeln, wie man ihm nicht oft begegnet. Und in diesem Augenblick, mitten in der wirbelnden Nacht, glaubte sie, dass er sich genauso verloren fühlte, wie sie es tat.

„Nächte können voller Irrsinn und Schreckgespenster sein. Wenn die Sonne aufgeht, wird alles besser. Licht macht immer alles besser, glaub mir."

„Aber ich mag das Licht der Sterne viel lieber", murmelte sie, kuschelte sich unter die Decke und dicht an Katja. Sie konnte ihren Atem im Nacken spüren. Ruhig und beständig inmitten der Unbeständigkeit.

„Wenn das so ist." Selbst seine Stimme war ein Lächeln. „Wovor fürchtest du dich dann? Die Sterne sind doch da. Du musst dir nur das Schiffsdeck wegdenken und du bist von ihnen umgeben. Ein Bett aus Sternen und dem Samt der Nacht, das klingt gut, meinst du nicht?"

Lara schniefte. „Ich glaube schon."

„Dann schließe die Augen und ich singe dir das Lied."

Argonauten Stimmung

Der Duft von frisch gebratenem Speck und Eiern weckte Lara auf. Fahles Winterlicht fiel durch die runden Bullaugen. Als sie sich aufrichtete und vorsichtig gegen die milchige Helligkeit anblinzelte, konnte sie Katja sehen, die auf Socken und leise vor sich hin pfeifend über dem kleinen Gaskocher stand und Omeletts zusammen brutzelte.
Lara gähnte und rieb sich die Sandkörnchen aus den Augenwinkeln. Katja musste sie gehört haben, denn sie wandte sich zu ihr um und schenkte ihr ein breites Lächeln.
„Guten Morgen, Schlafmütze."
Lara lächelte zurück und rappelte sich auf. Ihr Blick fiel auf Milon, der gegen die Wand lehnte und mit leicht geöffnetem Mund schlief. Das Tageslicht raubte ihm die letzten Flecken Bedrohlichkeit und gab seinem lockigen Haar die Farbe von geschmolzener Butter.
Sie tapste zu Katja hinüber, die einen Arm um ihre Schultern legte, während sie mit der anderen Hand weiter in der Pfanne rührte. „Hunger?"
Lara nickte und schlang die Arme um Katjas nicht vorhandene Taille. „Ganz viel."
Katja lachte vergnügt. „Genau wie ich."
„Wo ist Nahual?"
„Am Steuerrad. Wir laufen gleich in Wilhelmshaven ein. Wenn du willst, kannst du dir was Warmes überziehen und hoch laufen zusehen. Ein paar Minuten hast du noch bis zum Frühstück."
Die Müdigkeit war vergessen. Aufgeregt nickte Lara, lief los, um in ihre Schuhe zu schlüpfen und sich einen Strickpullover zu schnappen, der auf einer der Kisten lag. Eifrig zog sie ihn sich über den Kopf, sah sie fragend zu Katja auf. Die zwinkerte ihr zu. „Lauf schon."
Das ließ sich Lara nicht zweimal sagen. Sie stürzte die Treppe hinauf und lief in Nahuals kleine Kabine. Es roch nach Salz-verkrustetem Holz und der aromatischen Herbe des Kaffeedampfes. Die Tasse stand direkt neben dem Laptop auf einem kleinen Tischchen. Offenbar hatte Katja zuerst an ihn gedacht. Gerechterweise befand Lara, immerhin hatte er die ganze Nacht am Steuer gesessen und sie sicher über das Meer gebracht. Nahual bemerkte sie erst, als sie ihm auf die Schulter tippte.

Er blinzelte zu ihr hinunter. „Moin."

„Morgen." Sie lächelte zu ihm auf. „Katja hat gesagt, dass wir gleich im Hafen ankommen."

„Da hat sie ausnahmsweise mal recht", erwiderte Nahual, klang aber nicht genervt dabei. Die Kaffeetasse musste ihn friedlich gestimmt haben. „Willst du dir die Einfahrt anschauen?"

Lara nickte, trippelte aufgeregt von einem Fuß auf den anderen.

„Na dann, die beste Aussicht wirst du auf Deck haben. Gib acht, dass wir nicht wie Störtebeker enden."

„Störtebeker?" Fragend legte sie den Kopf schief.

„Ja, ist in einen Hinterhalt gelockt worden und dann einen Kopf kürzer gemacht."

Ihre Augen weiteten sich. „Einen Kopf kürzer?"

„Hm-hm. Und weißt du was das Besondere daran war?"

Sie schüttelte den Kopf.

„Er ist, ohne Kopf, an siebzehn seiner Leute vorbeigerannt, um sie vor dem Tod zu bewahren."

„Ohne Kopf?"

„Allerdings. Hat den Männern aber auch nichts gebracht. Wurden trotzdem enthauptet." Dann sah er in Laras entsetzten Gesichtsausdruck und winkte ab. „Wie auch immer, wir laufen in einem Hafen ein, nicht in eine Hinterlist, also geh schon."

Erleichtert von der verstörenden Geschichte fortzukommen wandte sie sich um und zwei Stufen auf einmal nehmend eilte sie strahlend hinauf ins Freie und in den neuen Tag. Salzig und kalt klatschte ihr der Fahrtwind ins Gesicht, doch unter dem kalten Sonnenlicht, wirkte das Meer längst nicht so bedrohlich wie noch in der Nacht. Außerdem hatten die Wellen sich beruhigt – oder Lara hatte sich daran gewöhnt, auf einem schwankenden Untergrund zu stehen.

Ein strahlendes Lächeln breitete sich auf ihrem Gesicht aus und ließ ihre Augen funkeln. Sie hätte nicht sagen können weshalb, aber in diesem Moment hatte sie das Gefühl, die Welt besiegen zu können, wenn sie denn müsste.

Kindheit ist ein Königreich, in dem niemand stirbt, hatte Frau Hera einmal gesagt. Und wenn sie nicht den Mann hätte, sterben sehen, würde sie zustimmen. An diesem Morgen hätte man noch an das Gute glauben können, denn er war blass und ausdruckslos, als hätte es den Sturm nie gegeben. Und vielleicht hatte sie ihn sich tatsächlich nur dazu geträumt. Zu dem gurgelnden Schrei und den Wellen, die sich färbten wie der Sonnenuntergang.

Das Lächeln entglitt ihren Lippen und sie klammerte sich an der Reling fest. Ein Schwarm von Möwen rauschte über ihren Kopf, füllten die Kälte mit angriffslustigen Schreien und jagten einem Fischerboot nach, dass ihren Weg kreuzte.
Sie konnte den Hafen bereits erkennen. Grau schälten sich die Umrisse des Horizontes, wie abblätternde Tapete. Ein altes Ölgemälde vor, dass jemand Spielzeugboote aufgereiht hatte, deren Masten in den Himmel piksten.
Schleppend drang der Lärm des Hafens zu ihnen hinaus und ihre Finger schlossen sich fester um die Reling.

Milon wachte so plötzlich auf, dass Katja sich vor lauter Schreck an ihrer Schokoladentafel verschluckte. Sie hustete, während sie versuchte Milon im Auge zu behalten. Der hob verwundert die Brauen, noch halb im Reich der Schlafenden verankert. Er blinzelte, richtete sich auf und sah dann verwundert auf seine gefesselten Hände. Blinzelte noch einmal.
„Oh", machte er schließlich.
„Oh?", krächzte Katja. „Das ist alles, was dir einfällt?"
Doch die Trunkenheit der Nacht bröckelte bereits in seinen Augen und er nickte verstehend. „Oh."
Dann schielte er zu ihr hinüber. „Hast du etwa Angst vor mir?"
„Pass bloß auf", erwiderte sie und deutete auf die Bratpfanne, in der das Omelett brutzelte. „Griffbereit, wie du siehst."
„Ich fürchte mich", sagt er mit einer Spur zu viel Ernst in der Stimme.
Sie streckte ihm die Zunge heraus und knabberte weiter an der Tafel Schokolade, die sie in der Besteckdose gefunden hatte. Nahual musste ihre Zuneigung zu Essbarem besser verstehen, als er zugab.
„Wo ist das Mädchen? Alles okay mit ihr?", fragte Milon.
Sie ließ die Überraschung an ihrer Miene abperlen. Sorgsam verteilte sie die Teller auf dem Tisch und legte das Besteck daneben. „Sicher. Du hast sie nicht erwürgt."
Er schwieg. Augenblicklich taten ihr ihre Worte leid. „Sie wollte die Einfahrt miterleben", fügte sie darum etwas milder hinzu.
Milon grinste leicht. „So beeindruckend wird die in Wilhelmshaven wohl nicht ausfallen, fürchte ich."
„Na und?" Sie warf ihm einen bösen Blick zu. „Wenn sie noch nie eine gesehen hat, wird es schon beeindruckend genug sein."
„Stimmt natürlich", beeilte er sich einzulenken. „Was sind das eigentlich für Berge an Rührei? Wie viele Leute erwartest du zum Essen?", spöttelte er stattdessen, aber offenbar war Katja nicht in der passenden Stimmung für Essensscherze.

„Hör auf herumzunerven", meinte sie patzig. „Ich bin immer noch sauer auf dich."
„Verständlich."
Eine Weile war es still und man hörte nur das beständige Brummen des Schiffsmotors und das leise Klirren von Porzellan, während Katja weiter den Tisch deckte.
„Es tut mir leid", sagte Milon plötzlich und verblüfft wandte sie sich ihm zu, die Schale mit dem Butterklotz noch in der Hand.
„Tatsächlich?" Misstrauisch kniff sie die Augen zusammen. Er schien noch halb im Schlaf gefangen, aber die Art, auf die er die Worte aussprach, versicherten ihr, dass er nicht log.
„Ja, ganz ehrlich. Ich..." Er seufzte. „Ich muss mich um meine Schwester kümmern. Ich bin es ihr schuldig. Ich weiß das ist keine Entschuldigung", fügte er hinzu, so leise, dass sie Mühe hatte ihn zu verstehen. „Aber zumindest eine Erklärung, denke ich."
Katja stellte die Schale ab und ließ sich dann mit skeptischer Miene auf einem der Stühle nieder. „Warum sollte ich dir glauben?"
Ratlos zuckte Milon mit den Schultern, sah sie abwartend an.
„Na, dir scheint ja wirklich viel daran zu liegen, mich zu überzeugen."
„Tut mir leid", meinte Milon ein weiteres Mal. „Ich habe nie verstanden, wie manche Leute es schaffen Bedeutung in ihre Worte zu legen. Ich habe es schon lange aufgegeben, andere zu irgendetwas überreden zu wollen."
„Du bist vielleicht ein seltsamer Kauz." Sie schüttelte den Kopf und biss in ihre Schokoladentafel, die nur noch zur Hälfte existierte.
Milon lächelte matt. „Das bestreite ich nicht. Aber wenn du nicht schnell zu deiner treuen Bratpfanne findest, dann wird dein Rühreiberg vermutlich anbrennen."
„Oh, verdammter Mist!" Hektisch sprang Katja auf, stieß sich den Zeh an dem Tischbein und hüpfte mit wehleidigem Gejammer zu dem Gaskocher hinüber, um ihr Ei zu retten.
Milon grinste in sich hinein.
Nachdem sie ihr Ei umgerührt hatte, griff Katja nach dem Logbuch, das neben der kleinen Spüle lag und setzte sieh wieder, ohne Milon weiter zu beachten. Sie wusste nicht recht was sie zu ihm sagen, oder wie sie mit ihm umgehen sollte. Normalerweise verstand sie sich nicht gut mit Menschen. Aber das hier war keine normale Situation.

Dieses Mal schlug sie das Buch hinten auf und blätterte zum letzten Beitrag zurück. Er trug das Datum der letzten Nacht. Neugierig beugte Katja sich vor und begann die hastig zusammen getragenen Worte zu lesen.

Doktor T hat zu weiterer Mission aufgerufen. Mit verrückter Frau, genauso verrücktem Mann und Kind in See gestochen, halte Kurs Richtung Wilhelmshaven. Sollten am Morgen da sein, hoffentlich noch früh genug, viel Zeit bleibt nie.

Kurz und knapp und erstaunlich zusammenfassend.
„Tztz verrückte Frau, also ehrlich." Einen Moment starrte sie die Worte böse an, dann sprang sie auf, suchte in der Besteckdose nach dem Kugelschreiber, den sie vorhin gesehen hatte und kehrte zu dem Logbuch zurück. Milons Blick folgte ihr mit milden Interessen. In ihrer geschwungenen Handschrift, die das perfekte Gegenteil zu Nahuals Gekrakel schuf, schrieb sie darunter: Ich kann das lesen, Idiot.

Der Hafen war nicht sehr groß. Um genau zu sein, war es nicht Mal ein richtiger Hafen. Landungsstege, an der langen, einfachen Promenade. Hinter den Vorgärten reihten sich die Hochhäuser aneinander. Für Hochhäuser waren die Hochhäuser weder besonders hoch noch besonders fehl am Platz. Aber Hochhäuser waren es eben doch.
Sie fuhren unter einer einfach anmutenden Brücke hindurch, deren blauer Lack dem Himmel erfolglos Konkurrenz machte. Auf einem Schild stand in Druckbuchstaben: BONTEKAI
Der Name sagte Lara nichts.
Ihr Blick wanderte zu den wenigen Schiffen, die vertäut im ruhigen Wasser lagen. Sie waren alle größer als die Jorinde. Die Wellen leckten und klatschten an den witternden Holzpfählen.
Zwei Männer waren dabei ein Segel auszutauschen und schimpften währenddessen über die Kosten, eine kackende Möwe und eine Schnapsflasche, die in hohem Bogen von Deck flog.
Ein junger Mann saß ein wenig abseits, ließ die Füße trotz des eisigen Wetters ins Meer baumeln und trank ein Bier. Zwei Frauen liefen lachend an ihm vorbei, zwischen sich einen Picknickkorb tragend. Die eine hatte ihre braunen Locken mit einem bunten Tuch aus der Stirn gebunden, die andere trug eine zu große Matrosenmütze.
Ein weinendes Kind ritt auf den Schultern seines Vaters und riss ihm eine Handvoll Haaren aus.

Nahual wurde immer langsamer. Schließlich lenkte er ein und schipperte auf den Landungssteg zu. Auf dem Boot, neben dem sie hielten, saß ein Matrose mit weißem Bart auf einem Klappstuhl und rauchte Pfeife. Dicke, weiße Kringel aus Rauch schlängelten sich durch die Luft, erzitterten dort und verflüchtigten sich im Nichts.
Lara winkte ihm zu und er salutierte. Das Lächeln kehrte auf ihre Lippen zurück.
Einen Moment später kam Nahual zu ihr hinauf und klopfte ihr im Vorbeigehen auf die Schulter. „Wenn ich das Boot vertäut hab, gibt es Frühstück."
Sie nickte, sah ihm dabei zu, wie er über die Reling sprang und geschmeidig auf dem Anlegersteg landete. Es brauchte nicht zu lange, und das Schiff lag sicher am Dock.
„Gab es ihn wirklich?", rief Lara zu ihm hinunter.
Nahual legte den Kopf in den Nacken, sah zu ihr auf. „Wen?"
„Den Mann ohne Kopf."
„So steht´s zumindest in den Büchern."
„Märchen stehen auch in Büchern."
„Stimmt. Aber die beginnen mit 'Es war einmal.' Das tun die Bücher über Störtebeker nicht."
Lara biss sich auf die Lippe und sah nachdenklich dabei zu, wie Nahual das letzte Tau festzurrte.
Als er wieder neben ihr stand, sah er sie fragend an.
„Frühstück?"
Lächelnd griff sie nach seiner schwieligen Hand. „Frühstück."

„Kommt schnell", rief Katja ihnen entgegen. „Sonst wird das Essen kalt."
Lara zog sich den dicken Strickpullover über den Kopf und setzte sich brav an den Tisch. Katja füllte ihren Teller mit dampfendem Rührei, bevor sie ihr Tee eingoss. „Und, ist es ein schöner Hafen?"
„Es sind noch andere Schiffe da!"
Katja wuschelte ihr liebevoll durch die Haare. „Dann fang Mal an zu essen. Seeluft macht hungrig, sagt man."
„Dich macht doch alles hungrig", brummte Nahual, lief an ihnen vorbei zu Milon hinüber.
Der sah ihm abwartend entgegen. Nahual blieb vor ihm stehen, sah auf ihn herab, wie der Koloss von Rhodos es einst getan haben musste. „Es gibt Essen."
„Habe ich mitbekommen."

Nahual kniff die Augen zusammen. „Ich denke dir ist klar, dass jede falsche Bewegung eine erneute und endgültigere Bekanntschaft mit Doktor T nach sich ziehen wird." Sein Blick durchbohrte den jungen Mann förmlich. „Verstanden?"
Milons Augen wurden schmal, doch er konnte den Zorn in Nahuals Miene nur allzu gut nachvollziehen. Also nickte er schließlich. Dumm war er nicht, wenn man das von Zeit zu Zeit auch bezweifeln mochte. Immerhin hatte er Medizin studiert. Amüsant könnte man meinen.
Ohne ein weiteres Wort durchtrennte Nahual die Kabelbinder und Milon rieb die sich geröteten Handgelenke. Zu seinem Erstaunen, streckte Nahual ihm die Hand entgegen, auch wenn seine Miene nach wie von Misstrauen durchsetzt war.
Er ergriff die Hand und Nahual zog ihn mühelos auf die Beine. „Benimm dich. Wir können jede Hilfe gebrauchen."
Milon traute diesem Frieden nicht wirklich, aber Nahual schien sich nicht über ihn lustig zu machen. Also nickte er wieder. Worte waren nicht sein Spezialgebiet. Manchmal meinten sie, was sie sagten, manchmal bedeuteten sie etwas, das niemand sagen würde, manchmal meinten sie das Gegenteil von dem was sie behaupteten.
„Kommt, das Ei wird kalt!", mahnte Katja, die die Szene still beobachtet hatte.
Kurz darauf saßen sie alle um den kleinen Tisch gedrängt und schaufelt Omelett und Butterbrote in sich hinein.
„Was machen wir jetzt?", erkundigte sich Katja schmatzend und biss in ihren fünften Toast. Es hatte sie noch nie gestört, dass sie vielleicht zehn Kilo zu viel auf den Hüften hatte. Essen war viel zu gut, um es einfach aufzugeben.
Nahual legte seine Gabel beiseite und sah sie der Reihe nach an, um sicherzugehen, dass er ihre volle Aufmerksamkeit hatte.
„Milon? Kennst du ein Internetcafé in der Nähe?"
Milon nickte, warf Katja einen unsicheren Seitenblick zu. „Ja. Eine halbe Stunde zu Fuß schätze ich."
„Dann tun wir was für unsere Pomuskeln und sind in zwanzig Minuten dort."
Lara kicherte, Milon wusste nicht recht, was er sagen, oder nicht sagen sollte.
„Du willst nur Milon mitnehmen?", fragte Katja überrascht, ließ kurz von ihrem Toast ab.
Nahual nickte ernst. „Das spart erstens Zeit und zweitens ist es gut, wenn jemand ein Auge auf das Schiff hat."
Man sah Katja an, dass ihr der Gedanke nicht gefiel. „Was wenn – irgendwas passiert?"
„Wir beeilen uns. Es ist Tag. Hier sind Leute."

Das war keine Garantie, nur ein kleiner Trost. Sie wussten es beide.

„Kommst du mit?", wandte Nahual sich an Milon.

Der war so erstaunt darüber, dass er tatsächlich gefragt wurde, dass er sich an seinem Ei verschluckte und erst einmal husten musste, bevor er ein „Ja" hervorwürgen konnte.

„Gut." Nahual schien damit einigermaßen zufrieden.

„Seid ihr jetzt Freunde?", erkundigte sich Lara mit einem harmlosen Lächeln.

„Ähm", druckste Milon, während Nahual schnaubte.

„Ich hab keine Freunde. Ich hab Zweckgemeinschaften."

„Autsch", meinte Katja und fing an ihr sechstes Toastbrot mit Butter aufzustocken.

„Warum hast du keine Freunde?" Laras feine Brauen zogen sich verständnislos zusammen.

Die Butter schmolz auf ihrem warmen Toast und tropfte auf ihren Teller, doch sie interessierte sich nicht dafür.

„Ich bin nicht dazu gemacht gemocht zu werden", grummelte Nahual, wandte den Blick ab. Er räusperte sich unangenehm berührt. Das dunkle Grün seines Strickpullovers ließ ihn fahl und fast ein bisschen krank aussehen.

„Ich mag dich", sagte Lara ehrlich.

„Ausnahmen bestätigen die Regel." In seinen Mundwinkeln zupfte der Anflug eines Lächelns.

„Reichen die Ausnahmen denn nicht aus?", hakte Lara nach.

Nahual sah das Kind an. Ihre waren etwas zu groß für das schmale Gesicht, etwas zu hell, für die Ernsthaftigkeit darinnen.

„Doch. Ich denke schon."

Lara nickte und widmete sich wieder ihrem Toast.

Als Nahual den Blick hob, sah er direkt in Katjas breites Grinsen. Er rollte mit den Augen. „Wie auch immer. Wir kommen zurück, sobald wir wissen, wo sie stecken und wann sie zuschlagen wollen. Und dann schauen wir, dass wir sie aufhalten."

Die Entschlossenheit in seiner Stimme sprach Katja Mut zu und sie schluckte die immer öfter aufstoßende Sorge hinunter. War Sorgenbrennen ein Wort? Vermutlich nicht.

Nahual schob seinen Teller zurück und er quietschte über den Plastiktisch. „Sollten uns auf den Weg machen. Ich klär unterwegs das mit den Lage-gebühren."

Als er sich erhob, tat Milon es ihm hastig gleich.

„Zieh dir was Warmes an, Junge", meinte Nahual, griff nach einer Tasche und steckte seinen Laptop hinein. „Es ist wirklich kalt da draußen."

Milon nickten, sah sich etwas verloren um. Schnell rutschte Lara
von ihrem Stuhl und hob den Strickpullover auf, den sie sich
vorhin übergezogen hatte. „Hier."
Sie reichte ihn Milon, der ihn zögerlich entgegennahm. „Oh, hm,
danke."
Lara nickte. „Erzählst du mir noch einen Witz, bevor du gehst?"
Ein ungläubiges Lachen entwich Milon. Warm und tief und viel zu
freundlich für einen Auftragskiller. Auch, wenn der Auftragskiller
noch niemanden gekillt hatte.
Er lehnte sich zu Lara hinunter, um auf Augenhöhe mit ihr zu
sein. „Warum haben Giraffen so einen langen Hals?"
Fragend sah Lara ihn an. „Warum?"
Milon zwinkerte ihr zu. „Ich erzähle es dir, sobald ich wieder da
bin, okay?"
„Ich vermisse dich jetzt schon", sagte Lara und zauberte
Grübchen in ihre Wangen.
„Gut zu wissen, Prinzessin. Wir sehen uns."
„Los jetzt", ging Nahual dazwischen. Er hatte seinen Mantel
bereits umgelegt und trug die Tasche über der Schulter. In
seinen Augen brannte, gedämpft aber gut erkennbar, ein Funken
Eifersucht.
Amüsant, dachte Milon wieder. Er beeilte sich den Pullover
überzustreifen.
„Falls ihr unterwegs eine findet – bringt mir eine Zahnbürste mit,
ja?", rief Katja.
„Ne Zahnbürste?" Ungläubig spähte Nahual unter der Krempe
seines Hutes hervor. „Wachsen die am Straßenrand?"
Sie streckte ihm die Zunge heraus, wie sie es so gut konnte.
Milon winkte Lara und Katja noch einmal zu und eilte Nahual
hinterher. Dem eigenbrötlerischen Seemann, der ihm aus
irgendeinem unerfindlichen Grund einen Vertrauensvorschuss
gewährte – den er ihn wirklich nicht bereuen lassen wollte. Es
kam nicht oft vor, dass ein Fremder ihn einfach zu akzeptieren
versuchte. Um genau zu sein, war es noch nie vorgekommen.
Ein Umstand, der ihm eine ziemlich einsame Kindheit beschert
hatte. Und eine Menge schlechter Witze.
Katja unterdessen sah auf die Essensreste auf dem Tisch und
fragte sich, ob in Nahuals Werft bereits die Ratten auf dem Tisch
saßen. Niemand hatte sich um den Abwasch gekümmert.

Des Fischers Frau

„So, was machen wir mit unserer beschränkten Freizeit?", fragte
Katja an Lara gewandt, nachdem sie in Ruhe zu Ende
gefrühstückt hatten. „Ich habe das Gefühl, dass man auf einer
Mission gegen den Tod nicht allzu viel davon hat – Freizeit,
meine ich." Sie lehnte sich zurück und klopfte sich zufrieden auf
den Bauch. „Irgendein Vorschlag?"
Lara blinzelte, starrte ihren leeren Teller an.
„Lara?"
Vorsichtig hob sie den Blick. „Willst du mir ein Märchen
vorlesen?", fragte sie zögerlich, kaute nervös auf ihrer Lippe
herum. Frau Hera hatte ein einziges Mal die Zeit gehabt, ihr
etwas vorzulesen und sie hatte jede Sekunde davon genossen.
Katja tat, als müsste sie angestrengt nachdenken. Sie schaffte
es dabei ihr Gesicht dermaßen zu verziehen, dass Lara in helles
Gelächter ausbrach. „Ich deeenkeee", sie zog das Wort in die
Länge und klang dabei wie ein Elefant mit Schnupfen. „Ich
deeenkeee - das ist eine ausgezeichnete Idee!"
„Ehrlich?" Lara riss die Augen auf und starrte sie ungläubig an.
„Ehrlich!"
„Ehrlich ehrlich?"
Katja kicherte. „So ehrlich wie es geht. Was sollen wir lesen?"
„Ein Märchen?"
„Gerne." Katja nickte. Sie stand auf und begann das Besteck und
Geschirr vom Tisch zu räumen, stapelte es in das kleine
Waschbecken, neben die Auflaufform mit den Nudelresten. „Ich
mache uns noch einen Tee, okay?"
„Toll", meinte Lara begeistert.
„Welches Märchen lesen wir?", erkundigte sich Katja, füllte den
Wasserkessel.
„Vom Fischer und seiner Frau. Das ist mein absolut total erstes
Lieblingsmärchen!"
„Ja? Das ist die Geschichte mit dem Butt, der dem Fischer die
ganzen Wünsche erfüllt, richtig?"
Lara nickte. „Aber eigentlich sind das alles die Wünsche von
seiner Frau, weil der Fischer ist, eigentlich ganz zufrieden, aber
seine Frau will mehr haben und reicher sein und irgendwann will
sie sein wie Gott!" Laras Wangen waren rosa angelaufen und
ihre Augen funkelten. „Und dann hat sie am Ende gar nichts
mehr!"

„Findest du das gerecht?" Sie stellte den Kessel auf den Gasherd und drehte die Flamme auf. „Dass sie am Ende wieder gar nichts haben?"

„Ja", meinte sie nachdenklich. „Sie hat nicht verdient, wie Gott zu sein. Ich glaube niemand verdient das."

„Hm, ja das klingt sinnvoll. Meinst du, der Fischer ist am Ende der Geschichte böse auf seine Frau? Weil sie zu weit gegangen ist?"

Lara legte den Kopf schief und Katja hätte es nicht gewundert, wenn ihr Kopf plötzlich zu rauchen begonnen hätte. Sie konnte die Gedanken beinahe gegeneinander klimpern hören. Wie ein Windspiel, so stellte sie sich Laras Gedanken vor. Nahuals klangen eher wie der Motor seines Bootes. Was mit Milons Gedanken war, hatte sie noch nicht entschieden.

„Nein", sagte Lara langsam. „Ich denke nicht, dass er böse ist. Ich glaube er ist froh, dass es vorbei ist. Er war davor auch zufrieden mit dem, was er hatte. Eigentlich tut der Fischer mir leid."

„Was würdest du dir von diesem Fisch wünschen?", erkundigte sich Katja, wühlte in der Schublade nach einem guten Tee. (Nahual hatte ein ansehnliches Sortiment.) „Von diesem Butt?" Diese Antwort kam deutlich schneller, ohne die geringste Verzögerung. „Ich würde mir wünschen, dass mein Vater mich einmal besuchen kommt. Nur kurz, damit ich ihn einmal kennenlerne."

„Oh, Süße", meinte Katja betroffen, wandte sich vom Tee ab, um Lara in eine Umarmung zu ziehen, doch die streckte gerade in diesem Moment den Arm aus, deutete aus einer der kleinen runden Bullaugen.

„Da kommt jemand", flüsterte sie, als hätte sie Angst, dass man sie hören könnte.

„Was?" Katjas Herz machte einen Hüpfer und sie eilte an Laras Seite. Ihr Zeigefinger hing an einer schwarz gekleideten Gestalt, die von zwei weiteren schwarz gekleideten Gestalten begleitet wurde und die – alle drei und beinahe im Gleichschritt – auf das Boot zukamen.

„Scheiße", fluchte Katja. „Scheiße."

Es stand außer Frage, wer diese Personen waren und was sie wollten. „Scheiße. Wie haben die uns gefunden?" Ihre Gedanken begannen zu rasen, während Lara flach atmend neben ihr stand und auf eine Lösung wartete. Katja dachte an die Filme, die sie als Kind so gerne gesehen hatte und daran was die Personen in diesen in einer solchen Situation getan hätten.

„Wir müssen hier runter, augenblicklich. Zieh den Pulli und die Socken aus."

„Was?", fragte Lara verwirrt.
„Wir müssen aus dem Bullauge klettern – ins Wasser. Schau, dass du nicht zu viel Stoff trägst, ja?"
Laras nickte mit großen Augen, streifte sich den Pullover über den Kopf. Katja tat es ihr gleich, so hastig, dass sie sich in dem Stoff verhedderte.
„Scheiße", fluchte sie noch einmal. Hastig band sie sich die wilden Locken aus dem Gesicht, ließ Notizbuch Notizbuch sein, vertraute darauf, dass Nahual alles was wichtig für diese Mission war, dabeihatte. Nur in T-Shirt und Jogginghose schob Katja Lara auf eines der Bullaugen zu. Die Männer waren aus ihrem Sichtfeld geraten, was bedeutete, dass sie ganz nah sein mussten – über ihren Köpfen knirschte es. Schwere Schritte. Sie gehörten definitiv nicht zu Nahual und Milon.
Katja legte einen Finger an die Lippe und öffnete vorsichtig das Fenster, innerlich betend, dass es nicht quietschen würde.
Das Fenster blieb stumm, aber die Schritte näherten sich unerbittlich der Treppe.
„Schnell, klettre raus, ich lasse dich runter!"
Lara kam ihren Anweisungen nach, ohne das kleinste Zögern und Katja fasste nach ihrer Hand, ließ sie so leise wie möglich hinab in das eisig kalte Wasser gleiten.
Schritte auf der Treppe.
Hastig kletterte sie dem Kind nach, platschte deutlich lauter ins Meer und hatte das Gefühl Schockgefroren zu werden. Panisch sah sie sich um. Sie mussten sich irgendwo verstecken, wenn die Männer sie finden würden – sie wollte gar nicht darüber nachdenken, was dann passieren würde. Dazu fielen ihr auch einige Filmszenen ein.
„Da, schwimm unter den Steg! Leise!", wisperte sie.
Lara tat wie geheißen und Katja folgte ihr dicht auf. Sie duckten sich und tauchten unter dem Steg wieder die Köpfe aus dem Wasser. Lara schlang die kalten Arme um Katja und die drückte sie fest an sich.
„Schhhh", machte Katja. Lara gab keinen Mucks von sich, aber Katja konnte spüren, wie sie bereits zu zittern begann.
Angespannt lauschten sie in die Stille. Schritte im Boot. Dann leise Stimmen. Ein Klicken, als würde jemand eine Pistole entsichern.
Katjas Herz drohte in tausend Stücke zu bersten. Die Jungs würden frühstens in einer halben Stunde zurück sein. So lange mussten sie unentdeckt bleiben. Aber wenn sie so lange hier im Wasser treiben würden – wie viel Grad hatte das Wasser eigentlich?

Sie entschied, dass das ein ziemlich unwesentlicher Tatbestand
wäre, als sie in Laras kalkweißes Gesicht sah und von dem sich
klar und deutlich die blauen Lippen abzeichneten.
Das Wasser war zu kalt. Das war der springende Punkt.
An Lara war, im Gegenteil zu ihr, absolut nichts dran. Sie würde
viel zu schnell unterkühlen.
Wieder murmelten die Stimmen. Es hatte nicht den Eindruck, als
würden sie einfach wieder verschwinden. Warum sollten sie
auch? Warum nicht darauf warten, dass die dummen möchte-
gern Helden in die Falle tappten? Wie war sie nur auf die blöde
Idee gekommen, ein Abenteuer erleben zu müssen?
„Wir müssen uns langsam von hier fortbewegen", hauchte sie
Lara ins Ohr. „Aber ganz, ganz leise."
„Okay", kam es kaum hörbar zurück.
Aus dem Augenwinkel konnte sie sehen, wie einer der Gestalten
ein Kopf aus dem offenen Bullauge steckte.

Nahual hatte ganz eindeutig beschlossen, seinen Vorsatz mit den
zwanzig Minuten noch zu übertrumpfen. Milon eilte neben ihm
her, vorbei durch die lebhaften Straßen.
Hier hatte der Seewind noch nicht die Vorherrschaft erlangt, hier
lebte nicht die Wildheit des Meeres, die Macht von Ebbe und Flut.
Hier lebte der kleine Mann, mit seiner kleinen Frau in seinem
kleinen Leben.
Hin und wieder sah Nahual über die Schulter, ließ seinen Blick
wie beiläufig über die wenigen hastenden Passanten gleiten.
Aber nichts Verdächtiges zeigte sich im schlaffen Tageslicht.
Oder zumindest nichts das ihnen aufgefallen wäre.
Trotzdem lagen Milons Nerven blank. Leute umbringen zu
müssen war schon stressig genug, aber diese Art von Flucht, war
noch deutlich packender. Als sie an einem kleinen
Zigarettenladen vorbeikamen, fasste er Nahual am Ellbogen, der
ihn daraufhin ungehalten anfuhr.
„Was?"
„Kann ich da kurz reinspringen?" Er deutete auf die Ladentür.
Nahual folgte seiner zitternden Hand und schnaubte.
„Du rauchst?"
Milon sah ihn etwas überfordert an. Warum sollte er wohl sonst
in einen dämlichen Zigarettenladen wollen?
„Du hast vierzig Sekunden."

Milon nickte und sprintete los, während Nahual auf dem Bürgersteig zurückblieb und sich unbehaglich umsah. In dem langen Ölmantel und mit dem vernarbten Gesicht war er nicht unbedingt eine unauffällige Erscheinung. Mit jeder Sekunde wurde seine Miene etwas finsterer, bis eine junge Mutter ihr Kind schließlich in weitem Bogen um ihn herumzog.
Im Laden reichte die Verkäuferin Milon das Päckchen Marlboro und nickte zu Nahual, der vor dem Schaufenster wie festgefroren schien.
„Gehört der zu Ihnen?"
Ihre Augen blitzten ihn neugierig über den Rand der runden Brillengläser hinweg an. Aus einem unerfindlichen Grund hatte sie sich die Haare in einem hellen grau gefärbt, obwohl sie kaum Ende zwanzig sein konnte. Vielleicht hatte sie ja Sorge, dass ihr die Haare ausgefallen wären, bevor sie grau werden könnten.
„Hm, irgendwie schon."
„Irgendwie?"
Milon fuhr sich mit flattrigen Händen durch die Locken, steckte das Päckchen in die Hosentasche.
„Kurzfassung: Ja, und ich habe mein vierzig-Sekunden-Kontingent garantiert schon überzogen. Schönen Tag, Ihnen."
Mit gerunzelter Stirn sah die Frau ihn an. Er wollte schon aus dem Laden stürmen, da blieb er noch einmal stehen. „Haben Sie zufällig Zahnbürsten hier?"
Die Frau nahm einen Schluck aus ihrer Limo Flasche. „Ja, haben wir, zufälligerweise. Aber die sind schweineteuer. Und schlecht."
„Egal, wie viel?"
„Fünf Euro und neunundzwanzig Cent."
„Neunundzwanzig Cent?"
„Normalerweise beschweren sich Kunden über die fünf Euro."
Sie reichte ihm eine einfache, abgepackte Zahnbürste und er stopfte sie in seine Hosentasche.
„Danke."
Kopfschüttelnd sah sie ihm nach, als er wieder auf die Straße eilte.
„Sechzehn Sekunden zu lange", knurrte Nahual.
„Ich hab mich beeilt."
„Zünd die Dinger nur nicht an einer Kerze an."
„An einer Kerze...? Warum das?"
„Jedes Mal, wenn wer eine Zigarette an ner Kerze anzündet, kommt ein Seemann nicht wieder."
Damit drehte er sich um und Milon beeilte sich ihm hinterherzukommen.
„Meinst du das ernst?"
„Ein Seemann lügt nicht. Könnte zu viele Seelen kosten."

Milon warf ihm einen scheelen Seitenblick zu. „Da rechts rein, direkt vorne an der Ecke, da sind wir."
Nahual und Milon hatten tatsächlich nur siebzehn Minuten gebraucht, um das Internetcafé zu erreichen. Sechsundfünfzig Sekunden davon waren für Zigaretten drauf gegangen. Milon war ziemlich außer Atem, als sie sie vor dem kleinen Café hielten, was peinlich war, da er noch keine COPD hatte und deutlich jünger als Nahual war.
Amüsiert schielte Nahual auf ihn hinab. „Außer Atem?"
Milon straffte die Schultern. „Nonsens."
Ein Grinsen fing sich auf Nahuals vernarbten Gesicht. Kein schöner Anblick. „Na dann, lass uns keine Zeit verlieren. Mir gefällt die Idee nicht, dass die beiden allein sind."
„Aber du glaubst doch nicht, dass was passiert?", meinte Milon besorgt, eilte hinter ihm her, als Nahual die Ladentür öffnete und ein Glöckchen über ihren Köpfen bimmelte.
„Eigentlich nicht. Aber ich hab trotzdem ein ungutes Gefühl."
Das ungute Gefühl war anscheinend anstecken. Milon fuhr sich durch die zerzausten Haare. „Wir sollten uns beeilen."
„Wie clever." Nahual deutete auf einen freien Tisch, direkt vor dem Schaufensterglas. „Verdammt blöder Platz, aber alles andre ist belegt, komm."
Als sie sich an den kleinen Tischchen vorbeischlängelten und Milon die Blicke der Gäste argwöhnisch in ihren Rücken stechen spürte, fiel ihm zum ersten Mal auf, wie auffällig Nahual tatsächlich war. Nicht nur wegen der Narben im Gesicht, sondern auch, weil er die durchschnittliche, männliche Hälfte der Anwesenden, um gut zwei Köpfe überragte. Die Kellnerin, an der sie vorbeigingen, und die sichtlich blasser wurde, eher um vier. Mindestens. In dem zierlichen, elegant eingerichteten Café wirkte Nahual tatsächlich hünenhaft. Wie ein Hunne auf Beutezug, oder so was in der Art. Ein Elefant im Porzellanladen, das war vermutlich der übliche Vergleich. Milon wartete insgeheim darauf, dass Nahual irgendetwas umstieß oder anderweitig zerstörte.
„Okay, was genau machen wir jetzt?", fragte er mit gedämpfter Stimme, sah sich unruhig im Laden um. Doch die Gäste wandten sich einer nach dem anderen wieder ihren eigenen Angelegenheiten zu und die Gespräche, die bei ihrem Eintreffen verstummt sein mussten, flammten wieder auf, schneller als ein Buschfeuer ausgreifen konnte.
„Du trinkst jetzt einen Kaffee", antwortete Nahual und packte seinen Laptop aus. „Ich kümmere mich um den Standort."
„Und du meinst, die haben ihn einfach so auf dem Rechner rumliegen?"

Nahual warf ihm einen fast schon pikierten Blick zu. „Einfach so sicher nicht. Aber ja. Die Frau hat drei Doktortitel und baut an einer elektromagnetischen Bombe. Bin ziemlich sicher, dass sie ihren Kriegsplan nicht von Hand schreibt."
„Hm", machte Milon. „Wäre aber doch schlauer, oder?"
„Ruhe jetzt. Keine Unterbrechungen, verstanden? Das muss schnell gehen."
„Warum?"
Nahual schloss einen Moment die Augen – als wolle er der Dummheit nicht noch ins Gesicht sehen müssen. „Weil sie bemerkt haben, dass ich mich eingehackt hab. Die werden jetzt drauf vorbereitet sein."
„Hm", machte Milon und traute nicht eine weitere Frage zu stellen.
Nahual atmete einmal tief durch, seine Stirn legte sich in konzertierte Falten, dann begannen seine Finger über die Tasten zu tanzen. Erstaunlich anmutig und viel schneller, als Milon es ihm zugetraut hätte.
Es vergingen gute fünf Minuten, in denen Nahual angespannt auf das beständige Klicken lauschte, bevor die Kellnerin sich zu ihnen an den Tisch traute. Sie warf Nahual einen kurzen Blick zu, wandte sich dann unsicher an Milon. Ihr linkes Augenlid zuckte nervös. Milon versuchte ihr ein beruhigendes Lächeln zu schenken, aber das ging nach hinten los, da er selbst alles andere als ruhig war.
„Was", sie räusperte sich. „Was kann ich euch bringen?"
„Einen Cappuccino?" Es klang mehr nach einer Frage, aber die Kellnerin nickte erleichtert und eilte davon, als hätte sie erwartet, dass er einen Ochsenkopf verlangen würde... Oder vielleicht auch einen Menschenkopf.
Als sein Blick wieder auf Nahual fiel, konnte er es ihr nicht verdenken. Seine düstere Miene und seine angespannten Schultern hatten durchaus etwas Bedrohliches an sich.
„Seltsam", murmelte der gerade, mit seiner rauen Seemannsstimme.
„Was?"
Nahual sah nicht zu ihm auf. „Keine neuen Sicherheitsvorkehrungen... keine Alarmsysteme..."
Das ungute Gefühl in Milons Magen wuchs an und immer häufiger sah er aus dem Schaufenster, als würde dort draußen schon jemand auf sie lauern. Wenn er gewusst hätte, wie richtig er damit lag, dann wäre ihm vermutlich schlecht geworden.
Plötzlich sog Nahual scharf die Luft ein. „Ich hab´s."
„Ehrlich?"

Nahual ließ sich nicht zu einer Antwort herab, doch urplötzlich sprang er auf, packte Milon am Arm, der einen überraschten Laut ausstieß und zerrte ihn an den Tischen vorbei auf die Straße, ließ den Laptop achtlos auf dem Tisch zurück.
„Was ist los?", fragte Milon hektisch, als sie in die kalte Morgenluft stolperten.
„Sie haben uns", erwiderte Nahual knapp und im Laufschritt überquerte er die Straße, hielt auf ein paar große Müllcontainer zu, Milon beeilte sich ihm zu folgen, sein Herz trommelte ihm in der Brust.
„Sie haben uns?"
Nahual packte ihn am Kragen und zerrte ihn hinter den Container, beobachtete wachsam die gegenüber liegender Straßenseite.
Die Kellnerin blieb verdutzt vor dem verlassenen Tisch stehen, die dampfende Kaffeetasse in der Hand. Es geschah zwar hin und wieder, dass Gäste sprunghaft verschwanden (meistens, weil sie nicht bezahlen wollten, schon gar kein Trinkgeld), aber meistens nahmen diese ihre Sachen mit und ließen nicht einen Laptop zurück.
Neugierig beugte sie sich vor.
Ein Fenster war auf dem Display aufgepoppt. In neongrünen Druckbuchstaben flimmerten dort zwei Worte:

HELLO WORLD

~

Katja spürte ihre Füße nicht mehr. Die Kälte schien mittlerweile jeden Nerv eingefroren zu haben. Ihre Zähne klapperten aufeinander und sangen ein nettes Duett mit Laras Geklapper. Sie hatte das Mädchen fest an sich gedrückt. Mittlerweile hatten sie sich, immer unter dem Steg hinweg, von dem Boot fortbewegt. Wie von Zauberhand hatte der kleine Hafen sich geleert. Niemand der sie bemerken könnte. Niemand der ihnen helfen würde.
Jetzt hingen sie noch immer im Wasser, klammerten sich mit steifen Händen an die Leiter einer winzigen Yacht, die am weitesten entfernt von der Jorinde lag. Katja wusste nicht mehr was sie tun sollte. Sie wusste, dass sie vor allem Lara so schnell wie möglich aus dem eisigen Wasser bekommen musste, aber sie wagte es nicht. Sie könnte weder sich selbst noch das Kind verteidigen, wenn die Männer sie entdecken würde. Sie wüsste nicht einmal, wo sie hingehen sollten, wo die Jungs waren.

Tränen brannten in ihren Augen, immer wieder wanderte ihr
Blick über die leere Promenade. Sie betete stumm, dass Nahual
auftauchen würde.
„Nicht einschlafen", flüsterte sie Lara ins Ohr, die ihr seit einer
ganzen Weile nicht mehr geantwortet hatte und sie nur aus
riesigen Augen anstarrte. Sie war weißer als frischer Kalk und
Katjas Angst wuchs mit jeder Sekunde. „Nicht einschlafen,
Kleines. Nahual muss jeden Moment zurück sein."
Das Wasser schwappte um ihre Schultern, gluckste und gurgelte
und grinste schadenfroh.
„Komm schon", murmelte sie. „Bewegt endlich eure Hintern
hierher."

Gestrandet

Nahual stieß Milon leicht in die Seite und deutete über die
Straße. Milon folgte dem Blick seines Zeigefingers und sah zwei
schwarz gestaltete Gestalt (eine Frau und ein Mann, wenn er
sich nicht irrte) Seite an Seite über den Bürgersteig laufen. Sie
strebten ohne Frage und ohne zu zögern, ohne auch nur den
Blick von ihrem Ziel zu wenden, dem Café entgegen.
„Das – sieht nicht gut aus."
Nahual grunzte. „Das sieht verdammt scheiße aus. Um genau zu
sein, sitzen wie verdammt tief in der Scheiße."
Milons Atem beschleunigte sich, für einen Moment kniff er die
Augen zusammen, raufte sich durch die Haare. „Oh, verdammt.
Das ist nichts für mich."
„Reiß dich zusammen, du musst von uns allen am wenigsten um
deinen unnützen Kopf fürchten."
„Oh, die würden mich als allererstes aus dem Weg räumen,
glaub mir."
„Tu ich ja." Nahual folgte mit den Augen den beiden Gestalten,
die gerade das Café betraten. „Wer sind diese verdammten
Leute? Wo kommt eine Gruppe von drei kaum bekannten
Wissenschaftlern, Doktortitel hin oder her, an Auftragskiller?"
Milon zuckte die Schultern. „Wie haben sie uns gefunden?"
„Ich bin nicht -" Nahual brach ab. Milon sah, wie sich seine
Augen kaum merklich weiteten. „Oh, bei allen Riesenkragen!
Scheiße!"
Das Scheiße kam ihn mit solcher Inbrunst über die Lippen, dass
Milon klar war, dass ihm etwas wirklich Furchtbares aufgegangen
sein musste. Wirklich, wirklich furchtbar. Angespannt sah er ihn
an. „Was?"
„Sie haben uns die ganze Zeit schon geortet. Wussten genau, wo
wir sind. Ich hab den Laptop mitgenommen..."
„Du meinst -?" Milon stockte der Atem.
„Ja."
Ohne ein weiteres Wort richtete Nahual sich auf und rannte los.
Vorbei an all den alltäglichen Passanten. Ein Mann, der in sein
Handy schrie, eine Mutter, die ihren Kinderwagen über den
Bürgersteig bugsierte, ein viel zu junges Paar, das vor lauter
Küssen vergaß, dass es mitten auf dem Zebrastreifen stand.

Milon vergaß, dass er Sprinten noch ein wenig mehr hasste als Spinat. Er rannte hinter Nahual her, als ginge es um sein eigenes Leben.
Er musste rechtzeitig am Hafen ankommen. Um das Kind vor wem auch immer sie waren schützen zu können. Das Mädchen, das ihn aus irgendeinem Grund mochte.
Und auch um die Frau machte er sich Sorgen, die rothaarige Furie, die auf ihre Zahnbürste wartete. Als gäbe es keine größeren Probleme als schlechten Atem.
Sie hielten nicht, beachtete die Blicke, die ihnen folgten, nicht, überrannten beinahe eine Oma mit Rollator und hasteten weiter.

Als sie schließlich, eine Querstraße vor dem Hafen zum Stehen kamen, presste er sich eine Hand auf die stechende Seite. Er würde seine Hand dafür nicht ins Feuer legen, aber er war ziemlich sicher, dass ihr Ausflug nicht einmal fünfunddreißig Minuten gedauert hatte.
„Was", er schnappte nach Luft, „was jetzt?"
„Jetzt suche ich mein Fernrohr."
„Du hast ein Fernrohr dabei?"
„Du etwas nicht?"
Milon war nicht sicher, ob er sich über ihn lustig machte oder es ernst meinte, also sagte er dazu lieber nichts, sah stattdessen zu, wie Nahual in seinen Taschen zu wühlen begann. Der Mantel hatte viele Taschen.
Zuerst beförderte er eine Tüte Rosinen zutage, die er Milon in die Hand drückte.
„Und du beschwerst dich über Katja?"
Nahual warf ihm einen genervten Blick zu und kramte weiter. Als Nächstes kam eine Packung mit Kabelbindern.
„Okay", meinte Milon. „Ich schließe daraus, dass wir nur einen vorläufigen Waffenstillstand haben."
„Halt nicht zu viel von dir", knurrte Nahual. „Bist nicht der einzige, für den man so was dann und wann braucht. Also Klappe."
Zu den Nüssen und den Kabelbindern, kamen noch ein originalverpackter Hornhautschwamm, ein Kompass dessen Glas gerissen war, eine ebenfalls ramponierte Taschenuhr (es war fünf Minuten vor vierzehn Uhr) und eine Mundharmonika.

Endlich hielt er in einer triumphalen Geste ein kleines,
ausziehbares Fernrohr in die Höhe. Nach einem zufriedenen
Nicken stopfte er die restlichen Gegenstände wieder zurück in
die Taschen, dann winkte er Milon ihm zu folgen. Sie liefen
zwischen zwei der Hochhäuser entlang, vorbei an einer Biotonne
und einem alten Ford, den jemand Pink lackiert hatte.
Vermutlich um die Rostflecken zu kaschieren.
Hinter einer Hecke duckten sie sich.
„Sie könnten schon da sein, oder?", meinte Milon atemlos.
„Seh´n wir gleich."
Er zog das Fernrohr auseinander und kniff das rechte Auge
zusammen. Milon fragte sich, ob er wohl auf dem linken besser
sah.
Wortlos sah er zu, wie Nahual seinen verlängerten Blick über den
Hafen wandern ließ. Die Anspannung in seinem Inneren wuchs
und erst nachdem Nahual bereits einiger Sekunden durch die
Gegend geguckt hatte, fiel ihm auf, dass er die Luft anhielt.
„Sie waren schneller", sagte Nahual schließlich. Nichts war in
seiner Stimme zu hören. Keine Sorge, keine Angst, kein gar
nichts.
„Was heißt das?"
Nahual antwortete nicht. Er sah noch immer zu den Schiffen
hinüber.
„Hey, was heißt das? Was meinst du, sie waren schneller?"
Sein Herz begann unangenehm in seinem Hals zu pochen, er
spürte, wie seine Hände schwitzig wurden. Er wusste, was
Nahual da sagte. Er wusste es ganz genau. Aber er konnte diese
Worte nicht einfach akzeptieren. Er konnte die Bedeutung hinter
den Worten nicht begreifen.
Das war falsch. Das war nicht fair. Das ging zu schnell, um wahr
sein zu können.
„Nein", sagte er schließlich. Seine Stimme zitterte. „Nein."
Nahual hob die Hand und er verstummte wieder. Was tat
Nahual? Wonach suchte er? Was war da draußen noch wichtig,
wenn – sie schneller gewesen waren?
„Ich hab sie", meinte Nahual.
„Du..." Milon blinzelte verdutzt. „Du hast wen?"
„Katja und Lara."
„Wie... du hast sie? Ich dachte sie – du weißt schon."
Nahual warf ihm ein Stirnrunzeln zu. „Hast du wirklich gedacht,
Katja würde sie nicht schnell genug bemerken?"
War das Bewunderung in seiner Stimme? Oder nur ein ehrlicher
Respekt? Die Erleichterung ließ seine Knie weich werden. „Wo
sind sie?"
„In Schwierigkeiten."

„Was? Ich dachte -"
„Vielleicht lässt du das mit dem Denken lieber sein." Er drückte
Milon das Fernrohr in die Hand und zog sich den Mantel von den
Schultern. „Ich geh runter und hol sie daraus."
Milon hielt sich das Fernrohr vors Auge und suchte den Hafen
fieberhaft nach einem Anzeichen der beiden ab. „Wo? Wo sind
sie?"
„Vor der Yacht."
Milon lenkte das Fernrohr dorthin und entdeckte die beiden
kleinen Gestalten, die bis zum Hals im Wasser hingen. „Oh
verdammt, wie lange sitzen sie da schon?"
„Im schlimmsten Fall?" Nahuals Stimme klang längst nicht so
lässig wie er tat. „Seit vierzig Minuten."
Erschrocken ließ Milon das Fernrohr sinken. „Wie kalt ist das
Wasser?"
„Bin ich ein Thermometer? Wir müssen sie daraus bekommen."
Milon nickte. Fahrig zupften seine Finger an einem losen Faden
in seinem Wollpullover. „Wie bekommen wir sie daraus? Warum
sind sie nicht selbst rausgekommen?"
„Wo hat Doktor T euch eigentlich aufgesammelt? Auf der
Müllhalde der menschlichen Intelligenz?"
Er drückte Milon etwas in die Hand und der realisierte erst auf
den zweiten Blick, was es war. „Wo hast du die her?"
„Schwesterchen und Brüderchen. Qualitätsware."
„Und – was soll ich damit?"
Nahual sah aus, als wäre er kurz davor die Beherrschung zu
verlieren. „Du wolltest uns umlegen. Jetzt sag bitte nicht, du
hattest noch nie eine Knarre in der Hand?"
Milon erwiderte seinen Blick, wusste nicht so recht was er darauf
antworten sollte.
„Auf dem Boot sind mindestens zwei Männer, auch wenn ich
eher auf mehr tippen würde. Wenn sie uns bemerken, schießt du
auf sie."
„Ich kann nicht zielen!"
„Schieß einfach nicht auf uns, okay?"
Milon atmete zittrig durch. „Okay, sicher, klar, bekomme ich
hin."
„Dann halt den Mund."
Nahual hatte inzwischen auch seinen Pullover und seine Schuhe
ausgezogen. „Ich verlass mich auf dich. Bis gleich."
Und damit verschwand er im Gebüsch, schlich sich in Schutz der
Hecken näher an den Hafen. Milon konnte sehen, wie er einen
Bogen lief und einen Steg weiter ins Wasser glitt, außerhalb der
Sicht ihres Bootes.

Milon versuchte seine zitternden Hände zu beruhigen. In der einen hielt er die Pistole, in der anderen das Fernrohr. Er beobachtete Nahual, wie er langsam unter den Stegen hinweg tauchte, sich langsam und möglich leise den beiden Verschollenen näherte.

„Argh", murmelte er. „Da sagt er selbst, dass ich auf einen Misthaufen gehöre und dann lässt er mich mit einer verdammten Waffe in der Hand zuschauen?"

Nahual erreichte die beiden und Milon atmete erleichtert durch. Er hob den Blick und spähte zu ihrem Boot hinüber. Da standen tatsächlich zwei dieser schwarzen Männchen an der Reling und warteten.

Merkwürdig, dachte Milon. Warum verstecken sie sich nicht unter Deck? Warum waren sie so absichtlich auffällig.

Er runzelte die Stirn, dann sah er wieder zu den drei Schwimmern hinüber, betet stumm darum, dass er die verdammte Waffe nicht benutzen müsste.

„W-w-wir m-müssen L-l-lara hier her-heraus ho-holen", klapperte Katja und sah Nahual mit einer Mischung aus unendlicher Erleichterung und eben so viel Furcht an. „S-sie... sp-spricht n-nicht mehr m-mit mir..."

Nahual nickte. „Wir gehen einen Steg weiter raus", flüsterte er. „Die beiden stehen wie Raben auf dem Deck und warten auf ihr Fressen."

Er nahm Katja das eisige Kind aus den Armen, darauf bedacht möglichst wenig Wellen zu verursachen.

„S-sind... dr-drei."

„Okay. Komm mir hinterher, ja?"

Katja nickte.

Nahual schwamm langsam, das Mädchen an die Brust gedrückt, den Weg zurück, den er gekommen war, lauschte auf die flachen Atemzüge von Lara, ohne Katja aus den Augen zu lassen. Sie waren beide so furchtbar weiß. Schneller. Sie hätten schneller sein müssen. Er hätte früher verstehen müssen, was passiert war. Er hätte die beiden nie allein lassen dürfen und -

Konzentriere dich, mahnte er sich. Vorwürfe konnte er sich später machen. Für Vorwürfe war immer reichlich Zeit.

Katja schien Schwierigkeiten zu haben ihm hinterherzukommen und voller Sorge sah er ihren langsamen Bewegungen. Als würde sie sich in Zeitraffer bewegen. Ein Wunder, dass sie nicht einfach unterging.

Er zwang sich dazu nicht nach dem Boot hinüberzusehen. Das würde nur kostbare Zeit in Anspruch nehmen, Zeit, die er nicht hatte. Er musste Milon vertrauen. Oder auf sein Glück und die Tatsache, dass Doktor T etwas daran lag, dass sie nicht einfach abgeschossen wurden.
Reglos lag das Mädchen in seinen Armen und sein Herz donnerte viel zu laut in seinen Ohren. Ihre Züge waren friedlich, zu friedlich für die bleierne Kälte.
Einfach weiter schwimmen, dachte er. Schwimmen.
Endlich erreichten sie die Stelle, an der er ins Wasser gestiegen war und die geschützt von einigem Buschwerk und einer leerstehenden Imbissbude lag.
„Komm", meinte er zu Katja, zog sie zu sich heran. „Krabble raus."
Katja griff kraftlose nach der Kante, versuchte sich aus dem Wasser zu hieven. Ihre Hände zitterten noch stärker als sein Herz.
Er half ein wenig nach, bis sie endlich ans Ufer gekrochen war. Patschnass klebten ihr die langen Haare im Gesicht und auf den Schultern. Wenn er ehrlich war, dann sah sie mehr tot als lebendig aus. Ganz zu schweigen von Lara. Er hob sie Katja entgegen, die sie mühevoll aus dem Wasser zog und an sich drückte.
„He-hey. L-Lara. Schau m-mich an, b-bitte."
Er schwang sich über die Kante und legte Katja einen Arm um die Schultern. „Wir müssen zu Milon und fort aus der Schusslinie, okay?" Eindringlich sprach er auf sie ein, um durch ihre erstarrten Gedanken zu kommen. Mit Tränen in den Augen und bebenden Lippen sah sie zu ihm auf. „Was w-wenn sie n-nicht mehr auf-aufwacht?"
„Sie atmet. Sie wird wieder aufwachen. Aber wir müssen hier weg."
Sie nickte, auch wenn die ersten Tränen bereits über ihre fahlen Wangen rollten. Erstaunlich, dass sie nicht einfach einfroren. Nahual nahm Lara auf den Arm und zog Katja auf die Füße, stützte sie so gut er konnte, während er sich mit ihnen das letzte Stück Weg entlang kämpfte. Nahual hatte das Gefühl eine Kilometerweite Wanderung hinter sich zu haben, als er endlich in der Straße auftauchte, in der Milon auf sie wartete.
Der sprang auf, als er sie sah, ließ die Pistole fallen und eilte ihnen entgegen. „Oh verdammt, ihr seht scheiße aus, scheiße!"
„Ja, danke für diesen hilfreichen Beitrag!", fuhr Nahual ihn an. „Hol meine Pullover, schnell!"

Er hatte sich hingekniet und Laras Kopf auf seinem Schoß
gebettet, wrang ihr das eisige Salzwasser aus den Haaren. Katja
hatte sich neben ihn fallen lassen, tätschelte Laras Wange. „Hey!
Hey, Baby! Mach die Augen auf, komm schon!"
Milons Herz hatte ein paar Schläge ausgesetzt, dann drückte er
Nahual den Pullover in die Hände und der zog ihn Lara vorsichtig
über den Kopf. Katja rubbelte über ihre Arme und tätschelte ihre
Wange. Tränen ließen ihre Augen glitzern, das Wasser färbte
ihre Haare schwarz.
Schnell zog Milon sich den eigenen Pullover über den Kopf und
reichte ihn Katja. „Zieh den über!"
„Was?" Verwirrt sah sie zu ihm auf, schüttelte dann abwesend
den Kopf. „Nein – nein, zieh in Lara über. Sie muss wieder
aufwachen!"
„Nein", meinte Nahual bestimmt. „Zieh den Pullover an. Milon,
mein Mantel."
Milon tat wie geheißen und auch Katja stülpte sich mit klammen
Fingern den Strickpullover über den Kopf.
Nahual wickelte das Mädchen in seinen Mantel und drückte sie
fest an seine Brust. Katja rückte ebenfalls näher und Milon
kniete sich neben ihn, um dem Mädchen möglichst viel Wärme
zu spenden.
„Lara?", flüsterte Katja, presste sich die zitternden Finger vor
den Mund. „Lara, wach schon auf!"
Milon schlang einen Arm um sie, rieb ihr über den Rücken, auch
wenn sie das gar nicht mitzubekommen schien.
Plötzlich regte Lara sich, nur schwach, aber es war da und ein
kaum hörbares Wimmern kam ihre blutleeren Lippen.
„Oh mein Gott, oh mein Gott, Lara!?" Katja lachte und weinte in
einem, strich ihr über die Stirn, die Wangen, die Haare.
Laras Augenlider flatterten und nach ein paar Anläufen, schlug
sie die Augen auf. Sie sah so erschöpft, so verwirrt aus, dass es
den drei Erwachsenen die Kehle eng werden ließ.
„Lara! Wie geht es dir? Bist du okay?"
„Kalt", flüsterte sie, während ihr ganzer, kleiner Körper in
Nahuals Armen zu beben begann.
„Das wird wieder, Kleines. Das wird wieder", versicherte Katja
ihr, wischte sich die Tränen von den Wangen. „Das bekommen
wir wieder hin!"
„Wir müssen sie wärmer bekommen", meinte Milon.
Nahual gab ein „Hmpf", von sich, strich sich das nasse Haar aus
der Stirn. „Weiß nicht, wo wir hingehen sollen. Müssen euch
aufwärmen, aber ich weiß nicht wo wir -"
„Ich weiß es", sagte Milon. Er atmete tief durch und nickte sich
dann entschlossen zu. „Wir gehen zu meiner Schwester."

Überrascht sahen Nahual und Katja zu ihm auf.
„Meine Schwester wohnt nur fünf Minuten von hier entfernt. Sie
wird uns helfen."
„Du hast hier eine Schwester wohnen?" Argwöhnisch sah Nahual
ihn an, als würde das die Wahrheit aus ihm heraus sickern
lassen.
„Ja. Ich wollte sie eigentlich aus solchen Dingen heraushalten,
aber jetzt geht es nicht anders." Fest erwiderte er Nahuals Blick
und nach einem kleinen Blickduell nickte Nahual.
„Danke. Wir werden sie auch nicht weiter hineinziehen als nötig."
Milon schluckte, nickte dann aber.
„Milon?", murmelte Lara, die Augen wieder halb geschlossen.
„Ja?" Er beugte sich über sie, schenkte ihr ein schiefes Lächeln.
„Was ist, Prinzessin?"
„Warum haben Giraffen so einen langen Hals?"
Ungläubig lachte Milon auf, aber es hätte auch ein Schniefen sein
können. Katja war sich nicht sicher.
„Weil ihr Kopf so weit oben sitzt."
Er zwinkerte Lara zu und die schloss mit einem kleinen Lächeln
wieder die Augen.
„Hey, Katja." Nahual stieß Katja in die Seite und sie sah zu ihm
auf. Es fiel ihr schwer die Augen aufzuhalten. Sie war so
erschöpft und ihre Zähne klapperten noch immer vor sich hin,
hatten sich anscheinend selbstständig gemacht.
Nahual hielt ihr seinen Flachmann entgegen. „Nimm nen
Schluck."
„Aber -"
„Trink einfach, ja?"
Da er gerade in die eisige Nordsee gesprungen war, um sie und
Lara zu retten, beschloss sie dieses Mal keine Diskussion vom
Zaun zu brechen, griff nach dem Flachmann und nahm einen
tiefen Schluck.
Augenblicklich begann sie zu husten und zu würgen, als ihr
ganzer Hals in Flammen aufzugehen schien.
„Du hast gesagt – das wäre Papaya Saft!", röchelte sie, als sich
der Hustenreiz gelegt hatte.
Mit tränenden Augen war es relativ schwierig vorwurfsvoll
dreinzuschauen, aber sie gab ihr Bestes. Nahual war nicht
beeindruckt. Im Gegenteil.
„Hast du schon mal was von Papaya Saft gehört?"
Sie ignorierte diesen Einwand. Wenn sie nicht so unterkühlt
gewesen wäre, wäre sie rot angelaufen. „Das ist Rum!"
„Natürlich ist das Rum." Kopfschüttelnd sah Nahual auf sie
hinab. „Nimm noch nen Schluck, wärmt auf."
„Aber... ich hab noch nicht so viel gegessen..."

Ein schnaubendes Lachen. „Klar.“
„Trink ruhig noch einen Schluck“, mischte sich Milon mit breitem Grinsen ein. „Es wärmt tatsächlich.“
„Weiß ich“, grummelte Katja. „Hab das als Kind gemacht, im Winter, wenn meine Eltern nicht im Haus waren...“
„Die Folgeschäden sind klar erkennbar.“
Katja warf mit dem zugeschraubten Flachmann nach Nahual, doch der fing ihn problemlos auf und steckte ihn ein.
„Papaya Saft“, murmelte er vor sich hin. „Papaya Saft – ehrlich Mal....“
„Okay, lass uns aufbrechen“, meinte Milon. Nahual nahm Lara wieder auf die Arme, statt zu antworten, bückte sich noch einmal, um die Pistole einzustecken.
Milon wandte sich ab und fuhr sich rasch über die Augen. „Da geht's lang.“ Er deutete nach rechts und lief dann los.
Katja und Nahual folgten ihm dicht auf.
„Wehe du lässt sie fallen“, meinte Katja müde zu Nahual.
„Nur wenn ich nen plötzlichen Todeswunsch bekomme.“
Katja lachte auf, ein so erschöpftes Lachen, dass es eher wie ein Schluchzen klang und am liebsten hätte Milon sie einmal festgedrückt. Er warf einen Blick auf die drei. Lara war bereits eingeschlafen. Er wusste, dass seine Schwester nicht einen Augenblick zögern würde, ihnen zu helfen. Trotzdem hämmerte das schlechte Gewissen in seinen Eingeweiden, wie ein übereifriger Specht. Er hatte sie nie in seine – Geschäfte verstricken wollen. Schon gar nicht, wenn der Tod persönlich involviert war.
Der würde es nicht wagen, seiner Schwester jetzt etwas zu tun, richtig? Auch der Tod musste irgendeine Schwachstelle haben, wie Siegfried sie gehabt hatte, wie jedes Monster in jeder Geschichte es hatte. Irgendeine Schwachstelle musste selbst der Tod haben und wenn Laura etwas geschehen würde, würde er sie finden. Das versprach er sich.
Zu ärgerlich, dass der Tod nicht anwesend war, damit er ihm die Drohung an den Kopf werfen könnte.

Es brauchte tatsächlich nicht länger als fünf Minuten. Dann standen sie vor einem diesen hässlichen, mehrstöckigen Gebäuden, typische Sozialwohnungen. Unkraut wucherte zwischen den Betonplatten, eine Kavallerie an Briefkasten war an der vollgekritzelten Hauswand, neben der lieblosen Eingangstür angebracht.

Katja musterte Milon aus den Augenwinkeln. Der fühlte sich sichtlich unwohl. Er hatte die Hände tief in den Taschen seiner Jeans vergraben, sah starr hinauf zu den aufgeschichteten Wohnungen.

„Der Aufzug ist kaputt", meinte er an niemanden bestimmtes gewandt. „Aber es sind nur vier Stockwerke."

„Okay", sagte Nahual, ohne jeglichen wertenden Unterton in der Stimme. Das schien Milon etwas zu beruhigen. Er lief vor und hielt Nahual und Katja die Tür auf, auch wenn er nach wie vor den Blick irgendwo zwischen seine Füße gerichtet hielt.

Das Treppenhaus hatte einen schmutzigen Laminatboden und hier und da stapelten sich gelbe Säcke vor den immer gleichen Türen.

Ihre Schritte knirschten und quietschten und hallten an den kahlen Wänden wider. Schweigend stiegen sie die Treppen hinauf. Katja musste sich am Geländer festhalten, kam immer schleppender voran. Beinahe schlief sie im Gehen ein. Tränen brannten in ihren Augen. Die Erschöpfung in ihrer Kehle hatte einen Punkt erreicht, von der ihr schlecht wurde.

Als sie endlich vor einer der Türen stehen blieben, schwankte sie und ihr Atem kam viel zu angestrengt über ihre Lippen. Milon griff nach ihrem Arm, als hätte er Angst, dass sie die Treppen einfach wieder hinunterfallen würde. Was durchaus im Bereich des Möglichen lag.

Milon hob die Hand und klopfte an die Tür. Es dauerte nicht lange und leichte Schritte näherten sich der Tür. Sie öffnete sich und eine kleine, zierliche Frau flog direkt in Milons Arme, drückte ihn fest an sich.

„Bruderherz! Wie schön dich wieder zusehen!"

Die Frau lehnte sich zurück und strahlte zu ihm auf. Ihre Augen hatten die Farbe eines frisch gewaschenen Himmels und ihre Haare waren so hell, dass sie im Licht der Neonröhre an der Decke beinahe weiß schimmerten.

„Ich hab dich auch vermisst, Laura."

Sie drückte ihm einen Kuss auf die Wange, dann wandte sie sich mit einem neugierigen Lächeln an die drei Fremden, die wie begossene Pudel auf ihrer Schwelle standen.

„Das sind – Freuden von mir. Ich erkläre es dir später, wir müssen sie warm bekommen. Vor allem die beiden Ladys."

Das Lächeln wich einem besorgten Ausdruck. „Oh, sicher. Kommt rein, schnell. Macht es euch bequem, ich – suche Decken."

Damit eilte sie zurück in die Wohnung. Katja sah erstaunt zu Milon auf, der verlegen, aber irgendwie stolz zurück grinste.

„Das ist Laura. Meine große Schwester. Kommt schon rein."

Er ging ihnen einmal mehr voraus, durch einen schmalen Flur, der in einem großen Wohn- und Esszimmer endete.
Wie eine Insel thronte in der Mitte des Raumes ein Sofa. Auf dem bunten Stoff lagen Decken und Kissen. Manche selbst gehäkelt, andere bunt bedruckt. Zwischen der kleinen Kochzeile und der kleinen Topfpalme stand ein Laufstall, in dem ein Kleinkind saß und mit großen Augen zu ihnen hinübersah.
„Das ist Enzo", meinte Milon. „In drei Monaten, zwei Wochen und einem Tag wird er drei Jahre alt." Katja konnte die unterdrückte Liebe in seiner Stimme hören. Die beiden Geschwister mussten sich wirklich nahestehen.
„Am besten wir packen die Kleine erst mal warm ein, oder?", meinte Laura, die mit zwei weiteren Decken aus dem angrenzenden Raum getreten war. „Wenn sie ein wenig geschlafen hat, kann sie ja eine heiße Dusche nehmen." Fragend sah sie in die Runde und Nahual nickte, während Katja ein erleichtertes „Danke" über die Lippen brachte.
„Komm, leg sie auf die Couch."
Nahual schälte Lara aus seinem Mantel und folgte der Aufforderung, woraufhin Laura sie unter einem Berg aus Decken begrub und sie um sie herum feststeckte. „Ich mache ihr noch eine Wärmeflasche."
Zärtlich strich sie Lara eine nasse Strähne aus dem Gesicht. Dann rappelte sie sich auf. Bevor sie in dem Schrank über der Spüle zu wühlen begann, war sie Katja einen forschenden Blick zu. „Ich denke du könntest die heiße Dusche jetzt schon vertragen, oder?"
Katja sah zu Lara, doch die schien friedlich zu schlafen. Ihre Lippen waren nicht mehr blau und langsam kam die Farbe zurück in ihre Wangen geschlichen. „Ja." Sie schenkte Laura den Ansatz eines Lächelns. „Das wäre ein Traum."
„Das Bad ist die erste Tür", sie zeigte durch den Raum. „Handtücher liegen dort, ich suche dir gleich noch ein paar saubere Kleider zusammen."
„Das ist wirklich nett von dir", sagte sie ehrlich und wandte sich ab, als ihr die Tränen erneut in die Augen schossen.
Das Bad war nicht sehr groß, aber ebenso liebevoll eingerichtet wie das Wohnzimmer. Ein flauschiger Teppich vor dem Waschbecken, ein bunt gepunkteter Duschvorhang, an der Tür hing eine Zeichnung von einer Kuh, die auf dem Klo saß und dabei eine Zigarre rauchte.

Sie schälte sich aus den Salz-starren-Kleidern und stieg unter die Dusche. Ihre Hände zitterten leicht, als sie den Hahn aufdrehte und ein Strahl heißen Wassers auf sie niederprasselte. Leise begannen die Tränen zu laufen. Katja legte den Kopf gegen die Fliesen und schloss die Augen. Eine ganze Weile stand sie so da, ließ das heiße Wasser über ihre Kopfhaut und ihren Körper strömen und spürte wie die Kälte langsam zurückgedrängt wurde. Und mit der Wärme kam die Erleichterung, das Wissen darum wie knapp diese Flucht gewesen war. Sie war zu müde, um die Tränen aufzuhalten, die mit dem Salz des Meeres im Abfluss verschwanden.

Seltsam. Manchmal machte einen die Erleichterung trauriger als das eigentliche Unglück. Als wäre das Unglück nur der Auftakt des eigentlichen Problems.

Endlich schaffte sie es nach der Shampoo Flasche zu greifen und sich einzuseifen. Lauras Shampoo roch nach Lavendel und einem Hauch von Honig. Sie musste sich zweimal einseifen, bis das unangenehme Jucken des eingetrockneten Salzes endlich verschwunden war.

Als sie das Wasser wieder abstellte, zitterten nicht nur ihre Hände. Die Müdigkeit ließ sie beinahe über den Wannenrand fallen. Gerade so konnte sie sich am Rand des Waschbeckens abfangen. Seufzend schüttelte sie den Kopf über ihre Tollpatschigkeit. Sie griff nach einem der Handtücher und rubbelte sich trocken. Ihre Haut war gerötet von dem viel zu heißen Wasser und Wasserdampf hing im Raum, setzte sich auf dem Spiegel und auf den Wandfliesen ab, in winzigen Tropfen, als würde das Bad schwitzen.

Erst nachdem sie Haare in einem Handtuch zusammengerollt hatte, fiel ihr Blick auf den Stapel frischer Wäsche, den Laura ihr hineingebracht haben musste. Milons Schwester war wirklich ein kleiner Schatz.

Sie griff nach den Kleidern. Eine graue Jogginghose, ein einfaches Top und ein lindgrüner Kapuzenpullover. Daran konnte man nichts aussetzen. Sie schlüpfte in die Kleider und trat dann aus dem Bad – nicht ohne vorher das kleine Fenster zu öffnen, um die Feuchtigkeit in die einbrechende Dämmerung zu entlassen.

Zu dieser Jahreszeit war es schon gegen vier Uhr so düster, wie sie sich den Hexenwald aus Hänsel und Gretel vorstellte.

Nahual und Milon saßen an dem winzigen Küchentisch über einer Karte – ein deutlich neueres Modell, als das von Nahual - und bemerkten sie erst nicht.

Enzo und Lara schliefen friedlich. Es war still in der Küche, wenn man vom leisen Gedudel des Radios absah. Laura stand am Herd und rührte in einem Kochtopf.
Katja schlang die Arme um sich und tapste zu der stummen Dreiergruppe hinüber. „Hey."
Laura sah auf und lächelte ihr zu. Sie hatte das helle Haar zu einem einfachen Knoten gebunden und hielt in einer Hand einen Salzstreuer.
„Danke für die Kleider", sagte Katja und meinte jedes Wort so.
„Ach, das ist doch selbstverständlich", erwiderte diese. „Milon, schenk ihr doch bitte einen Tee ein."
Der Angesprochene sah auf und sprang dann von seinem Stuhl, als hätte ihn eine Tarantella gestochen. „Ja, klar."
Er sah vorsichtig zu Katja hinüber. „Kommst du?"
Er zog ihr einen Stuhl zurück und sie nahm die Einladung an, setzte sich Nahual gegenüber, der ihr kurz zunickte. Milon lief zu einem der Schränke, nahm eine saubere Tasche heraus und goss sie mit dampfendem Tee voll, der auf der schmalen Anrichte stand.
„Bitte", meinte er, fuhr sich verlegen durch das Haar.
Sie lächelte ihm zu. Nach der Dusche ging es ihr schon viel besser. Ihre Lebensgeister hatten den Weg aus der Unterwelt zurückgefunden und ihr Weinkrampf schien ihr mit einem Mal reichlich dämlich.
„Ich hab dir noch was...", Milon räusperte sich, griff in seine Hosentasche. „Mitgebracht." Er zog die Zahnbürste hinaus und reichte sie ihr.
„Oh!" Ihre Augen leuchteten auf. „Oh, das ist perfekt, danke!"
Milon lächelte schief.
„Bevor wir die Welt retten gehen – oder zumindest einen Teil davon – werde ich mir die Zähne putzen können! Das ist so perfekt, danke!"
Sie strahlte von einem Ohr zum anderen.
Milon wusste wieder einmal nichts zu antworten und setzte sich neben Nahual, räusperte sich. Laura summte leise das Lied im Radio mit. Katja nahm einen Schluck des schwarzen Tees und war für den Moment voll auf zufrieden.
Grübelnd zog Nahual die Brauen zusammen.
„Okay", unterbrach sie das Schweigen. „Wie geht es weiter? Wann und wo werden sie angreifen? Und, am wichtigsten von allem, wie bei allen Rumpelstilzchen der Welt, konnten die uns überhaupt finden?"
Ihre Augen verengten sich herausfordernd zu Schlitzen, als sie sich direkt an Nahual wandte. „Sag es mir, woher wussten sie, wo ich und Lara sind?"

Nahual lehnte sich zurück, verschränkte die Arme abwehrend vor der Brust. Doch er wich ihrem Blick aus. Zum ersten Mal, seit sie sich begegnet waren. Unwillkürlich wanderten ihre Brauen in die Höhe.
„Nahual?"
„War meine Schuld", murmelte er. Er verzog das Gesicht und starrte auf die Karte hinunter.
„Ja?" Katjas Stimme war gefährlich leise geworden. „Und wie, wenn ich fragen darf, ist es deine Schuld, dass wir erst beinahe abgeknallt und dann beinahe erfroren wären? Das würde mich außerordentlich interessieren."
Milon rutschte unruhig auf seinem Stuhl herum, wie ein kleines Kind, das den Streit seiner Eltern mitbekam.
Nur Laura schien keine Ohren für den aufziehenden Sturm zu haben. Sie summte weiter etwas schief die Töne des Liedes mit und rührte dabei in ihrem Topf herum.
Trotz seiner eindrucksvoll grimmigen Gestalt ließ ihn das offene Schuldeingeständnis in seinem Blick verletzlich werden. Er sah sie noch immer nicht an, als er zu einer Erklärung ansetzte. „Als ich mich in der Werft in ihr System eingehackt hab, da -"
Katja schenkte ihm ein katzengleiches Lächeln, als er kurz stockte. „Ja?"
Nahual holte tief Atem und sah ihr dann fest in die Augen. „Ich war zu lange drinnen. Sie haben uns geortet."
„Heißt das übersetzt – rein theoretisch – dass sie die ganze Zeit wussten, wo wir mit deinem stinkenden, kleinen Boot herum geschippert sind, und haben auf uns gewartet, wie die Katze vor dem Mauseloch? Ist es das, was du sagen willst?"
Selbst Laura hielt mit rühren inne, als die wachsende Spannung im Raum sie erreichte. Milon hatte den Blick fest auf seine verschränkten Hände auf der Tischplatte geheftet, tat als würde er nichts von den Worten mitbekommen.
Katja und Nahual sahen sich nach wie vor fest in die Augen. Katjas Zorn knisterte in ihren Ohren, lauernd, begierig darauf wartend sich in einem reißenden Knall zu entladen.
„Denke dran, dass Lara schläft", meinte Nahual leise, sah wieder weg. „Aber ja. Ja, das ist genau, was es heißt."
Totenstille.
Mit einem Mal wurde die Hintergrundmusik des Radios zum plärrenden Eindringling.
Katja blies in ihren Tee. „Du weißt sicher noch, dass ich dir gesagt habe, aus dem System zu verschwinden. Bevor es zu spät wäre."
„Schwer zu vergessen."

„Und du weißt bestimmt auch, dass dieses Desaster dann ganz allein deine Schuld ist?"

„Verdammt, Katja." Er sah sie wieder an. „Das ist mir klar, okay? Aber es bringt auch nichts mehr, drauf herumzureiten. Wir müssen uns beeilen und einen halbwegs konkreten, nicht tödlich endenden Plan auf die Beine stellen, denn die drei Idioten werden heute Abend noch zuschlagen."

Katja legte den Kopf schief. Sie wusste, dass Nahual im Grunde genommen recht hatte. Er sah ehrlich zerknirscht aus, mehr als nur das, ein Schatten aus Vergangenheit glomm in seinen Augen, als hätte er so etwas schon einmal erlebt.

Und sie gab ihm vollkommen recht. Sie hatten keine Zeit sich auf Streitigkeiten auszuruhen.

Ihr maliziöses Lächeln war die einzige Vorwarnung. Klatschend landete ihre flache Hand auf Nahuals Wange, ließ einen roten Handabdruck zurück, bevor sie einen weiteren Schluck Tee nahm.

„Ganz deiner Meinung. Also dann, ganz von vorne und schön der Reihe nach. Wo und wann?"

Nahual warf ihr einen schlecht gelaunten Blick zu, doch dann schluckte er seinen Ärger hinunter. Es gab wichtigeres, als sich gegenseitig zu beschuldigen. Es galt Menschenleben zu retten. Er streckte die Hand aus und tippte auf einen schwarz umkreisten Punkt auf der Karte. „Hier. Die Heppenser Kirche."

„Eine Kirche?" Katja stellte die Tasse beiseite und beugte sich über die Karte, als könnte diese sie über diese kuriose Information aufklären. „Warum eine Kirche?"

„Tja, wenn ich das wüsste. Ist aber auch nicht interessant. Sie dürfen die Droge da drin nicht freisetzen."

Katja nickte nachdenklich, begann auf ihrer Lippe herumzukauen. „Warum eine Kirche? Warum diese Droge und nicht eine richtige Bombe?"

„War vielleicht billiger?"

„Auch mit der elektromagnetischen Bombe?"

Nahual zuckte die Schultern. „Könnte nur raten."

„Und woher weißt du, dass es dort ist?"

„Verschlüsselte Mail. Standen Koordinaten und Datum drin. Weiter nichts. Macht Sinn."

„Wir gehen von dieser Kirche aus, weil es Sinn macht?"

„Ja."

„Hmpf."

„Wann genau wollen sie denn angreifen?", warf Milon ein. Katja schrak leicht zusammen, hatte beinahe vergessen, dass Milon auch noch da war.

Sie nickte ihm zu. „Meine Frage."

„Tja, sollten an der Kirche vorbei. Nach den Öffnungszeiten sehen. Sieht nicht aus, als würde es hier Internetzugriff gegeben?"
Laura schüttelte bedauernd den Kopf. „Das ist uralt und genauso langsam. Ihr seid vermutlich schneller, wenn ihr hingeht."
Nahual nickte. „Ich gehe mit Milon." Er sah Katja an. „Du bleibst bei Lara, ja? Wir holen euch dann ab."
Es ärgerte sie zwar, dass er so über ihren Kopf hinweg bestimmte, aber es war ihr eigentlich nur recht – auch weil sie mittlerweile relativ sicher war, dass Nahual es auf seine grobe Art nur gut meinte. Also nickte sie, fuhr sich über die brennenden Augen. „Okay, einverstanden."
Nahual fixierte daraufhin Milon. „Du kommst mit?"
„Warum nicht. Noch sollte es nicht gefährlich werden."
„Mal den Teufel nicht an die Wand."
„Ich kann nicht malen. Das ist Lauras Ding."
Katja verdrehte die Augen.
„Eine letzte Frage. Wie kommen wir zu dieser Kirche?", erkundigte sich Milon.
„Wir nehmen die Pegasi vor der Tür", schlug Nahual vor.
„Wie lange läuft man?" Katja hatte die Arme um sich geschlungen und sah dem Wasserdampf zu, der sich aus ihrer Tasse schlängelte, als wolle er seiner flüssigen Form entkommen. Die Müdigkeit ließ den Rand ihres Sichtfelds flackern und sie musste sich darauf konzentrieren, die Augen offenzuhalten. Sie hätte alles für ein paar Stunden ungestörten Schlaf gegeben. Aber leider rannte dort draußen eine Gruppe Massenmörder herum, fest entschlossen ausgerechnet in einer Kirche einen Terroranschlag zu verüben. Es war nicht so, dass sie an Gott glaubte, aber ihre Tante glaubte an ihn und sie hatte sie aufgezogen. Sie konnte nicht leugnen, dass da ein versteckter Respekt in ihren Knochen steckte, ganz gleich, woran sie glaubte. Eine Kirche zu attackieren war mehr als ein Anschlag, es war ein Zeichen, eine Machtdemonstration, eine Möglichkeit zu schockieren...
„Bestimmt zwanzig Minuten."
„Zu lang", murmelte Katja. „Die Zeit brennt uns auf den Nägeln." Ihre Gedanken rasten fiebrig durcheinander. Irgendetwas spukte durch ihren Hinterkopf. Irgendwas war da. Irgendetwas, das einer Lösung am nächsten kam. „Das dauert zu lange." Sie presste sich die Handballen gegen die Schläfen, schloss die Augen. Was war es, woran sie dachte?
Denke! fuhr sie sich in Gedanken an. Denk schon nach! Die Müdigkeit ließ ihre Gedanken schwerfällig und zäh wie Honig werden.

„Katja, wir müssen los, wir verlieren nur noch mehr Zeit",
mahnte Milon.
„Wenn dir nichts Besseres einfällt, laufen wir eben -", wollte
Nahual gerade zustimmen, als es sie plötzlich wie eine
Monsterwelle über ihr zusammenbrach.
„Ha! Meine Hose!", rief sie aus, als ihre Gedanken endlich an
ihren Platz rückten. So schnell sie konnte rannte sie ins Bad
zurück, wo ihre Hose mittlerweile im Wäschekorb gelandet war.
Hastig griff sie in die Hosentasche und lächelte erleichtert, stieß
die Luft aus, die sie, bis eben angehalten hatte.
Als sie zurück in den Flur kam, sahen ihr drei irritierte
Augenpaare entgegen. Triumphierend streckte sie ihnen zwei
durchweichte, ausgekotz aussehende, aber intakte 50-Euro-
Scheine entgegen. „Die Fünf Euro und sechsunddreißig Cent
muss ich verloren haben. Aber – tadaa – unsere Taxifahrkarten!"
„Genial!", meinte Milon, sein Gesicht hellte sich auf und er eilte
zu dem Telefon hinüber, das neben einem Stapel Bücher lag.
„Ich rufe eins."
Auch Nahual nickte, unverhohlen zufrieden – ein sehr
ungewöhnlicher Anblick. Sie lächelte leicht, als sie ihm die
beiden Scheine in die Hand drückte.
„Das reicht doch für zweimal hin und zurück, oder?"
„Ich denke. Wir werden uns den Ort möglichst genau anschaun.
Vielleicht finden wir nen guten Platz für Lara."
Er nickte zu dem Mädchen, das friedlich auf der Couch vor sich
hinschlummerte, begraben unter einem Himalaya an Decken,
das Haar strähnig und verkrustet.
„Kann es sein, dass dem Tod eine Kirche voller Menschen
wichtiger ist als ein kleines Kind?", fragte sie leise.
Nahual biss die Zähne zusammen, dann zuckte er die Schultern.
„Können nur hoffen, dass ihm die Unschuldigen wichtiger sind
als Gott. Denk ich."
„Nahual?" Sie griff nach seinem Ärmel.
„Hm?"
„Warum haben sie dich rausfinden lassen, wo sie zuschlagen,
wenn sie wussten, dass du in ihren Daten hängst?"
Darauf hatte er keine Antwort.

Wie das Leben spielt

Knappe zehn Minuten vergingen, bis das Taxi an dem kleinen
Platz vor der Kirche hielt. Ein Vogel auf Luftlinie hätten keine
fünf Minuten gebraucht.
„Wie viel Uhr?", erkundigte sich Nahual.
Milon nickte zu der Kirchturmuhr hinauf. „Erst zehn nach drei."
„Gut. Dann wollen wir mal."
Die Heppenser Kirche war nicht allzu groß, nicht allzu
eindrucksvoll, nicht wirklich besonders. Es war eine schlichte
Kirche, mit einem schlichten Glockenturm. Nicht gerade der Ort
den Milon für einen Mord mit Effekt ausgesucht hätte. Nicht
genug Kino. Aus irgendeinem Grund machte ihn das noch eine
Spur nervöser. Wenn ihnen der Schauplatz egal war, musste das
Ergebnis umso mächtiger sein, oder? Eine perfide Falle, die mehr
Schaden anrichten würde als ein lauter Knall.
„Da sind die Öffnungszeiten", sagte Nahual, deutete auf eine
kleine Stehtafel neben dem Eingangstor und lief los. Milon
beeilte sich, an seiner Seite zu bleiben. Unruhig wanderte sein
Blick über den kleinen Platz, über die Straße, doch nichts
Auffälliges erregte sein Interesse. Keine schwarz gekleideten
Gestalten, die ihn anstarrten. Da war nur ein kleiner Junge, der
Abfälle aufsammelte, als wäre er auf Schatzsuche und ein älterer
Herr, der seinem Hut nachjagte.
„Ich geh rein", sagte Nahual.
„Und ich?"
„Du nicht."
„Nicht?"
„Nein."
„Warum?" Milon wollte nicht allein vor der Kirche herumstehen
und auf eine Gruppe durchgeknallter Kernphysiker warten. Er
wüsste nicht einmal was er zu denen sagen sollte.
„Sag Bescheid, wenn dir was auffällt. Aber unauffällig."
Milon raufte sich die Locken. „Wie genau soll das aussehen?"
Doch Nahual antwortete ihm nicht mehr, er war schon in der
Kirche verschwunden.
„Na großartig", murmelte er. „Das ist wirklich super toll. Einfach
toll!"

Er atmete ein paar Mal tief durch, steckte die Hände in die Hosentasche und verzog sich dann in den Schatten der Kirche. Wenn er nicht auffallen sollte, sollte er vermutlich nicht wie eine Statue vor der Kirche herumstehen und ganz offensichtlich gar nichts tun.

„Toll. Das ist so toll."

Mürrisch und mit klopfendem Herzen starrte er die Straße herunter. Der Mann hatte seinen Hut wieder eingefangen, klopfte fast zärtlich den Dreck aus der Krempe. Vielleicht das Geschenk einer verstorbenen Frau. Wenn Milon ihn so ansah, war er ziemlich sicher, dass er zu viel trank. Seine Nase war gerötet und hatte die typische, aufgeblasene Form von Trinkernasen angenommen. Außerdem schien er Bluthochdruck zu haben. Er war rot angelaufen, machte einer zermatschten Tomate Konkurrenz. Das könnte allerdings auch von dem ungewohnten Sprint herrühren.

Erst als der Mann den Hut aufgesetzt hatte und wieder seiner Wege ging, fiel Milon ein, dass er eigentlich nach Ungewöhnlichem Ausschau halten sollte, nicht Ferndiagnosen über einen Hut-Jäger basteln.

Aber da war nichts Außergewöhnliches.

„Hast du all die Bilder gemalt?"

Fasziniert starrte Katja die Gemälde an, die sich über die ganzen Wände erstreckten, jeden freien Platz vernichteten und die sie bisher nicht richtig beachtet hatte. Sie musste müder sein als gedacht. Immerhin waren die Bilder schwer zu übersehen – sie waren wirklich überall.

Laura trat neben sie, drückte ihr eine dampfende Tasse Tee in die Hand.

„Ja, ich male ganz gerne."

„Du malst vor allem super grandios!"

„Meinst du?" Laura lächelte leicht.

„Natürlich meine ich das! Das kann sogar ein Blinder sehen!"

Eine zarte Röte kroch über Lauras Wangen. Auch wenn Katja wusste, dass sie Milons ältere Schwester war, sie wirkte jünger. Oder hätte es zumindest getan, wären da nicht die Sorgenfalten auf ihrer Stirn gewesen.

„Ich verkaufe immer wieder welche. Bringt ein bisschen was rein, weißt du?"

„Bei den Bildern? Das glaube ich sofort! Die sind fantastisch!"

Laura schlang die Arme um sich, ihr Lächeln wurde eine Spur breiter. „Danke."

„Wie lange malst du schon?"

„Oh, ich weiß nicht. Mit Öl habe ich erst mit sechzehn
angefangen, denke ich."
„Ich kann nicht malen, überhaupt nicht. Ich mochte Pferde, als
ich klein war. Aber meine Schulkameraden haben immer gesagt,
dass meine Zeichnungen aussehen wie Hängebauchschweine."
Katja musste lachen, als sie an ihre Malversuche dachte, die ihr
endgültig bestätigt hatten, dass sie keine Künstlerseele hatte.
„Hast du dir das selbst beigebracht?"
Laura nickte. „Ja, hat eine Weile gedauert, aber mittlerweile
funktioniert es ganz gut."
„Ganz gut? Bist du verrückt? Das ist fantastisch! Ich bestehe
darauf!"
Erst jetzt fielen ihr die bunten Farbspritzer am Saum von Lauras
Strickjacke auf, der blaue Farbfleck auf ihrer Jeans, der
verkrustete Pinsel in ihrer Hosentasche, in der normalerweise
Handys, Schlüssel oder Geldbeutel aufbewahrt wurden.
Katja nahm einen Schluck des heißen Tees und trat dann näher
an eines der Gemälde heran. Es war eines der Kleineren, kaum
größer als eine Handfläche, aber die Details waren
atemberaubend genau und überzeugend.
Eine Kirche im Winter. Schnee lagerte auf dem Dach, Eiszapfen
hingen von der großen Uhr. Ein paar Menschen drängten durch
das geöffnete Tor. Beinahe konnte Katja das Glockenleuten
hören. Trotz der Kälte, die das Bild gefangen hielt, wirkte es wie
ein kleiner Klecks Friedlichkeit.
„Ich wollte immer im Winter heiraten", meinte Laura. Sie lachte
leise auf. Ein abwesender Ton. „Wie es aussieht, ist diese
Chance verstrichen."
Katja schüttelte betroffen den Kopf. „Quatsch. Du bist doch noch
jung, das kannst du nicht sagen."
„Enzo braucht so viel Zeit. Und die werde ich ihm geben. Da
bleibt nicht viel für eine Hochzeit übrig." Laura strich sich eine
der hellen Locken aus der Stirn. Auch an ihren Nägeln hafteten
Farbreste. Wie konnte Katja das entgangen sein? „Und wenn er
groß ist – dann..." Lauras Stimme brach, sie räusperte sich.
Katja war überrascht, als ihre Augen sich mit Tränen füllten.
„Niemand weiß, ob er überhaupt groß werden wird."
Mit klammen Fingern schnürten die Worte Katja die Kehle zu. Sie
wusste nicht, was sie zu der jungen Mutter sagen sollte. Für so
etwas gab es vermutlich keinen Trost.
Laura fuhr sich über die Augen und lächelte. „Wie auch immer.
Hochzeiten werden überbewertet. In den meisten Fällen endet es
sowieso damit, dass du für die Scheidung sparst."

„Hm", machte Katja, wandte nach einem Moment den Blick ab
und beugte sich über ein weiteres Bild. Dieses war größer,
eindrucksvoller in der Aussagekraft, ein kleiner Orkan aus Farbe
und halb vergessenem Delirium. Die Wut in dem aufgepeitschten
Meer schien zwischen den Pinselstrichen hervorzusickern,
wuchernd wie ein kleines Geschwür.
Ein Fischer auf See, gefangen inmitten eines Sturms, erstarrt
kurz vor dem unvermeidlichen Kentern, kurz vor dem Ertrinken.
„Das wird Lara gefallen!"
„Ja?" Laura schloss zu ihr auf und betrachtete das Bild ebenfalls.
„Mag sie denn das Meer?"
„Nein. Nein, das Meer mag sie nicht." Katja schüttelte den Kopf.
„Aber sie mag dieses Märchen. Das mit dem Fischer und dem
sprechenden Fisch... Das Bild sieht aus wie eine Szene aus
diesem Märchen." Sie runzelte die Stirn. „Was ruft der Fischer
noch gleich?"
„Manntje, Manntje, Timpe Te, Buttje, Buttje in der See..."
„Ja", Katja lachte auf. „Ja, das war es. Was auch immer das
bedeuten mag..."
Ihr Blick wanderte ein Gemälde weiter.
Eine Gestalt in Rauch und Nebel. Ein Mann? Katja kniff die Augen
etwas zusammen, legte den Kopf schief. Es sah aus, als wollten
die Schatten den Mann verschlingen.
„Was ist das? Stellt das jemanden bestimmten dar?"
„Oh, das ist nur ein Wanderer, der seinen Weg aus den Augen
verloren hat."
Einen Moment sahen sie schweigend die schattenhaften Umrisse
an. Katja warf Laura einen wissenden Seitenblick zu. Sie mochte
keine Malerin sein, aber von Menschen verstand sie etwas. Ein
klein bisschen zu viel, um von ihnen gemocht zu werden.
„Wie Milon?"
Laura lächelte. Es war dieses Lächeln, das man lächelt, um sich
selbst vom Weinen abzuhalten. Katja kannte dieses Lächeln, sie
hatte es selbst zu oft getragen - wie eines dieser überteuerten,
bunten Stofffetzen, in die sich Models zwängten, um der Welt
Kleider zu präsentieren, die keiner brauchen konnte.
„Wie Milon", murmelte Laura.
Katja stellte ihre Tasse auf den Beistelltisch neben die kleine
Zimmerpalme und zog Laura in eine feste Umarmung. Und Laura
legte für einen Moment ihren Kopf auf Katjas Schulter ab, als
wäre er zu schwer, um ihn aufrecht zu tragen. Sanft klopfte
Katja ihr auf den Rücken.
Ein Stillleben aus Obst. Eine Kopie von van Goghs Blumenstrauß.
Eine Balletttänzerin.

Katja betrachtete das kleine Gemälde, das ein wenig aussah wie ein Schnappschuss durch Retrolinse. Sie strahlte die Eleganz vergangener Epochen, vergangener Ideale aus. Sie tanzte für sich selbst, vor den Augen der Welt und nur für den Geist des Träumers. Es war ein stilles Spiel aus Farbe und Leinwand, ein Hauch von Wehmut in der grazilen Drehung, als wäre der Tänzerin für den Moment entfallen, welcher Schritt als Nächstes käme.

Katja drückte Laura etwas fester an sich, ihre Brauen zogen sich zusammen.

„Laura, hast du Angst vor dem Tod?"

Laura schniefte leise, lehnte sich etwas zurück, um Katja ansehen zu können. „Vor dem Tod?" Sie nickte, ohne zu zögern. „Du nicht?"

„Nein." Abwesend schüttelte sie den Kopf. „Nicht mehr, seitdem ich ihn getroffen habe."

„Du hast den Tod getroffen?"

„Ja... Er hat mich von den Gleisen gezogen und mir einen Kaffee ausgegeben... Obwohl. Wenn ich ehrlich bin, weiß ich nicht, ob er dafür bezahlt hat."

Sie sah den Unglauben in Lauras Augen, die denen ihres Bruders bis auf die letzte Wimper glichen. „Ich würde dir das nicht erzählen, es klingt verrückt, ich weiß... Aber ich habe so das Gefühl, dass er hier auftauchen könnte..."

Sie konnte sich die sprunghafte Unruhe selbst nicht erklären, die sie mit einem Mal überkam. „Dafür hat er ein Talent, weißt du? Plötzlich auftauchen..."

Lauras Augen wurden groß, groß wie die eines Kindes, wie die von Lara und Katja wusste den Schrecken darin erst nicht zuzuordnen.

„Was?", fragte sie irritiert.

Lauras Hände klammerten sich um Katjas Arme. „Er kommt aber nicht, um Enzo zu holen?" Ihre Stimme zitterte, schwankte, wie die Tänzerin auf ihrem Spitzenschuh, wie der Fischer auf dem Wellengang.

„Nein! Nein, so habe ich das nicht gemeint!", rief Katja hastig.
„Nein, gar nicht! Das hat nichts mit Enzo zu tun!" Sie schüttelte
wild ihren Kopf, um ihre Worte zu unterstreichen. „Pass auf, der
Tod hat uns auf eine Mission geschickt. Da gibt es diese drei
Psychopathen, die eine Kirche vergiften wollen. Also – die Leute
in der Kirche. Und wir sollen sie aufhalten. Ich weiß, das klingt
total bescheuert und wahrscheinlich ist es das auch." Sie hob die
Schultern. „Ich bin nicht Mal sicher, ob ich nicht einfach verrückt
geworden bin, aber da Nahual und Milon tatsächlich existieren
und die den Tod ebenfalls gesehen haben – ich denke es besteht
die große Wahrscheinlichkeit, dass das alles wirklich passiert."
Lauras Blick war mehr als skeptisch, aber zumindest beruhigte
sie sich wieder. Wieder schlang sie die Arme um sich selbst.
„Milon hat den Tod gesehen?"
Katja nickte. „Hm-hm."
„Ich glaube, das musst du mir etwas genauer erklären." Laura
winkte zu dem kleinen Tisch. „Kekse?"
Unwiderstehlich. Sie grinste. „Immer."
Laura lächelte, auch wenn die Frage in ihrem Blick blieb. Leise
wanderten sie in die Küche zurück, vergewisserten sich
unterwegs, dass die Kinder nach wie vor tief und fest schliefen.
So friedlich, als gäbe es kein Heute und Morgen, kein Tod und
kein Unrecht. Nur Leinwand voller Farben, die sie in die Träume
begleiteten.

Mit grimmiger Miene starrte Nahual durch das Fenster des Taxis
in die aufziehende Dämmerung. Der Gottesdienst würde um
sechs beginnen. Das ließ ihnen noch knappe zwei Stunden.
Eigentlich genug – hoffte er.
Nichts Auffälliges. Nichts auffällig Unauffälliges. Nicht einmal
etwas Unauffälliges. Nichts.
Es beunruhigte Nahual ungemein, dass die Kirche und ihre
nähere Umgebung absolut normal waren. Es passte nicht in ein
Weltuntergangsszenario. Wie konnte an diesem kleinen,
unbedeutenden Ort unerhörtes geschehen?
Er wollte sich gerade zu Milon umwenden, als er die kalte,
hungrige Präsenz neben sich wahrnahm. Die Härchen stellten
sich in seinem Nacken auf, wie jedes Mal. An manche Sachen
gewöhnte man sich einfach nicht, und der Tod gehörte definitiv
zu diesen Sachen.
„Doktor T."
Als Nahual den Kopf drehte, saß der Tod auf dem Sitz zwischen
Nahual und Milon, der voller Schreck zur Seite gerutscht war.
Nahual schnaubte verächtlich. Man musste dem Tod ja nicht
mehr Macht einräumen als unbedingt nötig.

„Hätte nicht gedacht, dass du noch auftauchst."
Der Tod grinste sein breites Grinsen, seine Augen lagen hinter
den spiegelnden Gläsern seiner Sonnenbrille verborgen. Eine
Sonnenbrille gegen die Verblendung der Menschheit.
Die Taxifahrerin hielt an einer roten Ampel und nahm ihren E-
Book-Reader zur Hand. Sie bekam nichts von dem mit, was auf
der Rückbank ihres Taxis vor sich ging.
„Warum bist du wieder hier?"
Der Tod zog eine Cola Dose aus seiner Hosentasche und knackte
sie auf. „Nun, ich hatte gerade etwas freie Zeit und da dachte
ich, es könnte nicht schaden einmal nach dem Rechten zu sehen.
Man kann nie wissen, was?" Er warf Milon einen
bedeutungsvollen Blick zu und nahm dann einen tiefen Schluck
Cola.
Milon sank in sich zusammen, öffnete den Mund, doch kein Wort
kam ihm über die Lippen.
Der Tod winkte ab. „Ihr habt euch nicht umgebracht, ihr seid
nicht von eurer Blödheit überrollt worden. Alles bestens so weit,
nicht?" Er lachte auf.
Am liebsten wäre Nahual ausgestiegen. Erwachsen war der auch
nie geworden.
„Wie sieht euer Plan jetzt aus?", erkundigte sich der Tod,
nachdem sich sein Lachanfall beruhigt und er die Dose geleert
hatte.
„Sag mal, inhalierst du das Zeug?"
„Was?" Irritiert runzelte der Tod die Stirn.
Nahual nickte zu der leeren Dose hin.
„Inhalieren? Cola? Igitt." Empört schüttelte er den Kopf und
rückte seine orangene Mütze zurecht. „Was für eine
ekelerregende Vorstellung."
Damit drehte er sich zu Milon um. „Was ist der Plan,
Möchtegernkiller? Der Fährmann da mag es mir anscheinend
nicht sagen."
Milon wurde etwas blass um die Nase, räusperte sich. „Ähm, ich
weiß nicht...", stammelte er. „Ich... er... Ich weiß nicht?"
Der Tod seufzte enttäuscht. „Nun denn, dann bleibst doch nur du
übrig."
„Wir haben den Plan nicht geändert. Kein konkreter Plan, laut
Katja. Nichts Handfestes. Wir holen jetzt Katja und das Kind und
kommen wieder zu der Kirche. Der Gottesdienst beginnt um
sechs."
„Das klingt aber doch nach einem Plan", nickte der Tod
zufrieden. „Eine Uhrzeit, ein Ort, ein Team. Was braucht es
mehr?"

„Eine Lösung, die wär´ hilfreich", knurrte Nahual. „Ehrlich,
warum bist du wieder da?"
„Sagte ich doch, ich kann es mir nicht leisten, wenn noch einer
von euch drauf geht."
„Noch einer?", kam es vorsichtig von Milon.
„Ja, einer von euch jämmerlichen Menschlein. Ich brauche euch,
schon vergessen?" Der Tod machte sich nicht einmal die Mühe
zu Milon hinüberzusehen, der weiß um die Nase nickte.
Der Autofahrer hinter ihnen hupte, da die Ampel seit geraumer
Zeit auf Grün stand. Die Taxifahrerin fluchte leise, warf den
Reader auf den Beifahrersitz und trat aufs Gaspedal.
„Wie lange brauchen wir bis zu Katja und Kind?"
„Keine fünf Minuten mehr."
Zufrieden mit dieser Antwort nickte der Tod, zog eine weitere
Cola hervor und prostete ihnen zu. „Auf euch – darauf, dass ihr
noch nicht gestorben seid!"
Dieses Mal konnte Nahual das Augenrollen nicht unterdrücken.

Wenn niemand lacht

„Wo kommst du denn her?", entfuhr es Katja, als sie die Tür öffnete.
„Ich bin immer da", erwiderte der und schob sich an Katja vorbei in die kleine Wohnung. Laura kam um die Ecke und ihre Augen weiteten sich, als sie den Fremden in ihrem Flur erblickte. Ein Sonderling mit Sonnenbrille und Strickmütze und ungewöhnlich breitem Grinsen. Es sah ein bisschen aus, als würde er die Zähne fletschen. Unwillkürlich wich sie einen Schritt zurück.
„Alles gut, Laura", versuchte Milon sie zu beruhigen, der als letztes eingetreten war.
„Milon!" Sie eilte zu ihm herüber und er legte einen Arm um ihre Schulter.
„Alles gut."
„Alles gut? Bist du sicher?", wisperte sie. Ihre Augen hingen wie festgezurrt an dem Tod, der dies jedoch nicht zu bemerken schien. Er sah sich milde interessiert in dem heimeligen Zimmer um. Aus den Tiefen seiner Hosentasche hatte er eine weitere Dose Cola gezogen und betrachtete die Topfpalme, als wäre sie ein exotisches Kunstwerk, das er noch nie gesehen hatte.
Dabei waren sich alle Anwesenden sicher, dass auch in Ländern mit Palmen Menschen starben. Mehr sogar als hierzulande.
„Was macht ein studierender Arzt in so einer Wohnung?" Er klang nicht beleidigend, eher so, als hätte er noch nie etwas von Unhöflichkeit gehört. „Ich dachte, das wäre etwas Vernünftiges?" Fragend sah er zu ihnen herüber, fläzte sich dann neben Lara auf die Couch.
„Ich studiere nicht mehr."
„Arzt bist du aber auch nicht", erwidert der Tod. „Das wüsste ich."
„Ich habe vor dem zweiten Staatsexamen abgebrochen."
„Warum?", fragte Katja.
„Und was heißt das jetzt?", meinte der Tod gleichzeitig.
„Das heißt – ich bin kein Arzt." Irritiert sah er zu Katja hinüber.
„Aber du hast studiert?", vergewisserte sich der Tod.
„Ich darf aber niemanden behandeln."
„Ach, diese Bürokratie – ihr hättet die Ägypter sehen sollen, ich dachte immer, die wären kompliziert... Was soll´s", murmelte er. „Nur ein geplatzter Traum unter Millionen."

„Ich muss eine Rauchen", murmelte Milon, zog das
Zigarettenpäckchen aus der Hosentasche.
Kopfschüttelnd sah Katja ihm hinterer.
Laura bemerkte es kaum, sie sah mit großen Augen zum Tod
hinüber, der in aller Seelenruhe neben Laura lag und Cola
gurgelte und dabei klang wie ein verstopftes Abflussrohr.
Katja trat neben Laura und legte ihr eine Hand auf die Schulter.
Die sah zu ihr auf.
„Ist das..."
Der Tod schien sie gehört zu haben, denn er sprang wieder auf.
„Oh, wie unhöflich!"
Er eilte zu ihnen herüber, griff nach Lauras Hand und führte sie
zu einem altmodischen Handkuss an die Lippen. „Meine
Teuerste, darf ich mich vorstellen: Der Tod. Stets zu Diensten."
Für einen Augenblick fürchtete Katja, dass Laura einfach in
Ohnmacht fallen würde. Wie die Frauen mit ihren Korsetts es
getan hatten, in der Zeit in der Handküsse noch Gang und gäbe
waren.
Doch nichts dergleichen geschah. Laura schluckte lediglich, dann
fand ihre Sprache zurück.
„Sind Sie wegen Enzo hier?"
„Wegen Enzo?" Überrascht hob der Tod die Brauen. „Gute Frau,
warum sollte ich? Der Junge hat noch ein langes Leben vor sich.
Selbst in eurem Zeitmaß gemessen."
Lauras Augen füllten sich mit Tränen, als sie zu dem Laufstall
hinüber wankte, in dem ihr Sohn schlief.
Er weiß nicht einmal, was er gerade für Laura getan hat, dachte
Katja. Am liebsten hätte sie ebenfalls eine kleine Träne
vergossen.
Milon hatte mittlerweile das Fenster aufgerissen. In seinem
Mundwinkel qualmte eine Zigarette vor sich hin.
Mit einem kurzen Blick zu Nahual, der den Kopf mit dem Tod
zusammensteckte, gesellte Katja sich zu Milon.
Rauchkringel, zart wie Schmetterlingsflügel, schlängelten sich in
die kalte Luft.
„Du solltest nicht vor den Kindern rauchen", meinte sie
vorwurfsvoll.
„Ich sollte überhaupt nicht rauchen."
„Hast du ein Feuerzeug?", grummelte Nahual aus dem
Hintergrund.
„Ich habe sie nicht an einer Kerze angezündet."
„Kerze?", fragte Katja leise, doch Milon zuckte nur die Schultern.
„Ich habe das Gefühl, Seemänner sind sehr abergläubisch."

„Das hab ich gehört", rief Nahual. „Wir sollten jetzt noch einmal durchsprechen, was wir haben und uns auf den Weg machen", setzte er nach. „Es wird Zeit."
Katja nickte. Milon blies der Nacht neckisch den Rauch ins Gesicht und drückte die Zigarette auf dem Fensterbrett aus.
„Wozu noch einmal besprechen", murmelte er, nur für Katjas Ohren hörbar. „Unser Wissen vermehrt sich nicht auf wundersame Weise."

Sie sammelten sich um den kleinen Tisch und auch Laura schloss sich ihnen an, im Gesicht ein eigenartig verklärtes Strahlen. Die Falten auf ihrer Stirn schienen ausradiert und Katja stellte fest, dass es sie tatsächlich jünger machte. Sie musste lächeln. Wenigstens einer, dem der Tod gute Nachrichten brachte.
„Also", meinte Katja. „Was habt ihr herausgefunden?"
„Der Gottesdienst beginnt um 18 Uhr. Das heißt in genau einer Stunde und fünfunddreißig Minuten."
„Und einundfünfzig Sekunden", setzte Laura überschwänglich nach.
„Scheiße", fluchte Katja. „Wir wissen nicht einmal was tatsächlich los ist und das ganze beginnt gleich? Wie stoppen wir diese Bombe eigentlich? Ich kann nicht gerade sagen, dass ich mich mit Bomben auskenne!"
Fragend sah sie zu Nahual hinüber, rubbelte sich durch die angegrauten Locken.
„Ich denk nicht, dass wir die Bombe stoppen können. Sollten uns auf die Droge konzentrieren."
„Was?" Katja sah ihn ungläubig an. „Weißt du was so eine Bombe an politischen Katastrophen hervorrufen kann?"
„Besser, als wenn ne ganze Kirche ausgeräuchert wird, oder?"
Es war kein Ärger in seinem Blick, eher die grimmige Hoffnung darauf, dass sie begreifen würde. Sie konnten sich nur um das größte der Übel kümmern.
Und natürlich verstand sie es, aber etwas in ihr begehrte auf. Sie konnten doch nicht einfach eine Bombe hochgehen lassen! Nicht nur der Stadt, auch dem Umfeld würde über Kilometer hinweg der Strom gekappt. Und wer hatte heutzutage noch Kerzen griffbereit?
„Hier", meinte Laura, die plötzlich hinter Katja aufgetaucht war und stellte ihr eine dampfende Schüssel mit frischer Zwiebelsuppe vor die Nase. „Esst was während eurem Pläne-schmieden, ja?"
Sie stellte zwei weitere Schalen vor Milon und Nahual ab.
„Sie auch?", fragte sie an den Tod gerichtet, der dankend ablehnte.

„Ich ernähre mich ausschließlich von Seelen und Cola light."
„Ist ja nicht so, dass du unsterblich bist", murmelte Nahual.
„Ich lebe nicht. Folglich bin ich auch nicht unsterblich", meinte
der Tod.
„Ich denke, ich sollte dann eure kleine Freundin wecken und sie
unter die Dusche schicken, oder? Wenn ich das richtig verstehe,
müsst ihr gleich wieder aufbrechen."
„Danke, Laura", sagte Milon und tauchte seinen Löffel in die
Suppe.
Katja tat es ihm gleich. Die Suppe war wirklich, wirklich gut,
aber sie konnte Katja nicht von der Problematik ablenken.
„Haben wir einen Plan?"
„Ich dachte Doktor T hat dich für die Pläne angeheuert",
erwiderte Nahual gereizt, fuhr sich durch die Haare.
„Dann hat er mich eben überschätzt!", gab Katja zischend
zurück, funkelte ihn an. „Im Gegenteil zu dir, habe ich mit
solchen Sachen noch nie zu tun gehabt, okay? Eine Bombe?
Irgendwelche Superdrogen? Dein Ernst? Am liebsten würde ich
Lara schnappen und verschwinden, okay?"
„Beruhigt euch", griff Milon ein, fuhr sich müde über die Augen.
„Wir haben keine Zeit für Streitereien. Wir haben auch keine
Zeit, um einen Plan zu machen. Wir haben nicht mal genügend
Informationen, um einen Plan überhaupt in Betracht zu ziehen!"
Er sah sie aus seinen rastlosen Augen an, als wolle er ihnen
mental einen Eimer Wasser über den Kopf gießen. „Alles, was
wir tun können ist dort hingehen und – ich weiß nicht. Die Bösen
aufhalten."
Nahual deutete auf Milon und sah Katja mit unbewegter Miene
an. „Da hast du deinen Plan. Wir gehen hin und halten die Bösen
auf."
„So viel an Plan hatte ich auch!", zischte sie.
„Das stimmt, den hattest du auch", meinte der Tod und nickte
begeistert. „Dieser Teamgeist!"
„Wann brechen wir auf?", fragte Katja und warf Nahual einen
säuerlichen Blick über den Rand ihrer Suppenschale zu.
„Sofort."
„Lara ist gleich fertig", sagte Laura, die wieder lautlos neben
ihnen aufgetaucht war. „Also macht euch Startklar." Sie
schenkte Katja ein schiefes Lächeln, was die Ähnlichkeit zu
ihrem Bruder beinahe gruselig werden ließ.
„Ich gebe dir ein paar von meinen Turnschuhen, ja? Du solltest
ungefähr meine Größe haben."
„Danke", meinte Katja. „Danke – wirklich, das ist – Danke für
alles."

Laura lächelte. „Mein Bruder hat dich gerne. Wie könnte ich dich da nicht mögen?" Sie wandte sich ab, um die Schuhe zu holen und Katja spähte überrascht zu Milon hinüber, der mit rosa angehauchten Wangen den Kopf fort drehte.
Interessant dachte sie. Man konnte es ja im Hinterkopf behalten.

Die Badtür öffnete sich und Lara sah um die Ecke, bevor sie zu ihnen hinüber tapste. Katja konnte sich ein kleines Grinsen nicht verkneifen. Auch das Kind trug einen von Lauras Kapuzenpullovern, der wie ein unförmiger Sack von ihren Schultern hing. Darunter trug sie bunte Socken.
Laura hatte sich Mühe gegeben, aber Lara sah aus wie eines der bunten Kuscheltiere, die man aus Kirmesautomaten angeln konnte.
„Hey, geht's dir wieder gut?" Sie bückte sich und drückte Lara fest an sich und die vergrub einen Augenblick ihr Gesicht an ihrer Schulter, nickte aber.
„Ja. Alles gut." Sie lächelte. „Ich hab wieder warm."
Katja nahm ihr Gesicht zwischen ihre Hände. „Du warst wirklich, wirklich tapfer, weißt du das?" Lara erwiderte ihr Lächeln.
„Hör mir zu", meinte Katja und ihre Miene wurde wieder ernst. „Wenn du nicht mehr willst, dann verstehe ich das, okay? Wenn du keine Lust mehr hast, dann musst du nicht mitgehen."
Der Tod wollte etwas Ungehaltenes einwerfen, doch Nahual schüttelte warnend den Kopf. Mit beleidigter Miene trank der Tod seine Cola aus.
Lara sah Katja an, aus ihren etwas zu großen Augen. „Gehst du mit?"
„Ich muss." Katja presste die Lippen aufeinander. „Ich könnte nicht mehr mit mir leben, wenn ich nicht gehen würde."
Lara nickte. Mit dieser Ernsthaftigkeit, wie nur Kinder sie in sich tragen. So ehrlich und voller Verständnis. „Dann komme ich auch mit."
Katja schluckte hart, zwang sich aber zu einem Lächeln und gab dem Mädchen einen kleinen Kuss auf die Stirn. „Okay. Dann sollten wir uns auf den Weg machen."
Sie sah zu Nahual hinauf, nickte ihm zu und der erwiderte die Geste, erhob sich vom Tisch und griff nach seinem Mantel. Auch Milon stand auf, das unruhige Zucken unter dem Auge war zurück. Er lief zu dem Laufstall hinüber, in dem Enzo noch immer friedlich vor sich hinschlummerte. Die kleinen Hände lagen zu Fäustchen geballt neben seinem Kopf.
Katja sah, wie er sich zu dem Kind hinunterbeugte und ihm irgendetwas ins Ohr flüsterte. Eine flüchtige Berührung des zarten Haares, dann wandte Milon sich wieder ab.

„Hier." Laura hielt ihr ein Paar Turnschuhe und eine kurze Jacke
entgegen. „Nimm das, ja?"
„Danke." Gerührt griff sie nach den Kleidern. Sie wusste nicht,
warum Laura sich so liebevoll und ohne eine einzige Frage um
sie kümmerte. Sie wusste nicht, wie sie so besorgt um ein paar
Fremde sein konnte. Sie musste ihrem Bruder blind vertrauen.
„Für dich habe ich leider nur ein Paar besonders dicker und
warmer Socken", meinte Laura entschuldigend an Lara gewandt.
„Die sind großartig", meinte Lara mit ihrem strahlenden Lächeln
und Laura wuschelte ihr durch die Haare.
„Raus jetzt", meinte Nahual. „Nur noch eine Stunde und
dreizehn Minuten."
„Kommst du auch mit?", fragte Katja an den Tod gerichtet, der
sich mit einem fröhlichen Nicken von der Couch erhob. „Aber
sicher."
Milon schlang die Arme um Laura und drückte sie. „Ich hab dich
lieb."
Ein Kuss auf die Wange. „Ich dich auch."
Katja wandte sich ab, um den beiden ihren Abschiedsmoment zu
gönnen. Nahual hatte nach Laras Hand gegriffen und stand
bereits vor der Tür. Als Milon zu ihnen stieß, hob Katja die Hand.
„Auf Wiedersehen, Laura! War toll, dich kennen zu lernen!"
„Ja, das fand ich auch! Mach´s gut!"
Der Tod verbeugte sich, beinahe so elegant wie die
Balletttänzerin in ihrem Tutu, dann verschwanden sie die Treppe
hinunter. Ihre Schuhe quietschten auf dem Linoleumboden.

Fünf Minuten später saßen sie zu dritt auf der Rückbank eines
Taxis, Nahual saß vorne neben dem Fahrer und veranlasste ihn
durch seinen grimmigen Blick jegliche
Geschwindigkeitsbegrenzung zu missachten.
Scheinwerfer und Bremslichter drängten die Dämmerung zurück,
hielten sie hier auf der Straße noch in Schach. Autos hupten hin
und wieder; wenn sie an einem der Restaurants vorbeikamen,
schwappte die Ahnung von gedämpftem Lachen zu ihnen herein.
Lara sah mit ihren großen Augen hinaus in das abendliche
Chaos, ihr Gesicht war ungesund fahl im Schein der grellen
Straßenlampen.
Wann waren Kinder so still geworden? Wo war ihr Lachen hin, ihr
unablässiges Geplapper über all die wundervollen Nichtigkeiten?
Still saß sie, ohne den Blick von der lauernden Dunkelheit zu
wenden.

Und es lag etwas in der Luft, der schale Geschmack von nicht erlebtem Abenteuer der unerfreulichen Art. Sie fuhren dem Countdown entgegen. Eine Stunde und neun Minuten mochten sich nach einer fairen Menge Zeit anhören, aber sie hatten nicht die geringste Ahnung mit wem sie es zu tun hatten. Gegen einen gesichtslosen Fremden zu kämpfen, der zu allem Übel auch noch über eine Armee aus schwarz gekleideten Killern verfügte, war ein ziemlich aussichtsloses Vorhaben.
Doktor T war da auch nicht wirklich eine Hilfe. Er saß neben ihnen und trank Cola. Vielleicht brauchte er das Koffein ja. Vielleicht hatte man als Tod latenten Schlafentzug. Schlief der Tod? Und falls ja, starben Menschen, während er schlief?
Katja fragte sich, ob sie sauer auf ihn sein sollte, ob sie ihm die Schuld an diesem psychotischen Chaos geben sollte. Aber sie konnte nicht.
Das wäre nicht gerecht gewesen. Sie hatte helfen wollen, sie allein. Es war ihre Entscheidung gewesen. Und auch wenn sie diese Entscheidung momentan bereute, konnte sie die Folgen schlecht jemand anderem in die Schuhe schieben.
Sie kaute auf ihrer Unterlippe herum, legte die Stirn gegen das kühle Fensterglas und sah der vorbeiziehenden Stadt zu. Bunte Lichter ohne Sinn, die die Sinne zerstreuten und von den wichtigen Dingen fort lenkten. Lichter für die Gemütlichkeit, für die Trägheit dösender Gedanken.
Sie hätte gerne gewusst, wie dieser Tag enden würde. Oder auch nicht. Das ungute Gefühl in ihrem Bauch sagte ihr, dass es ihr nicht gefallen würde. Das Ende.
Ein Seufzen entrang sich ihrer Brust. Was sie nicht für ein paar Keksen und ein Glas Milch gegeben hätte. In einem Anflug von Nostalgie überlegte sie, ob sie jemals wieder in ihre kleine Studentenwohnung kommen würde, um ihre Doktorarbeit fertig zu stellen.
„Sie können hier halten", unterbrach Nahuals heisere Stimme das Schweigen und der Taxifahrer zuckte zusammen, bevor er auf die Bremse trat und an den Rand fuhr. Er schien zutiefst erleichtert das seltsame Quartett – der Tod war etwas für sich - endlich loszuwerden.
Nahual drückte ihm das Geld in die Hand und stieg ohne ein Abschiedswort aus.
„Vielen Dank", meinte Katja zu dem Fahrer, in dem schwächlichen Versuch dessen Unbehagen zu besänftigen.
Doch der warf ihr nur einen flüchtigen Blick im Rückspiegel zu.
Also schlug sie schulterzuckend die Tür zu und keine Sekunde später war der Mann mit quietschenden Reifen angefahren und hatte sich wieder in den Verkehr eingegliedert.

Vermutlich würde er beim Abendessen seiner Frau davon erzählen. Von den seltsamen Fremden, in zusammengestoppelten Kleidern und einem Ausdruck in den bleichen Geistern, der sowohl von Fanatikern als auch von Wahnsinnigen geliehen sein konnte. Kein großer Unterschied, eigentlich.

„Wo ist die Kirche?", fragte Katja, zog fröstelnd die Schultern hoch.

„In der Mitte dieser Straße. Rechts entlang." Milon nickte in die entsprechende Richtung.

„Worauf warten wir?", meinte sie. „Die Zeit wartet nicht mit uns."

„Müssen uns nen Platz suchen, von dem wir eine gute Übersicht haben."

„Würde es nicht passen, wenn es jetzt regnen würde?", warf Lara ein, starrte hinauf zu dem dunklen Himmel, an dem nicht die kleinste Wolke zu sehen war. Im Gegenteil. Da war eine stahlgraue Härte zwischen den aufblinkenden Sternen. Hier war kein Sturm, hier war nicht die kleinste Regenwolke zu finden. Nur ein unbeteiligtes Himmelszelt ohne Fürsprache.

„Man sollte doch meinen, du wärst nass genug geworden", neckte Milon und schenkte dem Mädchen ein schiefes Lächeln. Doch die hatte den Kopf noch immer in den Nacken gelegt.

„Ich mag den Regen", murmelte sie abwesend. „Er riecht wie ein Augenblick voller Unendlichkeit."

„So nen Augenblick könnten wir gut brauchen", grummelte Nahual.

Im Gänsemarsch liefen sie den Bürgersteig entlang, machten einer Zirkuskarawane Konkurrenz.

„Ich dachte, wir wollten nicht gesehen werden?"

„Ich bin auf der Suche", kam es grummelig zurück.

„Ich sehne mich nach einer Kanne Tee."

„Eine Kanne Tee?", kam es von hinter ihr und sie warf Milon einen Blick über die Schulter zu. „Was?"

„Du willst jetzt eine Kanne Tee?"

Katja zuckte die Schultern. „Ja, allerdings. Schließlich könnten wir geradewegs in den Tod laufen. Und das ist eine wirklich schreckliche Vorstellung. Also, nicht die Vorstellung zu sterben selbst", beeilte sie sich mit einem Blick auf die Miene des Todes zu sagen. „Die Vorstellung, es, ohne vorher eine Kanne Tee zu trinken zu tun."

„Hast du Angst vor dem Tod?", fragte Lara, die ihre Hand hielt.

„Vor dem Typen, der dir seine Mütze geliehen hat?" Katja lachte. „Nein, ich habe keine Angst vor dem Tod. Aber ich habe Angst vor dem Sterben. Du kannst nie wissen, wie es passieren wird."

„Wir verstehen Totsein nicht, oder?", meinte Lara.

„Ähm, nein ich vermute nicht?"

„Haben wir das Lebendigsein auch nicht verstanden? Bevor wir geboren wurden?"

Katja stieß die Luft aus. „Puh, Kleines, da fragst du mich was. Ich würde dir darauf gerne eine Antwort geben – aber ich kann mich an diese Zeit wirklich gar nicht erinnern."

„Hm", machte Lara.

„Ich denke, es macht keinen Unterschied", meldete sich Milon überraschender Weise. „Es macht keinen Unterschied, ob ein Mensch geboren wird oder stirbt, Menschen weinen in beiden Fällen."

„Wow", machte Katja.

„Hmpf", machte Milon.

„Ich wusste gar nicht, dass du denken kannst."

„Ihr klingt wie eines dieser zu alt gewordenen Ehepärchen", murrte der Tod hinter ihnen.

„Schaut mal", sagte Lara und blieb stehen.

„Was?" Katja folgte mit dem Blick Laras ausgestrecktem Arm. Sie deutete auf das hell erleuchtete Fenster eines kleinen Cafés. Es war gut besucht, fröhliche Gesichter, ein Mann, der mit gerunzelter Stirn auf einem Tablet herum tatschte, eine ältere Frau, die dem Kringeln des Wasserdampfes zusah, der sich aus ihrer Tasse schlängelte.

Und ganz vorne saß ein junges Paar, mit zwei kleinen Kindern, die Eis löffelte, während die Eltern Kuchen aßen. Die Mutter wischte dem Mädchen das Eis aus den Mundwinkeln und der Vater reichte dem kleinen Jungen das Wasserglas.

„Eine Familie", sagte Lara und die Wehmut in ihren Worten wurde von der Dämmerung in Samt gepackt.

„Hm", machte Katja. „Ja. Eine Familie."

„Wir müssen weiter." Nahual musterte sie ungeduldig.

„Wisst ihr was?" Der Tod klatschte in die Hände. „Ich lade euch auf ein Stück Kuchen ein! Und einen Kaffee!"

„Was?", entfuhr es Katja entgeistert. „Wir sind auf dem Weg drei Psychopathen von einem Massenmord abzuhalten! Und du willst Kaffee trinken gehen? Im Ernst?"

Der Tod nickte vergnügt. „Im Ernst. Ehrlich gesagt – ich hätte etwas mehr Begeisterung erwartet, in Anbetracht der Erwähnung von Kuchen. Zumindest von deiner Seite."

Katja schnappte nach Luft, wie ein Fisch auf dem Trockenen, wusste nicht, was sie darauf erwidern sollte.

„Kommt", der Tod hielt ihnen die Tür auf und winkte sie in das Café. Warme Luft sickerte ihnen entgegen, mit sanften Fingern an ihnen zupfend, lockend.

„Das kann nicht dein scheiß Ernst sein", knurrte Nahual, die
Hände zu Fäusten geballt. „Wir haben keine Zeit dafür!"
„Zeit, Zeit, Zeit..." Der Tod wedelte durch die Luft, als wolle er
ein lästiges Insekt verscheuchen. „Mach dir nicht immer so viele
Gedanken um die Zeit. Es bringt dir nichts, zu früh zu sein. Du
wirst nur länger warten."
„Ja, aber ich werde auch nicht zu spät sein!"
Der Tod seufzte. „Jetzt kommt schon rein. Ich schmeiße euch
rechtzeitig wieder raus. Ich werde wohl kaum meinen Einsatz
verpassen."
Lara lächelte und das warme Licht fing sich in ihren Augen.
„Okay", meinte Katja, drückte ihre Hand. „Dann essen wir eben
ein Stück Kuchen."
Nahual und Milon folgten ihr schweigend und wenig später saßen
sie zusammengedrängt um einen kleinen runden Tisch. Katja
studierte die Speisekarte.
„Schaut euch das an! Es gibt Strudel!"
„Strudel?" Lara sah sie fragend an. „Was ist das?"
„Was?" Katja griff sich in dramatischer Geste ans Herz und riss
die Augen auf. „Du weißt nicht was Strudel ist? Du hast noch nie
Strudel gegessen? Willst du mir wirklich sagen, dass du nicht
weißt, was Strudel ist?"
Lara schüttelte den Kopf und grinste über Katjas übertriebenes
Gehabe.
„Dann essen wir einen Strudel!" Sie sah die Männer der Reihe
nach an, als wolle sie sagen: Wehe ihr denkt auch nur daran mir
zu widersprechen!
Sie widersprachen nicht.
Eine junge Kellnerin kam zu ihnen an den Tisch, das Haar unter
einem bunten Kopftuch verborgen, dezent, aber gekonnt
geschminkt. Sie lächelte in die Runde.
„Was kann ich Ihnen bringen?"
„Apfelstrudel", sagte Katja, bevor irgendjemand anderes den
Mund öffnen konnte. „Fünf Stück Apfelstrudel, bitte."
Die Kellnerin nickte und ein amüsiertes Funkeln huschte durch
ihre Augen. „In Ordnung. Und wie sieht es mit Getränken aus?"
„Fünf Mal Cola light", übernahm der Tod und lehnte sich
entspannt zurück. „Das beste Getränk für Nerven und Seele."
Die Kellnerin begann zu grinsen. „Ich hätte eigentlich nichts
anderes erwarten sollen, Gevatter."
Der Tod nahm die Sonnenbrille ab und offenbarte seine seltsam
weltfremden Augen, in denen ganze Galaxien zu schweben
schienen.
„Sag mal, ist deine Chefin da?"

Die Kellnerin nickte. „Zufälligerweise ist sie das tatsächlich. Ich werde ich Bescheid geben."
„Wunderbar!"
„Ja, wir haben einen Klempner hier – das Waschbecken ist verstopft", setzte die Kellnerin nach. „Augenblick."
„Den haben wir", nickte der Tod und die Kellnerin verschwand, nach wie vor grinsend.
„Sie weiß, wer du bist?", meinte Katja verdutzt. „Sie weiß wer du bist, richtig? Sie hat dich Gevatter genannt."
„Natürlich weiß sie, wer ich bin", sagte der Tod, ohne das Ganze weiter zu erklären.
Nahual grummelte etwas Unverständliches.
„Warum willst du ihre Chefin sprechen?", fragte Milon.
„Oh, eine alte Freundin."
„Du hast Freunde?" Die Worte waren Katja schneller über die Lippen, als sie nachdenken konnte. Zum Glück schien der Tod nicht gekränkt.
„Eine Handvoll." Er nickte. „Solche, die nicht so leicht sterben, du verstehst?"
Katja verstand nicht, aber sie fragte auch nicht nach. Mit dem Tod Strudel zu essen war verrückt genug. Sie brauchte nicht noch mehr Irrsinn, nicht jetzt, wo alles real zu werden begann.
Lara zupfte Katja am Ärmel und sie beugte sich zu ihr hinunter.
„Was ist?"
„Warum trägt sie ein Kopftuch?"
„Wer, die Kellnerin?"
Lara nickte.
„Ich vermute, das gehört zu ihrer Religion."
„Ihrer Religion?"
„Warum bin ich eigentlich keine Religion?", meinte der Tod. „Ich bin so ziemlich das einzige, woran tatsächlich jeder Mensch glaubt."
„Sie ist so hübsch", sagte Lara und sah zu der Kellnerin hinüber, die gerade an den Tisch mit der Familie getreten war. „Sie sieht aus wie eine Prinzessin."
Katja wuschelte ihr liebevoll durch die Haare. „So wie du."
Leise Radiomusik mischte sich angenehm unter das leise Stimmengewirr. Eine Gruppe Toter, die von Frieden sang.
„Sieh einer an", meldete sich eine Stimme hinter ihnen zu Wort. „Es ist eine Weile her, Gevatter."
Auf dem Gesicht des Todes breitete sich das erste echte Lächeln aus, das Katja bei ihm gesehen hatte. Es war unheimlich. Hungrig, aber ohne Gier. Liebevoll, aber ohne Fürsorge.

„Kairos", sagte er und erhob sich, um die ältere Frau zu
begrüßen, die zu ihnen gestoßen war. Ihre Haare waren weiß
wie frisch gefallener Schnee und wanden sich in geflochtenen
Zöpfen um ihren Kopf. Ähnlich wie bei Frau Hera. Doch statt
dem hohen Kragen, trug Kairos einen bunten Poncho, bunt wie
das Hemd des Todes.
Auch sie lächelte und das Lächeln zauberte noch einmal so viele
Falten in ihr knittriges, aber nichtsdestotrotz faszinierendes
Gesicht. „Es ist wirklich lange her."
Der Tod breitete die Arme aus und zog die alte Frau in eine feste
Umarmung. „Das liegt daran, dass du ständig unterwegs bist."
„Ganz wie du", gab sie zurück. Ihr Lachen war warm wie ein
Sonnenuntergang auf See. „Was treibt dich her?"
„Ein Strudel." Der Tod zwinkerte der Frau zu und wies dann auf
die Gruppe am Tisch, die neugierig zu ihnen aufsah.
„Darf ich vorstellen – mein aktuelles Team."
Kairos lächelte in die Runde. „Es freut mich, euch kenne zu
lernen." Sie winkte kurz zu Nahual hinüber. „Wir kennen uns ja."
Nahual nickte bloß und Kairos beugte sich zu Lara hinab. „Hallo,
Kleines. Wie hast du dich denn hierher verirrt?"
„Sie ist der entscheidende Faktor in meinem Plan", sagte der Tod
und Kairos nickte verstehend.
„Dann hoffe ich, dass dir mein Strudel schmeckt, Kleines. Ich
wünschte, ich könnte dir etwas mehr geben. Aber alles was
geschieht, hat einen Sinn. Wenn wir ihn manchmal auch nicht
sehen können."
Ohne es zu bemerken, schlang Katja Lara einen Arm um die
Schulter und zog sie etwas näher an sich. Kairos bemerkte es
und ihr Lächeln vertiefte sich. Mit ihren knotigen Fingern fuhr sie
Katja durch die roten Locken. „Keine Angst, das Ende steht
immer schon vor dem Anfang fest. Es kann nichts Unerwartetes
geschehen."
Einmal mehr meldete sich das ungute Gefühl in Katjas Bauch zu
Wort, sie wollte gerade nachfragen, was das denn nun wieder zu
bedeuten hätte, da kam die Kellnerin wieder und stellte ein
Tablett mit dampfendem Strudel vor ihnen ab, zusammen mit
den Cola lights.
„Danke", sagte Lara.
Das Mädchen zwinkerte ihr zu. „Guten Appetit."
Kaum war das Mädchen verschwunden, begann Katja zu essen.
„Jetzt hab ich mir ganz umsonst die Zähne geputzt", mampfte
sie.
Hinter Kairos tauchte ein Mann in mittleren Jahren in einem
blauen Hosenanzug auf, in der Hand einen Werkzeugkoffer.

„Der Abfluss ist wieder in Ordnung, Frau Kairos", sagte er. „Er sollte keine -"
Der Mann stockte mitten im Satz, als sein Blick auf Katja und dann auf den Tod fiel, der ihn mit zusammengekniffenen Brauen musterte. Alle Farbe wich ihm aus dem Gesicht und Kairos legte ihm eine Hand auf die Schulter.
„Guter Mann, was haben Sie?"
„D-der... der da.... Nichts", stammelte er.
Da begann der Tod zu lachen. Dröhnend wie die Stundenglocke.
„Wie war gleich der Name? Burghardt?"
Schweißperlen sammelten sich auf der weißen Stirn.
„Bartholomäus", quetschte er hervor.
„Ah, richtig", der Tod nickte. „Das war es."
„Woher kennst du den schon wieder?", fragte Katja, stopfte sich eine weitere Gabel Strudel in den Mund. Ihr Strudel war bereits zur Hälfte im Strudel-Nirwana verschwunden.
„Ähm", machte Bartholomäus, doch der Tod unterbrach ihn.
„Er wollte dich bestehlen. Im Zug."
Jetzt war es an Katjas Brauen in Richtung Haaransatz auszuwandern. „Bitte?"
Wenn möglich wurde Bartholomäus noch etwas blasser. Er wischte sich die schwitzigen Handflächen an der blauen Arbeitshose ab. „Es war nur... ich wollte nur..."
„Was?" Sie blitzte ihn böse an und spießte einen weiteren Bissen Strudel auf ihre Gabel. „Was wollten Sie?"
Bartholomäus seufzte und senkte den Blick. Das war wieder einmal typisch für ihn. Natürlich musste er ausgerechnet auf dieses seltsame Pärchen treffen, in dieser Stadt. Irgendjemand da oben hatte etwas gegen ihn und langsam wurde es persönlich.
„Ich wollte nur ein Weihnachtsgeschenk für meinen Sohn organisieren können. Es tut mir leid."
„Oh", machte Katja und kaute direkt weniger wütend auf dem Strudel herum. „Oh, okay. Das kann ich verstehen." Sie legte die Gabel zur Seite und zog die letzten fünfundzwanzig Euro aus ihrer Hosentasche. „Hier, mehr habe ich leider nicht mehr, aber vielleicht reicht es ja für eine Kleinigkeit."
Sie drückte dem verdutzten Klempner das Geld in die Hand und widmete sich danach wieder ihrem Essen.
„Du weißt aber, dass wir das für den Rückweg gebrauchen könnten?", murmelte Milon ihr zu. Katja schnaubte.
„Wer weiß, ob wir überhaupt wieder zurückkommen. Wir werden schon einen Weg finden."
„Ich... geh dann mal", murmelte Bartholomäus, der wirklich nicht länger als nötig bleiben wollte. „Vielen Dank."

Katja nickte ihm zu, da sie gerade den Mund voll hatte, und Lara winkte. Dann war Bartholomäus verschwunden.

„Gut", sagte Kairos. „Dann will ich euch nicht länger stören. Gevatter, ich hoffe wir treffen uns bald wieder."

„Es wird sich kaum vermeiden lassen", grinste der Tod und hauchte Kairos einen Kuss auf die Hand.

„Gut", meinte auch der Tod, nachdem Kairos verschwunden war. „Ich muss gehen. Viel zu tun, in so einer Nacht. Ihr solltet auch langsam aufbrechen." Er deutete auf eine der Uhren, die sich wie eine Bordüre durch den Raum zogen. „Nur noch eine halbe Stunde."

Erst jetzt bemerkte Katja, dass auch hier keine der Uhren tickte. Wie bei ihrer ersten Begegnung.

Der Kreis begann sich zu schließen.

„Hey, Lara."

Das Kind sah zum Tod auf. Der zog sich die orangene Mütze vom Kopf und warf sie ihr zu. „Ich weiß, du bist nicht so gut auf mich zu sprechen, aber wenn du die Kellnerin magst, gib ihr die Mütze. Sie sollte sie eine Weile tragen."

„Warum?" Laras Augen wurden kugelrund, wie die eines Glubschfisches.

„Weil sie sonst in zwei Tagen, achtzehn Stunden, einunddreißig Minuten und zwölf Sekunden von einem herabfallenden Ziegel erschlagen werden wird."

Und so plötzlich wie er im Taxi aufgetaucht war, war er wieder fort.

„Kommt er jetzt wieder?", wollte Milon wissen, doch die einzige Antwort, die er bekam, war ein Schulterzucken.

„Wir müssen jedenfalls gehen", sagte Nahual und erhob sich. Lara gähnte. Besorgt strich Katja ihr über die schlaftrunken geröteten Wangen.

„Schaffst du es noch?"

„Ich kann sie tragen", warf Milon ein. „Magst du Huckepackreiten?"

Laras Augen blitzen auf. „Ja!"

„Dann komm her", meinte Milon lächelnd und ging in die Knie, damit Lara aufspringen konnte.

„Okay, raus jetzt", knurrte Nahual und scheuchte sie zur Tür hinaus in die frostige Dunkelheit, die den Kreis immer enger um sie zog. Die Straßenlaternen erwachten flackernd und summend zum Leben. Bald wäre die Nacht da.

„Wartet! Erst muss ich noch die Mütze abgeben!"

Nahual blieb stehen und wartete, bis sie wieder kam.

Leuchtturmphänomen

„Die Feuerleiter hoch", meinte Nahual. „Was Besseres werden
wir nicht finden."
„Wir klettern auf ein Dach?", fragte Katja erschrocken.
„Allerdings. Auf dieses." Nahual deutete auf die Feuerleiter, die
auf der Seite des Hauses hinaufführte, vor dem sie gehalten
hatte.
Ein zweistöckiges, schmales Haus, ohne Charakter, ohne
Vorgarten, aber mit einer sich um sich selbst windenden
Feuerleiter. Ohne Geländer. Nicht mal der Ansatz eines
Geländers. Einfach nur eine schmale Leiter aus Gitterstufen.
„Da können wir nicht hoch!", begehrte Katja auf. „Das – das ist
eine Leiter ohne Fallschutz! Und das da oben ist ein Dach!"
„Gut beobachtet", meinte Nahual. „Kommt schon."
Und er begann die Leiter hinaufzusteigen. Es sah einfach aus,
wie er das tat. Und warum sollte es auch nicht einfach sein? Es
war nur ein Schritt vor den anderen. Sie konnte die plötzliche
Angst nicht verstehen, wusste nicht, woher sie kam, aber sie war
da. Sie schnürte ihr die Kehle zu, aber sie gab sich einen Ruck
und folgte Nahual. Ihre Nerven mussten einfach blank liegen und
blank liegenden Nerven waren bekanntlich eine Einladung für
Hysterie. Mit wackeligen Knien stieg sie die Stufen herauf, ihre
Hände bebten.
Und plötzlich – sie hatte den Teufel ja auch an die Wand malen
müssen – rutschte ihr Fuß von den Stufen. Ihr Magen zog sich
zusammen, ihr Mund öffnete sich zu einem erschrockenen
Schrei, doch er blieb ihr im Halse stecken.
Ihr Fall endete so schnell wie er begonnen hatte. Mit
aufgerissenen Augen sah sie in Nahuals genervte Miene hinauf.
Seine Hand hatte sich um ihr Handgelenk geschlossen und sie
aus der Luft gepflückt.
„Ich falle!", rief sie panisch zu ihm hinauf.
„Du fällst nicht, ich halte dich doch fest." Nahual schien kurz
davor sie wieder loszulassen, während er sie mühelos zurück auf
die Stufen hievte.
„Katja?" Lara sah ängstlich zu ihr auf. „Was ist los?"

„Ich weiß nicht." Katja fuhr sich durch die Haare. „Ich bin noch
nie in meinem Leben eine Feuerleiter hinaufgeklettert. Ich bin
noch überhaupt nie geklettert. Noch nicht mal auf einen Baum."
Mit glänzenden Augen sah sie zu Milon hin, der zu ihnen
aufgeschlossen hatte. „Das ist alles so total verrückt! Ich sollte
eigentlich schon tot sein – ich will nicht ein zweites Mal sterben.
Ich -"
„Komm her." Milon zog sie unvermittelt in eine feste Umarmung.
„Ist schon okay", meinte er leise. Sie klammerte sich an ihm
fest, legte ihre Stirn gegen seine Schulter und versuchte ihren
Atem zu beruhigen. Sie wusste, dass das hier kindisch war. Aber
die Situation wurde immer weniger Spiel und immer mehr
Wirklichkeit, mit jedem Zug, den sie zogen.
„Ist schon okay", murmelte Milon noch einmal, strich ihr sanft
über den Rücken. „Aber wir stecken jetzt zu tief drinnen, um
umzudrehen. Ich schätze, das hier war eine Einbandstraße."
„Ich bin für so was nicht qualifiziert!"
„Bitte? Wofür denn?"
„Leben!"
Milon lachte in sich hinein. „Ich fürchte, Theatralik wird uns jetzt
auch nicht weiterhelfen."
Er klopfte ihr mitfühlend und aufmunternd zugleich auf die
Schulter.
Langsam atmete sie ein, hielt die Luft an und ließ sie dann
wieder entweichen.
Einfach weiter atmen...
Das Zittern in ihren Knien ließ nach und sie lehnte sich ein Stück
zurück. Milon vergrub die Hände in den Taschen seiner Jeans
und sie strich sich verlegen eine rote Haarsträhne aus dem
Gesicht, die sich aus dem Knoten gelöst hatte.
„Danke", murmelte sie.
Milon nickte, ohne ihren Blick zu erwidern. „Die anderen sind
schon oben."
„Oh, was?" Sie sah auf und konnte im schwammigen Düster
Nahual und Lara ausmachen, die hinter dem Dachgiebel lagen.
Zum Glück hatte das Haus keine Dachfenster – den Einwohnern
hätte es wahrscheinlich nicht gefallen, wenn da plötzlich Beine
gebaumelt hätten.
„Geht der einfach vor", meinte Katja und runzelte ärgerlich die
Stirn. „Komm!"
Milon grinste schief und sie begann die Stufen hinaufzustiefeln,
jetzt fast unbesorgt. Von dort, wo sie gefallen wäre, hätte sie
sich nicht einmal den Knöchel verstaucht, wurde ihr peinlich
bewusst und sie war froh, dass Milon hinter ihr ihre roten
Wangen nicht sehen konnte.

Auf dem Dach angekommen krabbelte sie vorsichtig auf allen Vieren zu Nahual und Lara hinüber. „Du hättest ruhig warten können!"
„Ihr habt ja hergefunden", gab Nahual mit spöttischem Unterton zurück, der ihr einmal mehr das Blut in die Wangen schießen ließ. Grummelnd schlang sie einen Arm um Lara, um sicherzustellen, dass sie nicht vom Dach kullern konnte.
„Hast du warm genug?"
Lara nickte.
„Was machen wir jetzt?", fragte Milon, der dicht neben sie gerutscht war und fragend zu Nahual hinüber schielte.
„Warten", brummte dieser. „Und falls das möglich ist, nicht mehr den Verstand verlieren."
„Manchmal solltest du einfach die Klappe halten!", fauchte Katja.
„Nicht streiten", meinte Lara leise. „Bitte."
Katja seufzte und drückte ihre Wange gegen Laras. „Okay."
Nahual hatte sein Fernrohr aus dem Mantel gekramt und behielt den Eingang zur Kirche im Auge.
Doch da tat sich nichts. Noch nicht. Die Uhr am Turm zeigte ihnen, dass sie noch achtundvierzig Minuten Zeit hatten, bis der Gottesdienst beginnen würde.
„Wolltest mir noch eine Geschichte über deine Familie erzählen", sagte Nahual plötzlich, ließ das Fernrohr sinken. „Wäre jetzt ein passender Zeitpunkt, was?"
„Ehrlich?" Laras Augen weiteten sich. „Jetzt?"
Nahual nickte. „Außer du willst nicht drüber reden."
Lara biss sich auf die Lippe, eine Geste, die sie sich wohl Katja abgeschaut hatte. „Ich weiß nicht, ob ich darüber reden kann."
Traurig klang ihre Stimme auf einmal. Leise in der kalten Winterluft. Beinahe verloren in der aufziehenden Dunkelheit, die nur noch von einem Band an Straßenlampen gestützt wurde.
Katja strich ihr sanft über die Haare. „Du musst nicht darüber sprechen."
„Wenn du willst, kann ich anfangen", mischte sich Milon ein.
Drei Augenpaare wandten sich ihm zu. Milon zuckte die Schultern. „Naja. Wenn wir Zeit haben..."
„Okay", meinte Katja, legte den Kopf schief. „Dann fang an. Wir haben nichts Besseres zu tun."
Nahual sagte nichts dazu, starrte nur durch sein Fernrohr, als hätte er Angst das Eintreffen der Bombe zu verpassen.
Naja, nicht direkt die Bombe. Die drei Verrückten wären nicht unbedingt clever, wenn sie die Bombe hierherbrächten. Es würde ihnen auch nichts nutzen, das Licht würde auch ausgehen, wenn sie ihre Bombe irgendwo in einer verlassenen Lagerhalle hochgehen lassen würden.

Dann könnten sie sich darauf konzentrieren, das Gift
einschmuggeln. Unheimlich, wie wenig sie von der Droge
bräuchten, um eine ganze Kirche abzuschlachten.
Ohne einen einzigen Tropfen Blut zu vergießen.
Ob sie wohl dachten, einen humaneren Weg gefunden zu haben,
so viele Menschen umzubringen?
Wenn dem so war, schien ihnen zu entgehen, dass es keinen
humanen Weg gab, Menschen umzubringen. Mord war Mord,
denn am Ende waren die Menschen tot.
Tot, wie Katja selbst es beinahe gewesen wäre, wenn der Tod sie
nicht am Fallen gehindert hätte.
Milon räusperte sich. „Alles gut?"
Sie riss sich vom Anblick des Sternenhimmels los und nickte
ruppig. „Ja. Fang schon an."
Ein kalter Wind fegte über die Dächer, roch nach Salz und
düsteren Abenteuern. Unwillkürlich rutschten sie zusammen, um
sich gegenseitig etwas Wärme zu spenden.
Nahual sah wieder durch sein Fernrohr, als Milon zu erzählen
begann.
„Sagen wir, meine Kindheit war sehr zwiegespalten. Die eine
Seite war wirklich wundervoll, die andere ein gigantisches
Desaster."
„Zusammengenommen, also eigentlich ganz okay?", folgerte
Katja.
„Ich glaube kaum, dass diese beiden Extreme jemals neutral
werden", sagte Nahual, ohne zu ihnen hinüberzusehen. „Sie
werden reines Chaos."
Überrascht zog Milon die Brauen in die Höhe. „Kennst du dich
damit denn aus?"
„Tut nichts zur Sache." Nahual hatte den Blick noch immer starr
durch das Fernrohr gerichtet. Was er wohl dort in der Ferne sah?
Den Kirchturm, oder eine Handvoll vergangener Tage?
„Hey, sei kein Spielverderber." Mit neugieriger Miene stieß sie
Nahual an. „Was weißt du über kaputte Familien?"
„So viel, wie jede zweite Person da draußen", brummte er. „Ihr
glaubt doch wohl nicht, dass kaputte Familien ein
Einzelphänomen sind? Und nein, bevor du fragen kannst, wenn
ihr jetzt eure tragische Vergangenheit auspacken müsst – da
mach ich nicht mit, ohne mich."
„Ich habe keine tragische Vergangenheit", meinte Lara. „Nur
keine Eltern."

Darauf fiel den Erwachsenen nichts ein. Katja konnte sich vorstellen, wie das Kind sich fühlen musste, zumindest ansatzweise. Und manche Wunden waren zu tief, um sie mit Worten aufzufüllen. Der Gestank eines Misthaufens wurde auch nicht besser, wenn man Blümchen darauf verteilte.
Katja strich ihr wieder über die Haare, in sanften, gleichmäßigen Bewegungen, als könne das den Gedanken an all die einsamen Stunden vertreiben.
„Ich habe meine Eltern auch nie kennengelernt", sagte sie leise und nur an Lara gerichtet, auch wenn ihr klar war, dass die anderen zuhörten. „Sie sind in einem Autounfall gestorben, als ich noch ziemlich klein war. Ich habe dann bei meiner Tante gelebt, die sich zwar wirklich Mühe gegeben hat, aber immer etwas überfordert war. Immerhin war sie erst neunzehn, damals."
Lara sah sie an, die Nacht schwärzte ihre viel zu großen Augen. „Hat sie dich liebgehabt?"
„Meine Tante?"
„Mhm."
„Ja, ja davon bin ich fest überzeugt. Ganz fest."
„Wie fühlt sich das an?", murmelte Lara. „Wie fühlt sich das an, wenn dich jemand liebhat?"
Katja schluckte ihre Betroffenheit hinunter, drückte Lara einen Kuss auf die Wange. Ihr Lächeln geriet etwas schief. „So. Genauso fühlt sich das an. Warm und ehrlich und ein bisschen wie Geborgenheit."
Lara schlang die Arme um Katjas Hals, was diese etwas besorgt in die Tiefe sehen ließ. „Ich hab dich auch lieb."
Sie hielt Lara fest, bis sich das Mädchen wieder so weit gefangen hatte, dass sie vorsichtig zu ihr hinauf blinzeln konnte. Ihre Augen waren feucht, aber etwas in ihrem Gesicht hatte zu strahlen leuchten begonnen.
„Ich muss mich anschließen", meinte Milon und lugte an Katja vorbei. „Ich finde auch, dass du große Klasse bist!"
„Jetzt hört schon auf mit eurer Gefühlsdudelei. Wir haben wichtigeres zu tun", meinte Nahual, der nach wie vor zu der Kirche hinuntersah.
Lara lachte und zupfte den Griesgram an seinem Mantel.
„Was?", fragte der.
„Dich hab ich auch lieb."
„Hmpf", machte Nahual, aber Katja konnte sehen, wie seine Miene etwas weicher wurde – zumindest für einen kurzen Augenblick.

„Was meintest du jetzt eigentlich mit in Zwiegespalten?" Sie
legte den Kopf schief und sah Milon mit einem unschuldigen
Lächeln an – zu unschuldig, um ihre Neugierde zu verbergen,
aber Milon musste trotzdem grinsen.
„Du willst wissen, wer die guten und wer die bösen Menschen
waren?"
Katja tauschte einen Blick mit Lara aus. „Wollen wir das wissen?"
Lara kicherte. „Auf jeden Fall!"
„Hast du gehört? Auf jeden Fall!"
Ein Grinsen, statt der nagenden Furcht und Milon hob die Hände.
„Na, dann habe ich wohl keine Wahl."
„Nicht wirklich. Außer wir sollen dich vom Dach schubsen."
„Rumms", nickte Lara.
„Na, da erzähle ich es lieber."
„Weise Entscheidung."
Milon erwiderte ihr Lächeln. „Wirklich viel zu erzählen, gibt es
allerdings nicht. Meine Eltern hatten eine ziemliche ungesunde
Beziehung – um es Mal nett auszudrücken. Sie haben sich nicht
sonderlich gut leiden können. Und wir waren halt irgendwie da,
wenn ihr versteht, was ich meine. Laura hat sich um mich
gekümmert." Milon lächelte milde bei der Erinnerung. Katja
konnte die Traurigkeit in seinen Augen sehen, die seinen Blick
trübte, als hätte jemand mit Aquarellen darüber gemalt.
Unwillkürlich streckte die Hand aus und drückte Milons Schulter.
„Können wir an dieser Stellen die rührseligen Geschichten
unterbrechen?", meinte Nahual. „Da unten tut sich was."
Katja streckte fordernd die Hand aus und Nahual reichte ihre das
Fernrohr. Sie musste Lara für einen Moment loslassen, um
hindurchzusehen.
„Hm, verdächtig sieht das aber noch nicht aus. Das sind die
ersten Besucher des Gottesdienstes, eindeutig."
„Wer wird wohl darunter sein, was denkst du?"
„Woher willst du das wissen?"
„Na, unbemerkter werden sie wohl kaum darein kommen. Die
haben hier nicht Mal eine Taschenkontrolle."
„Wir suchen also nach Taschenträgern?"
Nahual fuhr sich durch das Haar. „Ich weiß es nicht. Vermutlich
sollten wir runter und uns erst Mal unter die Menge mischen.
Von hier aus sehen wir vermutlich nicht viele Details. So mal wir
nur ein Fernrohr, sprich ein paar Augen haben."
„Und wenn wir uns aufteilen?"
Nahual erwiderte ihren Blick mit gerunzelter Stirn. „Mein
Kommunikationssystem liegt auf dem Schiff und sobald die ihre
Bombe hochgehen lassen, wäre das sowieso tot."

„Ich denke, wir sollten uns trotzdem aufteilen. Dann haben wir
für alle Fälle auch noch eine Nachhut."
Zu ihrem Erstaunen nickte Nahual, ohne Diskussion und ohne ihr
zu sagen, wie dumm dieser Plan war. „Wie schlägst du also vor,
dass wir uns aufteilen?"
Misstrauisch verengten sich ihre Augen zu Schlitzen. „Machst du
dich gerade über mich lustig?"
„Keine Zeit."
„Warum lässt du mich dann die Pläne machen?"
Nahual verdrehte die Augen. „Erstens, lass ich sie dich nur
aufstellen, ich habe es noch nicht abgesegnet. Zweitens", er
seufzte kurz, „wenn Doktor T dich ausgesucht hat, um die Pläne
zu machen, wird er sich etwas dabei gedacht haben. Meine Pläne
haben nicht allzu gut funktioniert."
Darauf wusste Katja nicht direkt etwas zu sagen. Bis gerade war
sie sich nicht sicher gewesen, ob Nahual der Typ war, Fehler
einzugestehen.
„Ähm", sie wandte den Kopf ab, um ihn ihre Verblüffung nicht
sehen zu lassen. „Also... Ich würde vorschlagen, dass du und ich
runtergehen und Lara mit Milon hierbleibt, um den
Gesamtüberblick zu halten?"
Es klang eher wie eine Frage. Nahual sah sie wieder an und sein
Blick schien zu verstehen, warum sie so entschieden hatte. Ein
Kind hatte nichts an der Front verloren, ganz gleich um welchen
Krieg es ging.
„Okay, dann lass uns gehen."
Katja nickte. „Lara?" Das Mädchen sah sie ängstlich an. „Du
bleibst bei Milon und ihr schaut, ob ihr irgendetwas Verdächtiges
seht, ja? Das ist sehr wichtig, denn ihr werdet bestimmt Dinge
finden, die wir da unten nicht mehr entdecken, okay?"
„Okay", flüsterte sie.
„Komm her." Katja drückte das Mädchen fest an ihre Brust. „Du
passt schön auf, ja?"
Sie nickte. „Kommst du wieder?" In ihren Augen sammelten sich
Tränen und liefen über ihre runden Kinderwangen. Sanft strich
Katja sie mit dem Daumen fort.
„Hey. Hey, keine Angst. Wir sind im Showdown gelandet – der
gehört nun mal zur Vorstellung, okay? Es wird alles gut."
Lara nickte, presste die Lippen zusammen. Katja drückte ihr
einen Kuss auf die Stirn und wandte sich dann an Milon. Der
erwiderte ihren Blick, entschlossen und selbstbewusst, wie sie
ihn noch nicht gesehen hatte. „Ich werde auf sie aufpassen. Und
– auf dich." Er lächelte schief und Katja musste lachen, auch
wenn es etwas atemlos klang. „Ich verlasse mich drauf."

„Kaum auszuhalten", brummte Nahual. „Hier, bevor ich das vergesse." Er drückte Milon eine alte Kerze in die Hand, bleich wie ein alter Knochen. Wachstränen waren über den einstmals schlanken Stiel gelaufen und der Docht war schwarz, wie ein Stückchen Weltall.
Milon nickte. „Danke."
„Bis später." Und damit schwang Nahual sich über die Dachkante auf die Feuerleiter. Katja folgte ihm, warf einen letzten Blick zurück auf Milon und Lara, die ihr beide mit besorgten Mienen hinterher sahen. Lara hielt das Fernrohr in der Hand und reichte es an Milon weiter, dann waren sie aus Katjas Sicht verschwunden.

Unauffällig mischten sich Nahual und Katja zwischen die anströmenden Gläubigen. Ernste Gesichter; ein Ernst, der jeden Menschen überfällt, wenn er sich mit sich selbst und seinem Schöpfer konfrontiert findet. Sie schwiegen, nur hier und da ein gedämpftes Gemurmel, als würden sie bereits beten. Manche trugen Gesangsbücher, andere schoben ihre Rollatoren vor sich her.
Ein alter Mann, der eine schwarze Mütze trug, nickte Katja im Vorübergehen zu. Wie bei allen Menschen in diesem Alter fragte sich eine kleine Stimme in Katjas Hinterkopf, auf welcher Seite er wohl gestanden haben mochte, damals, als die Bomben fielen. Sie erwiderte sein Lächeln und wandte sich dann an Nahual.
„Wonach genau suchen wir jetzt?", murmelte sie. „Wir haben keine Ahnung was wir suchen müssen! Hier sind überall Taschen!"
Nahual hatte sich die Mütze tief in die Stirn gezogen, um die Menschen vor dem Anblick seines narbigen Gesichts zu bewahren.
Auch Katja konnte in der frischen Nacht nur die Umrisse erahnen. Noch spendeten die Straßenlampen ihr schwaches Licht, zeichneten schmutzig weiße Pfützen auf den Bürgersteig.
„Werden wir sehen. Halt einfach die Augen offen und suche nach etwas Auffälligem. Wir haben ihre Bilder."
„Nur von der Frau Hyperintelligent und von dem Muttersöhnchen."
„Such einfach nach was Auffälligem."

Das war leichter gesagt als getan. Wenn man darauf achtete, dann wurde plötzlich alles verdächtig. Warum hatte die Frau dort mit dem langen blonden Haar ihre Hand in der Jackentasche? Hielt sie etwas fest? Warum hatte der Mann dort eine Tasche dabei, wenn er in die Kirche ging? Und der Teenager, sah der sich nicht auffällig häufig über die Schulter? Was tat ein Teenager allein in der Kirche?

„Oh, scheiße. Ich bin dafür nicht gemacht", murmelte sie und sie spürte, wie ihr Atem schneller wurde. Ihre Hände bebten.

„Hey." Nahual griff nach ihrem Arm, zog sie etwas näher zu sich. „Ganz ruhig, okay? Alles, was wir im Moment tun, ist uns umschauen. Ist nichts Gefährliches."

„Außer es sehen die falschen Augen."

„Schau dich eben unauffällig um."

„Man trägt keinen Hut in der Kirche."

„Nein. Man trägt seine Schuld in die Kirche, karrt sie dort hinein, wie eine Schubkarre Pferdemist und vergisst, dass der Gestank haften bleibt, wenn man wieder geht."

„Du – du lenkst mich ab!"

„Ich weiß."

Katja versuchte ihren Atem wieder unter Kontrolle zu bekommen. „Okay, ich weiß. Ich weiß ja." Rastlos wanderten ihre Augen durch die Menge. Immer mehr wurden es und die Kirche verschluckte sie stumm und geduldig, wie ein lauerndes Tier. Was, wenn sie es nicht hinbekommen würden? Wenn sie wen auch immer nicht stoppen konnten? All diese Menschen würden sterben. Sollten sie nicht lieber dafür sorgen, dass sie gar nicht erst in die Kirche gingen?

„Nahual", wisperte sie. „Nahual, was wenn diese Menschen sterben?"

„Dann haben die Angehörigen keinen langen Transportweg zum Friedhof."

„Nahual!", rief sie entsetzt. „Ich meine es ernst! Was wenn wir sie nicht retten können? Was wenn wir sie einfach in eine Falle laufen lassen, von der wir nicht einmal wissen, wie sie konstruiert ist?"

Nahual sah zu ihr hinunter. Da war kein scherzhaftes Funkeln in seinen Augen. „Glaub mir darüber habe ich nachgedacht. Aber wir würden uns verraten, wenn wir etwas dagegen unternehmen würden. Und sie würden ihr Gift in eine andere Kirche tragen. Doktor T wird uns nicht zusammengetrommelt haben, wenn wir keine Chance haben, okay? Aber wir müssen sie nutzen. Also: Sieh. Dich. Um."

Seine Stimme war so eindringlich, dass sie die aufziehende Hysterie vorerst in ihre Schranken wies.

„Okay. Okay, ich bin schon am Schauen."
Nahual nickte, ließ ihren Arm aber nicht wieder los, eine stumme
Warnung.
Sicherheit. Trost. Hoffnung.
Was glaubten die Menschen in dem alten Gemäuer zu finden?
Warteten sie auf einen Gott? Bauten sie darauf, dass Gott eines
Tages vor dem Altar auftauchen würde, um sie endgültig und
wahrhaftig zu segnen?
Ein unsichtbarer Gott, der sich nie bemerkbar machte, wollten
sie wirklich von ihm gerettet werden? Von einem Gott, der den
Blick abwandte, um den Menschen ihre Freiheit zu lassen.
Wovor wollten sie gerettet werden? Vor ihrem Schicksal? Vor
den Sünden die die Gesellschaft ihnen auferlegte? Vor sich
selbst? Glaubten sie wirklich, dass Gott, wenn es ihn denn gab,
einen Mord verzeihen würde?
Alte Gesichter, junge Gesichter. Besorgte, unbeschwerte,
freundliche, verhärmte. Eine ganze, prachtvolle Farbpalette. Und
sie hatten Gott zum Künstler auserkoren. Es war einfach, nur ein
Farbspritzer zu sein. Auf diese Weise musste man das Gemälde
nicht betrachten.
Ein altes Paar, schwarz in schwarz, mit Tränen in den Augen.
Eine junge Frau, die sich auf den Arm ihres Vaters stützte. Ein
kleiner Junge mit Zipfelmütze, der brav an der Hand seiner
Großmutter ging.
Trost vor dem Ende.
Vielleicht hatte der Tod recht gehabt. Vielleicht war Religion eine
einzige Hommage an das Sterben und an das ewige Leben, das
jeder sich wünschte.

„Siehst du sie noch?"
„Ja, sie stehen am Rand und schauen sich die Menge an, alles
gut so weit."
„Okay." Lara hatte sich dicht an Milon gekuschelt. Zum Teil, weil
der Nachtwind immer kälter wurde, zum Teil, weil sie sich auf
diesem Dach, in der beständig wachsenden Dunkelheit, wirklich
ausgesprochen einsam fühlte.
„Mach dir nicht so viele Sorgen. Dir wird nichts passieren, wir
passen alle auf dich auf."
„Aber wer passt auf euch auf?"
„Ach", Milon zuckte die Schultern. „Wir wären kein allzu großer
Verlust."
„Sag so was nicht!" Lara schossen schon wieder Tränen in die
Augen und erschrocken machte Milon einen Rückzieher.

„Keine Sorge, das war nur ein Scherz, ja? Ein schlechter Scherz, ich weiß. Uns passiert schon nichts. Schau doch runter, es ist alles friedlich."
Noch fügte er in Gedanken hinzu und wenn er ehrlich war, dann machte ihn das Warten mit jeder Sekunde nervöser. Warum war es so verdammt friedlich? Von hier oben wirkte es ein bisschen so, als würde die Kirche jeden Streit, jeden Zorn, jeden Anflug von Hass absorbieren und die Luft mit Frieden erfüllen. Ein dicker, süßlicher Frieden, der nach frischem Blut und Weihrauch roch. Ahnungslos strömten die Gläubigen in die Kirche, zusammmen mit denen, die nur in die Kirche gingen, um dort gesehen zu werden.
„Kannst du was erzählen?", fragte Lara und sie klang so flehentlich, dass es Milon beinahe das Herz brach.
„Sicher, worüber sollen wir reden?"
„Egal."
„Schlag mir was vor, irgendetwas das du mich schon immer mal fragen wolltest?"
Sie sah zu ihm auf. „Warum wolltest du uns umbringen?"
Die Frage traf ihn wie ein Schlag in den Magen. Doch er konnte verstehen, woher sie kam. Natürlich verstand er das. Immerhin hatte er ihr ein Messer an den Hals gehalten.
Kinder vergaßen solche Dinge nicht einfach. Diese Dinge, die ihnen mehr Angst machten als der schlimmste Albtraum. Und manchmal blieben sie für ein ganzes Leben.
„Sagen wir", er fuhr sich durch die Haare, fischte nach den richtigen Worten. Aber die Nacht legte sie ihm nicht zurecht, sah ihm spöttisch bei seinen kümmerlichen Versuchen zu.
„Manchmal tun Menschen die falschen Dinge, aus den richtigen Gründen."
Er war nicht sicher, ob er die Wahrheit sprach, oder sich nur einmal mehr einer alten Lüge bediente.
Gab es richtige Gründe mit falschen Taten? War die Tat nicht was den Grund erst formte? Wenn man die falschen Dinge tat, vernichtete das nicht die Gründe, ganz gleich wie gut sie einmal gewesen sein mochten?
Lara sah ihn einen Augenblick still an. „Du solltest nochmal durch das Fernrohr schauen. Sonst ist Katja weg."
Er nickte. Eilig wandte er den Blick zurück auf das tröpfelnde Gedränge. Katja und Nahual standen nur ein paar Meter weiter, etwas dichter am Kirchentor, dort wo die Menge sich konzentrierte. Vielleicht erhofften sie sich dadurch eine bessere Kontrolle.
„Alles okay", sagte Milon. „Sie sind noch da."

„Gut." Ein Windstoß fegte über die Dächer, kämmte Lara das Haar aus dem Gesicht. Sie war zu ernst für Alter. Da war zu viel Verständnis in ihren Augen.
„Hör mal. Es tut mir leid, ganz ehrlich. Weißt du das?" Etwas Drängendes schlich sich in seine Stimme. Wenn man zu viel verstand, verzieh man zu viel. „Es gibt keinen guten Grund für das, was ich getan habe. Hörst du? Es gibt keine Entschuldigung dafür. Aber es tut mir leid."
„Wirst du es wieder tun?"
Ihre Augen waren so voller Frage, dass er einfach nicht lügen konnte. Er konnte ihr nicht versprechen, dass ihm nie wieder eine bessere Möglichkeit dazwischenkam. „Ich weiß es nicht."
„Frau Hera sagt, eine Entschuldigung zählt nur dann, wenn man das, wofür man sich entschuldigt, nie wieder tut. Es tut mir leid ist keine Entschuldigung. Es ist ein Versprechen."
Milon spähte stumm hinab in die Menge, die langsam wieder weniger wurde. Niemand wollte zu spät in die Kirche kommen. Man könnte den Segen verpassen. „Ich fürchte, damit hat sie recht."
„Warum tust du es dann?"
Unbehaglich wand er sich, wusste nicht, wie er all diese Fragen beantworten sollte, ohne sich in einem Geflecht aus Lügen zu verlaufen. „Ich muss mich ein wenig um meine Schwester kümmern. Früher hat sie auf mich aufgepasst. In mehr als nur einer Weise. Sie hat mich vor den anderen Kindern beschützt, vor meinen Eltern. Sie hat dafür gesorgt, dass ich abends etwas Warmes zu Essen auf dem Tisch hatte. Sie hat mir gute Nacht Geschichten vorgelesen, bis ich eingeschlafen bin, damit ich das Geschrei meiner Eltern nicht hören musste. Sie hat aufs Abi verzichtet, um es mir zu ermöglichen – jetzt bin ich an der Reihe. Ich schulde es ihr, auf sie Acht zugeben."
„Was hat sie denn?"
Milon seufzte, ließ das Fernrohr sinken. „Nicht sie. Enzo."
„Das kleine Kind?"
Ein kleines Schmunzeln zupfte an seinen Lippen. „Ja, das kleine Kind. Er hat eine seltene Krankheit und sie könnte niemals die ganzen Therapien bezahlen."
„Aber – ich dachte du musst nichts bezahlen, wenn du krank bist?"
Feine Falten zeichneten sich auf ihre Stirn.

Milon lachte schnaubend auf. „Ja, das sollte man meinen. Aber wenn es wirklich ernst wird, und es sich angeblich nicht lohnt, weil die Therapien noch nicht lange genug erforscht worden sind, dann kannst du selbst schauen, was du machst." Er fuhr sich über das Gesicht. „Weißt du, als er geboren wurde, hätten wir ihn beinahe verloren. Ich habe meine Schwester nie so nah daran gesehen, einfach auseinander zu brechen. Es gibt nichts Schlimmeres, als zu sehen, wie die Menschen, die du liebst, auseinanderfallen kannst. Und du kannst nichts tun, nur zusehen, ganz gleich, wie fest du sie hältst."
Seine Stimme war immer leiser geworden und schließlich verstummte er. Der Wind trug seine Worte davon. Sie hatten nichts zu bedeuten, sie trugen kein Gewicht, nicht im Angesicht der Dunkelheit. Nicht unter dem Blick des Kindes.
Er sah wieder zu Nahual und Katja hinab, die noch immer dicht beisammenstanden und beobachteten.
Eine kleine Hand schob sich in die seine und er sah überrascht zu Lara. Sie lächelte leicht und Verständnis lag in ihrem Blick. Sie sollte das nicht verstehen können. Sie sollte sich auf ihn stürzen und ihm die Augen auskratzen, sie sollte ihn anbrüllen und ihn seiner Schuld gegenüberstellen. Für manche Dinge sollte es weder Verständnis noch Vergebung geben. Er drückte ihre Hand. „Es tut mir wirklich leid, ich wollte dir keine Angst machen."
„Ich weiß. Du wolltest sie nicht noch einmal kaputtgehen sehen, das verstehe ich. Glaube ich", setzte sie zögerlich nach.
„Du bist ein ganz erstaunliches, kleines Wesen, weißt du das?" Laras Lächeln vertiefte sich, aber sie antwortete nichts darauf.
„Was ist mit Enzos Vater?", fragte sie stattdessen.
„Ach der. Hat die Fliege gemacht, sobald er erfahren hat, dass Laura schwanger ist. Sie hätte damals beinahe eine Fehlgeburt gehabt, wegen dieses Mistkerls. Sie hatte nach unserer Kindheit nicht mehr allzu viele Nerven übrig, musst du wissen. Irgendwann ist es ihr einfach zu viel geworden. Sie war selbst noch ein Kind und hat unser ganzes Leben regeln müssen."
„Sie hat dich lieb", sagte Lara leise. „Ganz doll. Ich hab es gesehen."
Milon lächelte sein schiefes Lächeln. Unparteiisch, neutraler als ein Neutrino, aber ehrlich. „Danke, Kleines."
Lara legte den Kopf an seine Schulter und er schlang einen Arm um sie, ähnlich wie Katja es vorhin getan hatte.
„Kannst du mir einen Witz erzählen?"
„Was geschieht, wenn zwei Berge sich berühren?", fragte er, ohne den Blick durch das Fernrohr abzuwenden.

„Hm." Lara runzelte nachdenklich die Stirn und kräuselte auf
eine wirklich niedliche Weise die Nase. Hatte sie das schon die
ganze Zeit getan und es war ihm bloß nicht aufgefallen?
„Vielleicht – ein Erdrutsch?"
„Falsch."
„Ein Erdbeben?"
„Wieder falsch."
„Okay, was passiert, wenn sich zwei Berge berühren?"
„Du gibst schon auf?"
Sie knuffte ihn in die Seite. „Witze sind kein Ratespiel."
„Also gut: Nichts."
„Nichts?"
Sie klang so verdutzt, dass es Milon zum Lachen brachte.
„Allerdings. Was soll schon passieren."
„Der ist schlecht", beschwerte sich Lara, aber sie grinste dabei.
„Tja, ich fürchte ich kenne nur schlechte Witze, aber ich kann dir
auch – oh, ich glaube sie haben was!"
„Was? Wirklich? Was denn?"
„Hier, sieh selbst." Er reichte ihr das Fernrohr und sie suchte
eifrig nach Katja.
„Wo? Ich sehe nichts."
„Hier", er drehte ihren Kopf etwas nach rechts. „Siehst du jetzt,
was sie sehen?"
Lara nickte und ihr Herz begann immer schneller zu schlagen.
Beinahe hoffte sie, dass das alles nur ein Traum war, aus dem
sie jeden Moment erwachen würde. Aber dann wäre auch Katja
nur ein Traum und Milon neben ihr und Nahual, der immer so
griesgrämig war, aber trotzdem so nett. Für zwei Tage hatte sie
das Gefühl gehabt zu wissen, was eine Familie war. Sie wollte
nicht, dass das ein Traum war.

„Dahinten."
„Was? Wo?" Katja hätte fast einen Herzinfarkt erlitten. Sie
suchte mit den Augen die letzten Nachzügler ab. „Was meinst
du?"
„Siehst du die Frau? Die mit den lila Haaren?"
„Oh, ja."
Die Frau die Nahual im Visier hatte sah tatsächlich nicht aus, als
würde sie regelmäßig zum Gottesdienst gehen. Ihre lila Haare
standen in kurzen Stacheln von ihrem Kopf ab. Die Frisur war
etwas zu jugendlich für die Fältchen, die sich bereits durch ihre
scharf geschnittenen Züge zogen. Ihre hohen Absätze klackten
bei jedem Schritt auf dem Asphalt. Sie hatte eine große
Ledertasche über der Schulter hängen.

Es war die Frau, die sie auf den Zeitungsfotos gesehen hatten.
Madame Ich-brauche-aber-drei-Doktortitel persönlich.
Katja rümpfte die Nase. Es fehlte nicht viel und sie hätte die
Frau angeknurrt. Sie konnte Menschen nicht ausstehen, die sich
für etwas Besseres hielten. Und genau das verkündete jeder
ihrer Absatzaufschläge.
Klack-klack. Klack-klack, auf dem schmutzigen Boden.
„Katja", mahnte Nahual leise.
Mit übertriebenem Hüftschwung stöckelte Kylie McAdams an
ihnen vorbei. Als hätte sie ihr Starren bemerkt, wandte sie den
Kopf und für einen kleinen Moment trafen sich ihre Blicke. Katja
hüpfte innerlich vor Schreck in die Luft, doch im letzten Moment
zwang sie sich ihrer Miene einen gleichgültigen, uninteressierten
Ausdruck zu geben.
Etwas das Katja nicht recht deuten konnte, blitzte in den Augen
der Frau auf, dann war sie vorbei und in der Kirche
verschwunden.
„Wir müssen ihr hinterher!", meinte Katja drängend. „Schnell!"
„Ja, aber langsam. Nicht auffällig werden", gab Nahual zurück.
„Wissen nicht wo die anderen zwei sind. Mit wem sie da sind." Er
bot ihr den Arm und sie hakte sich unter.
„Nur zwei Kirchengänger", meinte Nahual. „Zumindest fürs
erste, ja?"
„Okay."
„Tief durchatmen."
Katja tat wie geheißen und dann betraten sie leise, Seite an
Seite, die Kirche. Hinter ihnen schloss sich das Flügeltor – sie
waren die letzten die hineingingen. Und während sie sich bereits
nach der Frau mit dem lila Haar umsahen, setzte die Orgelmusik
ein. Laut und mit geschwollenen Tönen wob sie Klangteppiche,
die sich unter der hohen Decke fingen und zwischen den Säulen
brandeten.
Sie bekreuzigte sich und da Nahual es nicht tat, bekreuzigte sie
sich ein zweites Mal. Ein kleiner Zoll an den Geist der Kirche.

Désirée Braun

Siehst du wie viel Sternlein stehen

Die Kirchenglocken begannen zu läuten, der große Zeiger rückte auf die sechs. Im selben Moment wurde es dunkel. Nicht dunkel, wie es in der Nacht nun Mal war, sondern dunkler. So dunkel, als wären jegliche Albträume ihren Gräbern entstiegen. Und die Menschen, die daran glaubten, mochten meinen, das Jüngste Gericht würde seinen Anfang nehmen.
Warum sollte das Ende der Welt auch nicht auf einen Mittwoch fallen.
Es war, als hätte man der gesamten Stadt den Stecker gezogen. Es war nichts zu hören gewesen, keine Explosion, kein lauter Knall. Es wurde einfach dunkel. Die glitzernden, bunten Lichter, die sich wie Tautropfen in einem Spinnennetz unter ihnen ausgebreitet hatten, verschluckten sich selbst.
Scheinwerfer, Straßenlaternen, Leuchtreklamen, Handydisplays, alles wurde von der pechschwarzen Nacht überzogen.
„Was ist passiert?" Erschrocken klammerte sich Lara an Milons Arm.
„Es ist so weit. Sie haben die Stadt lahmgelegt."
„Was machen wir jetzt?" Laras Stimme war flach und dünn geworden, ein Kind, das Angst vor dem Dunkeln hatte. Die Monster der Nacht, die es eigentlich nicht geben sollte.
Er antwortete erst, als sich seine Augen an die neuen Lichtverhältnisse zu gewöhnen begannen.
„Da unten geht was vor sich. Ich kann nur nicht erkennen was. Ich denke wir müssen runter und nachsehen."
Ihre Hand klammerte sich um Milons. „Ich hab Angst", flüsterte sie.
„Das ist okay, ich habe auch Angst. Aber wir müssen Katja und Nahual helfen, richtig?"
„Richtig."
Er konnte nicht mehr als ihre Umrisse ausmachen und die Augen, die das Sternenlicht zu reflektieren schienen. „Sieh nach oben."
Ohne eine Frage, sah sie zum Sternenhimmel auf.
„Siehst du? Du hast gesagt, du magst das Licht der Sterne am meisten."
„Ja."
„Dieser Moment ist für das Licht der Sterne geschaffen worden." Sie nickte tapfer.

„Dann lass uns gehen. Aber du bleibst hinter mir, ja?"
„Okay." Ihre Stimme war zu leise für die Stille der Nacht, in die
sich aufgeschreckte Rufe und entfernte Schreie mischten. Aber
Milon nahm sie an der Hand und tastete sich über das Dach zu
der Feuerleiter hinüber. Sie brauchten lange. Die Sekunden
fühlten sich an wie mit Unendlichkeit gestopft, aber irgendwann
hatten sie es schließlich geschafft, ohne abzustürzen, und
schlichen so leise wie möglich die Treppe hinab.
Verräterisch klangen ihre Schritte, jetzt da alle Geräusche mit
einem Mal zum Erliegen gekommen waren. Nur die Schreie
waren da, schwollen an, als die Bewohner die Fenster und Türen
aufrissen, um nach dem Licht zu suchen.
„Was machen wir jetzt?", wisperte Lara.
„Näher gehen und schauen, was da vor sich geht. Hörst du das?
Irgendjemand hat sich vor der Kirche zu schaffen gemacht.
Irgendetwas geht vor sich."
Es rumpelte leise, kaum hörbar drangen Stimmen zu ihnen
durch die Finsternis. Verzerrt, gedämpft, aber sie waren da. Als
sie die Straße überquert hatten, konnten sie Gestalten erkennen.
Drei? Nein, Milon zählte vier.
Vier Männer, wenn er richtig lag. Sein Herzschlag pumpte
ungleichmäßig durch seine Adern, ein flattriges Gefühl breitete
sich in seinem Magen aus, aber er konnte keinen Rückzieher
mehr machen. Nicht mit dem Kind an seiner Hand. Nicht, wenn
Katja und Nahual dort in der Kirche waren. Er musste ihnen
helfen. Er würde sie nicht im Stich lassen.
Einen Augenblick senkte er den Kopf, sammelte sich. Er dachte
an Katjas blitzende Augen. An Laras einsames Lächeln. Er dachte
an Nahual, der beschlossen hatte, ihm sein Leben
anzuvertrauen. Obwohl sie alle keinen Grund dazu gehabt
hatten, hatten sie ihn einfach angenommen, aufgenommen, aus
welchem Grund auch immer.
Er würde sie nicht allein lassen.
Entschlossen öffnete er die Augen wieder und eine beherrschte
Entschlossenheit stand jetzt in seinen Zügen. Dieselbe
Entschlossenheit, die ihn damals gepackt hatte, als man Laura
erzählte, dass Enzo fürs erste leben würde.
Sie standen vor einem Monument der Hoffnung. Das musste
doch etwas heißen.
Zum Beten war keine Zeit mehr da.

Er konzentrierte sich darauf, was auf dem kleinen Platz geschah, kniff die Augen zusammen, um besser lauschen zu können. Es war nicht so einfach die Geräusche aus dem Summen der verstörten Rufe der Stadt zu filtern. Er brauchte eine Weile, doch plötzlich sog er scharf die Luft ein, als es ihn wie eine Erleuchtung traf. „Verdammt!"
„Was ist?", flüsterte Lara aufgeschreckt. Sie drückte seine Hand noch ein bisschen fester. Er konnte ihren abgehackten Atem hören.
„Sie machen die Tore dicht", sagte er trotzdem. „Sie machen die Tore dicht und sperren die Leute ein. Oh, verdammt."
„Katja ist da drin!"
Ihre Panik schwappte zu ihm herüber, traf ihn wie die eisige Gischt.
„Ich weiß."
„Wir müssen ihr helfen! Wir müssen ihr helfen, was machen wir?"
Und Milon fasste einen Entschluss.
Es war wahrscheinlich der dümmste Entschluss, den er in seinem überschaubaren Leben gefasst hatte, aber der beste der ihm aus dem Stand heraus einfallen wollte. Er war nicht gut im Pläne machen. Er hatte es nicht gelernt. Das Leben hatte ihm nie die Möglichkeit für Pläne geboten. Also hatte er es nicht gelernt. Nur die Spontanität hatte das Essen auf den Tisch gebracht und Enzo am Leben gehalten. Er würde das gleiche für Lara und Katja tun. Und für Nahual, auch wenn der erst an dritter Stelle seiner soeben erstellten Liste stand.
„Bleib hier, hörst du?"
„Was?"
Er beugte sich zu ihr hinab, nahm ihr Gesicht zwischen seine Hände, sah in ihre weit aufgerissenen Augen. Sie fingen das reine Licht der Sterne auf, leuchteten mit ihnen um die Wette. So unschuldig. So einsam. Der Anblick brannte sich in seine Netzhaut.
Er drückte ihr einen Kuss auf die Stirn. „Bleib hier. Bleib auf jeden Fall hier. Hast du gehört?"
Und ohne auf eine Antwort zu warten, ließ er sie stehen und stürmte los.
Er war schnell. Er war schon immer schnell gewesen. Er hatte schnell sein müssen. Er rannte an den ersten beiden Männern vorüber, die zu verdutzt waren, um zu reagieren.

Er rammte dem Dritten die Schulter in den Bauch und flog mit ihm auf den Boden. Hastig rollte er sich von dem Mann herunter, der sich stöhnend wieder auf die Knie kämpfte, ballte die Faust und schlug ihm mitten ins Gesicht. Er hörte Knochen knacken und der Mann jaulte auf, wie ein getretener Hund.
Milon wollte sich ein weiteres Mal auf ihn stürzen, da packte ihn jemand von hinten, schlang ihm einen Arm um den Hals und drückte zu. Milons Hände klammerten sich um den Ärmel, zerrten daran, doch der Mann hinter ihm hatte Kraft, drückte nur noch fester zu. Rasend schnell drehten sich Milons Gedanken im Kreis. Mit aller Kraft, die er aufbringen konnte, stieß er sich vom Boden ab und warf sich nach hinten.
Darauf war Mann B nicht vorbereitet gewesen und fiel um, wie ein Käfer. Mit einem seltsamen ‘Urgh' wich ihm die Luft aus der Lunge und sein Griff lockerte sich. Milon, der, dank des Mannes, relativ weich gelandet war, nutzte die Gunst des Augenblicks, riss sich los, wandte sich um und schlug zu. Rasend, wie von Sinnen. Adrenalin setzte sein Blut in Flammen. Immer und immer wieder schlug er zu, dem Mann mitten in das Gesicht.
Da waren Kinder in der Kirche!
Katja war in der Kirche!
Er konnte nicht zulassen, dass sie ihnen den einzigen Fluchtweg verbauten. Niemals!
Jemand packte ihn an den Schultern und riss ihn zurück, so brutal, dass er ins Taumeln geriet. Er wollte sich dem neuen Angreifer zuwenden, wusste nicht, ob sich Mann A wieder erholt oder Mann C endlich geschaltet hatte, doch eine kalte Stimme unterbrach, so viel Autorität in der Stimme, dass er sie nicht einmal heben musste: „Aus dem Weg.“
Der Mann verschwand und Milon wandte sich der Stimme zu. Ein kleiner Teil seines Unterbewusstseins musste verstanden haben, was nun kommen würde, aber es hatte seinen Verstand noch nicht erreicht, als das Geschoss ihn wuchtig mitten in die Brust traf. Kein Knall, kein Peng, kein Zeitraffer.
Er muss einen Dämpfer benutzt haben, dachte Milon, während er unelegant zu Boden plumpste. Er hätte nicht sagen können, ob er hart, oder weich, oder überhaupt aufschlug.
Seifenschaum schien sich in seinem Kopf zu sammeln, füllte ihn aus, ließ die Gedanken schlüpfrig und klebrig werden. Die Dunkelheit schloss ihn ein, wie ein Tier mit feuchtem Atem hechelte sie ihm ins Gesicht. Ein rostiger Geschmack sammelte sich auf seiner Zunge und er musste würgen.
Dann erst explodierte der Schmerz in seiner Brust. Er wimmerte leise, für mehr fehlte ihm die Luft.
Er verstand, was geschah und konnte es doch nicht begreifen.

Tränen, die er nicht mehr weinen würde, verschleierten ihm die Sicht, als er nach seiner Brust tastete. Seine Finger wurden feucht. Er brauchte kein Licht, um zu wissen, dass sie sich mit dunklem Rot überzogen. Mit jedem rasselnden Atemzug nahm der Druck auf seiner Brust zu und mit dem Druck wuchs der rasende Schmerz, der an ihm riss und ihm die Klauen ins Herz schlug, immer und immer wieder, in der Absicht ihn zu zerfleischen.

Er hatte Medizin studiert.

Er hätte nicht gedacht, dass ihm das Sterben solche Angst machen würde. Doch die Angst ertränkte selbst den rasenden Schmerz, als das Nichts in seinem Gesichtsfeld zu flackern begann.

„Milon!"

Selbst durch den watteartigen, drückenden Nebel in seinem Kopf schaffte die Stimme es. Er kannte sie. Die Stimme. Er kannte sie gut.

Eine einzelne Träne rann ihm über die Wangen und in das lockige Haar.

Er hatte sie nicht beschützen können.

Fliegende Schritte näherten sich und dann tauchte ihr Gesicht über ihm auf, umrahmt von den glimmenden Sternen. Sie weinte. Er konnte den entsetzten Unglauben in ihren Zügen sehen. Ein Entsetzen, das in einem Kindergesicht nichts verloren hatte. Nicht alle Monster der Nacht konnten dieses Entsetzen in Kinderherzen pflanzen.

Sie griff vorsichtig nach seiner Hand, klammerte sich an ihr fest. Tränen perlten von ihrem Kinn und tropften auf ihn hinab. Milchig waren sie, im sauberen Sternenlicht.

„Milon", wisperte sie und das Weinen malte ihre zitternde Stimme rauer. „Milon..."

„L-Lara", brachte er keuchend hervor. Dann musste er Husten und der Schmerz verdreifachte sich. Sie sollte ihn nicht sterben sehen. Sie sollte überhaupt nicht da sein.

Versagt. Er hatte auf ganzer Linie versagt.

Er hatte weder Katja noch Lara schützen können.

Zu impulsiv.

Zu dumm.

„Milon, du darfst nicht sterben!", schrie Lara. So schrecklich einsam. „Nicht sterben! Bitte! Du bist doch mein Freund! Bitte! Du darfst nicht sterben!"

Bunte Flecken begannen vor seinen Augen zu tanzen. „Hey", brachte er leise hervor. Sein Atem rasselte, wie eine alte Fahrradkette. „Hey, sieh... hoch..."

Es blieb ihm nichts Besseres mehr zu tun, als sich von dem Mädchen zu verabschieden. Mehr Zeit hatte er nicht mehr, er konnte es spüren. Und gab es ein schöneres Gebet als ein letzter Trost?
Die Flecken vor seinen Augen wurden weiß, mischten sich zu den hellen Punkten der sterbenden Sterne.
„Sieh hoch, Pr-Prinzessin."
Lara weinte noch immer, aber sie gehorchte, hob den Blick zu dem gigantischen Sternenzelt. Jetzt, da die Stadt in der Nacht verschwunden war, leuchteten sie heller, als Lara sie jemals gesehen hatten. Es war eine Nacht, in der sie noch an Wunder und Märchen hätte glauben können. Wenn nicht Milon vor ihr gelegen hätte und das Blut, das langsam über den Asphalt kroch, ihre Knie umschmeichelt hätte.
„Siehst... du die St-Sterne?"
Begann er schon undeutlich zu sprechen? Konnte sie ihn noch verstehen?
„Ja", wimmerte Lara. „Ja..."
„Sind sie ni-nicht wunder... schön?"
Der Schmerz begann ihm die Sinne zu rauben, er merkte es. Er konnte Lara nicht mehr sehen. Das weiße Licht trieb Blüten und er konnte es nicht mehr von den Sternen und der Nacht unterscheiden.
„Ja", wisperte Lara wieder, klammerte sich an seine Hand, als würde sie sonst ertrinken.
„Ich gl-glaube... glaube, dass wir al-le zu Sternen – werden..."
Sein Körper bäumte sich ein letztes Mal auf, das weiße Licht spreizte die bleichen Finger, um direkt in ihn hineinzugreifen. Als die Hand sich zärtlich um sein Herz schloss, blieb es holpernd stehen.

„Milon? Milon?" Laras Stimme wurde panisch, begann in ihren eignen Ohren zu schrillen. „Milon? Schau mich an! Du darfst nicht gehen! Bitte!"
Da waren keine letzten, rasselnden Atemzüge gewesen. Sein Atem war einfach verschwunden. Still und heimlich. So schnell, wie eine Kerze auf dem Geburtstagskuchen ausgeblasen wurde.
„Milon!", schrie sie ihren Freund an. „Milon! Wach auf! Bitte! Du darfst nicht gehen! Bitte!"
Der Schmerz drohte sie in tausend Stücke zu fetzen. Er riss an ihrem Herzen, kratzte an ihrer Seele. Immer mehr Tränen flossen über ihre Wange, verschleierten ihre Sicht. Die Sicht auf Milons starres Gesicht, die Sicht auf die Sterne, zu denen er gehören wollte.

„Interessant", sagte eine kühle, berechnende Stimme in ihrem Rücken.
Mit tränennassen Wangen sah sie auf. Der Schmerz hatte die Anwesenheit der fremden Männer nichtig gemacht, doch jetzt gesellte sich zu dem Schmerz die Furcht.
Lara krallte sich an Milons schlaffe Hand, als könne der sie auch noch nach seinem Tod beschützen. Als würde er wieder aufwachen, um sie fort von hier zu bringen, raus aus diesem Albtraum. Wenn sie nur fest daran glauben würde.
Schritte nährten sich, sie kauerte sich zusammen und beinahe hätte sie sich die Hände vor die Augen gehalten, um sich zu verstecken. Doch dafür war sie zu alt. Auch, wenn es sich im Moment nicht so anfühlte.
Das flackernde Licht einer Öllampe tauchte über ihrem Kopf auf und fraß das Licht der Sterne.
„Wenn das nicht Lara Astraea ist. Das Mädchen das halb in ihrer Märchenwelt lebt. Ich muss dich enttäuschen. Im echten Leben bleiben die Toten tot." Der Mann machte eine kleine, kunstvolle Pause, die Lara einen eisigen Schauer über den Rücken jagte. Dann sagte er zwei Worte. Zwei Worte und Laras Welt brach gleich zum zweiten Mal in winzige, schmerzende Splitter, die sich in ihr Kinderherz bohrten. Scharfkantig und gefährlicher als Glas. Zwei Worte, die sich für immer und unauslöschlich in ihre Erinnerung brannten.
„Meine Tochter."

Trugbilder der Nacht

„Wo ist sie hin?", rief Katja, um die Orgelmusik zu übertönen.
„Wo ist sie?"
„Da hoch!" Nahual deutete zu einer schmalen Treppe, die hinauf
in den Glockenturm führen musste. „Da ist sie hoch!"
„Dann müssen wir ihr nach!"
Katja und Nahuals Blicke fanden sich und einen Augenblick lang
rückten die Orgelklänge und die stehenden Gäste in den
Hintergrund.
„Sie ist vermutlich bewaffnet", sagte Nahual, auch wenn Katja
ihm das eher von den Lippen ablesen musste. Ihre Ohren waren
von den dumpfen Klängen geflutet.
„Wir haben nicht einmal einen Schutzanzug, oder so."
Katja presste die Lippen aufeinander. Sie hatte Angst. Die Angst
echote ihrem Herzschlag nach und ließ ihre Hände zittern.
Aber sie konnten die Menschen nicht sterben lassen. Sie konnten
ihre Hoffnung nicht Zerstörung, indem sie sie in deren Festung
untergehen ließen. Und Lara war da draußen. Hoffentlich waren
sie und Milon noch auf dem Dach und beobachteten aus sicherer
Entfernung.
„Wir gehen hoch", sagte sie entschlossen und Nahual nickte sein
Einverständnis.
Seite an Seite schlichen sie sich hinter den gefüllten Bankreihen
entlang und zu dem schmalen Treppeneingang. Katja sah nicht
zurück, hielt nicht noch einmal inne. Wenn sie jetzt stehen
geblieben wäre, hätte sie es vielleicht nicht geschafft,
weiterzugehen.
Sie setzte ihre Füße so leise wie möglich auf die Sandsteinstufen
und überwand eine nach der anderen. Ihre Nerven waren bis
zum Zerreißen gespannt, aufmerksam lauschte sie nach oben,
auf etwaige Geräusche.
Nahual folgte ihr dicht auf, bewegte sich beinahe lautlos wie ein
Schatten, trotz seiner Größe.
Das erste, was sich an ihre Ohren vorwagte, war das leise
Summen des Windes. Er pfiff durch die drei hohen Fenster im
Turm und sang eine schwermütige Weise.
Ein Trauerlied für die die sterben würden und für die die bereits
gestorben waren. Zeit schien ihm nichts zu bedeuten, dem Wind.

Katja hörte, wie Nahual mit einem leisen Klicken seine Waffe entsicherte. Sie musste schlucken, wandte sich aber nicht um. Es hatte keinen Sinn mehr zurückzusehen, in diesem Moment galt allein der Blick nach vorne.
Wieder setzte die Orgel ein, sanfter dieses Mal und für einen Augenblick schienen sie über Töne zu schreiten. Auf und ab wanden sich die Melodien und dann begann die Menschen zu singen. Unsicher erst, doch dann immer lauter, immer inbrünstiger. Ihre Stimmen mischten sich zu einem ehrfurchtsvollen Crescendo und Katja kroch eine Gänsehaut über die Arme, als sie die Worte hörte, die sie da unten sangen.

Singt, als wäre es zum ersten Mal / singt in allen Sprachen und Tönen!

Beinahe klang es, als wüssten die Menschen dort unten, dass sie dem Untergang geweiht waren. Die Stimmen, die Orgel, der Wind, sie verbanden sich zu einer Melodie, die mehr zu tragen schien als ein wenig Achtung. Es war das Wissen um das Ende. Eine letzte Treppenwindung und vollkommen unvorbereitet stand Katja im Glockenturm. Es waren drei Dinge, die Katjas Verstand innerhalb von Sekunden erfasste.

Erstens: Vor den drei schmalen Fenstern herrschte Pechschwarze Dunkelheit, die sich mit einer gespenstischen Stille verbrüdert hatte. Die Stadt war einfach vom Radar verschwunden, als hätte es sie nie gegeben. Sie hatten die Bombe also gezündet. Sie waren bereits dabei ihren mörderischen Plan in die Tat umzusetzen.

Zweitens: Miss Ich-brauche-aber-drei-Doktortitel hatte sich in ihren weißen Schutzanzug gehüllt. Nur ihre Augen waren hinter dem Glasvisier zu erkennen und der Ansatz ihrer Haare, die in der Dunkelheit mehr schwarz, als lila wirkte. Sonst war nichts mehr von ihr zu sehen. Handschuhe, Überschuhe, alles war in spöttisches Weiß gepackt.

Drittens: In der Hand hielt sie einen kleinen Glasbehälter, nicht größer als ein Fläschchen Badeöl. Es war bis zur Hälfte mit einem weißen, kristallisierenden Pulver gefüllt. Weiß wie Schnee und ebenso fadenscheinig. Aber es stand außer Frage, was es tatsächlich war.
Sie müsste es nur fallen lassen und Katja hätte die längste Zeit ihres Lebens hinter sich.

Nahual war neben sie getreten, der Lauf seiner Pistole zielte direkt auf das Herz der Frau. Doch er drückte nicht ab, natürlich nicht. Das wäre Selbstmord gewesen. Und die Menschen unter ihren Füßen hätten sie auch nicht mehr retten können.
Die Frau lächelte. Katja konnte es an den Fältchen um ihre Augen sehen. „Ich dachte mir schon, dass wir uns wiedersehen", sagte sie, die Stimme weich wie geschliffener Marmor. „Dein Blick ist mir ein paar Sekunden zu lange gefolgt."

Sucht neue Worte, das Wort zu verkünden / neue Gedanken, es auszudenken, sangen die Menschen unter ihnen

Katja wusste nicht, was sie erwidern sollte. Sie starrte die Frau an.
„Warum tust du das?", knurrte Nahual, ohne seine Waffe sinken zu lassen.
„Immer dieselben, langweiligen Fragen", schmollte sie Frau.
„Wegen dem Geld, warum sollte ich es sonst tun?"
„Aber warum ausgerechnet eine Kirche? Da unten sind Kinder!", zischte Katja, die Hände zu Fäusten geballt.
„Und? Die Bezahlung war wirklich gut. Allerdings gibt es noch einen zweiten Grund." Ihre Augen blitzten auf, wie die Augen eines Kindes an Weihnachten. „Denkt mal nach. Wem werden sie diesen Anschlag wohl in die Schuhe schieben? Ein Anschlag auf eine christliche Kirche?" Das Funkeln in ihren Augen hatte etwas Manisches. „Zwei Fliegen in einer Klappe. Für so etwas gibt es Zuschlag."
Sie zwinkerte Katja zu. Nahuals Finger legte sich an den Abzug.
„Ah-ah!", machte die Frau tadelnd und legte den Kopf schief.
„Wenn du jetzt abdrückst, werden die Menschen da unten den Schuss hören. Auch die Kinder." Ihr Lächeln vertiefte sich, wurde bösartig, wie das einer Hexe. „Wollt ihr jetzt noch eine Massenpanik auslösen? Meine Kollegen werden die Kirchen Tore mittlerweile verrammelt haben. Es gibt kein Entkommen. Lasst sie doch singend sterben."

Singt dem Herrn, alle Völker der Erde / Tag für Tag verkündet sein Heil!

Katja konnte spüren, wie der Zorn ihre Angst fraß und ihre Adern mit heißer Glut füllte. Sie würde diese Frau aufhalten und wenn es das Letzte sein würde, das sie tat.
„Warum ausgerechnet diese Kirche?", knurrte Nahual an ihrer Seite.

Die Frau seufzte. „Ihr wisst gar nichts. Habt ihr gedacht, ihr könnten unser System hacken, ohne dass wir es bemerken würden?"
Sie lachte, hell und seicht, wie ein Flötenspiel klang es. Trügerisch. Falsch. „Nun, in Anbetracht der Tatsache, dass ihr jetzt sowieso sterben werdet, kann ich euch auch ein Geheimnis anvertrauen, meint ihr nicht?"
Monster, dachte Katja. So erbärmlich.
„Dann spuck schon aus", zischte sie. „Versuch zu erklären, was du hier tust!"
Die Frau runzelte die Stirn ein amüsiertes Funkeln in den Augen. „Ganz ruhig, wir können uns ruhig etwas Zeit lassen, meinst du nicht? Am Ende könnt ihr mich doch nicht davon abhalten, diese kleine, harmlose Flasche durch den Luftschacht da zu schmeißen, richtig?"
Wieder lachte sie und das Geräusch kratzte an Katjas Nerven.
Die Wut verklumpte sich, schmolz zusammen, wurde zu etwas noch Mächtigerem, zu etwas noch Gefräßigerem als selbst Hass.
Sie wollte diese Frau töten. Woher dieses Verlangen kam, wusste sie nicht, aber es war eine Kraft, die sich in ihr ausbreitete, älter als das Leben selbst, fesselnder, als alles was Katja jemals empfunden hatte.
Diese Frau wollte eine Kirche voller Menschen abschlachten. Einen Ort voller Hoffnung. Sie war einer der Monster, die sich im Dunklen tummelten und Kindern den Schlaf raubte.
„Rede schon", knurrte sie, beinahe so bedrohlich, wie Nahual es immer tat. „Warum?"
„Einen kleinen Moment noch. Anton?"
Katja wirbelte herum und fand sich von Angesicht zu Angesicht eines weiteren Monsters wieder. Der Mann stand im Treppenaufgang, lässig auf einen Regenschirm gestützt. Auf dem Kopf trug er einen Zylinder, unter dessen Krempe gefährlich kluge Augen blitzten.
Er hob die Hand und legte Katja den Lauf seiner Pistole an die Schläfe. Ein stahlgraues Lächeln.
„Guten Abend."
Nahual fluchte.

Die Worte trafen Lara so unvorbereitet, dass sie aufhörte zu Weinen. Mit riesigen Augen starrte sie zu dem Mann hinauf, der da vor ihr stand.

Er trug einen maßgeschneiderten Anzug, das Haar war ihm aus der Stirn gekämmt und der Lampenschein ließ das Blau seiner Augen beinahe unheimlich werden. Er sah aus, wie der Geist aus Aladins Wunderlampe, nur dass er gekommen war, um Träume zu zerstörte, statt sie zu erfüllen.

„Was?" Klein und verloren. Ihre Hände klammerten sich noch immer um Milons, die langsam kälter würde. Zwei Worte. Sie wirbelten in ihrem Kopf, in ihrem Herzen durcheinander, schlugen Kapriolen und Purzelbäume und Lara wusste nicht, was sie denken oder glauben sollte. Wo war oben, wo war unten, wenn sich alles im Kreis drehte?

Doch durch all das Chaos wisperte eine kleine Stimme in ihrem Hinterkopf einen einzigen Satz: Er hat meine Augen.

Sie hatte sich immer gefragt, ob sie ihren Vater erkennen würde, wenn er denn plötzlich vor ihr stehen sollte. Stunden lang hatte sie vor den Fenstern im Waisenhaus gesessen und dem Treiben dort draußen zugesehen und darauf gewartet, dass ihr Vater auftauchen würde. Nur ein einziges Mal.

Aber er war nicht gekommen. Nicht ein einziges Mal in all den Jahren.

„Du lügst." Langsam schüttelte sie den Kopf. „Du lügst."

Der Mann lachte leise in sich hinein. „Tue ich das? Sage mir eines, Lara. Warum sollte ich?"

Ihre Augen füllten sich einmal mehr mit Tränen, doch sie blinzelte sie zurück, sah starr zu dem Mann hinauf, der ihr Vater sein wollte.

Nicht ein einziges Mal in all den Jahren.

„Du hast Milon umgebracht", flüsterte sie und schluchzte auf.

Rote Wellen und weiße Sterne.

„Ja, so sieht es aus. Aber dein Freund hätte nun wirklich nicht wie ein Berserker durch die Gegend rennen und meine Leute niederschlagen müssen." Hari Amsterdam hob die Schultern.

„Nun ja, das kann man jetzt nicht mehr ändern. Wie siehst du überhaupt aus? Hast du nichts Richtiges zum Anziehen?" Der Mann rümpfte angewidert die Nase. „Hat Frau Hera denn nicht mal die einfachsten Dinge hinbekommen?"

Lara begann zu zittern. Das sollte ihr Vater sein? Die Erkenntnis drang nur langsam durch den Nebel aus Schmerz und Entsetzen zu ihr vor. Es gab ihn also wirklich, ihren Vater. In den langen Stunden am Fenster, hatte sie ihn sich gerne ausgemalt, wie Mios Vater. Getrennt durch Zeit und Raum, aber eines Tages nahe genug, um sie in die Arme zu nehmen. Nur ein weiteres der vielen, dummen Märchen. Wie hatte sie so töricht sein können.

Still perlten ihr die Tränen über die Wangen.

„Komm schon, Kind", fuhr der Mann fort. „Wir sollten von hier
verschwinden. Wir sind uns nicht sicher, ob die Droge es nach
draußen schafft. Du kommst also besser mit mir."
„Was?" Laras Augen wurden, wenn möglich, noch etwas größer.
„Nein!" Sie kauerte sich neben Milon zusammen. Ihr Blick
huschte zu seinen leeren Augen. Wieder schluchzte sie auf.
„Komm, wir gehen jetzt", sagte der fremde Mann, der ihre
Augen hatte. Auffordernd streckte er ihr eine Hand entgegen
„Ich kenne dich nicht!"
„Ich weiß. Aber ich kenne dich. Du glaubst doch nicht, dass ich
dich vollkommen unbeobachtet durch die Gegend habe steifen
lassen, all die Jahre, oder?" Er zog die Hand zurück und strich
sich stattdessen durch die Haare. „Du hast zwar mein Mädchen
umgebracht, aber was soll´s. Du bist nun mal meine Tochter."
Die Worte des Mannes ergaben keinen Sinn. Sie wollten sich
nicht zusammenpuzzlen, kein Großes und Ganzes ergeben.
Rote Wellen, weiße Sterne, ein Mann mit ihren Augen.
„Ich wollte von dir Träumen", flüsterte sie, kümmerte sich nicht
darum, ob die Worte bei dem Mann ankamen. „Und ich habe von
dir geträumt, fast jede Nacht. Davon, dass du da bist. Aber es
war nur ein Traum. Du warst nicht da. Nie."
Er hatte nicht nach ihr gesucht, wie Mios Vater, er hatte die
ganze Zeit gewusst, wo sie war.
Plötzlich war die Nacht kälter als das Meer. Die Kälte fraß sich
unter ihre Haut, kroch durch ihre Eingeweide, ließ ihre Seele
einfrieren. Als würde das alles sonst zu viel werden, als wäre das
die einzige Möglichkeit sie davor zu bewahren sich im Chaos
aufzulösen.
„Ich komme nicht mit dir."
Amsterdam legte den Kopf zur Seite, mildes Interesse in den
grotesk beleuchteten Zügen. „Ich wollte dich tatsächlich einmal
besuchen. Es ist noch gar nicht so lange her. Wenn du es aber
genau wissen willst, muss ich in meinem Kalender nachsehen."
„Aber du warst nicht da", wisperte sie.
„Frau Hera wollte mich nicht zu dir lassen. Sie sagte, dass das
Leben, das du bei ihr hättest, das Beste sei, das du haben
könntest. Aber glaub mir", er lächelte, kalt und ohne jegliche
Regung in seiner Miene, „es geht immer besser. Die Definition
'Das Beste' ist ein jämmerliches, selbst errichtetes Joch für
schwache Geister."
Dann trat er einen Schritt auf sie zu und streckte die Hand aus,
dieses Mal war es kein Angebot, sondern eine stumme
Aufforderung. „Los jetzt. Ich muss das Zeichen geben."
„Nein." Sie schüttelte vehement den Kopf. „Ich komme nicht mit
dir. Du bist nicht mein Vater."

„Willst du jetzt auch noch die Geburtsurkunde sehen?", meinte Amsterdam genervt.
Lara krallte sich an die kalte Hand zwischen ihren Händen. Sein Blut krustete auf ihrer Haut, begann zu jucken.
So still. Milon war so furchtbar still.
„Verdammt, es reicht", sagte der Mann und jede Höflichkeit verschwand aus seiner Stimme. Er wollte gerade einen weiteren Schritt auf sie zu machen, da drang das gleichmäßige Klicken von hohen Absätzen durch die Nacht. Unbeirrbar bewegten sie sich auf sie zu und Laras Augen wurden rund wie der Vollmond zwischen den Sternen, als sie die Frau erkannte, die ihre Hände in den Taschen ihres langen, weißen Mantels vergraben hatte. Yui trug ihre Haare in einer aufwendigen Aufsteckfrisur und tödliche Absätze. Doch sie lief darauf so sicher, wie Lara in Turnschuhe.
Als sie an Lara vorbeischritt, zwinkerte sie ihr zu, aber das hätte auch ein Trick sein können, den das Sternenlicht ihr spielte.
„Yui", sagte der Mann überrascht, während sich gleichzeitig Ärger in seine Stimme mischte. „Was tust du denn hier?"
„Nun, du bezahlst mich dafür, auf das Mädchen aufzupassen."
„Ja, aber aus der Entfernung", erwiderte Amsterdam. „Du solltest nur im äußersten Notfall eingreifen."
„Ich weiß", sagte Yui. Sie wandte Lara zwar den Rücken zu, aber sie glaubte das spöttische Lächeln in ihrem Gesicht zu hören.
„Was tust du dann hier?", zischte der Mann.
„Das was du gerade so schön auf den Punkt gebracht hast."
„Bitte?" Das Gesicht des Mannes verzog sich ärgerlich. „Was soll das denn jetzt heißen?"
„Ich bezeichne diese Situation, als einen äußersten Notfall und werde alles dafür tun, das Kind zu beschützen."
„Wovor denn, wenn ich fragen darf?"
„Vor dir", sagte Yui mit lieblicher Stimme und Lara dachte daran, wie sie sie den Weg zurück durch die Hafenstadt geführt hatte. Trotzdem. Sie war sich nicht sicher, ob sie ihr trauen konnte. Die wenigen Leute, denen sie im Moment komplett und bedingungslos vertraute, waren in der Kirche und...
Sie schaffte es nicht zu Milon hinunterzusehen. Aber sie konnte auch seine Hand nicht loslassen.
„Sag bloß, dir ist das Kind so sehr ans Herz gewachsen, dass du es jetzt vor seinem herzlosen Vater bewahren musst?", höhnte der Mann.
„Genau das will ich sagen", nickte Yui. „Vielleicht hättest du es dir zweimal überlegen sollen, bevor du mich losgeschickt hast, einem kleinen, alleingelassenen Mädchen beim Aufwachsen zuzusehen. Ihre Tränen zu sehen, ihr Lachen zu hören."

„Frauen", schnaubte der Mann und jetzt war es Verachtung, die seine Worte bitter färbte. „So schwach. So unzuverlässig. Geh aus dem Weg, oder ich lasse dich niederschießen."
Zu Laras Erstaunen lachte Yui. Dann streifte sie sich in einer einzigen, fließenden Bewegung den Mantel von den Schultern, der mit einem leisen Flattern neben Milon zu Boden fiel. Die Kleider, die sie darunter trug, waren schwarz, wie ihre mörderisch hohen Schuhe.
„Du kannst es gerne versuchen", sagte Yui und breitete erwartungsvoll die Arme aus. „Bruderherz."

„Es wird immer schwerer, Projekte finanziert zu bekommen, die dem Allgemeinwohl dienen. Weil sie nichts abwerfen. Niemand ist daran interessiert, Geld in die Krebsvorsorge zu pumpen, wenn es lukrativer ist, den Krebs zu behandeln. Nicht, dass ich an so etwas forschen würde." McAdams grinste hinter ihrem Visier. „Ich bin kein Philanthrop. Ich gebe es zu." Sie zuckte die Achseln und voller Angst hing Katjas Blick an der kleinen Phiole in ihrer Hand. Wenn sie ihr aus den Fingern rutschen würde, wäre alles umsonst gewesen.
„Mich interessieren ein paar jämmerliche Menschenleben nicht", fuhr sie ungerührt fort und umfasste mit einer lässigen Handbewegung die Kirche. „Was mich interessiert, ist das große Spiel. Du verstehst?" Langsam schlenderte sie auf Katja zu, provokant wie eine verwöhnte Katze. „Das Spiel, das du spielst, wenn du an ein wenig Macht und etwas mehr Geld interessiert bist. Es ist erstaunlich, wie weit dich ein paar einfache Formeln bringen können. Frag Einstein!" Sie lachte auf und das Geräusch schabte hässlich über Katjas rasendes Herz. Noch immer presste ihr der Mann im Rücken die Pistole an die Schläfe. Er stand still wie eine Salzsäule und schwieg, nur sein Atem strich ihr feucht über den Nacken.
Sie schloss die Augen, versuchte den wahnsinnigen Worten der Frau weiter zuzuhören, doch sie verschwammen immer weiter, zu einem Mus aus Irrsinnigkeit.
„Hey!"
Eine weiß verpackte Hand griff nach ihrem Kinn und sie sah direkt in die stechenden Augen der Frau „Warum so uninteressiert?", zwitscherte sie. „Ich muss sagen, ich bin enttäuscht."

„Lass sie in Ruhe", knurrte Nahual. Der größte Teil seines Gesichts war unter der Hutkrempe verborgen, doch Katja glaubte den hilflosen Zorn auf ihrer Haut pulsieren zu spüren. Heiß und vernichtend und gleichzeitig so harmlos in dieser Situation. Wenn er McAdams erschoss, würde Anton Wie-auch-immer sie erschießen – was das kleinere Problem wäre, da die Phiole fallen würde.

McAdams wandte sich mit ihrem maliziösen Lächeln an Nahual. „Ah ja, der Mann, der glaubt, dass er etwas von Technologie versteht."

Nahuals Hände klammerten sich so fest um seine Waffe, dass die Knöchel weiß hervortraten.

„Habt ihr euch nicht gewundert, dass wir euch so weit haben kommen lassen, nachdem wir von euch gewusst hatten? Ist euch das nicht verdächtig vorgekommen? Ich will euch nicht verurteilen, vielleicht seid ihr einfach so minderbemittelt wie ihr ausseht." Ihr Lächeln wurde noch etwas breiter und für einen Moment wartete Katja darauf, dass es sich überdehnen und implodieren würde und die Hexe gleich mit. Doch nichts dergleichen geschah. Schade. Es war so viel einfacher an kleine Wunder zu glauben, wenn man erst einmal den Tod gesehen hatte und noch dazu auf einer Kirche stand.

„Es ist wirklich einfach an Handlanger zu kommen, wenn man erst einmal auf die Seite des Bösen gewechselt hat. Und das haben wir doch, in euren Augen, auf die Seite des Bösen gewechselt."

„Eindeutig", knurrte Nahual.

Die Hexe lachte. „Das ist in Ordnung. Wir wollten euch tatsächlich erst aufhalten – auf dem kleinen Kutter, aber leider wart ihr nicht anwesend."

„Oh, aber das waren wir!", fauchte Katja. „Ihr wart nur zu minderbemittelt, um es zu bemerken!"

„Tatsächlich?" Milde überrascht legte MacAdams den Kopf zur Seite. Dann zuckte sie die Schultern und wieder hastete Katjas Blick zu der kleinen Phiole.

„Wie auch immer. Da dieser Versuch fehlgeschlagen ist, haben wir beschlossen, dass es nie schaden kann, ein paar Zuschauer zu haben. Das macht alles so viel aufregender. So -", sie hielt inne, suchte nach dem richtigen Wort, „erhebend! Meinst du nicht, Anton?"

„Klar, erhebend", kam es von dem Mann mit Regenschirm.

Ein mädchenhaftes Kichern kam McAdams über die Lippen. „Er mag Menschen nicht sonderlich."

„Stimmt."

„Naja." Plötzlich verschwand das Lächeln aus McAdams Gesicht und sie lehnte sich neben das hohe Fenster an die Wand. Der Wind raschelte in ihrem Schutzanzug und blähte ihn auf, wie eine leere Butterbrottüte am Straßenrand.
„Keine Angst, ihr werdet nicht lange sterben. Ihr werdet schneller tot sein, als ihr es euch wünschen könnt."
Wie gebannt starrte Katja die Phiole an. Wenn sie sie fallen ließ, wäre alles vorbei. Die Menschen würden sterben. Die Kinder würden sterben.
Furcht und Anspannung und Hysterie flatterten durch ihre Adern und ließen ihr schwindelig werden.
„Katja."
Aufgeschreckt hob sie den Blick – und es traf die mitten in die Brust. Neben McAdams, keine zwei Schritte entfernt, stand Mai. Sie trug nur ein Sommerkleid und sie war so jung wie damals, als Katja zu ihr gekommen war. Der eisige Wind riss an ihrem Kleid, doch sie schien nicht zu frieren. Ihre roten Haare wehten um ihr ebenmäßiges Gesicht. Schmerzlich wurde Katja bewusst, wie jung Mai tatsächlich gewesen war. Jünger als sie selbst heute.
Mai lächelte und schüttelte leicht den Kopf. „Mach dir um mich keine Sorgen, Liebes. Ich bin für dich gekommen."
Katjas Augen füllten sich unerwartet mit Tränen. „Warum? Warum wegen mir?"
Ein leises Lachen. „Oh, Liebes, denk nach."
„Bin ich doch verrückt geworden? Passiert das hier gar nicht?"
„Wie könnte es passieren, Liebes. Ich bin älter geworden seit damals, oder?"
„Aber – sie wollen die Kirche vergiften...", stammelte Katja.
„Ja, das wollen sie. Und du willst sie aufhalten, richtig?"
Sie nickte.
„Gut." Mai lächelte. „Was habe ich dir beigebracht?"
„Ich... beigebracht?"
„Atmen, Liebes. Einatmen und ausatmen. Deine Panik wird die Menschen nicht retten. Nicht einmal dein Herz kann sie jetzt noch retten. Du musst denken."
„Denken?" Verzweifelt wischte sie sich die Tränen von den Wangen. „Was soll ich denn denken?"
Mai legte den Kopf schief. „Was musst du verhindern?"
„Dass die Droge fällt?"
„Richtig. Wie kannst du das verhindern, Liebes?"
„Ich weiß es nicht!"
„Denk nach!"
„Ich … ich könnte... sie auffangen?"

„Dafür steht ihr zu weit auseinander. Unser Regenschirmfreund
würde dich erschießen, bevor du sie erreichen könntest."
„Okay. Ich – ich könnte sie ihr aus der Hand reißen -"
„Gleiche Problematik, Liebes."
„Wenn ich sie ihr aus den Händen reiße, dann wird der Mann
mich erschießen, aber Nahual kann McAdams erschießen und die
Droge nehmen -"
„Und würde in der Zwischenzeit ebenfalls erschossen werden.
Nein, Liebes. Einer gegen zwei Verrückte und diese Droge ist zu
wenig. Mehr als einen Schuss wird er nicht haben."
„Ich weiß nicht, was ich tun kann! Ich weiß es nicht, ich könnte –
oh." Ein fürchterlicher Gedanke hatte sie beschlichen. Ihr Blick
flog zu McAdams, zu Nahual, der sie ansah, als warte er auf
einen neuen Plan.
Aber es war zu spät zum Pläne machen.
Sie mussten die Bösen aufhalten. Das war alles, was zählte.
„Du hast es verstanden", sagte Mai sanft. „Es gibt keine Rettung,
ohne Opfer."
Katja blinzelte und Mai war verschwunden. Da war wieder nur
der singende Wind und McAdams, die wie im Wahn von Ruhm,
Ansehen und Untergang faselte.
Keine Rettung, ohne Opfer.
Einatmen, ausatmen.
Waren die Menschen dort unten es wert, gerettet zu werden?
Vielleicht nicht. Aber da waren Kinder in der Kirche.

Amsterdam hob seine Hand, winkte seinen beiden Männern zu
und die stürmten vor, griffen Yui von beiden Seiten an. Lara
wollte schreien, doch gerade als die Männer sie erreichten, kam
Bewegung in Yui. Sie duckte sich unter den Männern weg und
die stießen frontal zusammen, stöhnten gleichermaßen auf.
Wie die Balletttänzerin in Lauras Wohnung drehte sie sich zur
Seite verpasste ihnen einen Tritt, der sie zu Boden gehen ließ.
Formvollendet waren die Bewegungen, als wäre das alles ein
lang einstudierter Tanz.
„Verdammt, ich habe keine Zeit dafür! Ich muss das Zeichen
geben! Legt sie um!", schrie der Mann, dessen Tochter Lara
nicht sein wollte.
Und dann begann ein brutaler und gleichzeitig unbestreitbar
elegantes Umeinander und Gegeneinander. Yui tänzelte um die
beiden Männer, tauchte unter ihren plumpen Angriffen hindurch
und schlug ihrerseits zu, schneller als eine hervorschießende
Viper beißen konnte. Die Männer stöhnten und bald wurden sie
wütend.

Lara konnte es in ihren knurrenden Stimmen hören. In ihren verzerrten Gesichtern sehen, die im Sternenlicht wie Fratzen wirkten.

Die flackernden Öllampen zeichneten klauenartige Schatten in die Dunkelheit. Es war, als wäre vor der Kirche plötzlich das Fegefeuer ausgebrochen.

Und für einen langen Moment glaubte Lara, dass Yui gewinnen würde, doch dann zog einer der Männer seine Waffe, als hätte er sich plötzlich daran erinnert, dass er diese bei sich trug. Als wäre diese feige Möglichkeit im Handgemenge abhandengekommen.

„Hände hoch!", schrie er. „Hände hoch, oder ich schieße dich nieder!"

Yuis Tanz kam zu einem plötzlichen Stopp, als sie sich dem Mann zuwandte. Langsam hob sie die Hände. Doch Lara konnte keine Furcht in ihrem Gesicht sehen, nur eine angestrengte Konzentration.

Ein triumphales Grinsen erschien auf dem Gesicht des Mannes. „Hab ich dich."

„Leg sie endlich um", rief Amsterdam, voller Ungeduld. „Genug von den Kindereien. Ich habe eine Rakete zu zünden."

Und dann ging alles viel zu schnell.

Yui sprang auf Mann B zu, wie ein Gepard auf der Jagd, bevor der Mann zielen konnte, oder auch nur abdrücken, hatte sie ihm die Waffe aus der Hand geschleudert und den Mann zu Boden geworfen. Jetzt saß sie rittlings auf ihm und hatte ihm den Arm in einem ungesunden Winkel auf den Rücken verdreht. Der Mann keuchte angestrengt.

Was Yui als Nächstes tat, bekam Lara nur am Rande mit. Ihre Augen lagen auf der Pistole, die nur zwei Meter von ihr entfernt auf dem Asphalt gelandet war. Das flackernde Licht fing sich in dem Eisen und ließ es funkeln, als wäre es etwas Lebendiges.

Sie sah zu Yui hinüber, die zwar den einen Mann vorerst ausgeschaltet hatte, langsam aber in Bedrängnis zu geraten schien, als die Faust von Mann C sie an der Schläfe erwischte.

Sie taumelte einen Schritt zurück, fing sich gerade rechtzeitig, um unter einem weiteren Schwinger wegzutauchen.

Sie kämpfte für Lara.

Lara wusste nicht warum, konnte sich darauf genauso wenig einen Reim machen, wie auf Milons kalte Hand in den ihren. Aber Yui hatte das außer Frage gelassen. Sie war hier, um sie, Lara, vor ihrem eigenen Vater zu bewahren.

Sie konnte nicht tatenlos zusehen. Langsam löste sie ihre Finger von Milons Hand, legte sie auf dessen Brust ab. Leer waren seine Augen. Leer wie das Licht der Sterne über ihren Köpfen. Da war nur noch Gleichgültigkeit, wo vorher so viel Wärme gewesen war.
Er würde ihr nie wieder einen seiner schlechten Witze erzählen. Yui schrie schmerzerfüllt auf.
Hastig rappelte Lara sich auf, wie in Trance lief sie zu der Waffe hinüber. Einen Schritt vor den anderen setzte sie, ohne wirklich zu wissen, was sie tat.
Da war nur der brodelnde Schmerz in ihrem kleinen Kinderherzen. Und sie wollte, dass es aufhörte. Sie wollte, dass das alles endlich zu einem Ende kam.
Sie bückte sich, ihre Finger schlossen sich um den Lauf der Waffe und sie hob sie auf. Schwer lag sie in ihren kleinen Händen. Aber sie konnte spüren, wie eine plötzliche Macht sie durchströmte. Und in einer einzigen Bewegung wandte sie sich um und zielte mit der Waffe direkt auf das Herz ihres Vaters (oder zumindest glaubte sie das).
„Aufhören! Aufhören! Sofort!"
Sie schluchzte auf, Tränen rannen über ihre Wange, doch sie konnte sehen, wie der Kampf zum Erliegen kam. Sie konnte sehen, wie Mann C die Hände hob und sie konnte sehen wie die Augen ihres Vaters sich ungläubig weiteten.
„Lara!", rief er erbost. „Lara, lass den Unfug!"
„Halt die Klappe!", schrie sie zurück und ihre Stimme schrillte ihr in den Ohren. „Halt die Klappe! Du hast Milon umgebracht! Du hast meinen Freund erschossen!"
Wieder löste sich ein Schluchzen aus ihrer Brust, ließ sie beben, ein Hicksen gesellte sich zu den Tränen. Sie strömten unablässig über ihre Wangen, nahmen ihr die Sicht. Sie sah nur noch verschwommene Gestalten unter dem kalten Licht der Sterne. Doch sie ließ die Waffe nicht sinken. Und das Kind in ihr wartete auf ein Wunder.
Laras Finger zitterte am Abzug. Hasserfüllt starrte ihr Vater sie an. Er brauchte nichts sagen, sein Blick schmerzte mehr, als jedes Wort es gekonnt hätte.

Katja drehte den Kopf so weit, dass sie Nahual. Ansehen konnte. Seine Augen flammten, seine Lippen waren fest aufeinandergepresst. Er sah nicht überrascht aus. Er sah nicht so aus, als wäre er es nicht gewohnt, das schlechte Los zu ziehen.

Aber auch Gewohnheit konnte manche Sachen nicht besser machen. Und sie konnte ihm ansehen, dass er – an einem Ort, an dem man Erlösung finden sollte – in Verzweiflung ertrank. Still und heimlich und ohne, dass es außer Katja jemand bemerkt hätte. Unbändig wie die Nordsee in ihren schlimmsten Stunden riss sie an seiner alten Seele.
Keine Rettung, ohne Opfer.

Statt einem Wunder machte sich Yui ans Werk. Sie nutzte den Schockmoment der beiden Männer und beförderte erst Laras Vater, dann den anderen Mann in die Bewusstlosigkeit, so schnell, dass Lara nicht sah, wie sie es tat. Aber vielleicht blieb es auch nur hinter ihrem Tränenschleier verborgen.
Ein zufriedenes Nicken.
Yui wandte sich um. „Lara." Sie sprach ihren Namen aus, als wäre er eine Kostbarkeit, die sie eine halbe Ewigkeit mit sich herumgetragen hatte, ohne einen Blick darauf zu werfen. Vielleicht hatte Mios Vater so geklungen, als er seinen Sohn in die Arme genommen hatte. Vielleicht hatte Jonathan so gesprochen, wenn er sich an seinen kleinen Bruder gewandt hatte.
Langsam und mit vorsichtigen Schritten kam Yui auf Lara zu, die wieder neben Milon zusammengebrochen war. Der Schmerz schüttelte ihren kleinen Körper, als sie in sein starres Gesicht hinabsah.
Yui ließ sich neben ihr nieder. „Komm", meinte sie leise. „Gib mir das, Kind." Sanft löste sie ihre Finger von der Pistole und legte sie neben sich ab. Dann strich sie ihr vorsichtig über die Haare. „Atmen, Lara. Vergiss nicht zu atmen."
„Er – er h-hat ihn einfach... einfach erschossen", wimmerte Lara. Milons Augen sahen starr zu den Sternen hinauf, von denen er gesprochen hatte.
„Warum müssen immer die Guten sterben?", schluchzte Lara. „In jeder Geschichte!"
Yui schlang die Arme um sie und drückte sie sanft. „Die Bösen sterben auch", meinte sie leise und die Sprachmelodie, die ihr von den Lippen tropfte, klang beinahe wie ein Wiegenlied. „Von denen gibt es nur so viele, dass es schon gar nicht mehr auffällt."
Dann fasste Yui Lara an den Schultern und schob sie ein Stück von sich fort. „Lara? Sieh mich an."
Aus verweinten und verquollen Augen sah sie in Yuis elfengleiches Gesicht hinauf.

„Wir müssen die Tore öffnen, hörst du? Wir müssen die
Menschen befreien. Sonst werden sie sterben. Hilfst du mir
dabei?"
Die Worte wischten den tobenden Schmerz für den Moment zur
Seite und sie nickte. „Okay."

„Worauf wartet ihr eigentlich?", knurrte Nahual. „Warum bringt
ihr es nicht einfach hinter euch?"
Liebkosend strich McAdams über das Glas der Phiole. „Oh, ich
warte auf sein Zeichen."
„Sein Zeichen?"
„Haris Zeichen, ja. Eine Leuchtrakete am Abgrund-schwarzen
Himmel. Hübsch, nicht wahr?" Das überdrehte Lächeln fand
seinen Weg zurück. „Wirklich hübsch. Wisst ihr, warum wir eine
Leuchtrakete genommen haben?" Sie wartete gar nicht auf eine
Antwort ab, sprach eifrig weiter. „Eine Leuchtrakete. Ein Hilferuf.
Aber es wird keine Hilfe kommen. Das perfekte Gegenstück zu
Bethlehems Stern. Wirklich hübsch, nicht?"
„Warum?", flüsterte Katja. „Warum tust du das?"
„Mich persönlich interessiert nur das Geld", meinte McAdams,
schlenderte langsam auf den Belüftungsschacht zu, der in die
Tiefe führte. „Aber dort unten sitzen vier Vertreter von vier
großen Nationen. Sie dachten, niemand weiß etwas davon.
Niemand bekommt hier, am Ende der Welt, von diesem Treffen
etwas mit." Sie lächelte überlegen. „Haben wir aber doch. Und
wenn diese vier Vertreter so eindeutig ermordet werden, was
denkst du was geschieht?"
Katja wurde bleich. Alles Blut sackte ihr aus den Wangen. „Sie
werden es sich gegenseitig vorwerfen."
„Das ist eine wirklich harmlose Formulierung", meinte die Hexe
und lachte wieder. „Sie werden einen Krieg beginnen. Den
nächsten Weltkrieg. Und wer weiß, ich könnte mir vorstellen,
dass es der letzte wird. Dass wir uns endgültig auslöschen, du
verstehst?"
Katja schüttelte voller Entsetzen den Kopf. „Das kann nicht sein
– das kann nicht dein Ernst sein!", schrie sie der Frau entgegen,
doch in deren Augen stand jetzt ein irres Flackern.
„Erst kam die Nacht, und dann werden die Flammen kommen,
um alles zu verschlingen. Poetisch, meinst du nicht? Und so
hübsch!"
„Du bist doch verrückt! Du wirst dich doch selbst ins Verderben
stürzen!"
„Was macht mein Leben, gegen den Untergang der Welt!"

Der Wind zerrte an dem blütenweißen Schutzanzug, sein pfeifendes Heulen wurde schaurig, schwoll an zu etwas das mehr war als nur eine Warnung.
Da erklangen plötzlich Rufe, unten in der Kirche. Die Orgelmusik brach ab, der Gesang verstummte, stattdessen brach ein unruhiges Stimmengewirr aus. Und darüber erhob sich eine einzelne, klare Frauenstimme. „Raus hier! Schnell! Giftanschlag! Raus hier!"
Unter ihnen brach ein Chaos los. Rufe, Füße-trappeln, Weinen.
„Nein!", schrie McAdams. „Nein, sie werden nicht entkommen!"
Sie wandte sich zum Lüftungsschacht und hob die Hand. Das weiße Pulver glänzte weiß im Licht der Sterne. Harmlos, nicht wie ein Mordinstrument sah es aus.
Und Katja rannte los. Sie rannte, wie sie noch nie in ihrem Leben gerannt war, überwand die wenigen Meter zwischen ihr und der Frau.
Zwei Schüsse zerrissen die Dunkelheit.
Mit einem Aufschrei und aller Kraft, die sie aufbrachte, sprang sie ab. Sie stieß sich vom Boden ab, flog den letzten Meter und prallte gegen die Wissenschaftlerin. Die gab einen überraschten Laut von sich, taumelte zurück. Blitzschnell, ohne die Irre loszulassen, riss sie dieser die Flasche aus der Hand und warf sie in Nahuals Richtung.
„Fang!", schrie sie - dann verlor sie das Gleichgewicht und fiel rücklings aus dem Fenster, die Frau mit sich reißend.
Sie sah nicht mehr, wie Nahual die Pistole fallen ließ, die Dose sicher in den Händen fing und ihren Namen rief. Wie er ans Fenster stürzte und ihr hinterher starrte, die Augen weit aufgerissen, während der Regenschirmmann zusammenbrach. Ihre Hände klammerten sich in den Schutzanzug der bösen Hexe, die sie soeben in den Ofen geworfen hatte. Etwas wie Siegesgewissheit füllte sie aus und ließ ihr im Fall Flügel wachsen.

Und wieder einmal ging es zu schnell für ihren Verstand. Sie wusste nicht was geschehen war, oder wie es möglich war, dass sie auf ihren beiden Füßen aufkam und stehen blieb.
Mit klopfendem Herzen sah sie auf die ältere Frau hinab. Katja musste ihr die Haube vom Kopf gerissen haben. Lila Haare. Verrenkte Glieder zu ihren Füßen. Anklagend starrten die Augen zu Katja auf. Ein dünner Blutfaden rann der Frau aus dem Mundwinkel und ihr Hinterkopf war ein Püree aus blutigem Matsch.

Schwer atmend sah Katja sich um. Sie sah die Menschen, die an ihr vorbei und hinaus in die unnatürlich schwarze Nacht strömten. Sie sah, wie sie sich gegenseitig, wie sie sich selbst, wie sie die Nacht anschrien, als könnte ihnen das die Angst nehmen.
Eine Hand legte sich auf ihre Schulter, und als sie aufsah, sah sie in die Tiefen des Universums selbst. Wie damals, als der ganze Wahnsinn seinen Anfang genommen hatte.
Der Tod grinste auf sie hinab. Die Freude in seiner Stimme überschlug sich fast: „Ihr habt es hinbekommen", rief er entzückt. „Ihr habt es tatsächlich hinbekommen! Ach, ihr Menschen seid doch immer wieder erstaunlich!"
Er zog seine Sonnenbrille aus der Hemdtasche und setzte sie auf. Höchst zufrieden sah er aus. Wie einer, der auf All in gesetzt und gewonnen hat.
Katja fuhr sich durch die zerzausten Locken. Immer noch strömten die Menschen an ihnen vorbei, wie in einem reißenden Fluss standen sie in ihrer Mitte.
„Wie..." Sie warf wieder einen Blick auf die zerschmetterten Glieder der Frau „Wie kann es sein, dass sie gestorben ist und - ich nicht?"
Übelkeit kämpfte sich durch ihre Kehle und sie versuchte krampfhaft diese wieder hinunterzuschlucken. „Wie kann das sein?"
Der Tod klopfte ihr auf die Schulter. Dann ließ er seine Brille auf die Nasenspitze rutschen und sah sie über den Rand hinweg mit hochgezogenen Brauen an, als müsste sie die Antwort längst kennen.
„Du musst denken", lachte Mai in ihrem Kopf.
Katjas Gedanken taumelten noch immer durch die Nacht, aber die Gewissheit war da. So sicher, dass sie es schon eine lange Zeit gewusst haben musste. Sie erschauderte.
„Wir..." Sie sah dem Tod geradewegs in die Augen. „Wir sind alle schon längst gestorben, habe ich recht?"
Der Tod schwieg.
„Oh, bei allen guten Geistern", murmelte sie. Eine seltsame Ruhe überkam sie. Die Ruhe die auf alle unangenehmen, aber ausgesprochenen Wahrheiten folgt. Bleiern breitete sie sich in ihren Gliedern aus. „Wir sind die ganze Zeit schon tot?"
„Nicht ganz. Milon ist erst jetzt gestorben. Und Nahual ist äußerst lebendig. Der kommt bestimmt gleich."

Katjas Augen weiteten sich. „Milon ist tot?" Hastig wandte sie sich um und da erst entdeckte sie die vier reglosen Gestalten, die zwischen den letzten davoneilenden Menschen lagen. Drei von ihnen hatte eine hochgewachsene Frau mit feinen, asiatischen Gesichtszügen auf einen Haufen gezerrt und band ihnen gerade die Hände hinter dem Rücken zusammen, mit Panzertape, wenn sie das richtig sehen konnte. Das hielt bestimmt noch besser als Kabelbinder.
Der vierte Körper lag abseits, nur ein paar Meter von der großen Eingangstür entfernt. Und neben ihm kniete eine kleine Gestalt, deren Schultern unter dem stummen Schluchzen bebten.
„Lara", murmelte Katja. Wie hatte sie das Kind vergessen können? „Lara!" Ein weiteres Mal lief sie los.
Das Mädchen sah auf, mit geröteten Augen und tränennassen Wangen.
„Katja!" Sie streckte Katja die Arme entgegen und die ließ sich neben ihr auf die Knie sinken, drückte sie fest an sich, fuhr ihr über den Rücken, strich ihr die Haare aus dem verheulten Gesicht. „Lara, dir geht es gut. Schhh, es ist vorbei. Hörst du, es ist vorbei."
Doch ihr Blick hing an Milons blassem Gesicht. Seine Wangen waren bereits eingefallen, seine Hand lag auf seiner Brust und Katja konnte im Lampenschein das Blut sehen, das an seinen Fingern klebte.
Mitten ins Herz, dachte sie. Sie haben ihn mitten ins Herz getroffen.
„Es tut so weh!", wisperte Lara an ihrem Ohr und schluchzte leise. „Es tut so weh..."
„Ich weiß", murmelte sie. „Ich weiß, Kleines."
„Weint doch nicht", meinte der Tod, der, die Hända in den Hosentaschen vergraben, zu ihnen herüberschlenderte. „Weint nicht, ihr habt ihn ja nicht verloren. Ich habe euch nur etwas Zeit geliehen, wir müssen gleich gehen. Und Milon wartet schon."
Die beiden sahen zu ihm auf. Silbrig glänzten die Tränenspuren auf Laras Wangen.
„Wir sehen ihn wieder?", flüsterte das Kind erstickt.
„Gleich", versprach der Tod. „Aber vorher solltet ihr euch noch verabschieden."
Sie folgten seinem Kopfnicken mit den Blicken.

Nahual war aus dem Tor getreten. Er stand ein paar Schritte von ihnen entfernt und starrte zu ihnen herüber. Seinen Hut hatte er im Gefecht verloren und so konnte Katja in das Schlachtfeld aus altem Schmerz blicken. Er hatte die Zähne fest zusammengebissen und seine Hände waren zu Fäusten geballt.
Katja sah ihm in die Augen und musste schlucken. Er wusste, dass er der Einzige war, der übrig bleiben würde.
Die Einsamkeit, die ihn in diesem Moment wie ein schwerer Mantel umgab, machte Katja das Atmen schwer.
„Nahual", sagte sie leise, doch er hörte sie. Ein grimmiges Lächeln zeichnete sich auf seinen Zügen ab.
„Kluger Schachzug."
„Guter Fang", erwiderte sie und jetzt war sie es, die weinte. Nahuals Lächeln verschwand wieder und er legte in einer sehr altertümlichen Geste die Hand aufs Herz, bevor er leicht den Kopf neigte. „Es war mir eine Ehre."
Katja entschlüpfte ein ersticktes Lachen. „Die Ehre war ganz meinerseits."
Nahual nickte, dann sah er den Tod an. „Warum das Mädchen?" Seine Stimme war rau, wie die See während ihrer Überfahrt.
„Warum ausgerechnet das Mädchen? Sie hat getan, wozu du sie gebraucht hast. Keine Rakete."
Der Tod seufzte. „Sie hat zu viel Schreckliches gesehen, Nahual. Sie wäre nie wieder in der Lage zu träumen. Du willst ihr doch nicht ihre Kinderträume nehmen, oder?" Die Stimme des Todes war sanft, sanfter als ein Abschiedskuss, sanfter als handgewebte Seide. „Lass sie den letzten aller Träume träumen. Ich verspreche dir, es wird ein fantastischer Traum für sie."
Nahual sah zu Lara hinab und Katja tat es ihm nach. Ihre Augen waren verschleiert. Abwesend hingen sie irgendwo in der Dunkelheit. Ihre Hände hatten sich fest in Katjas Jacke geklammert und ein beständiges Wimmern kam über ihre Lippen. Sie sah nicht einmal zu Nahual hinüber. Sie murmelte nur hin und wieder in Katjas Pullover: „Es tut so weh."
Nahual nickte. Dann sah er wieder Katja an. „Man sieht sich. Und in der Zwischenzeit – lass sie nicht fallen."
Sie nickte, traute ihrer Stimme nicht mehr zu die Worte zu tragen, all die anströmenden Worte, die ihr auf dem Herzen brannten, obwohl es nichts mehr zu sagen gab. Nichts, als ein letztes „Lebe wohl."
Und Nahual wandte sich ab, verschwand in der Dunkelheit. Er sah kein einziges Mal zurück, vielleicht hätte ihm der Abschied dann das Herz gebrochen.

Es war nicht fair. Es war nicht gerecht, dass Nahual alleine
übrigbleiben musste. Aber der Tod war nun einmal nicht gerecht,
auch wenn er sich noch so viel Mühe gab.
„Wir sollten gehen", sagte der Tod. „Gleich kommt die Polizei
hier an."
„Die Polizei?", fragte Katja nebenbei.
„Ja, Yui hat sie gerufen, bevor der Strom gekappt wurde."
„Yui?"
„Das ist eine lange Geschichte", meinte der Tod. „Ich kann sie
dir erzählen, aber erst einmal lade ich euch drei zu einem
Pfannkuchen ein. Den habt ihr euch verdient. Sie machen hier
richtig gute Pfannkuchen."

In der kleinen Abtei der Kirche saßen vier herausgeputzte
Gestalten. Drei Männer und eine Frau und diskutierten zum
neunten Mal den Abschnitt über Biowaffen. Keiner von ihnen
verstand etwas davon. Nicht von Waffen und ganz bestimmt
nicht von Biowaffen. Tatsächlich war keiner von ihnen sicher,
was Biowaffen eigentlich waren.
Alles, was sie wussten war, was am Ende in den Klauseln stehen
sollte. Keiner würde nachgeben. Also bestand ihre Aufgabe
hauptsächlich darin, eine Formulierung zu finden die a) so viele
Fachwörter enthielt, dass sie sowieso von keinem verstanden
wurde und b) zumindest bis auf den dritten Blick vertuschte,
dass sich die Klauseln gegenseitig widersprachen.
Vielleicht war das Diplomatie. Sicher waren sie sich nicht.
Von dem Chaos außerhalb der Abtei bekamen sie nichts mit. Sie
waren alle zu sehr auf den vergeblichen Versuch konzentriert,
einander zu verstehen.

Yui strich sich das Haar aus dem Gesicht, sah sich im trüben
Lampenschein um. Ihr Bruder, samt seiner Mitstreiter, lag
regungslos zu ihren Füßen. Die Polizei sollte jeden Moment
auftauchen. Zeit zu verschwinden.
Wachsam wanderte ihr Blick durch die Finsternis. Sie glaubte
den Fährmann im Schatten der Kirche verschwinden zu sehen,
aber vielleicht spielten ihr ihre Augen auch einen Streich. Sie
lächelte schief. Es war garantiert der Fährmann. Wer sonst,
hätte dieses Desaster stoppen können. Den Blick zu der
angematschten Frau in Weiß sparte sie sich. Stattdessen lief sie
zu dem jungen Mann hinüber.
In seinen großen Augen spiegelten sich die Sterne über ihren
Köpfen, als wäre da noch Leben übrig. Doch das Blut krustete
bereits auf dem Asphalt und zwischen seinen Fingern.

Aug um Auge und die Welt wird blind, dachte Yui. Vielleicht wäre eine blinde Welt weniger brutal. Umsichtiger. Vielleicht man in einer blinden Welt noch nach dem Menschen sehen, nicht nach den Kleidern, die man trug. Vielleicht würde man aber auch nur einen neuen Weg finden, um sich selbst zu verherrlichen.
Mit einem Seufzen schüttelte sie den Kopf. Hier konnte sie nichts mehr retten. Sie beugte sich vor und schloss die Augen, schloss das Licht der Sterne aus.
Die Sterne. Sie legte den Kopf in den Nacken. In der Nacht, die die Stadt begraben hatte, leuchteten die Sterne heller als jemals zuvor. Sie funkelten um die Wette, als würden sie sich vor Freude überschlagen. Und in ihrem reinen, Jahrtausendealten Licht lag etwas wie Hoffnung.
Hoffnung.
Das Kind.
Sie sah sich um, drehte sich einmal im Kreis.
„Lara!", schrie sie und ihre Stimme hallte einsam in der gespenstischen Stille wider. „Lara, wo bist du?"
Niemand antwortete ihr. Da war niemand, da war kein Kind, da war keine Lara.
„Oh mein Gott", murmelte. „Ich habe sie verloren... Ich habe sie aus den Augen verloren... Ich habe sie noch nie aus den Augen verloren..."
Das silbrige Licht der Sterne badete ihr Gesicht in Entsetzen und ließ die Tränen wie Perlen schimmern, bevor sie von ihrem Kinn tropften.
Es lag kein Trost in ihrer stummen Berührung. Die Sterne ging das Leben hier unten nichts an. Sie waren nur da und sahen zu und manchmal starben sie.

Désirée Braun

Und die Moral von der Geschichte

„Frau Rembrandt?"
Mai schreckte auf und sah die Krankenschwester an, die ihr sanft
eine Hand auf die Schulter gelegt hatte. „Wir wären jetzt so
weit."
Sie hätte nicht gedacht, dass da noch immer Tränen übrig
waren. Doch sie flossen brennend über ihre Wangen und
versuchten den Schmerz zu kühlen, der sie zu ersticken drohte.
Sie biss die Zähne zusammen und nickte. Was sollte sie auch
sagen? Sie hatte das Gefühl, dass Worte für alle Zeit ihre
Bedeutung verloren hatten. Es gab nichts mehr, dass man sagen
könnte. Also stand sie auf, ihre Knie zitterten, strich sich das
flammend rote Haar aus dem verquollenen Gesicht.
Abwesend legte sie die Zeitung zur Seite, in der sie sowieso
nicht gelesen hatte. Auch, wenn die Schlagzeile zu einem
anderen Zeitpunkt wohl ihre Aufmerksamkeit erregt hätte.

Gestoppter Anschlag auf Kirche bleibt ein Rätsel

Es war die Zeitung von diesem Morgen. Das Datum prangte auf
dem Titelblatt, gleich unter der Schlagzeile. Drei Tage. Drei Tage
war es her.
Die Krankenschwester, Alma hieß sie, oder, stützte sie, hielt ihr
die Tür auf.
Weiße Wände, leer und unpersönlich, der ätzende Geruch des
Desinfektionsmittels. Sie hatte die letzten drei Tage in diesem
Raum verbracht und sich von dem dünnflüssigen Kaffee aus dem
Automaten ernährt. Und sie hatte gehofft. Sie hatte so sehr
gehofft, dass es ihr die Luft zum Atmen genommen hatte, als
der Arzt den Kopf geschüttelt hatte. Auch er hatte nichts gesagt.
Keine auswendig gelernten Entschuldigungen, keine
wissenschaftlichen Erklärungen.
Es war ihr egal warum, es war ihr egal wie und weshalb.
Sie schwankte an das Bett heran.
Wie durch ein Wunder war Katjas Gesicht unbeschadet
geblieben. Der Rest von ihrem Körper war ein einziger
Trümmerhaufen, unter Bandagen und Decken begraben.

Ihre Haare lagen, rot wie eh und je, über dem weißen
Kissenbezug, ihre langen Wimpern warfen Schatten auf die
blasse Haut. Und auch wenn die Hälfte ihres Gesichts unter der
Atemmaske verschwunden war, sie erinnerte Mai mehr denn je
an das kleine Mädchen, das nach dem Tod ihrer Eltern auf ihrer
Couch geschlafen hatte, bis sie ein Kinderbett besorgt hatte.
So friedlich sah sie aus, so ruhig.
Die Tränen nahmen Mai die Sicht. Ihre Hände zitterten,
Schmerz, Kaffee, Übernächtigung. Sanft strich sie ihr über die
kalte Stirn, durch das volle Haar. Ein letztes Mal.
Dann beugte sie sich vor und drückte ihr einen Kuss auf den
Scheitel.
Ein letztes Mal.
Sie schluchzte auf, presste sich eine Hand auf den Mund. Sie
bekam kaum mit, wie sich der Raum hinter ihr mit weiß
gekleideten Gestalten füllte.
Katja, die weinend am Fenster saß und zu den Sternen aufsah.
Katja, die über den Bahnsteig rannte, die Arme ausgebreitet, als
würde sie jeden Moment abheben.
Katja, die lachend die Arme um ihren Hals schlang und ihr einen
Kuss auf die Wange drückte.
Katja, die so viel mehr, als ihre Nichte war.
Nie wieder.
„Oh Gott, ich kann das nicht", wimmerte sich, starrte auf Katjas
regloses Gesicht hinunter. Nie wieder würde sie lächeln, lachen,
weinen.
Der Schmerz hüllte sie ein wie geschmolzenes Glas, ließ nichts
mehr an sie heran als das bleiche Gesicht des Kindes. Sie hätte
gerne geschrien, geschrien, bis sie einfach in einem Schrei
aufgegangen wäre, um all den Schmerz nicht mehr aushalten zu
müssen. Sie wollte die Ärzte anschreien, die sich an den
Maschinen zu schaffen machten, sie wollte sich selbst
anschreien, sie wollte sogar Katja anschreien, wollte ihr sagen,
dass sie endlich die Augen aufschlagen sollte! Dass sie atmen
sollte! Ein und aus, einfach weiter atmen!
Doch der Schmerz legte ihr still die kalte Hand um den Hals und
drückte zu, ließ keinen Schrei über ihre Lippen kommen.
„Frau Rembrandt?" Mitfühlend sah die Krankenschwester sie an.
Und Mai wollte auch sie anschreien. Was verstand sie schon? Sie
konnte nicht fühlen, was Mai fühlte. Sie konnte nicht begreifen,
wofür es nicht einmal Worte gab.
„Wollen Sie noch etwas sagen?", fragte die Krankenschwester
leise.

Mai fuhr sich über Wangen, doch die Tränen flossen unerbittlich weiter, während der Schmerz ihre Seele verwüstete. Panik klammerte sich um ihr Herz und sie nahm Katjas Gesicht zwischen die Hände. Ein allerletztes Mal.
„Du wartest auf mich, hörst du?", brachte sie schluchzend hervor. „Du wartest auf mich, Katja!"
Dann wich sie einen Schritt zurück und sah mit glasigem Blick dabei zu, wie der Arzt Stück für Stück und mit mechanischen Bewegungen die Maschinen abstellte und ihre Tochter tötete.
Sie konnte den Mann nicht sehen, der sich wie ein Schatten zwischen dem Weiß bewegte. Sein Hemd schien in seiner Farbenpracht noch Katjas Haare ausstechen zu wollen.
Sie konnte nicht sehen, wie der Mann sich über Katja beugte und ihr beinahe zärtlich über die Wange strich.
Sie konnte nicht hören, wie er mit einem schiefen Grinsen flüsterte: „Ich hab dir ja gesagt, die ganz besonderen Menschen komme ich persönlich abholen."
Sie hörte nur wie der schrille Ton davon sang, dass Katjas Herz nie wieder schlagen würde.
Mai sank in sich zusammen, wäre auf dem Boden aufgeschlagen, wenn die Krankenschwester sie nicht aufgefangen hätte.
Und als sie glaubte, dass sie hier und jetzt sterben müsste, um dem Schmerz zu entkommen, da hatte sie für einen Moment das Gefühl, dass ihr jemand sanft über den Kopf strich.

Inhaltsverzeichnis